KB132169

빛을

걷으면

빛

성해나 소설

빛을 걷으면 빛

문학동네

차례

언두

도호와 어떻게 만났냐는 질문을 들을 때마다 나는 좀 난처해졌다. 솔직히 터놓기 어려워 아는 선배 소개로, 동아리 연합회 활동하다가, 하는 식으로 적당히 얼버무리기 일쑤였다. 다른 질문에도 그랬다. 걘 어느 대학 다니냐는 질문엔 고대에 다니며 컴퓨터 공학을 전공한다고. 어디 사냐는 질문엔 창신동에서 부모와 산다고 답했다. 완전히 틀린 것도 아니지만 맞는 것도 아닌 정보들.

그런 식으로 도호에 대해 숨기는 게 많았던 것 같다.

*

도호와는 틴더로 만났다. 그 시기엔 애쓰지 않아도 되는 관계,

마음에 들지 않을 땐 화면을 가볍게 밀어 거절할 수 있는 관계가 편했다. 사람을 만날 때마다 으레 발생하는 변수가 싫었고, 지지부진한 관계를 맺어나가는 것이 지겨웠다. 그때는 그랬다. 마음이 동할 때면 틴더를 켜고, 매칭된 이들을 눈으로 훑으며 프로필에 'NO ONS*'가 적혀 있지 않은 남자, 거리가 비교적 가까운 남자를 찾았다. 도호도 그중 하나였다. 나이는 동갑, 얼굴도 썩 봐줄 만하고, 무엇보다 LG 트윈스의 유니폼을 입고 찍은 프로필 사진이 마음에 들었다(그때는 나도 LG 트윈스를 응원했으니까). 잠시 고민하다 그에게 메시지를 보냈다.

　—야구 좋아하세요?

　너무 후진 플러팅이었지만, 그것을 기점으로 도호와 조금씩 가까워졌다. 처음에는 야구에 대한 이야기만 나눴다. 가장 좋아하는 선수는 누구인지, LG 트윈스가 우승한 해를 기억하고 있는지, 잠실 야구장 금고 속에 있는 롤렉스는 언제쯤 주인을 찾을지. 번호를 교환하고 휴대폰이 뜨거워질 때까지 메시지를 주고받은 끝에 도호가 먼저 데이트를 신청했다.

　다음날 밤 혜화에 있는 펍에서 보기로 약속까지 잡아놓고 나는 그 만남을 약간은 염려했다. 외로워 만난 남자들은 하나같이 좋지 못한 인상만을 남겼다. 성병의 유무를 집요하게 묻던 남자, 약속 장

＊One Night Stand.

소를 모텔로 잡던 남자, 약속 장소에 끝까지 나타나지 않은 남자.

유쾌하지 못한 지난 만남을 돌이키다 가볍게 생각하기로 했다. 그래, 이상한 사람은 아니겠지. LG 트윈스 팬인데.

오프라인의 도호는 평범했다. 키가 좀 크다는 걸 빼면 눈에 띄는 점이 없었는데, 말을 섞다보니 확실히 다른 점이 보였다. 그는 내가 만나본 이들 중 가장 풍부하고 다채로운 표정을 지닌 사람이었다. 프랑스인처럼 제스처를 크게 하는 것도, 천천히 말을 잇는 것도 그의 특징 중 하나였다. 내 말을 들을 때도 그는 고개를 주억이거나 안면 근육이나 입술을 미세하게 움직이며 적극적으로 공감을 표했다. 왜 그런 사람들이 있지 않나. 말하는 것보다 듣는 것에 특화된 사람들. 도호가 딱 그랬다. 적절한 리액션을 섞어가며 내 말에 긍정하고, 동감했다. 뿐만 아니라 할말과 해선 안 될 말의 경계를 유연히 넘나들 줄도 알아 그 덕분에 어색했던 분위기가 금세 누그러졌다. 도수가 낮은 칵테일 한 잔씩만 마시고 곧장 밖으로 나갈 예정이었지만, 밤이 깊어지자 맥주로 판을 새로 깔고 서로에 대한 내밀한 이야기까지 주고받게 되었다. 시작은 LG 트윈스에 대한 얘기, 말을 튼 후부터는 취미나 즐겨 보는 넷플릭스 드라마 얘기, 맥주에 소주까지 섞이자 조금은 딥한 얘기까지도 튀어나오게 되었다. 나는 십 년째 두 집 살림을 하는 아빠에 대해, 그런 아빠를 묵인하고 때때로 용인까지 하는 엄마에 대해 이야기했다.

두 집 살림도 성실한 놈들이나 할 수 있는 거래. 그래도 일 년 중 반은 자기 옆에 붙어 있으니까 괜찮다더라. 진짜…… 막장이지?

십년지기 친구에게도 못한 얘길 도호에겐 무심히 털어놓았다. 그가 편하고 내 얘기를 잘 들어주어 그런 것만은 아니었다.

가까운 이들에게 힘겹게 내 사정을 이야기했을 때, 그들이 보인 반응은 대개 비슷했다. '힘들었지?' 사려 깊게 위로하며 안아주기, '나한테는 얘기해도 돼' 하며 자상하게 위로해주기. 그때마다 나는 감격했고 크게 안도했다. 그다음 만남부터 그들의 태도가, 눈빛이 어떻게 달라질지 예상 못한 채.

한데 모여 속 이야길 나누다보면 자연스레 가족 이야기도 나오기 마련이었다. 한 가정의 경사, 불행, 비밀. 우리집은 이래, 내 부모는 이래, 떠들다 문득 말이 멈추는 순간이 있었다. 그럴 때 그들의 시선은 무리 중 가장 조용한 사람, 나에게로 고정되었다.

유수야, 너희 집은 괜찮아? 요즘에는 문제없어?

요즘은 괜찮은데……

정말 그렇다고? 빠르게 오고가는 의뭉스러운 눈짓들. 그 눈짓을 신호로 다들 내 가정사에 대해 복기하고 나를 연민하기 바빠졌다. 그들은 말했다.

힘들면 얘기해도 돼. 우리가 다 들어줄게. 우린 이해해.

너의 불행을 기꺼이 견딜 수 있다는 우월감, 나만 딱하게 사는 것이 아니라는 안도감. 나를 위해 기꺼이 울어주던 이들에게서 그런 마음을 엿볼 때마다 나는 외로워졌다.

그런 면에서 도호는 적절한 대화 상대였다. 그와 나 사이엔 다음이 없었으니까.

도호는 과도하게 맞장구를 치거나 동조하지 않았다. 선을 넘는 질문 역시 하지 않았다. 그저 고개를 주억이고, 심각한 얼굴로 턱을 쓰다듬으며 내 말을 주의깊게 들었다.

소주를 막 세 병째 비웠을 때, 도호는 화답하듯 자기 이야기를 들려주었다.

나는, 할머니 손에서 자랐어.

살짝 꼬부라진 발음으로 그는 얘기를 이어갔다. 부모가 일하던 방직공장에 화재가 나서 아버지는 즉사했고 어머니는 겨우 빠져나왔지만 전신에 삼도 화상을 입었다고. 열다섯 차례에 걸쳐 피부이식수술을 받던 어머니가 병동에서 자살하자 어쩔 수 없이 친척들이 모두 모이게 되었는데, 치료비로 인해 빚만 남았을 뿐 유산 한 푼 물려받지 못한 자신을 맡겠다고 선뜻 나서는 친척이 없어 결국 당시 재혼을 염두에 두고 있던 할머니가 그것을 포기하고 자신을 맡게 되었다고.

숨을 죽인 채 도호의 이야기를 들었다. 그때 나는, 내가 아는 사람들과 비슷해지지 않기 위해 노력했던 것 같다. 함부로 동정하지 않으려, '난 다 이해해' '괜찮아' 따위의 무책임한 말을 뱉지 않으려 부단히 애썼던 것만 같다. 구질구질한 말을 얹는 대신 맥주와

소주에 콜라까지 말아 도호에게 건넸다.

야, 우리 LG 우승을 위해 건배하자.

뜬금없는 외침에 도호가 웃음을 터뜨렸다. 나도 그를 따라 웃었다. 그래, 쿨한 게 좋잖아, 좋은 사람으로 남으려고 애쓰는 것보다는. 그렇게 생각하며 고진감래주를 원샷했다.

속에 있는 것을 전부 게워낸 뒤에야 우리는 펍을 나올 수 있었다. 새벽 세시였다. 열대야 때문인지 가만히 서 있는데도 온몸이 끈적하게 젖어들었다. 이제 다음 단계는 모텔 예약 앱에 들어가 체크인을 하는 것이었는데, 도호는 그것을 가볍게 패스했다.

우리집 갈래?

집이라니. 놀란 나에게 그는 안심하라는 듯 웃어 보였다.

창신동. 여기서 가까워.

얘는 호텔이나 모텔이 아니라 집을 선호하는 편인가. 내가 만난 남자들은 하나같이 자신의 공간에 원 나잇 상대를 들이는 것을 극도로 꺼렸다. 그건 다음을 기약하는 가장 확실한 방식이었으니까. 도호가 말했다.

어때, 괜찮아?

오른쪽으로 스와이프—LIKE—할지, 왼쪽으로 스와이프—NOPE—할지 선택은 내 몫이었다. 흐르는 땀을 닦으며 나는 고개를 끄덕였다. 술을 많이 마신 탓일까. 지나치게 눈치를 보거나 기분을 맞추려 애쓰지 않고, 말할 때마다 상대방의 눈을 지그시 응시하는 도호에게 묘하게 신뢰가 갔다.

　도호는 앞장서 걸었다. 구부정한 도호의 어깨를 바라보며 그의 뒤를 바짝 쫓았다.

　도호를 따라 도착한 곳은 창신동의 한 상가 건물이었다. 도호네 집은 상가 꼭대기에 붙어 있었다. 엘리베이터도 없는 건물이라 계단을 오르는데 금세 숨이 찼다. 큰 키로 휘적휘적 걷는 도호를 따라 사층까지 올라가며 얘는 이 집에 여자를 몇 명이나 들였을까 추측해보았다. 다섯 명? 열 명?

　다른 층과 달리 사층 입구는 양철로 된 중문으로 막혀 있었다. 도호는 백팩에서 열쇠를 꺼내 익숙하게 중문을 열었다. 중문을 열자 문이 하나 더 나왔다. 무슨 불법 도박장에 들어가는 것 같다고 농담을 하자 도호는 조용히 웃었다.

　중문은 할머니 때문에 설치한 거야.

　할머니?

　당황하는 나를 향해 도호는 태연히 말했다. 할머니가 농인이라고.

　모르는 사람이 들락날락하는 건 위험하거든.

　그 태연함 때문에 조금 멍해졌다. 방금 무슨 말을 들은 거지? 도호가 재빠르게 도어록을 눌렀다. 현관문을 열자 문 위에 달린 초인등이 붉은빛으로 깜박였다.

들어가자.

도호가 웃으며 내 손을 잡았다.

도호의 할머니는 텔레비전을 켜둔 채 소파에 앉아 졸고 있었다. 볼륨이 최대치에 맞춰져 있었다.

할머니랑 인사할래?

도호가 능청스럽게 물었다. 나는 고개를 젓고 할머니가 자는 모습을 살피며 조용히 속닥였다.

너네 할머니…… 못 듣는다고 하지 않았어?

아, 저거. 신경쓰지 마. 소리는 못 들어도 진동은 느껴서 가끔 저렇게 틀어놓고 주무셔.

도호는 발소리를 죽이며 부엌 맞은편 작은방으로 들어갔다. 꺼림칙한 마음을 숨긴 채 도호를 따라 들어가려던 찰나, 뒤통수에 시선이 꽂히는 게 느껴졌다. 고개를 돌렸다. 눈이 마주치자 할머니가 화들짝 놀라며 다시 잠든 척을 했다.

……깨신 것 같아.

응?

너네 할머니 방금 나랑 눈 마주쳤다고.

도호가 코앞에 다가갈 때까지도 할머니는 계속 자는 척을 하다 흔들어 깨우자 부스스 눈을 떴다. 누가 봐도 연기라는 게 티날 정도로 폼이 뻣뻣하고 부자연스러웠다. 그녀의 애처로운 배려가 지속될수록 나는 더욱 부끄러워졌다. 여기까지 오는 게 아니었는데. 불순한 짓을 하려다 들킨 것처럼 온몸에서 열이 났다. 도호가 수어로 무어라 빠르게 설명하자 할머니도 빠르게 손을 움직여 수어로 답했다. 그녀는 호기심어린 큰 눈으로 나를 뜯어보았다. 뿌옇고 혼탁한 눈동자가 재빠르게 굴러갔다. 도호가 그런 할머니의 행동을 변명하듯 말했다.

반가워서 이러시는 거야, 반가워서……

도호와 할머니는 수어로 계속 얘기를 나눴다. 뜻 모를 손동작과 눈짓이 두 사람 사이에서 오가는 동안 나는 공연히 주위를 두리번대며 어색하게 서 있었다. 그 집은 감각이 둔한 나도 금세 알아챌 정도로 조명의 조도가 높았다. 쨍한 조명 아래서 도호와 할머니는 익숙하게 수어를 주고받았다. 나에 대한 이야기를 나누는 것 같았는데, 도호가 말로 옮겨주지 않으니 전혀 알아들을 수 없었다. 손짓이 한참 오간 뒤에야 도호가 물었다.

커피 마실래?

거절할 틈도 없이 도호는 물을 끓이고, 할머니는 드리퍼에 분쇄한 원두를 담아 내 몫의 커피까지 내렸다. 고소하고 진한 원두 향이 은은히 퍼졌다. 식탁에 드립 커피 한 잔씩을 놓고 앉은 뒤에도 할머니는 나를 쳐다보며 도호에게 뭐라고 손짓을 했다. 그제야 도호는 할머니의 손짓을 말로 옮겨주었다. 집은 어디냐, 몇 살이냐, 무슨 음식을 좋아하냐 같은 질문이 전달되었다. 할머니가 내 이름을 물었을 때, 도호는 손을 둥글게 말았다가 모로 세우고, 다시 모양을 바꾸며 바쁘게 손을 움직였다. ㅇ+ㅠ+ㅅ+ㅜ. 받침도 없는 내 이름을 전달하는 데에 그렇게 많은 품이 든다는 게 좀 놀라웠다.

할머니는 말이 많았고 짓궂은 면도 있었다. 도호와는 어떤 사이냐는 질문에,

글쎄요, 아직은……

하고 머뭇머뭇 답하자 그녀는 낄낄 웃으며 무슨 동작인가 선보였는데, 도호가 끝내 통역하지 않고 얼굴만 붉히는 걸 보아 육담 비슷한 걸 한 모양이었다. 할머니는 한참을 웃다 볼에 검지를 가져다대고 손가락을 바깥으로 빙그르 돌렸다. 도호도 같은 동작을 하며 웃었다.

네가 예쁘대.

나는 오른손을 모로 세운 뒤 왼 손등을 두 번 쳤다. 언젠가 드라마에서 얼핏 본 적 있는, 감사하다는 뜻의 수어였다. 뜻이 통한 건지 할머니가 엄지를 치켜들었다. 내가 그녀와 손짓으로 주고받은 말은 그게 전부였다. 할머니가 빠르게 손을 움직일 때마다 도호는 고개를 끄덕이고 웃음을 터뜨렸다. 내게는 손동작에 불과한 행동들이 그들에겐 유머가 되고 이야기가 되고 있었다.

무슨 얘기 하는 거야?

나는 중간중간 도호에게 물었다. 그럴 때마다 도호는 수어로 했

던 얘기를 친절히 되풀이해주었다. 할머니가 복지관에서 온누리 상품권을 받아왔다는 이야기나, 도호의 사촌 조카가 얼마 전 수두에 걸렸다는 이야기를 그는 귀찮은 기색 없이 반복했다. 한 박자 늦게 웃고 한 박자 늦게 맞장구치며 그들의 흐름에 맞추려 노력했지만, 그것도 얼마 안 지나 버거워졌다.

커피가 바닥을 드러낼 즈음부터 도호와 할머니는 나를 ㅇ+ㅠ +ㅅ+ㅜ로 부르지 않고, 왼손 소지 끝을 오른손으로 두 번 두드리는 동작으로 지칭했다. 도호의 말로는 그게 예쁜 소녀란 뜻이라고 했다. 농인들은 지화指話로 일일이 사람을 칭하는 게 어려워 특징적인 면을 부각해 수어 이름을 만드는데, 내 수어 이름을 '예쁜 소녀'로 정했다고 했다. 도호와 할머니는 가끔씩 소지 끝을 두 번 두드리며 웃거나 심각한 표정을 지었다.

그거 내 얘기야?

도호에게 물으면 아냐, 다른 얘기 중이야, 하고 말했다. 도호와 할머니가 주고받는 손동작은 내겐 전부 비슷해 보였다. 도호는 아니라고 했지만 그들이 대화를 나누다 얼굴을 찡그리거나 표정을 굳히면 지금 내 얘길 하고 있는 게 아닐까, 나 때문에 그러는 게 아닐까 못내 신경 쓰였다. 눈이 아플 정도로 밝은 조명, 볼륨이 너무 큰 텔레비전, 유수가 아니라 예쁜 소녀로 나를 칭하는 이들. 소리는 사라지고 소란한 침묵이 길어질 때마다 기분이 점점 묘해졌다. 도호는 한참이 지나서야 내 쪽을 돌아보았다. 할머니가 해준 떡볶이를 먹고 가라는 그에게 다음에, 다음에 와서 먹을게, 말하며 고개를 저었다.

나오지 말라고 그렇게 말렸는데도 도호와 할머니는 기어이 일층까지 내려와 나를 배웅했다.

할머니가 또 놀러오래.

도호가 말했다. 그는 할머니 어깨를 꼭 잡고 있었다. 나는 그들을 향해 두어 번 손을 흔들었다.

역으로 가고 있는데 도호에게서 메시지가 왔다.

—미안해, 경황이 없어서 너한테 신경을 못 쓴 것 같다. 조심히 들어가. 또 연락하자.

답을 줄까 하다 말았다.

어차피 다시 볼 사이도 아닌데.

생각하면서도 도호의 번호를 지우지 못했다. 고민하다 연락처에 저장된 이름을 '알 수 없음'으로 바꾼 뒤, 사당행 첫차를 탔다.

*

도호와 다시 만난 건 여름 더위가 채 가시지 않은 9월 초 연고전에서였다. 그해의 야구 경기는 목동 운동장에서 열렸다. '고대는 고대로 탈락!' 외치는 동기 몇 명과 운동장 주변을 왁자하게 누볐다. 펄럭이는 플래카드와 어디선가 난데없이 터지는 함성, 응원봉을 들고 포토 존에서 사진을 찍는 무리들…… 축제의 열기와 신경전의 외양을 띤 주접에 기분좋게 취해가고 있을 때, 뒤에서 나를 부르는 소리가 들렸다.

유수야.

도호였다. 붉은 티셔츠를 입고 있는 도호.

그날 이후 도호에게선 따로 연락이 오지 않았다. 데이팅 앱으로 이뤄진 만남이란 대개 그런 법이었다. 간밤엔 불멸의 연인이라도 된 것처럼 열렬히 사랑하다가, 한낮이 되면 홀연히 연락이 끊기는. 간혹 도호가 생각나긴 했지만, 그런 마음도, 그 밤의 일들도 덮어둔 채 다시 이런저런 남자들과 만나고 있던 중이었다. 우연한 재회 따윈 예상조차 못한 채.

뭐야, 유수 이거 완전 스파이네. 고대 남자랑……

동기들의 장난 섞인 야유 속에서 도호에게 인사를 건넸다. 도호는 잘 지내는 것 같았다. 프랑스인처럼 손동작을 크게 하는 것도, 천천히 말을 잇는 것도 여전했고.

겨우 하룻밤 만난 사이였지만, 그와의 대화는 껄끄럽지도 서먹하지도 않았다. 할머니가 내 안부를 궁금해하더라고 도호는 조용히 속삭였다. 그 밤이 걸리기도, 틴더를 하는 게 알려질까 조마조마하기도 했지만 그보다는 신기하고 반가운 마음이 앞섰다. 도호의 흰 뺨에 페인팅된 고대 마크가 꽤나 양증맞기도 했고.

너 고대 다니는구나. 그땐 못 들었던 것 같은데.

내 말에 도호는 웃으며 답했다.

응, 나 여기 평생교육원 다녀.

귀를 의심하며 도호를 빤히 바라보았다. 그는 태연했다. 우리 할머니는 농인이라고 말하던 그 밤처럼. 나도 모르게 동기들 눈치를 살폈다. 티는 안 냈지만, 다들 도호의 말을 들은 것 같았다. 주위가 어수선한 가운데 어쩐지 우리가 모여 있는 곳의 공기만 착 가라앉아 있는 듯했다. 이런저런 말들을 주워섬긴 뒤, 나중에 또 보자며 급하게 말을 맺었다. 도호가 경기장 안으로 들어가자마자 동기 중 하나가 속닥였다.

친구야?

어쩌다 알게 된 사이라고 얼버무리자 그들은 더욱더 묘한 표정을 지으며 수군댔다.

근데 평생교육원도 연고전 오냐?

야, 조용히 해.

누군가 손사래를 쳤고, 누군가는 지방 캠 애들도 오는데 뭘, 하며 헛웃음을 터뜨렸다. 그애들이 도호를 비아냥댈 때마다 입꼬리가 굳었다. 감정을 누르며 표정 관리를 하는데 누군가 말했다.

유수야 미안. 얘네가 원래 좀 필터링 없이 말하잖아.

조용히 하라며 손사래를 치던 동기였다.

미안해, 내가 대신 사과할게.

그애는 정말이지 미안한 표정을 지으며 나를 보았다. 눈썹을 팔

자로 구긴 채 다른 애들에게도 사과하라고 부추겼다. 나는 그게 좀 석연치 않았다. 왜 나한테 미안한 걸까. 왜 도호가 아니라 내가 사과를 받아야 하는 걸까. 그렇게 생각하면서도 그애들에게 대놓고 화를 내거나 정색하지는 못했다. 그저 괜찮다고 하며 상황을 무마했다.

경기는 아슬아슬했다. 선취점은 1회 말에 연대가 가져갔지만, 4회 초 안타 이후 볼넷과 연속 안타로 고대 쪽에 다시 승기가 넘어갔다. 경기가 진행되는 내내 도호 생각이 났다. 동기들은 아까 일을 다 잊은 것 같았다. 내게 무슨 일 있냐고, 좀 웃으라며 태연히 응원가를 불렀다. 적시타로 주자들이 홈에 들어오며 연대가 승점을 얻자 사방에서 환호성이 터졌다. 파도를 타는 무리 속에 가만히 앉아 나는 조용히 입술을 씹었다.

8회 초 타자의 안타와 우익수 플라이 아웃으로 고대가 다시 사 대 사 동점을 만들었을 때, 연락처를 뒤져 '알 수 없음'을 찾아냈다.

―너 어디 있어?

메시지를 보내고 얼마 지나지 않아 회신이 왔다.

―ㅋㅋ 세종 캠 좌석.

―여기 좀 답답한데, 같이 나갈래?

도호의 답을 기다리며 경기를 관전했다. 연대 쪽 타자가 땅볼을 쳐냈으나 2루수가 공을 놓치며 고대가 다시 앞서나갔다. 각 대학의 응원이 열기를 띠고 함성이 거세져갈 때 메시지가 도착했다.

—그럴까?

9회 초 고대 2루 주자가 추가점을 노리며 3루를 지나 홈을 향해 뛰어가는 게 보였다. 태그 아웃될지 그대로 홈까지 도달할지 알 수 없는 상황에서 나는 도호와 경기장을 빠져나왔다.

*

그후부터 도호와 꾸준히 만났다. 어떤 관계인지 단정짓지는 않았지만, 만나면 다른 연인들처럼 영화를 보거나 같은 구단의 유니폼을 입고 프로야구 경기를 보러 가기도 했으므로 우리가 하는 것을 연애라고 생각할 수밖에 없었다. 도호와는 말이 잘 통했다. 공감대나 유머 코드가 비슷해 종일 실없는 잡담만 하며 노는 것도 즐거웠고, 말다툼을 하더라도 금세 화해해 만나는 내내 큰 탈이 없었다. 닮은 점도 많았다. 추위에 약해 한여름에도 누비이불을 덮고 자는 습관이나, 갑각류를 좋아하지 않는 것, 길거리에서 구세군이나 기부 단체를 보면 그냥 지나치지 못하는 것, 허리에 점이 있는 것.

그만큼 도호와는 비슷한 점이 많았다.

맞지 않는 부분도 있었지만.

도호와의 연애는 그간의 연애와는 패턴 자체가 달랐다. 이를테면 외박을 못하는 것부터가 그랬다. 교외로 여행을 떠난 적은 있지만 당일치기로 돌아오기 일쑤였다. 잠은 모텔이나 호텔이 아니라 꼭 도호네에서만 자야 했고.

도호는 중학생 때 이후로 한 번도 외박을 해본 적 없다고 했다. 수련회나 수학여행은 물론 오리엔테이션조차 가본 적 없다고 했다.

왜?

놀라 되묻는 내 코를 도호는 가볍게 쥐었다 놓았다.

너도 내가 돼봐.

도호가 초등학생 때까지만 해도 할머니는 창신동 봉제 기술자로 유명했다고 한다. 듣지 못하니 할 수 있는 일이 한정되어 있었는데 다행히 지인 중 봉제업을 하는 이가 있었고, '이건 눈 좋고 잠만 덜 자면 누구나 할 수 있다'는 말에 냉큼 그 밑으로 들어가 일을 배웠다. 할머니는 눈치도 있고 손도 야물어 어떤 기술이든 금세 터득했다. 시다로 시작해 미싱 보조를 거쳐 기술자가 된 뒤에는 제법 돈도 모아 집도 사고, 동네에 작은 양장점까지 열었다. 동대문으로 가는 의류의 팔 할은 그녀의 손을 통했다고 할 수 있을 정도로 일감이 많이 들어왔는데, 육십대 중반이 지나니 남들보다 월등히 좋던 시력도 점점 나빠지고 재봉틀에 밑실 감는 것조차 어려워졌다.

원래 사람 만나는 걸 좋아하셨는데 그후로는 밖에 잘 안 나가시더라고. 집에 혼자 있는 것도 무서워하고.

할머니는 백내장 수술을 두 번이나 받았다. 수술 후에도 수정체의 혼탁은 여전했다. 검정 실과 남색 실을 구분해내기 어려울 만큼 시력이 저하되었을 때 가게를 접게 되었다고 도호는 담담히 전했다. 집안에서 할머니의 활동 반경은 그리 넓지 않았다. 그녀는 잠만 큰방에서 자고, 대부분의 시간을 거실에 있는 이 인용 소파에 앉아 보냈다. 앉아 있는 형태 그대로 푹 꺼진 소파. 할머니는 도수가 높은 돋보기를 쓰고 그 소파에 앉아 수어 지원 방송을 보고, 커피를 마시고, 가끔씩은 먼 데를 보며 골똘히 생각에 잠겼다.

제대로 볼 수도 들을 수도 없는 삶. 그리고 그런 할머니와 함께 사는 삶. 그것에 대해 나는 가늠할 수 없었다. 나로서는 상상조차 버거운 삶이었다. 나조차도 이해할 수 없는데, 그런 사정을 남들에게 일일이 설명하고 이해시키기란 막막하기 그지없었다. 그래서 도호에 대해 설명할 땐, 늘 절반만 얘기했다. 도호는 외동이며 고려대에 다닌다고, 부모는 양장점을 운영하다 접었으며 점잖고 푸근한 사람들이라고. 타인의 동정과 시혜적인 시선을 나는 느끼고 싶지 않았다. 나 역시도 도호나 할머니에게 그러지 않기 위해 노력했고.

할머니는 집에서도 늘 단정한 차림을 고수해 실내복 대신 외출복을 입고 지냈다. 밑단에 장미 문양 레이스를 덧댄 원피스, 네크라인을 따라 동백 자수를 놓은 리넨 카디건, 뒷주머니에 미니마우스 와펜을 부착한 청바지…… 그 옷들은 다 할머니가 직접 재봉

하고 리폼한 것이었는데, 하나같이 근사하고 맵시가 났다. 한창 때 솜씨를 발휘해 내 옷을 만들어준 적도 있었다. 남색의 두꺼운 모사毛絲로 촘촘히 엮은 터틀넥이었다.

　넌 피부가 희어서 검은색도 참 잘 어울릴 것 같대.

　내 눈에 그 옷은 검은색보다는 남색에 가까웠는데, 도호와 할머니는 자꾸 그걸 검은색이라고 했다. 터틀넥은 감촉이 부드러웠으나 네크라인이 좁아 숨을 쉴 때마다 목이 죄었다. 내색 않고 오른손을 모로 세운 뒤 왼 손등을 두 번 치며 할머니에게 감사하다 전했다. 겨울이 지날 때까지 도호네에 갈 때마다 항상 그 옷을 입었다. 지금도 터틀넥을 입으면 목이 신경 쓰여 자주 목 부분을 쓸거나 만지곤 하는데 그게 다 그때 생긴 습관이라 짐작하곤 한다. 그때 나는, 그런 것쯤은 기꺼이 감수해야 한다고 여겼던 것 같다.

　할머니는 글을 제대로 배운 적이 없었다. 자음과 모음을 구분할 수는 있었지만, 그것으로 단어를 만들어내는 것은 어려워했다. 도호는 할머니가 농인 부모 밑에서 자라 태어날 때부터 수어가 모어였고, 오랫동안 그것으로만 소통해와 글 배우기를 두려워하고 꺼리는 것 같다고 했다. 할머니는 구화口話도 배운 적 없었고, 유일하게 쓸 줄 아는 글자는 '이삼례'와 '류도호'뿐이었다. 해서 은행 업무를 보거나 밀린 월세를 걷으러 가는 날엔 꼭 도호를 대동하고 나섰다.

도호가 사는 상가 건물은 할머니 소유로, 일층에는 '개성집'이라는 한식당이, 이층과 삼층엔 각각 피시방과 교회가 들어서 있었다. 거기서 다달이 나오는 월세가 도호의 등록금이 되고 밥이 되고 할머니의 병원비와 약이 되고, 일부는 도호 친척들의 생활비가 되었다.

　도호의 친척들. 어린 도호를 맡지 못하겠다고 내팽개친 사람들의 생계까지 할머니는 두루 살피고 있었다. 도호 역시 그 사람들에게 꾸준히 안부를 묻고 때때로 할머니 심부름으로 반찬이며 돈을 가져다주기도 했다. 나는 그것을 이해할 수 없었지만, 도호나 할머니에게 그런 속내를 내비친 적은 없었다. 그건 도호네의 생활이고 사정이었으니까.

　다른 일들에 있어서도 그랬다.

　하루는 할머니와 도호가 아래층에 다녀올 일이 있다고 하기에 나도 따라간다고 했다.

　넌 그냥 집에 있어, 우리 금방 갔다 올 거야.

　나 혼자 뭐해. 같이 갈래.

　도호는 푹 한숨을 쉬더니 말했다.

　네가 간다고 한 거야. 내가 가자고 한 거 아니고.

　도호와 할머니는 삼층에 있는 교회로 향했다. 교회는 몹시 협소했다. 교회라면 응당 있을 법한 기도실이나 성가대 연습실, 목회실조차 없었다. 단상과 그 앞으로 놓인 일체형 책상 몇 개가 다였다. 교도 몇이 그 책상 앞에서 기도를 하고 있었다. 십자가가 없었더라면 누구도 교회로 생각지 못할 공간이었다.

여기까지 오시게 해서 죄송합니다, 자매님, 형제님.

목사는 몸집이 크고 땀이 많은 사람이었다. 그는 할머니와 도호에게 차례로 악수를 청한 뒤, 내 손을 잡았다. 손이 축축하고 뜨거웠다.

목사는 밖으로 나가 이야기하길 권했지만, 할머니가 그것을 가로막았다. 할머니는 성난 얼굴로 목사를 향해 수어를 쏟아냈다. 손이 빠르게 움직였다. 도호가 기어들어가는 목소리로 통역했다.

목사님…… 월세 말예요. 저희도 이젠 사정 봐드릴 수 없을 것 같아요……

기도를 하던 교도들이 우리 쪽을 힐끗거렸다.

다른 세입자들 눈치도 보이고…… 할머니 말로는 여기만 월세 밀린 지 세 달째라고 하네요……

할머니가 도호의 등을 내려치며 무어라 손짓했다. 길고 긴 손짓들이 그들 사이에서 번잡하게 오갔다. 할머니는 완고하게 한 가지 동작만을 반복했다. 오른 손등을 모로 세운 뒤 왼 손바닥에 스쳐 내리는 동작이었다. 한숨과 분노, 체념 끝에 도호는 목사를 향해 또박또박 말했다.

오늘까지 안 주면 여기 뺄대요.

목사는 땀을 훔치며 다음달까지만 어떻게 안 되겠냐고 거듭 물었다. 도호는 그 말은 통역하지 않았다. 고개를 푹 숙인 채 못 들은 체했다.

도호와 목사의 대화가 길어질수록 나는 부끄러워졌다. 도호도 목사도, 그곳에 있는 모두가 낯부끄러워하고 안절부절못하는 와중에 오직 할머니만 태연했다. 그녀는 우물쭈물하는 도호를 부추기고 들쑤셨다. 도호는 이런 상황을 몇 번이나 겪어왔을까. 상황이 악화될수록 도호의 표정은 점점 굳어갔다. 얼빠진 얼굴로 그는 목사에게서 받은 말을 할머니에게로, 할머니에게서 받은 말을 목사에게로 계속해 옮겼다.

교회를 나서며 할머니는 도호와 내게 비싼 밥을 사주겠다고 했다. 다 너희 덕분이라고, 고맙다고 했다. 아무 말 없이 건물을 나와 동대문으로 향했다. 식욕이 없었다. 속에서 쓴 신물만 자꾸 올라왔다. 도호에게 물었다.

이런 일 자주 있어?

도호는 작게 숨을 고른 뒤 말했다.

그러게 따라오지 말라고 했잖아⋯⋯

도호는 할머니가 오래전부터 억울한 일을 자주 당해 좀스럽고 억척스러운 면이 생겼다고 했다. 절친한 친구에게 은행 업무를 부탁했다가 예금해두었던 돈을 모조리 잃은 적도 있고, 부동산 사기를 당한 적도 있었다고. 심지어 사위와 큰딸에게도 배신을 당했었다고. 하도 그런 일에 치이다보니 이젠 자기 아니면 아무도 믿지 않는다고 했다.

아까 그 목사 같은 사람들, 처음엔 한 달만 기다려달라고 해. 그러다 한 달이 두 달 되고 일 년 되고. 나중엔 아예 도망가버려. 그럼 우리는 손놓고 기다리는 수밖엔 없는 거야…… 내 말 이해하지?

고개를 끄덕이면서도 속으로는 자꾸 다른 생각이 들었다. 교도들이 보는 앞에서 헌금함에 손을 넣어 돈을 꺼내던 목사가, 돈을 받아 나가려는 할머니와 도호를 빤히 쳐다보던 교도들이 계속 떠올랐다. 그래도 그러면 안 되는 거 아닌가. 아무리 그래도…… 누구를 향하는지 모를 말이 입안에서 떠돌았다.

앞서가던 할머니가 먼발치에서 도호를 향해 무어라 손짓했다. 도호도 수어로 무어라 말했다. 두 사람은 동떨어진 곳에서도 곧잘 수어를 주고받았다. 손을 바쁘게 움직이며 고요하게 수다를 떠는 두 사람을 행인들이 슬쩍 보며 지나쳤다.

소고기 먹재.

도호가 말했다. 할머니와 도호의 길고 긴 대화는 때때로 내게 한 토막 내지 두 토막만 전해지곤 했다. 평소에는 그러려니 했지만, 그날따라 왜인지 그게 석연치 않았다. 도호가 말했다.

우리 조금만 빨리 걷자.

그는 앞서 걷는 할머니에게 다가가 그녀의 손을 꼭 맞잡았다. 뒤처져 있는 나를 향해 도호는 빨리 오라고 손짓했다. 약간의 폭을 떼어둔 채 나는 그들 뒤를 천천히 쫓았다.

*

그 당시 나의 부모는 파국 직전이었다.

아빠가 휴대폰 번호를 바꾼 채 잠수를 탔다. 이례적인 일이었다. 십 년간 아빠는 우리집과 그 여자의 집을 한 달 간격으로 왔다갔다 하며—엄마 말을 빌리자면—성실히 지내왔다. 명절이나 제사가 낀 달에는 우리집에 몇 주 더 머물다 가기도 했다. 그건 우리 가정의 은밀한 룰이었고, 친가와 외가 쪽 식구들은 그것에 대해 대부분 알지 못하거나 알아도 모른 척했다. 대외적으로 나의 부모는 '능력 좋고, 서로 큰소리 한 번 내지 않는 인텔리' 부부로 통했다. 가족 모임이나 부부 동반 모임이 있을 때마다 엄마는 아빠를 대동하며 그 수식을 공고히 했다.

나는 아빠의 부재를 그러려니 했다. 가족이란 낡은 타이틀 하나 부여잡고 꾸역꾸역 살아가는 것에도, 단란하고 이상적인 가족을 연기하려 애쓰는 것에도 회의를 느낄 무렵이었다.

차라리 잘된 거 아냐? 그냥 우리 둘이 살자. 엄마도 마음고생 많이 했잖아.

그동안의 일을 열거하며 항변을 토하는 나를 보며 엄마는 시큰 둥하게 대꾸했다.

됐어. 쓸데없는 데 마음 쓰지 말고 네 할일이나 잘해.

모녀만이 나눌 수 있는 소상한 연대, 다정하고 친밀한 위로에서 엄마와 나는 늘 한 발 떨어져 있었다. 엄마와의 문제로 마음이 들끓은 적도, 눈물날 만큼 엄마가 애처로웠던 적도 없었다. 엄마는 나에게조차 자기 속내를 숨겼고, 빈틈 한 점 보이지 않았다. 아빠가 사라진 후에도 엄마는 평온하게 일상을 유지했다. 회사에 나가고, 주말에는 친구들과 백화점에 가거나 밀린 집안일을 했다. 아빠 안부를 묻는 이들에겐 긴말 없이 '잘 지낸다'고 전했다.

물론 그 뒤엔 SNS를 뒤져 아빠의 흔적을 찾아내고, 중국엔 흥신소까지 찾아가는 절박함이 있었지만 그건 누구와도 공유하지 않고 엄마 혼자 감내했다.

나는 그런 엄마가 그저 답답하고 미련해 보였다.

아빠의 행방이 묘연해진 상황에서 어김없이 명절이 다가오자 엄마는 '유수가 맹장 수술을 받았다'는 허언까지 해가며 친가에도, 외가에도 찾아가지 않았다. 졸지에 맹장염 환자가 되어버린 내게 엄마는 전을 부치자고 했다. 태평하게 무슨 전이냐고 빈정대는 나를 무시한 채 엄마는 기어이 손질한 동태며 산적거리, 애호박, 표고버섯, 계란물, 밀가루를 거실에 잔뜩 벌여놓았다.

그래도 명절인데 분위기는 내야지.

그 말에 울컥 화가 치밀었다.

사람이 왜 그렇게 미련하냐. 이참에 엄마도 다른 남자 만나. 아님 헤어지든가. 비굴해지지 말고 그냥 좀 비겁해져봐.

침묵이 흘렀다. 엄마는 계란물 묻은 비닐장갑을 벗어놓고 말없이 베란다로 가더니, 유칼립투스 화분 뒤에서 말보로 갑을 꺼냈다. 엄마가 흡연자라는 사실을 나는 그때 처음 알았다. 얼떨떨해진 내게 엄마가 말했다.

넌 아무나 비겁해질 수 있는 줄 아니.

그녀는 담배에 불을 붙인 뒤 한 모금 깊이 빨아들였다.

그럴 수 있는 사람이 있는 거야. 난 그게 안 되는 사람이고.

새 학기가 시작되고 끝날 때까지 나는 도호네에 눌러살다시피 했다. 집에도 들어가지 않고 밥을 축내는 나를 할머니는 객식구라고 홀대하거나 핀잔하지 않았다. 오히려 입이 늘어 밥맛도 장맛도 더 좋다며 그해 새로 담근 순무김치나 아는 이에게서 얻어온 참돔까지 아낌없이 내어주었다. 그 집 식탁 한편엔 양념통과 수저통, 전기 포트와 함께 알루미늄 액자가 세워져 있었다. 그 안엔 젖살이 빠지지 않아 앳되어 보이는 도호와 여우 목도리를 맨, 지금보다 더 젊고 생기 있는 할머니의 사진이 들어 있었다. 도호의 중학교 졸업 사진이었고, 두 사람이 함께 찍은 몇 장 안 되는 사진이었다. 액자는 식탁이 들썩이거나 누군가 팔꿈치로 벽을 치면 곧잘 엎어지곤 했다. 가끔 식탁이 움직여 틈이 벌어지면 바닥으로 떨어질 때도 있었는데, 그때마다 도호가 재빨리 팔을 뻗어 그것을 잡아냈다. 벽걸이용 고리가 버젓이 붙어 있는데도 도호와 할머니는 그것을 벽에 걸지 않고 식탁에 세워두었다. 왜 그렇게 하냐고 묻자 도호는 어깨를 으쓱했다.

글쎄. 저렇게 두다보니까 이젠 저게 더 익숙해졌어.

한동안 식탁에 앉아 밥을 먹을 때마다 거슬렸는데, 시간이 지나자 나 역시도 익숙해져 어쩌다 액자가 엎어져도 별생각 없이 다시 집어 세웠다. 그런 것에는 금세 익숙해졌다. 조도가 지나치게 높은 조명에도, 누군가 현관 벨을 누르거나 문을 열고 들어오면 초인종 대신 불이 들어오는 초인등에도, 텔레비전 볼륨을 크게 맞추는 할머니의 습관에도 나는 점차 적응해나가고 있었다.

물론 좀처럼 적응 안 되는 게 있기는 했다.

수어의 속뜻과 순서, 손의 움직임과 표정의 미세한 다름을 나는 이해할 수 없었다. 이를테면 '지갑'과 '건축'의 차이. 구어로는 확연히 뜻이 다른데도 수어로는 어쩐지 두 단어가 비슷해 보여 구분해낼 수 없었다.

지갑은 손깍지가 딱 두 번 움직이고 건축은 깍지가 파르르 떨리듯 움직이잖아.

도호가 수형手形의 차이를 거듭 설명해주어도, 그게 잘 인지되지 않았다.

도호는 늘 할머니와 나 사이에서 통역자 역할을 했다. 그는 그것을 불편해하거나 성가셔하지 않았다. 다만 어떤 말들은 자기 선에서 생략하고 간추리고 다르게 전했다. 외출할 때마다 꼭 십 분씩, 이십 분씩 기다리게 하는 할머니를 두고 '좀 대충 하면 안 되

나' 중얼대던 내 불평은 애써 통역하지 않았고, 내가 요리한 고추
잡채를 먹은 뒤 손을 움직여 '맛있다'고 말하는 할머니의 단순한
손짓엔 더 많은 부연과 칭찬을 보탰다.

한번은 이런 적도 있었다.

셋이서 동대문시장에 다녀오던 길이었다. 길거리 음식을 사 먹
다 맞은편 무인텔에서 중년 남녀가 나오는 것을 발견했다. 남녀는
주변을 두리번대며 멀찍이 떨어져 걷다 인적이 드문 골목에 들어
서서야 팔짱을 꼈는데, 그 어색한 폼 때문에 별수없이 시선이 갔
다. 할머니는 그들을 힐끗 본 뒤 도호에게 무어라 손짓했다. 대화
말미에 그녀가 소지 끝을 두 번 쳐 내렸는데, 그게 내내 마음에 걸
렸다.

근데 아까 무슨 얘기 한 거야?

묻자 도호는 저 부부 금실 참 좋다 했다고 얼버무리고 말았다.
분명 그런 뜻이 아닌 것 같은데 그렇게만 설명했다. 그게 아닌 것
같다고, 혹시 내 얘기 한 것 아니냐고 따지자 도호는 아니라고, 오
해하지 말라고 손을 내저었다.

우리가 왜 네 얘길 하겠어.

그럼 무슨 말 한 건데? 왜 나한텐 말 안 해줘?

누구한테 떠들 만큼 유쾌한 얘길 한 게 아니니까.

도호가 숨기는 것들의 내막을 나는 늘 확인할 방도가 없었다.
도호 말이 맞겠지, 내가 오해하는 거겠지, 생각하고 마는 게 차라

리 속 편할 때도 있었다.

함께 모여 이야길 나누다가도 도호가 자리를 뜨면 할머니와 나 사이엔 정적만 감돌았다. 도호 없이는 할머니와 대화가 통하지 않았다. 할머니가 부러 손동작을 크게 하고, 제스처까지 섞으며 말을 걸어도 나는 그 말을 해석하지 못하거나 다르게 풀이했다. 할머니와 어색하게 미소를 주고받거나 공연히 휴대폰을 들여다보며 도호가 돌아오길 기다렸다. 그렇게 미소를 유지한 채 조용히 시간을 죽이다 도호가 오면 아무렇지 않은 듯 다시 수어와 구어와 제스처가 섞인 대화를 이어갔다.

어려움은 있었지만, 나는 꾸준히 적응해나갔다. 눈치껏 행간을 읽고 분위기를 파악하며 그들에게 하나하나 맞춰나갔다.

섹스도 마찬가지였다. 처음에는 문밖에 할머니가 있는데 공공연히 도호와 몸을 섞는다는 게 영 찜찜하고 꺼림칙했으나, 시간이 지나니 그것도 그것 나름대로 익숙해졌다. 섹스가 끝나면 싱글 침대에 팔을 맞대고 누워 도호와 이런저런 이야기를 주고받았다. 도호의 방엔 그가 초등학생 때부터 쓰던 물건이 가득했다. 덴버 공룡 판박이가 붙어 있는 옷장, 여기저기 낙서가 되어 있는 학생용 책상, 부피가 큰 구형 데스크톱. 그것들을 손으로 짚으며 도호의 학창시절과 내 학창시절을 견주고 공통분모를 찾으며 웃곤 했다. 도호의 배에 팔을 얹은 채, 나는 중학교 2학년 때 버디버디에서 만난 고등학생 오빠와 사귄 경험, 커터 칼로 몸에 상처를 내 그 오빠의 이니셜을 새겼던 경험에 대해 이야기했다. 그때는 무서운 줄도 모르고 서슴없이 그런 짓을 벌였다고, 사랑이 뭔지도 모르면서 칼자국을 따라 피가 맺히고 딱지가 지는 것을 사랑이라 여겼다고 웃으며 말했다. 도호는 내 몸 곳곳을 살피며 그때의 흔적을 찾았다.

아프진 않았어?

아픈 줄도 몰랐어, 그때는.

상처가 아물기도 전에 나는 그 오빠한테 싫증나버렸고, 또다시 버디버디를 누비며 차고 넘치는 외로움을 쏟아낼 사람을 찾았다.

완전 중2병스럽지 않냐?

주절대며 도호에게 물었다.

넌 그때 어땠어? 너도 다른 남자애들처럼 야한 만화 돌려보고 문자 친구 사귀고 그랬지?

도호는 잠시 생각에 잠겨 있다가 중얼댔다.

난 도망치려고 했어.

도호는 다음 말은 잇지 않고 조용히 말을 아꼈다. 더이상의 설명은 없었으나, 어렴풋이 해석이 됐다. 그에게 조심스럽게 물었다.

근데 왜…… 그러지 않았어?

도호는 장난스럽게 표정을 고치며 내 코를 가볍게 쥐었다 놓았다.

너도 내가 돼봐.

그후부터 식탁에 세워져 있는 액자를 볼 때면 나는 어쩔 수 없이 도망치려고 했다는 도호의 말을 떠올리게 되었다. 식탁이 들썩일 때마다 액자는 자주 엎어졌고, 그때마다 도호나 할머니가 그것을 무심히 집어 세웠다.

*

도호는 나보다 먼저 졸업했다. 전공을 살려 IT기업에 원서를 넣었는데, 면접까지 가지 못하고 번번이 서류 전형에서 낙방했다. 면접을 위해 아웃렛에서 구입한 정장은 한동안 도호의 옷장에서 묵어갔다. 그는 틈만 나면 회사 홈페이지에 들어가 채용 공고와 전형 결과를 확인했다. 데이트를 할 때, 길을 걷거나 밥을 먹다가도 초조하게 입술을 뜯으며 휴대폰을 들여다보았다.

할머니와 셋이 있을 때도 예외는 아니었다.

어느 저녁엔 식탁에 둘러앉아 밥을 먹는데 도호의 휴대폰 알림이 울렸다. 그즈음 도호가 원서를 넣은 회사는 초봉도 높고 직원 복지도 썩 괜찮은 곳이었다. 그리고 무엇보다,

거긴 전문대 졸도 뽑는대.

그 말에 나는 이번엔 꼭 붙을 거라고, 너 정도면 학점도 좋고 실력도 있다고 설레발을 쳐댔다.

휴대폰 화면을 들여다보는 도호의 얼굴이 점점 굳어갔다. 씨발. 도호가 중얼댔다. 뜨악해 할머니를 힐끔댔다. 할머니는 평온한 얼

굴로 달걀조림을 집어먹고 있었다. 할머니 눈치를 보며 도호에게 괜찮냐고 물었다. 그는 조용히 중얼댔다.

마지막 질문 때문인가.

마지막 질문?

도호는 면접관이 마지막 질문으로 부모에게 영향받은 점에 대해 물었다고 했다. 그는 창신동 봉제 기술자로 오십이 년을 일한 할머니에 대해 이야기했다. 그녀의 장애와 자신의 사정에 대해서도 가감 없이. 그러자 면접관들이 일순 숙연해졌다고 했다. 면접관 중 누구는 그런 가정에서도 참 잘 컸다고, 대견하다며 도호를 과도하게 치켜세웠다고.

도호의 얘기를 들으며 나는 면접에서 떨어진 게 그것 때문은 아닐 거라고, 그냥 그 회사 인사팀이 혜안이 없는 거라고, 더 나은 조건의 회사들이 많지 않으냐고 주워섬겼다. 도호는 말했다.

너 정말 그렇게 생각해?

뭐?

정말 그 사람들이 혜안이 없어서 나 떨어뜨렸다고 생각하냐고.

아무 말도 못하는 내게 도호는 덧붙였다.

됐다, 네가 어떻게 알겠어. 네가 날 어떻게 이해하겠어.

그 말에 욱해 나는 열을 냈다. 어떻게 그런 말을 할 수 있냐고, 도대체 무슨 얘길 듣고 싶은 거냐고 소리쳤다. 할머니가 밥을 먹다 말고 도호와 나를 빤히 바라보았다. 도호는 아무 일도 없다는 듯 할머니를 향해 미소를 지어 보였다.

미안해. 말이 헛나왔다.

그는 부러 입술을 많이 움직이지 않고 말했다. 그리고 미소를 유지한 채 식사를 이어갔다. 당장 '나만큼 널 이해해주는 사람이 어디 있냐'고 도호의 말을 정정하고 싶었지만, 입이 떨어지지 않았다. 나도 다시 밥을 먹었다. 웃지 않는 나와 억지로 미소 짓는 도호를 할머니는 어리둥절한 얼굴로 번갈아 보았다.

도호는 그로부터 한 계절이 더 지난 뒤 판교에 있는 게임 회사에 서버 프로그래머로 취직했다. 안드로이드용 모바일 게임을 제작하는 중소기업이었다. 어렵게 입사한 회사라 그런지 낮은 연봉과 무리한 조건에도 도호는 악착같이 적응하고 버텨냈다. 그가 입사할 당시 회사에서 기획중이던 아이템은 판타지 세계관의 MMORPG였다. 경쟁사에서 그와 비슷한 게임을 곧 출시한다는 소문이 돌고 있었고, 그보다 한 달 앞선 11월 초까지 알파 테스트를 완료하기 위해 온 직원이 연일 야근하며 전력을 다했다. 법정 근로시간 때문에 잔업을 할 때는 사무실 불을 모조리 끄고 블라인드까지 내린다고, 자기 회사 다니던 직원 중엔 과로사한 사람도 있다고 도호는 우스갯소리로 이야기하곤 했다.

너 판교 오징어 배라고 들어봤어? 딱 우리 회사가 그래.

그 말이 나는 하나도 웃기지 않았다.

도호는 아침 일곱시에 출근해 자정에 퇴근했다. 주말까지 쉬지 않고 특근을 할 때도 있었다.

씻을 시간도 없어. 출시 앞두고 사람을 아주 갈아.

도호의 목소리엔 힘이 하나도 실려 있지 않았다. 매일 한 시간이고 두 시간이고 하던 전화통화를 그즈음엔 십 분도 채 하지 못했다. 만나서도 그랬다. 도호는 잔뜩 풀린 눈으로 멍하니 허공을 응시하거나 침까지 흘리며 꾸벅꾸벅 졸았다. 주말에 잠시 짬을 내 잠실로 야구를 보러 간 적이 있었는데, 화장실을 갔다 온다던 도호가 삼십 분이 지나서도 돌아오지 않아 애를 태우며 연달아 전화를 건 적도 있었다. 그가 화장실에서 볼일을 보다 잠들었다는 사실을 알고 난 후부턴, 데이트도 거의 않고 이따금 만나도 간단히 맥주 몇 잔 마시고 헤어지곤 했다.

그즈음에는 나도 다시 본가로 들어가 있었다. 아빠는 여전히 돌아오지 않았고, 엄마는 겉으로는 멀쩡해 보였으나 속은 곪을 대로 곪아 피폐한 상태였다. 내가 할 수 있는 거라곤 담배꽁초가 가득 쌓인 재떨이를 비우거나, 안방 대신 서재에서 잠을 자며 밤마다 우는 엄마를 애써 모른 체하는 것뿐이었다. 그런 낮과 밤이 반복되고, 나와 도호의 관계도 점차 미지근해지며 연인도 친구도 아닌 사이로 전락해갈 때, 도호에게서 전화가 걸려왔다.

늦은 밤이었다. 도호는 다급한 목소리로 지금 자기 집에 좀 가줄 수 있냐고 물었다. 한 시간 전부터 세입자들에게서 전화가 온다고 했다. 낮부터 천장에서 물이 새기 시작했다고, 자기네들도 주인 할머니 사정 아니까 둥글게 넘어가려고 했는데 물 새는 게 점점 심해지고 할머니는 현관 벨을 눌러도 문을 열지 않으니 분통이 터져서 못 참겠다는 전화가 온다고. 전화 너머 도호의 초조함이 고스란히 전해졌다. 할머니에게 무슨 일이 있는 것 같다고 그는 거의 울 듯한 목소리로 웅얼댔다.

배관 수리업체엔 연락했는데, 내가 지금 도저히 갈 수 없는 상황이라…… 유수야 부탁 좀 할게.

내가 도착했을 때에도 세입자들은 중문 앞에 모여 현관 벨을 계속 눌러대며 주인 나와보라고 고래고래 소리를 지르고 있었다. 삼층 교회 목사도 함께였다. 나는 도호 대신 그들에게 사과를 하고 배관 수리에 관해 상의한 뒤 열쇠공을 기다려 문을 땄다.

중문을 따고 현관문까지 열어 겨우 집으로 들어갔다. 할머니는 텔레비전을 틀어놓은 채 코까지 골며 자고 있었다. 밖에서 그 소란이 벌어졌는데 태평하게 잠이라니. 당황스럽고 얼떨떨해 화도 나지 않았다. 아무것도 모른 채 할머니는 잠에서 깨어나 나를 반갑게 맞아들였다. 어서 오라고, 왜 이렇게 오랜만에 왔냐고 하는 것 같았는데, 그것도 다 나의 추측일 뿐 정말 그렇게 말했는지는 미지수였다.

후에도 비슷한 일이 몇 번 더 벌어지자 도호는 아예 중문 열쇠를 하나 복사해 내게 건넸다. 자기에게 급한 일이 생기거나, 부득이하게 철야를 할 때만 와서 할머니를 봐주면 좋겠다고 그는 청했다.

어려운 일은 아닐 거야.

도호는 아직 신입이라 눈치봐야 할 게 많다고, 부탁할 만한 사람이 나밖에 없다고 했다.

돈은 줄게.

내 계좌로 돈을 보내려는 도호를 크게 만류했다. 돈을 받고 싶지는 않았다. 그것까지 받는다면 관계가 더 복잡해질 것 같았다. 어차피 한두 번 하고 말 일일 텐데. 뒤틀린 속마음을 숨긴 채 도호에게 말했다.

됐어. 우리가 남도 아닌데, 그러지 마.

번거롭더라도 중문은 꼭 잠가달라고 도호는 거듭 당부했다.

안 잠그면 무슨 일이 벌어질지 몰라서……

할머니 혼자 외출하려다 계단에서 굴러 낙상을 당한 적도 있다고, 어딜 갈 때는 곁에 사람이 꼭 붙어야 한다고 도호는 강조했다. 나는 되도록 그의 청을 지키려고 노력했다. 도호가 야근을 하는 날이면 그의 집으로 가 할머니와 함께 저녁을 먹고, 수어가 지원되는 드라마를 보고, 창문과 가스 밸브를 잠그고 중문까지 꼼꼼히 점검한 뒤 발길을 돌렸다. 도호의 말처럼 그건 어려운 일이 아니었다. 처음 한두 번 정도는.

게임 발매일이 다가올수록 도호의 철야도 점차 잦아졌다. 일주일에 한 번이 두 번으로, 후에는 세 번으로. 그에 따라 나 또한 도호네에 자주 드나들어야 했다. 도호는 그것을 언제나 미안해하고 민망해했다. 기프티콘을 보내주기도, 전에 없이 긴 메시지를 남기며 고맙고 미안하다고 하기도 했다.

—난 괜찮으니까 네 몸이나 챙겨.

그렇게 답장하면서도 속으로는 도호의 부탁을 거절할 타이밍을 재고, 어떻게 하면 마음이 상하지 않게 의사를 전할지 고심했다.

도호 없는 도호네는 전보다 더 낯설고 불편했다. 보리차인 줄 알고 따라 마신 것이 알고 보니 매실주거나, 무심코 쓴 수건이 발수건이거나. 안다고 생각했으나 나는 모르는 그 집의 규칙과 질서가 곳곳에 널려 있었다. 소통 역시 문제였다. 할머니가 이것을 말하면 나는 저것으로 알아듣고 저것을 말하면 이것으로 알아듣는 일이 빈번했다. 내가 말귀를 알아듣지 못할 때마다 할머니는 답답하다는 듯 주먹으로 가슴을 쿵쿵 내리쳤는데, 그럼 나도 모르게 꽁해졌다. 어쩌라는 거야, 중얼거린 적도 있었던 것 같다.

가장 신경 쓰였던 건 집 곳곳에서 들려오는 소리였다. 도호와 있을 때는 그다지 심하다고 느끼지 못했던 크고 작은 소리들이 어느 순간부터 생생히 들려왔다. 할머니가 코를 크게 푸는 소리, 볼일 보는 소리, 주의 없이 문을 쾅 닫는 소리, 발로 바닥을 쿵쿵 디디는 소리. 가끔은 그게 겹쳐 거대한 소음이 일기도 했는데, 그때마다 신경이 곤두섰다. 참다못해 휴대폰으로 '발소리' '깜짝 놀라

다' 같은 수어를 찾아 할머니에게 보여준 적도 있었다. 할머니는 미안하다고, 조심하겠다고 했다. 하지만 그것도 오래지 않아 다시 주의 없이 문을 쾅 닫고, 바닥을 쿵쿵 디디고……

발소리를 크게 내는 습관은 잘 고쳐지지 않았지만, 할머니 역시 애를 쓰고 있기는 했다. 내 눈치를 보며 텔레비전 볼륨을 낮추고, 무얼 사다달라거나 함께 은행에 가달라는 부탁도 어렵게 했다. 심지어 초인등이 고장났을 때는 눈도 잘 보이지 않는 사람이 그걸 고친답시고 의자에 올라가다 크게 다칠 뻔하기도 했다. '놓아두다' '내가' '고치다' 같은 수어를 동원해 놔두라고, 내가 고치겠다고 부드럽게 설명했다. 본래 기계 다루는 데에 소질이 없었으나, 한나절 동안 블로그며 카페를 뒤지고 컨버터에 전선을 어찌어찌 연결해 겨우 불이 들어오게 하는 데에 성공했다. 할머니는 뛸 듯이 기뻐했다. 그녀는 오른손을 모로 세운 뒤 왼 손등을 두 번 쳤다. 그건 내가 아는 몇 안 되는 수어였지만, 그에 대한 답을 뭐라고 해야 할지는 고민됐다. 다행이라고, 앞으로도 걱정 말라고 전해야 할까. 아니면, 그런 말 말라고 전해야 할까. 그녀에게 도움이 되었다는 게 자못 뿌듯하기도 했지만, 다른 한편으론 부담스럽기도 했으니까.

초인등은 며칠 잘 작동되나 싶더니 얼마 지나지 않아 아예 망가져버렸다. 초인등이 고장난 뒤, 할머니는 전과 달리 내가 문을 열고 들어오면 화들짝 놀라거나 뒤로 물러서며 외마디 비명을 질렀다. 나는 도호에게 메시지를 보냈다.

─도호야, 초인등 고쳐야 할 것 같아.

그즈음 도호는 집에 들어오는 날보다 들어오지 않는 날이 더 많았다. 연락도 잘 되지 않았다. 결국 내가 나서서 수리점을 찾아보려 해도 그게 생각만큼 쉽지 않았다. 초인종을 수리하는 곳은 숱해도 초인등을 수리하는 곳은 흔치 않았다. 초인등이 고장났다고 말하면 '초인등이요? 초인종 아니고?' 되묻는 곳이 다수였다.

─답 좀 줘. 이게 고장나서 누가 들어올 때마다 할머니가 자꾸 놀라잖아.

대여섯 시간이 지나서야 도호에게서 짧은 답이 왔다.

─오늘 집 가면 고쳐놓을게.

도호는 그 약속을 지키지 않았다. 다음날 그 집에 가보면 초인등은 여전히 그 상태 그대로였고, 할머니는 집안으로 들어서는 나를 보며 화들짝 놀라며 뒷걸음질을 쳤다. 도호에게 몇 번 더 말했지만 초인등은 고쳐지지 않았다.

고장난 그대로 방치된 초인등을 볼 때마다 짜증이 치밀었다. 하루에도 몇 번씩 도호에게 보낼 메시지를 끄적였다. 이제 너희 할머니를 못 챙길 것 같다고, 나도 바쁘다고, 왜 내 입장은 이해해주지 않냐고, 지친다고…… 열을 내며 메시지를 작성하다가도 종국엔 고심해 작성한 문자들을 전부 지우고, 다시 할머니와 저녁을 먹고 수어가 지원되는 방송을 보고 집 이곳저곳을 점검한 뒤 밖으로 나갔다.

11월이 지나고 게임이 출시된 이후에도 도호와는 연락이 잘 되지 않았다. 도호는 금세 또다른 모바일 게임 개발에 돌입해야 했고 철야며 특근도 계속되었다. 가끔 짬이 나 만날 때면,

내가 얘기했나? 우리 회사에서 일했던 직원 중에 과로사한 사람이 있다고……

했던 이야기를 반복하며 꾸벅꾸벅 졸거나 풀린 눈으로 멍하니 먼 곳을 응시했다.

초인등은 두 달간 그 상태 그대로 방치되어 있었다. 평상시엔 제 기능을 못하던 센서가 어느 순간 뜬금없이 켜져 할머니를 놀라게 했다. 내가 망가뜨린 것이니 원래대로 돌려놓자는 심정으로 어느 날은 공구함을 챙겨 집을 나섰다. 삼단식 공구함은 커버를 열면 못이며 너트와 볼트, 멍키스패너, 드라이버, 리무버, 렌치, 스트리퍼 등이 펼쳐졌다. 공구 몇 개만 챙길까 하다 뭐가 필요할지 몰라 통째로 챙겼는데, 생각보다 무겁고 가지고 다니기 번거로웠다. 한 손에 힘이 빠지면 다른 손으로 번갈아 들며 겨우 지하철을 탔을 때, 도호에게서 메시지가 왔다.

―우리 회사 근로기준법 위반해서 지금 감독관 오고 난리다.

연달아 메시지 한 통이 더 왔다.

―ㅋㅋㅋ 야근도 오늘부로 끝.

이모티콘까지 보내며 기쁨을 표출하는 도호와 달리 나는 그다지 들뜨지도 설레지도 않았다. 왜일까. 전처럼 한강변에 앉아 즉석 라면을 먹고, 야구 경기를 보러 가고, 도호네에 들락거리고…… 그런 게 전혀 기대되지 않았다. 그보다는 손에 들린 묵직한 공구함이 신경 쓰여 자꾸 인상을 쓰게 되었다.

공구함을 이고 지며 환승을 하고 계단을 올라 힘겹게 도호네에 도달했다. 사층 중문 앞에 들어설 때까지는 몰랐는데, 현관문을 열자마자 비트를 잘게 쪼갠 뽕짝 소리가 크게 들려왔다. 발소리를 죽인 채 소리가 들리는 곳으로 향했다. 소리는 큰방에서 들려왔다. 큰방에는 오래된 카세트덱이 있었는데, 그 집을 드나드는 동안 나는 그게 작동되는 것을 한 번도 본 적이 없었다. 애초에 듣지도 못하는 할머니 방에 그런 것이 있다는 게 신기했는데……

그 카세트덱 앞에서, 거들과 슬립만 걸친 할머니가 몸을 흔들고 있었다. 멀거니 선 채 그 광경을 지켜보았다. 음악이 없다면 아무도 그걸 춤이라고 생각지 못할 것이었다. 박자도 스텝도 리듬도 어긴 채, 그녀는 몸을 움직이고 있었다.

할머니.

방문 앞에 서서 그녀를 불렀다. 그녀는 내 쪽을 돌아보지 않았다. 누군가 지켜보고 있다는 것도 알아채지 못한 채, 카세트덱에서 둥둥, 진동이 울릴 때마다 양팔을 휘젓고 허리를 돌리고 발을 빠르게 굴렀다. 햇살에 슬립 안 복대가 여실히 비쳐 보였다.

할머니.

다시 한번 그녀를 향해 소리쳤다. 할머니는 대꾸 없이 몸을 흔들었다. 카세트테이프가 늘어져 음이 튕기고 기괴하게 변주되는 줄도 모른 채 몸부림에 가까운 동작을 그렇게…… 그렇게 한참을 지속했다. 그 광경을 망연히 지켜보다 공구함을 들고 그 집에서 나왔다.

골목을 돌아 역으로 향하던 중, 중문을 잠그지 않고 나왔다는 게 갑자기 떠올랐다. 도호네로 방향을 틀려다 멈춰 섰다. 거들과 슬립만 걸친 채 몸을 흔들던 할머니가 떠올랐다. '사랑만 고집했던 어리석은 난 당신이 전부였-는데' 하는 뽕짝에 엇박으로 몸을 움직이던 할머니가.

손에 들고 있던 공구함이 바닥으로 떨어졌다. 못, 멍키스패너 등이 바닥으로 흩어졌다. 그걸 하나하나 그러모으며 중얼댔다.

무거워. 다 너무 무거워.

공구들을 다 주워모은 뒤 여태껏 걸어온 길을 돌아보았다. 열려 있을 중문에 대해 생각하다 나는 도호네가 아닌 역으로 발길을 돌렸다.

*

아빠는 어느 날 어디서 구른 건지, 부딪힌 건지 다리에 깁스를 한 채로 일 년 만에 돌아왔다.

아빠의 손에는 내의며 드로어즈가 담긴 쇼핑백 하나가 들려 있었다. 섬유 유연제 향을 물씬 풍기며 깔끔히 개어져 있는 내의와 드로어즈. 그것만으로 그간의 행적이 충분히 유추되는데도 엄마는 아무 일 없었다는 듯 아빠에게 밥을 차려주고, 과일을 깎아주고, 예능 프로그램을 보며 같은 포인트에서 큭큭 웃었다. 한 식탁에서 밥을 먹고 속없이 웃다가도 밤이 되면 한 사람은 서재로, 다른 사람은 안방으로 들어가 잤다.

비겁할 수 있는 사람과 그럴 수 없는 사람.

엄마가 했던 말이 이따금 떠올랐고, 그럴 때면 나는 어느 편에 속하는지 가늠하게 되었다.

도호와 헤어진 이후에도 이런저런 데이팅 앱을 깔고, 지우고, 다시 깔며 여러 남자들과 만나고 헤어졌다. 이렇다 할 것도 없는 만남이었다. 휴대폰 화면을 오른쪽으로 스와이프하고, 지루한 얘기에도 흥미롭다는 듯 관심을 보이고, 모텔을 대실하고, 다음 따윈 기약하지 않은 채 쿨하게 헤어졌다. 만남의 패턴은 비슷해도 그들이 내게 궁금해하는 건 저마다 달랐다. 학교나 나이, 키, 취미, 선호하는 자세나 페티쉬…… 이제는 얼굴조차 기억나지 않는 어떤 남자는 내가 흥얼거리는 노래가 뭐냐고도 물었다.

무슨 노래?

아까부터 계속 흥얼거리던데. 사랑만 고집했던…… 어쩌고 하는 노래.

사랑만 고집했던 어리석은 난 당신이 전부였—는데. 일부러 찾아 들은 적도 없는데, 나도 모르게 그 노래를 흥얼거릴 때가 있었다. 부르고 싶지 않아도, 사랑만 고집했던 어리석은 난…… 어느새 흥얼거리고 있었다.

도호에게선 몇 번 연락이 오다 어느 순간 끊어졌다. 왜 연락을 받지 않냐고, 왜 이렇게 무책임하냐고, 왜 자기를 떠났냐고, 도호는 묻지 않았다. 그저 미안하다고 했다. 미안하고 미안하다고.

그래서 나는

도호야, 난 네가 될 수 없어, 로 끝맺는 메시지를 끝내 보낼 수 없었다.

여름이 오도록 아빠는 깁스를 풀지 못했고 나는 그때까지 아빠에게 한마디도 걸지 않았다. 날이 차차 더워지고, 깁스 안으로 땀이 차자 아빠는 튀김용 젓가락을 깊숙이 찔러넣어 다리를 살살 긁어댔다. 깁스에서 시큼하고 역한 냄새가 풍겼다.

어느 날인가는 다리를 긁으며 프로야구를 보는 아빠에게 다가가 물었다.

어느 팀이야?

응? 뭐라고 했냐?

아빠는 상당히 놀란 눈치였다. 얼마 만에 나누는 대화인지 가늠할 수조차 없었다. 나는 다시 물었다.

어느 팀 응원하냐고.

아빠는 조금 생각하더니 어떤 팀도 응원하지 않는다고 했다.

누굴 응원하면 시즌 끝날 때까지 계속 봐야 되잖냐. 난 그냥 보는 거야, 그냥.

아빠는 내게 응원하는 팀이 있냐고 되물었다. 잠시 머뭇하다 답했다.

……이젠 없어.

다른 거 볼 거냐?

아빠가 물었고, 나는 그러자고 했다. 케이블방송에서 얼마 전 타계한 코미디 배우가 주연인 영화가 방영되고 있었다. 다채롭게 표정을 바꾸며 애드리브를 선보이는 배우를 보며 아빠는 큭큭 웃었다. 아빠가 튀김용 젓가락을 깁스 안에 찔러넣을 때마다 악취가 미미하게 풍겼다. 이제 곧 익숙해질 그 냄새를 맡으며 나도

큭큭, 웃는다.

화양극장

해설자

이목씨와 말을 섞을 수 있었던 건 갑작스럽게 울린 화재경보 때문이었다. 칠 년이 지났지만 경은 그때를 선명히 기억하고 있었다. 상영관 안에 화재경보가 울렸을 때, 경은 발갛게 부어오른 눈가를 비비며 자리에 그대로 앉아 있었다. 영화는 결말만을 남겨두고 있었고, 주인공이 단두대 앞에서 작별인사를 하는 장면이 영사막에 띄워져 있었다. 비극이 분명할 엔딩을 기다리며 그녀는 숫자를 거꾸로 셌다. 열, 아홉, 여덟…… 그것은 슬픔을 견디는 그녀만의 방식이었다. 일곱, 여섯, 다섯…… 경보가 울렸지만, 경은 미동조차 하지 않았다. 밖으로 나가고 싶지 않았다. 임용 고사에 여덟 번 낙방한 여자 이야기. 시시하고 보잘것없는 줄거리로 요약되는 인생을 이어가느니 이대로 몇 롤의 필름들과 함께 연소되는 것도

나쁘지 않을 것 같다고 생각했다. 경이 멀거니 스크린을 보고 있을 때,

안 나가요?

C열 맨 끝자리에 앉아 있던 할머니가 그녀를 향해 소리쳤다. 다급하게 자신을 부르는 할머니를 경은 멀뚱히 바라보았다.

일어나요. 나랑 같이 나가.

할머니가 한번 더 소리쳤다. 그제야 경은 정신을 차리고 허겁지겁 상영관을 빠져나갔다. 문을 열자 빛이 쏟아졌고 경은 눈을 찌푸렸다.

상영관 안에 있던 관객은 경과 할머니 둘뿐이었다. 어리둥절한 얼굴로 서 있는 그들에게 극장 직원은 실제로 불이 난 건 아니며, 단순한 오작동인 것 같다고 사무적으로 설명했다.

낡은 극장이라 이런저런 고장이 잦아요.

그곳에선 그때까지도 칠십 밀리 필름 영사기를 사용하고 있었다. 직원—매표에 매점 운영, 영사기사까지 도맡던—은 필름을 다시 감은 뒤 영화를 재상영해주겠다며 잠시 기다려달라고 부탁했다. 상영관 밖에서 두 사람은 어색하게 입장을 기다렸다. 눈이 마주치자 할머니는 경을 향해 부드럽게 웃어 보였다. 전에도 경은 그녀와 종종 마주친 적이 있었다. 극장에선 금요일마다 〈애수〉〈북북서로 진로를 돌려라〉 같은 고전 영화를 상영해주었고, 할머니는

그때마다 빼놓지 않고 극장을 찾았다. 고양이 털이 잔뜩 붙은 스웨터나 코르덴 팬츠를 입은 채.

할머니는 늘 C열 오른쪽에 앉았고, 경은 D열 왼쪽에 앉았다. 경의 자리에선 할머니의 옆모습이 보였다. 백발에 앉은키가 큰 할머니. 경은 그녀를 그렇게 기억했다.

시간이 꽤 흘렀는데도 직원은 돌아오지 않았다. 그럼 그렇지, 생각하며 경은 슬금슬금 발길을 돌렸다.

그냥 가려고요?

할머니가 물었다. 그녀는 일흔 살 가까이 되어 보였다. 경은 그 연배의 노인들이 좀 불편했다. 목소리가 크고 괄괄하며 하나같이 아집에 빠져 있는, 지그시 쳐다보는 것만으로도 사람을 괜히 주눅 들게 만드는 사람. 자신 앞에 서 있는 할머니 역시 비슷한 유형일 것 같았다. 뜸을 들이다 경은 건성으로 대꾸했다.

결말까지 보고 싶지 않아서요.

왜요?

할머니가 물었다. 집요하네, 생각하며 그녀는 아무 말이나 주워섬겼다.

슬픈 영화잖아요. 이런 영화는 안 봐도 결말 뻔해요.

경의 대답에 할머니는 무언가 생각하는 것처럼 미간을 좁혔다.

그렇지 않은데······

할머니는 전에도 이 영화를 본 적 있다며 결말을 이야기해주겠다고 했다.

모르고 지나가면 섭섭하잖아요.

할머니의 입가엔 새끼손가락 두 마디 길이의 흉터가 있었다. 미소를 짓거나 입을 벌리고 오므릴 때마다 흉터 주위에 자잘한 주름이 잡혔다. 할머니는 영화의 결말을 간략하게 정리해 들려준 뒤, 경에게 말했다.

어때요? 그렇게 뻔하진 않죠?

영화의 결말은 생각보다 밝았다. 경은 할머니의 입가를 바라보았다. 웃지 않아도 웃는 것 같은 얼굴. 기분이 한결 나아졌다.

*

그다음 주에도 경은 극장에서 할머니와 마주쳤다. 두 사람은 묵례를 나눈 뒤, 늘 앉던 자리에 앉았다. 버스터 키튼이 주연을 맡은 〈제너럴〉이 상영되는 날이었고 관객은 어김없이 경과 할머니 둘뿐이었다. 영화가 상영되는 내내 경은 C열 오른쪽을 힐끗댔다. 버스터 키튼과 매리언 맥이 왈츠를 추는 장면에서 할머니는 황홀한 얼굴로 스크린을 바라보았으며, 무표정한 얼굴로 슬랩스틱을 선보이는 키튼을 보면서는 웃는지 우는지 모를 묘한 표정을 지어 보였다. 어떻게 저렇게 몰입할 수 있을까. 그다지 재미있는 영화도 아닌데. 경은 생각했다.

그 시기 경에게 극장은 하나의 도피처였다. 팔 년간의 노량진 생활을 청산하고 고향인 상주로 내려온 지 반년이 지난 무렵이었다. 경의 아버지는 이태 전 정년퇴직하고 별다른 취미나 여가도 즐기지 않은 채 집에서만 생활했다. 종일 아버지와 한집에 붙어 있다보면 그가 툭 던지는 말이나 눈빛에도 움츠러들고 숨이 막혔다. 경의 아버지는 자식에게 폭언을 퍼붓거나, 변변한 벌이가 없는 경에게 자신의 연금을 떼어주는 것을 고깝게 여기는 사람은 아니었다. 오히려 그 반대였다. 고향으로 내려온 이래 아버지는 집이 춥지는 않은지, 돈이 부족하지는 않은지 시시때때로 경을 신경 쓰고 염려했다. 무리하지 말아라. 주눅들지 말아라. 자주 경을 격려했고, 때론 말 대신 경의 방문에 격언이 적힌 포스트잇을 붙여두기도 했다. 반년쯤 지나자 문고리를 제한 모든 면에 포스트잇이 덕지덕지 붙어 문을 여닫을 때마다 종이가 우수수 떨어졌다.

어느 날, 함께 저녁식사를 하다 아버지는 문득 깨달았다는 듯 경에게 말했다.

경이 너 숨소리가 너무 크다.

아버지는 건강 정보 프로그램에서 본 '피르미쿠테스 균'에 대해 설명했다. 명칭이 생소해 처음에는 아버지가 하려는 말의 요지를 짚어낼 수 없었으나, 그가 경 앞에 있던 반찬을 슬며시 제 쪽으로 옮기고, 경이 먹던 밥을 덜어낼 때 명확히 알 수 있었다. 반년 새에 십육 킬로그램이 붙은 경에게 아버지는 넌지시 일렀다.

박사가 자꾸 살이 찌는 건 균 때문이라고 말하더라. 온몸이 균 덩어리여서 그렇다고.

아버지의 얼굴에 우려와 함께 은근한 멸시가 떠올라 있었다. 그날부터 경은 종일 동네를 배회하다 아버지가 잠들 때쯤이 되어서야 집으로 돌아갔다.

상주는 읍이나 군이 아닌 시였지만 놀랄 만큼 주위에 아무것도 없었다. 너희 동네에 맥도날드는 있어? 스타벅스는? 설빙은? 대학 시절, 동기들과 유치한 설전을 벌이면 항상 그녀가 졌다. 맥도날드에 가려면 김천까지 가야 했고, 스타벅스는커녕 변변한 카페 하나 찾기 어려웠다. 그건 경이 다시 상주로 내려온 뒤에도 크게 달라지지 않았다. 동네는 한 바퀴를 도는 데 걸어서 이십 분도 걸리지 않을 만큼 좁았고, 그나마 친했던 동창들은 고향을 다 떠난 뒤였다. 경이 동네에 하나뿐인 단관 극장을 찾은 건 어쩌면 당연한 일이었다. 영화를 보는 둥 마는 둥 하며 졸 때가 더 많았지만, 적어도 하루를 그냥 보냈다는 자괴감은 느끼지 않을 수 있었으니까.

극장의 상영 메커니즘은 좀 특이했다. 최신 영화가 상영되기도 했고, 〈다섯시부터 일곱시까지의 클레오〉나 〈히로시마 내 사랑〉 같은, 경으로선 생전 제목조차 들어본 적 없는 고전이 걸릴 때도 있었다. 모든 게 '영사기사 맘대로'였지만, 라디오 디제이처럼 관객이 신청하는 영화를 상영해주는 것도 아니어서 언제나 영사기사의 기분이나 안목에 맞춰 영화를 봐야 했다. 그날의 영화 〈제너럴〉은 조금 지루하긴 했으나 졸며 본 〈노스탤지어〉보다는 볼만했다.

엔딩 크레디트가 전부 올라간 뒤에야 자리에서 일어나는 할머니를 경은 따라나섰다. 할머니는 그날도 고양이 털이 잔뜩 붙은 모직 코트를 걸치고 있었다. 코트는 발목까지 올 정도로 길었는데, 뼈대가 굵고 키가 큰 그녀에겐 모자람 없이 잘 어울렸다. 상영관 출구에서 할머니는 경을 발견하곤 가만히 미소 지었다.

이번 영화는 결말까지 다 봤네요?

슬픈 영화는 아니었잖아요. 좀 무료한 영화였을 뿐이지. 흑백에 대사도 없으니까요.

경의 대답에 할머니는 무언가 생각하는 것처럼 미간을 좁혔다. 괜한 소릴 했나. 경은 생각했다. 지금까지의 경험으로 미루어보건대, 이런 상황에서 노인들이 할 얘기란 뻔했다. 이 아가씨 영화 볼줄 모르네, 자고로 영화란 말이야……로 시작될 이야기. 하지만경의 예상을 깨고, 할머니는 설교 대신 질문을 던졌다.

버스터 키튼의 별명이 뭔지 알아요?

얼떨떨한 표정을 짓는 경에게 할머니는 '스톤 페이스'라 불리던 키튼에 대해 이야기해주었다. '내가 무표정이면 사람들이 더 많이 웃어요'라는 말을 입버릇처럼 달고 다니며 결코 웃지도 울지도 않던 키튼에 대해, 대역 없이 위험한 스턴트 장면을 찍으면서도 무표정한 연기를 선보이던 그에 대해.

할머니의 이야길 들으며 경은 조금 전 봤던 영화를 되새겨보았다. 다리에서 떨어지고 물에 빠지면서도 무표정을 유지하던 키튼을, 스크린 속 키튼을 보며 묘한 표정을 짓던 할머니를. 매표소 앞에 서서 경은 할머니와 이런저런 이야기를 더 나누었다. 할머니의 이름이 이목이란 것도 그때 알게 되었다.

*

이후에도 경은 늘 그렇듯 D열 왼쪽 자리에 앉았고, 이해하기 힘든 영화가 상영되는 날에는—그녀는 장 뤽 고다르가 좀 어려웠다—객석에 앉아 졸기도 했다. 비슷한 루틴이었지만 하나 달라진 게 있다면, 금요일 저녁마다 이목씨와 그날 본 영화에 대해 이야길 나눈다는 점이었다.

주인공이 사랑에 빠지는 신에선 왜 항상 포그 필터가 사용되는지, 웨스턴 영화의 총격전이 시작될 땐 왜 모래바람과 함께 회전초가 굴러가는지에 대해, 그리고 라나 터너의 고혹적인 아름다움과 카트린 드뇌브의 우아함, 진 켈리의 회고 고른 치열에 대해 두 사람은 상영관 밖 대기석에 나란히 앉아 삼십 분이고 한 시간이고 이야기했다. 이목씨는 영화광이었고, 가장 좋아하는 영화는 오즈 야스지로의 〈동경 이야기〉였다. 경은 휴대폰으로 그 영화의 정보를 찾아보았다. 러닝타임만 두 시간이 넘었다.

이렇게 긴 영화를 어떻게 봐요?

임용을 준비할 때 경은 영화 한 편을 온전히 다 본 적이 없었다. 보고 싶은 영화가 생기더라도 유튜브 리뷰 콘텐츠를 시청하거나, 중간중간 넘겨가며 겨우 한 편을 보았다. 일분일초가 촉박하고 불안한 와중에 러닝타임 백 분이 넘는 영화란 너무 길고 무용할 뿐이었다.

좋은 영화니까요. 무엇보다 나만큼 나이가 들면 그 정도 시간은 아무것도 아니게 여겨져요.

젊은 시절의 조급과 불안은 나이가 들면 다 헛된 것이 되어버린다고, 지금의 넉넉함이 좋을 때도 있지만 그럼에도 자주 옛날이 그립다고 이목씨는 말했다. 그 말에 경은 자신도 모르게 대꾸했다.

전 나이들어도 지금이 그립지 않을 것 같아요.

왜요?

지금까지 내 인생은 거하게 말아먹은 영화 같거든요.

경은 지난 팔 년간의 일들을 짧게 이야기했다. 육 년은 올인, 이 년은 기간제교사를 겸하며 서른둘까지 임용 고사를 준비했다는 것, 임용을 준비하는 동안 극장에 간 적이 손에 꼽는다는 것, 〈비긴 어게인〉은 예능 프로그램밖에 몰랐으며 앨프리드 히치콕은 미국 정치인인 줄 알았다는 것, 내년엔 되겠지, 내년엔 붙겠지…… 그렇게 팔 년을 보내다 정신을 차려보니 취미 하나 없고, 어디에도 마음 두지 못하는 인간이 되어 있었다는 것.

이제는 임용도 노량진 생활도 다 그만두었다고 말한 뒤, 경은 덧붙였다.

위로는 안 해주셔도 돼요. 저 정말 괜찮으니까.

이후에도 경은 이제는 괜찮다는 말을 몇 번이나 덧붙였다. 경의 이야길 듣고 이목씨는 한동안 침묵하다 물었다.

혹시 영화 한 편 더 볼 시간 있어요?

이목씨는 매표소로 향했다. 매표 직원이자 영사기사에 매점 운영까지 도맡아 하는 늙은 직원에게 그녀는 무어라 이야기하며 두 명분의 푯값을 내밀었다. 영사기사는 별말 없이 영사실로 들어갔다.

십 분 후에 들어오라네요.

말하는 이목씨에게 경은 무슨 영화를 보는 거냐 물었다. 이목씨는 빙긋 웃으며 답했다.

내가 나오는 영화요.

그들은 처음으로 같은 열에 나란히 앉아 영화를 보았다. 아버지와 함께 살게 된 이후로 경은 숨소리를 자주 의식하게 되었다. 누군가와 가까이 있게 되면 상대가 거슬려할까봐 일부러 숨을 얕게 쉬었고, 혼자 있을 때도 그 습관을 유지하려 애썼다. 그렇게 자신을 억누르다보면, 납작해지고 납작해져 결국 사라질 것만 같았지만.

영화가 시작되기 전, 경은 이목씨에게 조심스럽게 물었다.

저 자리를 옮겨도 될까요?

왜요?

제 숨소리가 너무 커서…… 영화 보는 데 방해될까봐요.

이목씨가 고개를 저었다.

나는 오히려 좋아요. 우리가 나란히 앉아 같은 장면을 보고 있다는 걸 느낄 수 있으니까요.

이목씨는 말했다. 사람들이 극장을 찾는 이유 중에는 타인과 같은 포인트에서 폭소하고 글썽이는 교류의 순간을 소중한 기억으로 여기기 때문도 있다고, 자신도 그렇다고, 그러니 여기서는 크게 숨을 쉬고 웃고 울어도 된다고.

이목씨가 고른 영화는 '붉은 눈[雪] 흰 피'라는 제목의 액션 영화였다. 타이틀이 뜨자마자 흰 복면을 쓴 검객 셋이 도박장을 가득 메운 야쿠자들을 차례로 처단해나갔다.

봤어요? 방금 내가 나왔는데.

언제요?

있어봐요. 또 나올 테니까.

이목씨는 야쿠자 중 하나를 가리키며 소리쳤다.

저기 나오네요, 저기.

머리를 포마드로 넘기고 검은 양복을 입은 수많은 야쿠자 중 누가 이목씨인지 경은 좀처럼 분간해낼 수 없었다. 야바위 구슬 고르듯 눈을 가늘게 뜨고 경은 이목씨를 찾기 위해 야쿠자들을 뚫어져라 쳐다봤다. 스턴트 배우의 동작 하나하나를 그렇게 유심히 본 적은 처음이었다. 떨어지고 끌려가고 넘어지는 이들 틈에 이목씨가 있었다. 스크린 속 이목씨는 주인공의 급소를 노리려다 그의 칼에 맞아 장렬히 전사했다.

저 장면 찍다가 이마가 찢어졌잖아요. 칼에 잘못 맞아서.

이목씨는 농담하듯 대수롭지 않게 말했다.

액션 영화가 부흥하던 70년대에 이목씨는 스턴트 배우로 활동했다. 여자는커녕 남자 스턴트 배우도 몇 없던 시기였다. 악력은 그리 세지 않았지만 동작이 민첩하고 깡이 센 이목씨는 박노식이나 장동휘 같은 남자 배우들의 대역도 종종 맡곤 했다. 그것을 두고 그녀는 '운이 좋았다'고 표현했다.

그때 영화판엔 여자 감독도 여자 스태프도 희귀했거든요. 그러니 스턴트우먼은……

스턴트 배우를 위한 편의 제공도 안전 장비도 변변치 않았던 1970년대의 충무로. 달리는 기차에서 뛰어내리거나, 라면 박스몇 개를 쌓아두고 낙하 장면을 촬영하는 것은 그녀나 동료들에겐 당연한 일이었다.

남들의 곱절은 고투했어요. 찢어지고 긁히고 부러지고, 핀잔 듣고…… 물에 빠져 기절한 적도 있었는데, 그때 일어나서 내가 가장 먼저 한 말이 뭔지 알아요?

그때를 떠올리듯 가볍게 숨을 고르며 이목씨는 말을 이었다.

괜찮습니다, 였어요. 괜찮습니다. 한번 더 가요.

피가 마르지 않는 순간 촬영이 지연되고, 아프다는 걸 티내는 순간 커리어가 끊긴다는 걸 이목씨는 누구보다 잘 알고 있었다. 그 시절 그녀는 입버릇처럼 괜찮다는 말을 달고 살았다. 피부가 찢어져도 괜찮습니다, 이가 부러져도 괜찮습니다, 죽다 가까스로 살아난 순간에도 괜찮습니다.

하나도 괜찮지 않은데도 그랬어요. 그 시절에 찍은 사진들을 보면 내 표정은 거진 무표정이에요. 사사로운 감정은 숨겨야 마땅하다 여겼거든요.

사람들이 자신을 이목穆이 아닌 이목木이라 부르며 놀리던 것도 그 때문이라고, 스크린을 보며 이목씨는 말을 이었다.

저 시기의 나는 참 위태로웠어요. 다시 저때로 돌아간다면…… 나는 결코 내 마음을 속이지 않을 거예요. 속 편히 웃고 울고 싸우고. 견디지 않을 거예요.

*

각자의 지정석에 앉아 영화를 감상하던 두 사람이 같은 열에 앉게 된 건 그 이후부터였다. 이목씨는 경을 동등한 존재로 대했다. 경어를 썼고, 경이 모르는 부분이 있다 해서 면박을 주거나 모멸을 느끼게 하지 않았다.

나란히 앉아 영화를 보고 감상을 나눈 뒤 이목씨는 농협 사거리로, 경은 그 반대편인 녹원빌라 골목 쪽으로 귀가했다. 처음에 경은 그런 관계가 익숙지 않고 이상했다. 그동안 다른 이들과 맺어온 관계의 양상과는 전혀 달랐으니까. 이목씨 앞에서 경은 자조 섞인 말로 스스로를 웃음거리로 만들거나, 자신이 알고 있는 것을 숨기거나, 모르는 것을 아는 척하려 전전긍긍하지 않았다. 경이 머뭇대며 영화에 대한 감상을 이야기하면 이목씨는 별다른 말을 보태지 않고 그저 고개를 끄덕였다. 경의 말이 다 맞는다는 듯,

나도 그렇게 생각해요.

동의하며 고개를 끄덕끄덕. 이목씨의 끄덕임을 긍정하며 경은 더 유심히 영화를 보았다. 졸며 깨며 반쯤은 흘려보냈던 고다르의 영화를 처음으로 끝까지 보았고, 러닝타임이 두 시간도 넘는 〈동경 이야기〉를 홀린 듯 감상했고, 좀처럼 이해할 수 없는 영화는 한 번 더 관람하기도 했다. 전에는 안 보이던 것들이 그제야 조금씩 보이기 시작했다. 카메라워크와 수많은 컷, 대사와 휴지休止 사이 감춰진 내밀한 서사, 원경과 근경에 따라 다르게 발생하는 낙차와 정념, 빛과 어둠을 오가며 직조되는 황홀경들이.

*

두 여자의 조촐한 정기 모임은 늘 극장 안 대기석에서 이뤄졌지만, 단 한 번 이례적으로 그곳을 벗어난 적도 있었다.

그날 본 영화의 주인공이 클라크 게이블인지, 게리 쿠퍼인지 경

은 지금도 잘 기억하지 못한다. 영화가 시작되고 얼마 지나지 않아 휴대폰이 울렸다. 언니였다. 받지 말자, 받지 말자, 되새기면서도 경은 결국 상영관 밖으로 나가 한 시간 정도 언니와 통화했다.

집에 내려와 있다며? 아버지한테 들었다.

언니는 다정히 경의 안부를 물었고, 아버지는 어떻게 지내는지 살폈다. 경과 세 살 터울이 지는 언니는 사범대를 졸업하자마자 단번에 임용 고사에 붙은 인재였다. 언니가 임용에 붙었을 때, 아버지는 동네 초입에 플래카드를 걸며 말했다.

나는 경이 너한테 바라는 거 하나 없다. 부양이고 뭐고 다 됐다. 너는 그저 네 언니만큼만 살면 돼, 사람 구실 하면서. 그거면 돼.

묻지도 않았는데 언니는 자신이 직접 찾고 캐낸 정보들을 경에게 속속들이 이야기해주었다. 이번 시험의 출제 경향과 지역별 티오와 합격선에 대해. 서울엔 언제 다시 올라갈 예정인지 묻는 언니에게 경은 말했다.

언니, 나 임용 관뒀어.

전화 너머에서 한숨 쉬는 소리가 들려왔다.

또 왜 그러니.

경이 임용을 관둘 거라고, 이게 정말 자신이 원하는 일인지, 할 수 있는 일인지 확신이 안 선다고 말할 때마다 언니는 경에게 매번 비슷한 조언을 했다. 그만두지 마라, 포기하면 안 된다, 이제와 네가 뭘 할 수 있겠니. 더이상은 못하겠다는 경에게 언니와 아버지는 그렇게 꾸준히 자신들의 희원을 주입했다. 할 수 있다. 해야 한다. 기를 죽이는 말이 아니었는데도 그 말을 들을 때면 기가 죽었다.

경아.

언니는 다정히 말했다.

너도 남들만큼은 살아야지.

남들만큼은 살아야 한다. 그 말을 경은 오래도록 곱씹었다. 경은 아버지와 언니의 기준에 한참 못 미치는 사람이었다. 여러 말들이 속에서 맴돌았지만 어느 것 하나 뱉을 수 없었다. 언니의 전화를 받기 전부터 경은 알고 있었다. 그녀의 말이 틀렸다고 생각하면서도 결국 아무 말도 못 할 거라는 것을, 또 누군가를 염오하게 될 것을, 그리고 그건 언니나 아버지가 아닌, 뭐 하나 제 의지대로 못하는 자신이리라는 것을.

전화를 끊고 얼마 지나지 않아 이목씨가 극장 밖으로 나왔다.

먼저 간 줄 알았어요. 오늘 영화도 참 좋네요.

여느 때처럼 이목씨는 반쯤 들뜬 채 영화에 대한 감상을 늘어놓았다. 그녀의 이야기를 잠자코 듣다 경은 말했다.

오늘은 영화 얘기 못 할 것 같아요.

해소되지 못한 감정이 안에서 서서히 몸집을 부풀리고 있었다. 태연한 척하고 싶었지만 그게 잘 되지 않았다.

무슨 일 있나요?

아뇨.

무슨 일 있는 얼굴인데…… 얘기해줄 수 있어요?

이목씨가 물었을 때 경은 감정을 주체하지 못한 채 사납게 대꾸했다.

우리가 속 얘기까지 터놓을 만큼 막역한 사이는 아니잖아요.

이목씨는 당황하다 고개를 끄덕였다. 그녀는 다른 말을 보태지 않았고, 이내 농협 사거리 쪽으로 느리게 멀어져갔다. 경은 극장 앞 계단에 그대로 앉아 있었다. 나는 왜 이렇게 약하고 비겁할까. 왜 나는 남도 나도 사랑하지 못할까. 스스로를 책망하며 그녀는 열, 아홉, 여덟…… 숫자를 거꾸로 셌다. 일곱, 여섯, 다섯…… 숫자를 세는 경의 위로 그림자가 드리워졌다. 그녀는 고개를 들었다. 이목씨가 서 있었다.

국물 먹으러 가지 않을래요?

국물이요?

갑자기 웬 국물이냐는 경의 물음에 이목씨는 웃었다.

나한테 필요해서요, 따뜻한 국물이.

역 근처 복집에 들어온 이후로 경은 아무 말도 못하고 있었다. 극장이 아닌 다른 곳에서 마주하는 이목씨는 어쩐지 어색하고 낯설었다. 아까의 상황에 대해 설명해야 될 것만 같은 찜찜함도 있었고. 정작 이목씨는 그에 대해 더는 캐묻거나 궁금해하지 않았는데도 경의 마음속에선 자꾸 조바심이 일었다.

미나리부터 먹고, 그뒤에 복을 건져 먹어요.

이목씨가 먼저 입을 뗐다. 탕이 보글보글 끓고 있었다. 탕의 열기로 조금씩 따뜻해지는 실내에서 경은 조급하게 이야기했다. 스물넷부터 서른둘까지의 자신이 어땠는지, 아버지며 언니가 자신을 얼마나 아꼈으며 또 얼마나 망가뜨렸는지, '남들처럼 살아야한다'는 강박에 시달리며 스스로를 얼마나 오래 죽이고 원망해왔는지를.

이목씨는 경의 이야기를 유심히 들었다. 경의 말이 다 끝나자 그녀는 조언이나 충고 대신 경의 앞접시에 연하고 무른 미나리를 듬뿍 덜어주었다.

복어에 있는 독을 미나리가 중화해준대요. 그러니 많이 먹어둬요. 묵은 독을 다 뺄 수 있게.

이목씨는 앞접시를 경 가까이로 밀었다. 그런 그녀에게 고맙다고 말하려다 경은 넌지시 농담을 던졌다.

미나리는 다 저한테 주고 복어 드시려고 그러는 거죠.

들켰네.

웃음을 터뜨리며 경은 미나리를 한입 가득 넣고 씹었다. 따뜻하고 단 맛이 입안에 서서히 퍼졌다.

탕이 줄어들 때까지 두 사람은 청하를 마시며 대화를 나누었다. 주로 경이 자신의 이야기를 했고, 이목씨는 잠자코 듣다 가끔 몇

마디 보탰다.

너무 제 얘기만 하는 것 같아요.

경의 말에 이목씨는 가만히 손을 내저었다.

아녜요. 난 듣는 게 더 좋아요.

그래도요.

경의 채근이 이어지자 이목씨는 고민하다 당뇨를 앓는 반려묘 이야기를 했다.

친구가 돌보던 나비인데 그이가 외국에 나간 뒤론 나와 살고 있어요.

친구와 십일 년을, 자신과는 삼 년을 함께 산 노묘라고 그녀는 말했다.

사람 나이론 이제 나와 동년배죠.

이름이 뭔데요?

경의 말에 이목씨는 빙긋 웃었다.

뤼미에르.

이목씨의 이야길 들으며 경은 '빛'이라는 이름을 가진 장모종의 잿빛 고양이를 떠올렸다. 두 사람의 품에서 오랫동안 사랑받았을 노묘, 뤼미에르를 상상하며 경은 말했다.

저도 보고 싶어요, 그 고양이.

이목씨는 가스불을 줄이고 다 졸아든 탕을 몇 번 휘저었다. 탕에서 나온 온기로 창에 뿌연 김이 서렸다. 한참이 지나서야 이목씨는 입을 뗐다.

경계가 심한 고양이인데, 괜찮나요?

괜찮아요.

경은 거리낌없이 고개를 끄덕였다. 이제껏 많은 주제와 화두로 대화를 나눴지만 정작 이목씨의 생활이나 상황, 형편에 대해선 거의 듣지 못한 것 같았다. 이목씨가 어떤 사람인지, 극장 밖 그녀의 세계는 또 어떨지 알고 싶었다. 잔에 남아 있던 청하를 경은 남김없이 마셨다.

식당을 나와 찬바람을 맞으며 걷다보니 녹녹한 술기운이 조금씩 옅어져갔다. 그들은 별 이야길 나누지 않고 조용히 골목을 걸었다. 이목씨의 집은 경이 다녔던 고등학교 뒤편에 있었다. 외벽 페인트가 다 벗어진 맨션이 골목을 따라 죽 늘어서 있었다. 골목을 지나다 서로 마주쳤을 수도 있겠다는 경의 말에 이목씨는 자신은 이 동네로 이사온 지 이제 일 년 되었다고 설명했다.

나는 이사를 참 많이 다녔어요. 대전으로, 광주로, 울산으로, 상주로.

촬영장 이동이 잦았나봐요.

경의 말에 이목씨는 뜻 모를 표정을 지었다. 가만히 입김을 뱉은 뒤, 이목씨는 말했다.

그러게요. 왜 그렇게 자주 떠돌았을까…… 그래서 나는 여기가 내 마지막 정착지였으면 해요.

　이목씨는 열쇠로 문을 열었다. 집안에 들어서자마자 훈기가 느껴졌다. 경은 집안을 천천히 둘러보았다. 옅은 민트색 벽지와 동유를 덧칠해 어둡고 짙은 색의 가구들, 브라운관, 턴테이블. 〈잔느딜망〉 속 아파트와 비슷해 꼭 영화 속에 들어와 있는 것 같은 기분이 들었다. 뤼미에르는 캣타워 위에서 식빵처럼 몸을 말고 있었다.

　애야, 내려와봐. 친구 왔어.

　이목씨가 뤼미에르를 부르는 동안, 경은 거실 벽에 다닥다닥 붙어 있는 액자들을 구경했다. 세트장에서 스트레칭을 하는 이목씨, 카우보이 분장을 한 이목씨, 플라타너스 아래서 졸고 있는 이목씨…… 스무 개는 족히 넘을 액자 속에서 가장 큰 지분을 차지하는 건 얼굴이 둥글고 쌍꺼풀이 짙은 한 할머니의 사진이었다. 그 할머니와 이목씨가 최근에 찍은 듯한 사진도 있었고, 그들의 젊은 시절로 보이는 사진도 있었다. 사진 속 이목씨는 대개 무채색 셔츠를 입고 있었고, 얼굴이 둥근 할머니는 파스텔톤 원피스를 입고 있었다. 위쪽에 붙어 있는 사진들 속에서 멀찍이 떨어져 있던 그들은 시간이 지나고 주름이 짙어질수록 점차 가까워졌다. 손을 잡고, 팔짱을 끼고, 입맞춤을 하는 두 여자의 사진들. 경은 그 사진들을 물끄러미 바라보았다. 이목씨가 경에게로 다가왔다. 그녀의 품에 뤼미에르가 안겨 있었다.

　이 사람은 지금 프랑스에 있어요. 딸이 주재원으로 일하거든요.

뤼미에르는 이목씨 품에 안겨 있다 금세 바닥으로 뛰어내려 다시 캣타워로 숨어들었다.

연수.

한쪽으로 기울어진 액자 중 하나를 바로잡으며 이목씨는 말했다.

이 친구 이름이에요. 부드러울 연에, 물 수 자를 써서. 나와는 정반대죠? 성정도 꼭 그래요.

두 사람은 몇십 년간 꾸준히 만나왔다고 했다.

한때는 짧게 동거도 했어요. 이 친구 결혼하고 몇십 년은 떨어져 지냈지만.

부모의 독촉으로 연인이 남성과 혼인을 하고, 아이를 낳고⋯⋯ 그 대목에서 이목씨는 잠시 주춤했다. 자신의 전사前事나 그때의 심경은 생략한 채 그녀는 다만 이렇게 중얼댔다.

그 시대에는 그랬어요. 그때 우리는 우리를 뭐라고 지칭해야 하는지도 몰랐거든요. 그저 부모가 바라는 대로 시대가 살라는 대로 살았던 거죠.

그런 이목씨의 이야기를 경은 말없이 들었다. 술이 완전히 깼고 몸에 열이 돌았다.

여고에 다닐 때 그런 아이들이 있었다. 옥상에서 키스를 하다 학주에게 걸려 징계를 당한 아이들. 그런 애들을 두고 '쟤네 러브한다' '그거 한다'고 쉬쉬하고 속닥이던 어떤 풍경들. 경이 겪어온 세계에서 동성 간의 사랑이란 그랬다. 〈패왕별희〉는 가슴 아팠고

〈캐롤〉은 아름다웠으며 〈모리스〉는 근사했지만, 엔딩 크레디트가 다 올라가면 사랑이 아닌 '러브'가 되고, '그거'가 되고 마는.

어떤 말을 해야 할지 우물쭈물하는 경에게 이목씨가 물었다.

경도 팥을 좋아하나요?

팥이요?

이 친구가 동지에 입국하거든요. 둘 다 새알심을 듬뿍 넣은 팥 죽을 좋아해서 우리는 동지마다 그걸 끓여먹곤 했어요. 이번에는 경도 와요. 우리 같이 새알심 넣은 팥죽을 먹어요.

그 말에 경은 고개를 끄덕이거나, 나도 좋다고 좀처럼 말할 수 없었다.

*

그해 동지는 유난히 추웠고 밤은 길었다.

이목씨는 두 주가 넘도록 극장을 찾지 않았다. 그동안 경은 홀 로 C열 오른쪽 자리에 앉아 이목씨의 집에 들렀던 그날을 곰곰이 되새겨보았다. 이목씨의 삶과 사랑을 경은 온전히 이해할 수 없었 으나, 그래도 짐작해보려 애썼다. 이목씨가 기꺼이 그래주었듯, 자신도 그의 편이 되고 싶다고. 영사막을 투과한 무수한 빛들이 숏이 되어 사라지는 동안 경은 상상했다. 이목씨와 연수씨가 한 식탁에 앉아 둥글게 새알심을 빚는 장면, 그들 사이에 끼어 함께 그릇을 세팅하고 수저를 놓는 장면, 뭉근한 불에 팥죽은 끓어가고 은근한 온기가 흐르고, 달고 부드러운 죽을 먹으며 세 사람이 농담을 나누고 같은 지점에서 웃는 장면을.

〈동경의 황혼〉이 상영되던 동짓날에야 경은 이목씨와 만날 수 있었다. 이목씨는 영화가 삼분의 일가량 흘러갔을 즈음 상영관에 들어섰다. 이목씨의 몸에서 고소하고 따스한 내음이 풍겼다. 얼떨떨한 경에게 이목씨는 빠르게 속삭였다.

초벌 삶기를 깜박해서 맛이 덟어졌어요. 그래도 팥죽 맛은 날 거예요.

이목씨에게 물어볼 것이 숱했다. 어째서 지난 이 주간 극장에 오지 않았는지, 무슨 일이 있던 건 아닌지, 연수씨와는 무사히 만난 건지. 경이 말을 꺼내려 하자 이목씨는 스크린을 가리키며

이따요, 영화 끝나고 얘기해요.

비밀스럽게 속닥였다.

영화가 끝나고 이목씨는 늘 그렇듯 영화에 대한 감상과 오즈 야스지로의 영화관에 대해 조금씩 늘어놓았다. 밝고 화창한 계절을 주로 담아내 '백주의 작가'로 불렸던 오즈 야스지로가 유일하게 겨울을 배경으로 두고 찍은 작품이 〈동경의 황혼〉이라고 그녀는 설명했다.

그래서 그런지 이 영화를 볼 때는 마음이 쓰여요. 이 사람의 밝음 뒤에는 이런 그늘도 있구나, 겨울이 이토록 쓸쓸한 계절이었구

나, 싫어서요.

영화보다는 이목씨가 부재했던 지난 이 주에 대해 이야기를 나누고 싶었지만, 경은 먼저 캐묻거나 일부러 화제를 돌리지 않았다. 그저 이목씨가 자신의 이야기를 해주길 잠자코 기다렸다. 이 밤은 길고 우리에겐 시간이 많으니까, 속으로 생각하며.

그렇게 골목을 걷는데, 이목씨가 불현듯 탄성을 터뜨렸다.

눈이 오네요.

그들은 우뚝 서 천천히 눈이 내리는 것을 지켜보았다. 가로등 아래 시동을 켜둔 세단 한 대를 제하곤 거리에 오직 두 사람뿐이었다. 어둠이 깊어질 때마다 눈의 입자가 더 희고 크고 선명하게 보였다.

경, 그거 아니요? 동지에 눈이 오면 이어지는 겨울은……

이목씨가 말을 다 마치기도 전에 정차되어 있던 세단에서 누군가 내려 그들을 향해 걸어왔다. 차에서 내린 여자는 경이 모르는 사람이었으나, 왜인지 낯이 익었다. 얼굴이 둥글고 쌍꺼풀이 짙은, 조금은 피로해 보이는 중년 여자. 여자를 보는 이목씨의 눈빛이 흔들렸다. 이목씨는 경에게 조용히 속삭였다.

미안한데…… 오늘은 이쯤에서 헤어지는 게 좋을 것 같아요.

이목씨는 미소 짓고 있었으나, 그 미소가 경은 석연치 않았다. 무어라 대꾸하려는 경을 향해 이목씨는 짐짓 태연히 말을 이었다.

우리 팥죽은 다음에 꼭 먹도록 해요. 미안해요, 정말.

이목씨는 경에게 자신이 두르고 있던 목도리를 둘러주었다. 경의 얇은 옷차림이 마음에 걸린다고, 눈이 오니 따뜻하게 입고 집으로 돌아가라며. 다른 말을 덧붙이지 못한 채 경은 녹원빌라 골목으로 돌아섰다. 걷는 내내 여러 가지 추측이 머릿속을 맴돌았고, 이목씨의 표정이 내심 눈에 밟혔다. 지금이라도 돌아가 무슨 일인지 물어봐야 하는 게 아닐까, 이목씨의 곁을 지켜주어야 하지 않을까. 하지만 경은 그럴 수 없었다. 그게 다 참견이고 불필요한 관여인 것 같아서. 무엇보다 자신에게 그럴 만한 권한이 있는지 경은 알 수 없었다.

단지 극장에서 영화평 정도나 주고받는 사이인데, 겨우 그 정도 사이인데……

눈발이 거칠어지고 집이 가까워지는 동안 경은 한 번도 뒤를 돌아보지 않았다. 돌아보면 돌이라도 될 것처럼 이목씨 쪽을 애써 보지 않았다.

집에 다다라서야 경은 눈이 그쳤다는 것을 깨달았다. 목에 두른 목도리며 신발이 푹 젖어 축축하고 무거웠다.

*

동지에 눈이 오면 이어지는 겨울은 따뜻하다던데.

오랜 시간이 지나서야 경은 이목씨가 못다 한 말을 헤아릴 수 있었다. 그 말처럼 겨울은 따뜻했다. 햇살은 나른하고 투명했으며 땅은 폭신했고 저수지는 수심의 가장 얕은 자리를 빼고 전부 녹아 청둥오리며 재두루미가 그 위를 떠다녔다.

겨울이 지날 때까지 경은 영화관에 가지 않았다. 대신 반쯤 풀다 놓아버렸던 『교육학 실전 모의고사』를 다시 풀기 시작했고, 인터넷 강의를 들으며 정리본과 암기 카드를 만들었고, 스톱워치를 누르고 누르며 '순공 시간'을 계산했다. 감정도, 감상도 무감히 커트한 채. 경의 삶은 그렇게 이목씨를 만나기 이전으로 돌아가고 있었다.

경이 합격자 수기를 훑으며 플랜을 세우고, 밤낮없이 문제집을 풀고 강의를 듣는 동안 아버지도 덩달아 바빠졌다. 기력 보충에 도움이 된다며 어디선가 구해온 녹용을 이틀 내내 달여 차곡차곡 즙으로 만들고, 염소를 통째로 도축해 사골국을 끓이고, 끝내는 팔뚝만한 뱀을 잡아와 술로 담갔다. 아버지가 달이고 끓이고 담근 것들은 모두 경의 몫이 되었다. 속에서 내리 역한 냄새가 올라왔다. 개운치 않고 불안하고 씻어내도 사라지지 않는 냄새들. 그런 냄새를 풍기며 꾸역꾸역 책상에 앉는 경을 보며 아버지는 기꺼워했다.

그래, 잘하고 있다. 그렇게 사람 구실 하는 거야, 그렇게.

그즈음 경은 식사할 때도 암기 카드나 문제집을 앞에 둔 채 단어를 외고 오답을 복기했다.

밥 먹을 때만큼은 가족끼리 대화하는 게 어떠냐.

아버지는 언짢아했지만, 경은 묵묵히 문제집을 끼고 식탁에 앉았다. 그렇게라도 해야 아버지의 지독한 관심과 기대에서 잠시나마 놓여날 수 있었으니까. 어느 저녁 평소처럼 마주앉아 밥을 먹는데, 아버지가 넌지시 말했다.

경이 너는 모르지?

뭘요?

저기 고등학교 뒤 빌라에 사는 여자, 바지씨.

그 말에 가슴이 선득해졌다. 아버지는 말을 이었다.

그런 바지씨들 옛날에나 있었지 이제는 없는 줄 알았는데, 여지껏 있더라. 사람들이 쳐다보는 것도 신경쓰지 않고, 고개를 빳빳이 쳐들고.

한 바퀴 도는 데 걸어서 이십 분도 걸리지 않을 만큼 좁은 동네였다. 길을 걷다보면 옆집 살던 이웃이나 아버지의 직장 동료까지 고루 만날 수 있는 동네. 사사롭고 범상한 이야기도 금세 번지고 부풀어 추문이 되어버리는 동네.

어제 그 집 앞을 지나는데 살림이 다 부서진 채로 밖에 나와 있더라. 거기 그 여자 사진도 섞여 있던데……

그 밤에 대해 경은 무심해지려 애썼다. 그러면서도 적지 않은 순간 그 밤이 떠올랐다. 그 밤, 나는 왜 아무 말 없이 돌아선 걸까. 왜 피한 걸까. 무엇이 두려워서. 무엇을 감당할 수 없어서. 스멀스멀 피어오르는 생각을 멀리 쫓으며 경은 묵묵히 식사를 이어갔다. 반찬을 집으려던 경의 손을 아버지가 슬그머니 밀어냈다.

경이 너 아냐. 너 요즘도 숨을 거슬리게 쉬는 거. 당이나 기름진 음식은 줄여야 돼.

반찬 그릇을 자기 앞으로 바짝 옮기며 그는 습관적으로 덧붙였다.

그래도 경이 너는 얼마나 다행이냐. 너한테는 내가 있으니.

아버지를 의식하며 숨소리를 죽이거나 그 말을 외면하는 대신, 경은 손을 뻗어 올리고당을 넣은 어묵조림을 집었다. 젓가락을 쥔 손이 덜덜 떨렸다.

아버지.

떨리는 목소리를 가라앉히려 애쓰며 경은 말했다.

그건 사랑이 아니라 월권이에요.

무슨 소리냐?

말 그대로예요. 아버지가 하는 말들이…… 제 영혼을 갈기갈기 찢고 있으니까요.

그날 경이 한 말의 일부는 이목씨와 함께 본 어느 영화에서 가져온 것이었다. 아버지의 표정이 점차 굳어가고 뒤틀리는 것을 지켜보며, 차오르는 공포와 불안을 견디며 경은 영화에서 본 대사들을 짜깁기해 더듬더듬 뱉었다. 초연을 올리는 배우처럼 서툴지만, 담대하게. 비록 지금은 영화 속 대사를 차용하지만, 언젠가는 자신의 대사만으로 충분할 날도 올 거라 여기며.

그 주 금요일에 경은 화양극장에 갔다.

그날 상영작은 버스터 키튼 주연의 어느 영화였다. 상영 시간이 다 되었을 무렵, 경은 상영관 문을 열었다. 이목씨는 평소처럼 C열 오른쪽에 앉아 있었다. 경은 엉거주춤 D열 왼쪽 좌석으로 향했다. 발소리가 들렸는지 이목씨가 뒤를 돌아보았다. 이목씨는 경을 붙잡지도, 그 밤의 일에 관해 설명하지도 않았다. 다만 그녀는 경을 향해 고개를 끄덕였다. 늘 그랬듯.

두 사람은 말없이 앉아 영화가 시작되기를 기다렸다.

영화는 버스터 키튼이 말년에 찍은 것이었다. 근 이십 년 만에 스크린에 복귀한 그의 외양은 전성기 때와 사뭇 달라져 있었다. 꼿꼿했던 등은 굽고, 주름이 늘고, 재기 발랄함은 사라졌으며, 주무기였던 슬랩스틱 역시 어쩐지 삐걱대고 부자연스러울 뿐이었다. 경은 침울한 심정으로 영화를 보았다.

그 침울이 가신 건, 러닝타임 내내 무표정했던 키튼의 얼굴에 미소가 떠오르기 시작하면서부터였다. 스톤 페이스. 무성영화가 역사의 뒤안길로 사라지고, 알코올중독으로 인생이 망가지고, 사랑했던 이들은 모두 등을 돌리고…… 더 내려갈 곳도 없이 곤두박질치는 와중에도 꼿꼿이 무표정을 유지하던 사내는 거기 없었다.

폭소하는 키튼, 상쾌한 얼굴로 기지개를 켜는 키튼, 소스라치게 놀라는 키튼…… 전에 없이 다채로운 표정을 지으며 그는 얼굴을 마음껏 일그러뜨렸고, 박수를 쳤고, 웃고 또 웃었다.

넋 놓고 스크린을 바라보다 경은 문득 고개를 돌렸다. 어둠 속에서 이목씨가 울고 있었다. 그녀는 조용히, 아주 조용히 울다가 어느 순간 어깨를 들썩이기 시작하더니 끝내는 소리 내어 울었다. 그다지 슬픈 장면이 아니었는데도 그랬다.

그런 이목씨 뒤에서 경은 숨을 크게 들이쉬고 내쉬었다. 내가 이곳에 당신과 함께 있다는 것을 알리기라도 하듯, 천천히. 그들이 그렇게 함께 같은 장면을 바라보는 동안, 영화 속 키튼은 길을 걸어 남쪽으로, 더 밝은 쪽으로 나아갔다.

*

그것이 화양극장에서의 마지막 기억이었다. 경은 그후 넉 달을 더 상주에 머물렀고, 극장은 그녀가 서울로 떠나기 직전 폐관되었다. 〈시네마 천국〉의 끝 무렵처럼 마을 사람들이 전부 모여들어 철거되는 영화관을 허망하게 바라보거나, 눈시울을 붉히는 장면은 연출되지 않았다. 철거 역시 지독히 느리게 이뤄졌다. 경이 상주를 떠날 때까지도 이목씨와 마지막으로 함께 보았던 영화의 포스터가 극장 앞에 그대로 붙어 있을 정도였으니까. 극장 앞을 지날 때마다 경은 우뚝 멈춰 서서 눈으로 그곳을 더듬어보곤 했다. 겨우내 라디에이터가 작동되어 훈기가 느껴졌던 매표소, 이층 구

조로 된 상영관, 칠십 밀리 필름이 돌아가던 영사실······

매표 직원이자 영사기사에 매점 운영까지 도맡아 하던 늙은 직원은 이제 어디로 갈까. 그리고······ 이목씨는.

그날, 영화가 끝난 뒤 두 사람은 상영관 앞 대기석에 나란히 앉았다. 평소 같으면 그날 본 영화가 어땠는지, 무얼 느꼈고 무얼 놓쳤는지 번갈아가며 이야기를 나누었을 테지만, 그날 두 사람은 신발코만 내려다볼 뿐이었다.

이전에 이목씨에게 받은 목도리를 돌려주며 경이 먼저 운을 뗐다.

세탁은 못했어요.

이목씨와 경의 냄새가 섞여 있는 목도리. 그것을 받아들고 한참 만지작대다 이목씨는 조용히 물었다.

경은 어떤 삶을 살아가고 싶어요?

그 질문에 경은 쉽사리 답하지 못했다. 어떤 삶을 살아야 한다는 이야기는 살며 너무나 많이 들어왔는데도 정작 그녀 스스로 그것에 대해 정의를 내린 적은 없었다. 아무 말도 못하는 경에게 이목씨는 그에 대한 답을 내려주거나 조언을 보태는 대신 1984년 성모병원에서의 일들에 대해 이야기했다.

그해 여름 이목씨는 크게 다쳤다. 최무룡을 대신해 카 스턴트를 하던 중이었다. 0.5초 어긋난 사인이나 신발끈을 묶지 않는 등의 사소한 실수도 촬영장에서는 대형 사고로 번졌다. 큐 사인도 정확히 맞았고, 미리 합을 맞춘 지점에서 핸들을 틀었지만, 비용을 절감하기 위해 보호대 하나 없이 차에 탄 게 사고의 화근이 되었다.

차가 십오 도 정도만 비껴나갔어도 목이 부러졌을 거예요.

치아가 드러날 정도로 턱이며 입 주변이 찢어진 이목씨에게 의사는 말했다. 이목씨는 입가의 상처가 그때 생긴 거라고 이야기했다.

이목씨가 사 인용 병실에 입원해 있던 오 개월 동안 충무로의 흐름은 서서히 바뀌었다. 정부의 3S 정책으로 에로물이 성행하던 무렵이었다. 〈뻐꾸기도 밤에 우는가〉〈무릎과 무릎 사이〉 같은 영화들이 차례로 흥행하며 액션에서 에로로 장르를 전향하는 배우들이 늘어났다. 이목씨 같은 스턴트 배우들은 더이상 설 자리가 없었다. 다들 그렇게 사라져갔다.

얼굴이 이렇게 되었으니 혼삿길은 영영 막혔다.

붕대를 친친 감은 채 병상에 누워 있는 이목씨를 보며 형제들은 혀를 찼다. 평소에도 형제들은 가슴에 복대를 두르고 스턴트 일을 하는 이목씨를 영 달갑지 않아했다. 발음이 잔뜩 새는 턱을 조심스럽게 움직이며 이목씨는 말했다.

난 혼자 살 거야.

형제들은 그 말을 못 들은 체했다. 병실을 떠나며 그들은 이목씨를 향해 쏘아붙였다.

엄마 너 때문에 철야 기도 다니신다. 너도 이젠 남들처럼 살면 안 되냐?

시간이 지나도 스러지지 않는 사고의 잔상보다 이목씨를 괴롭게 한 건 그런 말들이었다. 자신이 사랑해 마지않는 이들이 쉽게 던지는 가혹한 말들. 이목씨는 더이상 사람을 만나지도, 재활에 힘쓰지도 않았다. 잠에서 깨면 다시 잠에 들기 위해 안간힘을 썼다. 앞으로 어떤 삶을 살아야 할지 가늠할 수 없었다. 돌아갈 곳이 없다는 게 어쩌면 다행일 수 있겠다고 생각하며 그녀는 졸피뎀을 먹고 깊고 깊은 잠에 빠져들었다.

얼굴의 실밥을 풀던 날이었다. 이목씨는 간만에 병상에서 나와 병원 밖을 산책했다. 그새 계절은 여름에서 가을로 옮겨가고 있었다. 고요히 흘러가는 구름, 밝고 진한 색으로 물들어가는 나무, 그리고 빛. 어둠에 익숙해져 그 빛이 무척이나 생경했다. 시린 눈을 비비며 이목씨는 병실로 서둘러 되돌아왔다.

여학생 한 무리가 이목씨의 병상에 둘러서 있었다.

무룡 오빠는 어디 있어요? 여기 오빠 병실 아니에요?

최무룡이 심한 부상을 입었다는 오보 때문에 가끔 그렇게 찾아오는 팬들이 있었다. 나는 최무룡이 아니라 최무룡의 스턴트 배우라고, 다친 건 그이가 아니라 나라고, 매번 하는 말을 되풀이하기도 지겨워 이목씨는 커튼을 세게 닫으며 괴팍하게 그들을 내쳤다.

별꼴이야.

학생들은 이목씨에게 화를 내며 하나둘 떠나갔다. 학생들이 떠난 병실에 이목씨는 덩그러니 남겨졌다. 몸도 마음도 피폐해진 때였다. 누구도 상대하고 싶지 않았다.

이렇게 사느니 차라리 죽는 편이 낫겠다.

이목씨는 중얼댔다. 그녀가 다시 깊고 깊은 어둠에 빠지려 서랍을 뒤져 졸피뎀을 찾고 있을 때 누군가 병상 커튼을 들췄다.

얼굴이 둥글고 흰 학생이었다. 학생은 이목씨를 지그시 바라보았다.

저기, 나는요, 〈붉은 눈 흰 피〉의 오프닝을 열 번이나 봤어요. 같은 영화를 열 번이나 보니까 보이더라고요. 주인공 뒤에서 구르고 끌려가고 넘어지고, 다시 일어나는 사람들이요.

당황해 아무 말도 못하는 이목씨를 향해 학생은 수줍게 말을 이었다.

그냥…… 나 같은 사람도 있다구요.

학생은 델몬트 주스 병을 이목씨 품에 안겼다. 이목씨는 몸을 일으켜 학생을 빤히 바라보았다. 문틈으로 빛 한줄기가 비쳐 들어왔다.

그게 연수와의 첫 만남이었어요.

〈베티 블루〉〈길〉〈퐁네프의 연인들〉…… 연인의 손을 꼭 잡고 수십 편의 영화를 함께 보는 동안 이목씨는 전과 다른 꿈을 꾸고, 다른 삶을 살 수 있게 되었다고 했다. 백 분 남짓한 러닝타임이 지나 상영관에 불이 들어오고 사람들이 하나둘 빠져나가면, 그들의 영화榮華도 끝이 나고 다시 현생으로 돌아가야 했지만.

이목씨는 말했다. 어둠을 걷으면 또다른 어둠이 있을 거라 여기며 살았는데 그게 아니었다고, 어둠을 걷으면 그 안에는 빛이 분명 있다고.

나는 이제 살아내지 않고, 살아가고 싶어요. 견디지 않고 받아들이면서.

경은 어떤 삶을 살아가고 싶어요? 이목씨의 질문에 대한 답을 경은 여전히 내리지 못하고 있었다. 만일 내린다 하더라도 그녀에게 그 답을 전하지는 못할 것 같았다. 그렇게 빈번히 만났으면서도 서로 연락처 하나 주고받지 않았으니까. 우습게도 그랬다. 한동안 화양극장 주변을 서성이다 경은 천천히 골목을 빠져나왔다.

*

지난 칠 년 동안 경은 이전과는 다른 삶을 살았다. 교직과 관련 없는 직업을 구했고, 작은 방을 얻었으며, 매일 얼굴을 보고 지내야 했던 아버지와는 끽해야 일 년에 두어 번 안부를 주고받으며 데면데면하게 지냈다. 주말이면 무료하게 넷플릭스를 뒤지며 그날 볼 영화를 고르다 시간을 허비했고, 월급날이 되면 장바구니에 넣어두고 살까 말까 수차례 고민했던 한정판 블루레이를 놓고 다시 고심하다 결국에는 샀고, 누구와도 나누지 못한 영화 감상은 블로그나 왓챠피디아에 틈틈이 올렸다. 자기 취향을 알아가고 생활을 정성껏 돌보는 사람 특유의 여유와 만족. 살면서 문득 그런 것이 체감될 때마다 경은,

이게 사람 구실 하며 사는 걸까.

되뇌곤 했다. 그럴 수도 있겠지. 하지만 이제 그런 건 경에겐 아무래도 상관없었다.

지난주에 경은 어느 극장 앞을 지나다 〈어둠 속의 댄서〉의 재개봉 포스터를 보고 자신도 모르게 멈춰 섰다.

〈어둠 속의 댄서〉. 칠 년 전 화재경보 때문에 끝까지 보지 못했던 그 영화였다.

전염병의 영향인지, 예술영화를 상영해서인지 극장 안에는 사람이 많지 않았다. C열 오른쪽 자리에 앉아 경은 조명이 꺼지고 스크린에 파인 라인 피처스의 타이틀이 떠오르는 것을 지켜보았다.

한때 경은 한 번 본 영화는 다시 보지 않았고 러닝타임이 긴 영화를 지루해했지만, 지금은 달랐다. 간간이 터지는 사람들의 웃음과 훌쩍임 속에 앉아 그녀는 떠오르는 대사를 입 모양으로 중얼댔다.

나는 마지막 노래가 나오기 전에 극장을 나와요. 그럼 영화는 영원히 끝나지 않죠.

경은 이 영화의 결말을 알고 있었다. 예상했던 것보다 밝은 결말이었다고 그녀는 기억했다. 자연스레 이목씨가 떠올랐다.

어쩌다 길에서 마주친다 해도 이제 자신은 이목씨를 알아보지 못할 것 같다고, 경은 예감했다. 전염병의 범유행 이후 모두가 얼굴을 반쯤 덮는 마스크를 쓰고 다녀서이기도 했지만, 그보다는 이목씨의 얼굴이 제대로 기억나지 않는다는 게 더 컸다. 또렷이 기억하고 있다고 여기면서도 막상 그녀를 떠올리면 눈이고 코고 입이고 모든 것이 흐릿했다. 그녀와 나누었던 이야기들도 이제는 조각이나 단편으로만 겨우 남아 있었고. 그럼에도 불구하고, 간혹 손을 마주잡고 한 방향으로 느리게 걸어가는 나이든 여인들을 볼 때마다 이목씨가 떠올랐다.

영화를 보는 내내 경은 상영관 입구를 힐끗댔다. 혹 이목씨도 같은 포스터를 보고 들어오지 않을지 조금은 기대하며. 미안합니다, 미안해요. 고양이 털이 잔뜩 묻은 코트를 입은 채 허리를 낮게 숙이고 상영관에 들어서는 오래된 연인을, 영화가 끝난 뒤에는 따뜻한 복국을 먹으러 가자며 손을 꼭 맞잡고 기약할 이목씨와 연수씨를, 자신은 보지 못한 그들의 이후를 경은 조용히 상상했다.

그러는 동안 영화는 어느새 결말만을 남겨두고 있었다. 이제 다음 장면에선 단두대에 오른 셀마의 무고가 밝혀지고, 그녀는 아들과 함께 집으로 돌아갈 것이었다. 다정하고 안온한 해피 엔딩이 이어질 것이었다. 스포일러의 간질거림을 참아내며 경은 다음 장면을 기다렸다.

하지만 결말은 이목씨가 들려줬던 것과는 전혀 달랐다. 스크린 속 셀마를 보며, 비극적이고 참담한 결말과 마주하며 경은 생각했다. 자신의 기억이 잘못된 건 아닌지, 리마스터링을 거치며 결말이 달라진 건 아닌지. 곰곰이 생각해보았지만 그렇지는 않은 것 같았다.

엔딩 크레디트가 올라가자 객석에 앉아 있던 이들이 하나둘 상영관을 빠져나갔다. 관객들이 전부 떠나고 페이드아웃되는 화면을 바라보며 경은 이목씨의 말을 가만히 되뇌었다.

어때요? 그렇게 뻔하진 않죠?

밝은 결말을 이야기해주던 그녀의 목소리와 부드러운 미소, 끄덕임을.

경은 천천히 상영관을 나섰다. 문을 열자 빛이 쏟아졌고, 눈가가 뜨거워지는 것이 느껴졌다. 발갛게 부은 눈가를 비비며 경은 하나, 둘, 셋, 넷…… 숫자를 바로 셌다. 다섯, 여섯, 일곱, 여덟…… 슬픔을 받아들이는 그녀만의 방식이었다.

---

* "어둠을 걷으면 그 안에는 빛이 분명 있다고"라는 이목씨의 대사는 차도하 시인의 시 「조찬」의 일부를 변형해 가져왔다.

OK, Boomer

7교시가 끝날 무렵, 두 통의 문자를 받았다. 하나는 성과 상여금 등급이 A*라는 문자, 다른 하나는 금촌동 집에서 뮤직비디오를 찍어도 되냐는 아들의 문자였다. 아들에게 뭐라고 답할지 고민하며 교무실에 내려가보니 아니나다를까, 죽상을 한 채 담화를 나누는 이들과 눈치를 보며 업무를 보는 이들로 이미 파가 갈려 있었다. 성과급 내역이 통지되는 날이면 으레 냉담하고 어색한 기류가 교무실 안을 떠돌았다. 한동안 피곤하겠네. 파티션에 몸을 숨기며 중얼댔다.

---

* 2001년 '건전한 경쟁을 통한 교원의 질 제고 및 사기 진작'을 목적으로 도입된 교원 성과급제. S등급, A등급, B등급으로 각각 차등을 두어 성과급을 지급한다.

성과급에 관한 논쟁은 퇴근길에서도 이어졌다. 카풀 메이트인 미술 교사 오를 태우고 꽉 막힌 올림픽대로를 건너는 동안 나는 예체능을 담당하는 이들의 고충—몸을 갈아가며 일해도 저흰 항상 B예요—과 노골적인 물음—선생님은 S등급이죠? 그렇죠?—에 내내 시달려야 했다.

그게 뭐 중요한가요, 허허.

아무것도 모른다는 듯 수더분하게 웃으며 화제를 돌리려 애썼다. S든 A든 간에 나는 이 소란에 끼고 싶지 않았다. 적을 만들지 않는 것. 삼십사 년의 교직생활 동안 내가 고수해온 신조 중 하나였다. 사람 좋게 적당히 대꾸하면 오 역시 다른 이야길 꺼내지 않을까 싶었지만, 오는 그런 내 의중 따위 아랑곳 않고 자신이 진짜 하고 싶은 이야기, 그러니까 본론을 향해서만 돌진했다.

제가 이런 얘기까진 안 하려고 했는데요.

정체 구간을 지나 막 파주로에 접어들었을 때, 오가 느닷없이 목소리를 깔며 말했다.

곽샘 아시죠?

곽. 곽이라면 지난해 우리 학교로 첫 발령을 받은 신입 교사였다. 이전에도 오를 통해 곽에 대한 몇몇 이야기를 전해들은 바 있었다. 사범대 졸업과 동시에 임용 고사에 붙었다는 것, 교무실에 커피 그라인더와 드리퍼를 가져다놓고 아침마다 딱 일인분의 커피만 내려—오의 설명에 따르면 드셔보란 말 한 번 안 했다고—사람들의 눈총을 받았다는 것. 그리고 조합원이라는 것.

신입 교사들은 조합에 속하길 꺼렸다. 언질만 비쳐도 부담스러워하는 게 역력해 가입을 권유하기도 어려웠고, 그나마 남아 있던 젊은 조합원들도 하나둘 탈퇴하는 실정이었다. 그런 암담한 시점에 곽이 등장한 것이다.

저희 부모님도 전교조셨거든요. 어릴 때 엄마 아빠 따라 집회에도 갔구요.

곽이 가입 신청서를 내며 했다던 기특한 말을 나는 똑똑히 기억하고 있었다.

조합원 사이엔 S등급을 받은 교사가 B등급을 받은 교사에게 성과급의 일부분을 떼어주는 암묵적 룰이 존재했다. 그것은 교사 간 불필요한 경쟁을 지양하기 위해 실시된 균등 분배제였고, 누구 하나 거스른 적 없이 유지해온 조약이었는데, 곽이 그걸 딱 잘라 거절하더라고 오는 말했다.

자긴 그게 부당하다는 거예요. 공정한 평가로 지급된 성과급을 왜 나눠야 하냐고. 분배를 강요하는 게 진짜 불합리 아니냐고요. 아니, 그럴 거면 애초에 조합엔 왜 들어온 거야. 이거 완전 명분은 명분대로 챙기고 실리는 실리대로 챙기자는 심보 아니냐고요.

분한 듯 침까지 튀기며 오는 말을 이었다.

저는요, 요즘 젊은 교사들 너무 어려워요. 영악한 것 같아.

오의 푸념을 들으며 나는 젊은 교사들에 대해 잠시 떠올렸다.

학생들은 확실히 연차가 쌓인 교사보다는 신입 교사를 더 좋아하고 따랐다. 젊은 교사들은 유튜브로 수업을 시연했고, 학생들과 선을 넘는 장난도 서슴없이 주고받았으며, 교칙을 강제하기보다 느슨히 풀어두는 쪽에 가까웠다. 그런 그들을 무르고 미숙하다고 질타하는 이들도 있었지만, 나는 달랐다. 비록 우리 때보단 패기도 없고 손익을 따지는 면면이 못마땅할 때도 있었지만, 그래도 시대가 변하지 않았는가. 젊은 교사들의 유연함과 자유로움을 나는 메리트로 보았고, 그들 역시 자신을 인정해주고 이해하는 내게 호감을 갖는 것 같았다. 지난주 교사 회의가 끝나고 내 애플 워치를 가리키며 이렇게 말하기도 했으니까. 부장님 정말 센스 있으세요. 맞아요, 진짜 영young하세요.

파주 시청 가까이 도착해서도 오는 내릴 생각 없이 곽에 대한 이야기를, 참교육과 학교 민주화에 불철주야 헌신하던 우리 때 이야기를 마구잡이로 쏟아냈다.

샘은 어떻게 생각해요? 곽샘 의견에 동의하세요?

오가 물었다. 같은 조합원으로서 오의 의견엔 전적으로 동의하지만, 그래도 나는 똘레랑스가 있는 사람이었다. 견해가 다르다고 타인을 깎아내릴 필요는 없지.

글쎄요. 저는 잘……

오를 향해 나는 허허, 실없이 웃었다. 나까지 애써 그편에 설 필요는 없다고 생각하며.

집에 도착해 제일 먼저 휴대폰을 확인했다. 아들에게서 부재중 전화가 두 통 걸려와 있었다. 아직 아들의 문자에 답을 하지 못한 상태였다. 저녁으로 먹을 레토르트 카레를 전자레인지에 돌려놓고 아들에게 전화를 걸었다.

오 년 전 아내와 별거를 시작한 뒤 나는 이곳 금촌동에 단독주택을 지어 혼자 지내고 있었다. 아들은 매달 이틀 정도 묵었다 가곤 했다. 그애와는 나름 돈독한 부자 관계를 유지해왔다고 생각한다. 서로의 생활이나 상황에 대해 공유하고, 인터넷에 떠도는 레시피로 함께 불닭게티인가 하는 것을 끓여먹기도 하고, UEFA 챔피언스 리그 경기를 보며 밤을 새우기도 하고…… 넉 달 전, 아들의 용돈을 끊기 전까지는 그랬다.

예상과는 달리 아들은 금방 전화를 받았다.

문자 보셨어요?

다짜고짜 용건부터 전하는 아들의 태도가 마뜩잖았지만, 내색하지 않고 안부를 물었다.

그래, 봤다. 요즘은 어떻게 지내니?

경합 준비하느라 바빠요. 뮤직비디오도 그것 땜에 찍는 거고요.

경합?

EBS '헬로루키'요.

아들은 올해로 스물아홉이었다. 많은 나이는 아니지만, 그렇다고 새판을 벌이고 뛰어들기 좋은 나이도 아니었다. 아들이 문화인류학과를 졸업하고 대학원에 들어갈 때까지만 해도 나는 그애의 미래가 그저 평범하고 순탄할 거라 단언했다. 적어도 '페이퍼 앰프'라는 우스꽝스러운 이름의 밴드 활동을 독려하기 위해 달마다 적지 않은 생활비와 '자랑스러운 아들 보형에게'로 시작하는 장문의 메시지를 보낸 건 아니었으니까.

아들은 다음주 월요일까지 동영상 심사에 제출할 뮤직비디오를 찍어야 한다고 했다. 아직 장소 섭외를 하지 못했는데, 금촌동 집이 방음도 잘되고, 숲과 접해 있어 콘셉트 측면에서도 딱 적합할 것 같다고.

차라리 세트를 빌리지 그러니. 카페나.

아들에게 그만한 공간을 빌릴 여력이 없단 것을 알고 있음에도 부러 불퉁스럽게 대꾸했다. 휴대폰 너머에서 아들의 한숨 소리가 들렸다. 아들이 입을 떼기도 전에 말을 가로챘다.

그것도 아니면 너희 연습실에서 찍으면 되겠구나.

방음도 안 되는 옥탑에서 어떻게요, 아빠.

아들의 목소리가 점점 작아졌다. 빈정대며 그애에게 소리쳤다.

넌 왜 늘 나한테만 그러냐. 네 엄마한테 말하지.

이런 얘기 엄마한테는 못하는 거 아시잖아요, 아빠……

불리한 상황이면 그러하듯 아들은 말끝을 흐리며 웅얼댔다. 이번만큼은 유야무야 넘어가고 싶지 않았지만, 마음이 그애 쪽으로 기우는 건 어찌할 방도가 없었다. 지금은 아들에게 가장 비관적인 시기였다. 그애 말로는 공연을 하면 겨우 교통비 정도가 떨어진다고 했다. 그것조차 주어지지 않을 때가 더 빈번했고. 그리고⋯⋯ 추측건대 아내의 원조는 훨씬 오래전 끊긴 게 분명했다. 자식 잘난 맛에 사는 사람이었으니. 휴대폰 너머에서 코를 훌쩍이는 소리가 들렸다.

아빠, 정말 이러시기예요?

서른 가까이 되었는데도 아들은 여전히 애 같았다. 이제 나마저 등을 돌리면 그애는 영영 무너질 수도 있을 터였다. 이럴 때는 마지못한 척 자식의 손을 들어주는 게 능사였다. 자식 이기는 비정한 부모 역할은 언제나 아내의 몫이었지, 내 몫은 아니었으니까. 별수없다는 듯 말했다.

언제 올 건데?

내일요.

집을 쓰게 해줄 순 있어도 아예 비워줄 순 없다. 나도 같이 있을 거야.

좋을 대로 하세요.

감사하다는 말을 내심 바랐지만, 아들은 끝까지 그 말을 아꼈다. 인류학과까지 나온 놈이 어째서 살갑진 못할까. 통화를 마친 뒤, 홀로 늦은 저녁을 챙겨 먹었다. 전자레인지에서 꺼낸 카레는 겉은 뜨겁고 속은 생각보다 찼다.

*

아들은 토요일 오후 세시쯤 도착한다고 했다. 집은 동네 초입에 있는 버스 정류장에서 삼십 분은 더 걸어야 하는 변두리에 있어 아들이 도착하기 전 미리 메시지를 보내놓았다.

—너네 버스 타고 오지? 데리러 갈까?

—저희 차 있어요. 그거 타고 갈 거예요.

아들을 기다리는 동안 옷을 여러 번 갈아입었다. 고심 끝에 초이스한 건 몇 년 전 스파 매장에서 집히는 대로 골라 산 건스 앤로지스 티셔츠였다. 셔츠에 커피를 쏟아 얼결에 산 옷을 이렇게 입게 될 줄이야. 거울 앞에 서서 내 모습을 꼼꼼히 살폈다.

너무 튀나.

다른 옷으로 갈아입으려다 마음을 고쳤다. 좋든 싫든 아들의 동료—그렇게 부르는 게 맞는지는 모르겠지만—들과 만나는 날이었다. 젊은 사람들이 등산용 바람막이나 생활한복을 입는 교사들을 얼마나 우스워하고 깔보는지 나는 잘 알고 있었다. 그들에게 구닥다리로 비치긴 싫었다. 아들도 그걸 원치 않을 테고.

약속한 시간이 거진 가까워졌을 때, 밖에서 엔진소리가 들려왔다. 얼른 거실로 뛰어가 창을 내다보았다. 연식이 오래된 다마스 한 대가 마당으로 들어오고 있었다. 요즘에도 저런 차가 생산되나. 무난한 등장을 기대한 건 아니었지만, 눈앞에 펼쳐진 장면은 생각보다 더 괴이했다. 다마스에서 내린 사람은 아들을 포함해 총 네 명이었다. 창가에 서서 떠들썩하게 짐을 내리는 아들의 동료 들을 쓱 훑었다. 어깨가 한 뼘 이상은 남는 오버핏 재킷을 입은 아이, 넝마 같은 셔츠를 걸친 아이, 나이키 홀로그램 로고가 전면에 인쇄된 후드 티셔츠를 입은 아이. 패션을 좀 아는 내가 봐도 그들의 패션은 난해했다. 아들 역시 비슷한 차림이었지만 그애의 해괴한 헤어밴드보다는 핼쑥한 얼굴에 더 눈길이 갔다. 사 개월 전 마지막으로 만났을 때보다 아들은 훨씬 앙상해져 있었다. 무모하게 일을 벌이는 그애 때문에 분통이 터지다가도 이럴 땐 애처롭고 딱한 마음이 앞섰다.

도어록 누르는 소리가 났다. 아들과 그애의 동료들에게 건넬 첫 인사를 고르며 현관으로 다가갔다.

어서 와요.

악수를 건네려 막 손을 내미는데,

화장실 어디예요?

앞서 집안으로 들어온 넝마 차림의 녀석이 내 말을 뚝 잘랐다. 머쓱하게 손을 거두곤 화장실을 가리켰다. 뒤에서 웃음이 터졌다. 나를 두고 웃는 건지, 화장실로 달려가는 녀석을 두고 웃는 건지 잘 가늠할 수 없었다. 아들의 동료들—이런 칭호가 과연 알맞을까—은 전부 어려 보였다. 끽해야 스물, 아님 스물둘. 그에 반해 아들은 꼭 그애들의 늙은 선배 내지는 조교처럼 보였다. 한참은 어려 보이는 애들 틈에 섞여 웃는 아들에게 나는 물었다.

저거 누구 차냐?

방금 화장실 들어간 애요.

왜 저런 걸 끌고 다닌다니.

아들은 화들짝 놀라며 목소리를 죽였다.

그런 말은 왜 해요. 아빠.

가까이서 본 아들은 안쓰러울 정도로 수척해 있었다. 입술도 다 부르튼데다 가뜩이나 숱 없는 머리를 헤어밴드로 넘겨 더 궁해 보였다.

밥은 먹었니?

아뇨.

나는 아들의 동료들에게로 시선을 돌린 뒤, 점잖고 나긋한 말투로 되물었다.

뭐 좀 시켜줄까요? 다들 피자 좋아해요?

피자 좋죠.

나이키를 입은 녀석이 넉살 좋게 감사하다고 하자 다른 아이들도 따라 고개를 숙였다. 옷차림은 좀 특이해도 자세히 보니 얼굴은 둥글둥글 모두 유순해 보였다. 예의나 체면을 아주 차리지 않는 애들은 아니구나, 안도하며 파파존스에 전화를 걸려던 찰나 곁으로 아들이 다가왔다.

아빠.

아들은 내 어깨에 슬며시 팔을 두르며 말했다.

고기랑 햄은 빼달라고 하세요. 저희 채식하거든요.

채식?

네.

그거 너도 하는 거냐?

네.

헛웃음이 나왔다. 내 주변에도 베지테리언이 몇 있었다. 그 대
표적인 케이스가 교감이었다. 나보다 다섯 살 많은 교감은 당뇨를
앓기 시작한 마흔부터 고기를 끊었다. 교감은 점심시간마다 교무
실에 앉아 급식 대신 현미로 만든 밥과 두부조림을 먹었다. 주위
시선은 전혀 아랑곳 않고. 그만하면 다행이지 한번은 회식으로 페
스코 베지테리언 식당에 가자고 해 모두를 당황시킨 적도 있었다.
김선생도 고기 끊어봐요. 아침이 확실히 달라. 언젠가 내게 그렇
게 말하기도 했다.

그치만 아들은? 그애는 건강했고, 평소 잡채에서 고기만 골라
먹을 정도로 육식이라면 사족을 못 썼다. 그런 애가 채식이라니.
아들은 트위터에서 공장식 축산과 동물실험에 대한 글을 보고 채
식을 시작했다고 설명했다. 밴드 멤버들은 자기보다 더 철저한 베
지테리언이라고도.

한 판은 치즈까지 빼주셔야 돼요. 비즈는 비건이거든요. 우유도
안 먹어요.

비즈?

아들은 나이키를 입은 녀석을 가리켰다. 비즈가 진짜 이름이냐고 물을 틈도 없이 아들은 다시 제 무리에 섞여들었다. 주문하려던 콤비네이션 피자에서 햄과 고기 토핑을 뺐다. 아들의 주문대로 다른 한 판은 치즈까지 빼고. 고기가 그렇게 문젠가, 피자에서 치즈를 뺄 정도로? 잠시 입맛을 다셨다. 흘러내리는 바지를 추켜올리는 아들을 보며 나는 생각했다. 이해는 가지 않지만, 그래도 뭐 어쩌겠나 존중해줘야지.

애들은 집 구경에 바빴다. 금촌동 집은 고명한 건축가 장—내고등학교 동창이었다—이 설계한 복층형 단독주택으로, 건축 잡지 표지에 실릴 정도로 근사했다. 특히 거실 인테리어가 돋보였는데, 남향으로 난 전면창 앞에 서면 잣나무 숲이 훤히 내다보였고, 거기서 조금만 눈을 돌리면 책이 빼곡히 꽂힌 오크목 책장이 보였다. 거실 한 면을 차지할 만큼 커다란 그 책장은 이 집의 큰 자랑거리였다. 집을 방문한 손님들도 그것만 보면 탄성을 내지르곤 했으니. 와, 장서가네, 장서가야. 역시 국어 선생이라 뭐가 달라도 달라.

애들은 일층 이곳저곳을 둘러보다 아들을 따라 이층으로 올라갔다. 나이키를 입은 녀석만 빼고. 녀석은 거실 책장 앞에 서서 책을 꺼내 보기도 하고 장식품을 구경하며 혼자만의 시간을 보냈다.

와, 책 진짜 많네.

감탄하는 녀석을 우쭐한 마음으로 주시했다. 아내와 함께 살 때도 나는 거실에 텔레비전을 두지 않고, 벽 한 면을 책에 양보했었다. 책장엔 대학 시절부터 차곡차곡 모은 책들―학원사 세계문학전집, 『키노』와 『씨네 21』…… ―뿐만 아니라 오래된 LP 컬렉션과 함께 조합에서 받은 상패가 전시되어 있었다. 상패는 책장 한편에 무심한 듯 놓여 있었지만, 틈날 때마다 마른 융으로 닦아 광을 내는 애물愛物이었다. 나이키는 상패에 손을 갖다대며 물었다.

아저씨, 전교조예요?

누군가 그렇게 물어올 때면 나는 늘 거리낌없이 그렇다고 답해왔다. 지금은 활동을 뜸하게 해도 한때는 조합의 지부장으로서 부당한 일에 목소리를 높이고 교육 환경을 개선하기 위해 힘써왔으니까. 그건 어찌 보면 내 아이덴티티이자 자부심이었는데, 나이키의 물음에는 평소와 사뭇 다르게 반응해버렸다.

그건 왜……?

내 물음에 녀석은 심드렁하게 답했다.

그냥요.

이층에 올라갔던 아이들이 내려오고, 나이키가 애들 쪽으로 간 후에도 뇌리엔 내내 녀석의 말이 박혀 맴돌았다. 나를 힐끗대던 녀석의 미묘한 눈빛, 감사패를 툭 건드리던 손도 신경 쓰였다. 책장으로 가까이 가 비뚤어진 감사패를 바르게 정렬했다. 삼십사 년의 교직생활 동안 나는 수많은 아이들을 겪어왔다. 약간의 변수는 존재해도 그 나이대 애들이란 다 거기서 거기. 말을 조금 섞어보면 그 수가 어느 정도 파악됐다. 휴대폰을 들고 거실을 누비는 애들을 훑어보았다. 아직 가늠은 되지 않지만, 아마 저애들 역시 비슷하리라. 호흡을 가다듬으며 나는 애들이 모여 있는 쪽으로 다가갔다.

둘러앉아 채소가 잔뜩 든 피자를 먹는 동안에도 그애들은 좀처럼 휴대폰을 손에서 놓지 않았다. 통성명조차 않고 무언가 하느라 바빴다. 이럴 땐 아들이 좀 나서주면 좋으련만. 멀뚱히 앉아 니 맛도 내 맛도 아닌 피자를 씹다 결국엔 내가 먼저 운을 뗐다.

네 동료들은 몇 년생이니?

99년생이요. 어리죠?

대답 대신 쩝, 입맛을 다셨다.

다들 생각도 깊고 음악도 잘해요.

그애들은 조금 전부터 아이패드를 세워놓은 채 저들끼리 시시덕대고 화면을 향해 무어라 무어라 웅얼대고 있었다.

쟤들 지금 뭐하는 거니?

인스타 라이브요.

그게 뭔데?

그러니까…… 팔로어들이랑 실시간으로 소통하면서 자기가 뭘하고 있는지 보여주고 홍보도 하고, 뭐 그런 거예요.

누군가 자기들의 일거일동을 지켜보고 있다는데도 그애들은 무감하게 피자를 먹고 시시껄렁한 농담을 주고받았다. 말없이 먹기만 하거나 화면을 벗어날 때도 태반이었다.

저걸 보는 사람이 있어?

네. 스물여섯 명.

아들이 화면으로 고개를 움직이며 말하고는 내 쪽으로 화면을 돌렸다.

아빠도 찍어보실래요?

화면은 이제 내 얼굴로 채워졌다. 드문드문 올라오는 댓글과 알록달록한 하트, 어리둥절한 얼굴을 한 나를 들여다보았다. 나는 시대에 뒤처지는 사람이 아니었다. 모바일 앱으로 신문을 읽었고 유튜브와 페이스북 계정도 있었다. 그치만 이건…… 고요하면서도 시끄럽고 무심하면서도 관심으로 들끓는 이곳은 내가 아는 세계가 아니었다.

난 됐다 됐어.

손사래를 치며 서둘러 화면 밖으로 빠져나왔다. 잠깐이었지만 기분이 이상했다. 내게는 이렇게 이질적인 세계를 아들과 그애의 동료들은 대수롭지 않게 드나든다는 것도 희한했고. 이만큼 따라왔나 싶으면 또 저만큼 멀어지는 게 요즘 세상이었다. 치즈 없는 피자를 먹는 애들을 둘러보았다. 비록 저애들보다는 뒤처져도 동년배에 비해선 적응이 빠른 편이었다. 키오스크를 사용하는 데에도 별다른 거부감이 없었다. 중요한 건 언제나 속도가 아니라 수

용이었다.

저 세계에도 언젠가 적응되겠지.

하트와 댓글로 도배된 화면을 보며 생각했다.

아이들은 얼추 배가 찼는지 뮤직비디오 촬영을 시작했다. 원래 야외에서 촬영할 예정이었지만 그러기엔 미세 먼지 농도가 높았고 마당 역시 관리하지 않아 잔디가 웃자라 있었다. 어쩔 수 없이 촬영은 집안에서 진행되었다. 아이들은 가지고 온 짐을 거실에 부렸다. 악기라곤 펜더 일렉 기타 하나가 전부였다.

베이스나 드럼 같은 건 없나보네.

악기는 여기 다 있는데요.

나이키가 아이패드를 가리켰다. 거기 뭐가 있다고? 되물을 새도 없이 녀석은 스위치와 페달이 많은 기계 하나를 가져오더니 기계의 선을 곧장 아이패드에 연결했다.

그건 뭐니?

루프스테이션이요.

루프…… 뭐?

루프스테이션요.

한때 학교 밴드부를 지도한 적도 있었지만, 그때도 이런 건 본 적이 없었다. 한눈에도 프로페셔널해 보이는 장비. 휘둥그런 눈으로 그것을 살피는 내게 녀석이 소리쳤다.

아저씨 여기 계속 계실 거예요?

독오른 뱀처럼 신경이 바짝 곤두서 있는 녀석에게 쭈뼛쭈뼛 말했다.

미안하다. 방해 안 할게.

그애들과 멀찌감치 떨어진 곳에서 나는 조용히 주위를 살폈다. 아들은 소파에 앉아 기타를 튜닝하고 있었다. 분주히 무언가 연결하고 설치하는 애들 틈에서 그애 혼자 고요했다. 섬섬옥수로 프렛을 짚는 아들을 보고 있자니 좀 침울해졌다. 아들은 3월생이었다. 빠른 연생은 아니었지만 나와 아내는 무리하게 그애를 조기 입학시켰다. 그때는 그랬다. 뭐든 빠른 게 좋은 거라는 인식. 남들보다 일 년을 버는 게 이득이라는 믿음. 그럼에도 불구하고 그애는 또래에 비해 뒤처졌다. 발육이 더뎠고, 삼수를 해 겨우 대학에 들어갔으며 졸업이 유보되어 대학원 입학도 일 년 지체되었다. 본래 그애 체성이 그랬다. 뭘 하든 느리고 조심스러웠다. 세상은 급진적이고 치열하고 격렬한데 그애만 그 속에서 홀로 슬로모션중이었다. 아들은 스트링을 몇 번 튕기다 내 쪽을 힐끗 보았다. 그애를 향해 손을 흔들어 보였다. 저게 밥이 될지는 모르겠지만, 아들이 애정을 쏟고 있는 대상인 건 분명했다. 느리긴 해도 그애에게는 한번 문 건 끝까지 놓지 않고 붙드는 근성이 있었다. 김성모 만화 주인공처럼. 미간까지 좁힌 채 집중하고 있는 아들을 보자니 가슴이 먹먹해져왔다. 근성과 패기, 그거야말로 재능 아니겠나. 밥이야…… 내 몫을 나누어주면 되지.

아이들은 마지막으로 카메라를 세팅한 후, 오크목 책장을 배경으로 두고 섰다. 숨을 죽인 채 아들과 그 동료들을 지켜보았다.

나이키가 아이패드를 통해 드럼 비트와 베이스 라인을 찍어내고 오버핏 재킷이 화음을 넣으면 넝마 셔츠가 루프스테이션을 조작해 그것들을 한데 모았다. 풍부한 화음, 둔중한 베이스음, 리드미컬한 드럼 비트가 겹겹이 쌓이며 리듬이 만들어졌다. 아이패드와 루프스테이션을 능숙하게 다루는 아이들을 나는 멍하니 바라보았다. 그애들은 뭐랄까, 내가 아는 밴드들과는 확실히 달랐다. 이채롭긴 했지만, 그건 음악이라기보다는 기술에 가까웠다.

저런 것도 음악이 되나.

저게 정말 음악이 맞나.

들으면 들을수록 더 알쏭달쏭해졌다. 심란한 얼굴로 비트에 귀 기울일 때, 밴드에서 유일하게 악기를 연주하는 아들의 기타 솔로가 시작되었다. 내심 고대하며 아들의 연주를 지켜보았다. 그래, 너만은.

믿고 싶지 않았지만, 그 밴드의 옥의 티는 아들이었다. 기계가 만들어낸 다채롭고 현란한 사운드에 아들의 연주는 자꾸 묻혔다. 심지어 중반쯤 이르렀을 땐 삑사리가 나기도 했다.

아, 자꾸만 탄식이 새어나왔다. 아들의 손에 들린 펜더 기타를 빤히 쳐다보았다. 저 기타가 아들의 손에 들어가기까지의 과정을 나는 잘 알고 있었다. 아들이 맥도날드에서 받은 산재 보상금으로 화상 치료를 받는 대신 일렉 기타를 샀을 때 얼마나 골이 터졌는지도. 그때를 떠올리자 미약한 두통이 일었다. 그때 엄하게 혼을 냈어야 했는데, 화상 치료비를 대신 지불해주지 말았어야 했는데, 아니 그전에 그 빌어먹을 아르바이트를 시키지 말았어야 했는데. 그랬다면 아들은 지금 대학원에서 석사과정을 밟고 있지 않았을까. 곡은 이제 클라이맥스에 다다르고 있었다. 아들이 미간을 좁히며 연주에 몰입할 때마다 심경은 더더욱 복잡해졌다.

어때요?

한차례 촬영이 끝나고 아들이 나를 향해 물었다. 맘 같아선 빌어먹을 거 당장 관두라고 윽박지르고 싶었지만, 그러기엔 나는 너무 점잖은 사람이었다. 한껏 달뜬 얼굴로 나를 보는 아들이 걸리기도 했고.

좋은데…… 음…… 악기가 더 들어가면 좋을 것 같기도 하고……

나이키가 어이없다는 듯 답했다.

악기는 지금도 들어가 있는데요?

그치…… 그렇긴 한데 내 말은…… 진짜 악기 말이다. 샤우팅도 좀 들어가면 더 밴드 같을 거 같고. 백두산이나 시나위처럼.

백두산? 시나위? 그게 뭐야? 백두산은 북한에 있는 거 아냐? 애들이 수군거렸다. 당황했지만 내색지 않고 말을 보탰다.

시나위는 얼마 전까지도 활동했던 밴든데, 너희 다 모르니?

내 말에 애들은 휴대폰을 꺼내들어 검색을 했다. 유튜브에 올라와 있는 시나위 공연 영상을 보던 나이키가 말했다.

아, 이거 들어본 적 있는 것 같아요.

스피커 볼륨을 높인 채 〈크게 라디오를 켜고〉를 들으며 녀석은 말을 이었다.

근데 이거 너무 구식이네요. 피치도 떨어지고 메이저 스케일에서 벗어나질 못하는데.

어그먼트 코드니, 파라디들 패턴이니 들먹이며 음악성에 대해 논하는 나이키와 그 옆에서 맹추처럼 고개를 주억이는 아들을 보고 있자니 심기가 거슬렸지만 꾹 참고 비위 좋게 대꾸했다.

허허, 그래도 우리 때는 기라성 같은 밴드였어.

그런 말 쓰면 안 되는데.

뭐?

기라성이요. 그건 일본 잔재잖아요. 유도리, 찌라시 이런 말처럼.

어안이 벙벙해졌다. 나이키는 손까지 꼽으며 잔존해 있는 일본 말을 하나하나 열거하기 시작했다. 노가다, 기스, 와꾸…… 나를 가르치는 듯한 녀석의 태도에 아까 받은 수모가 겹쳤다. 속이 끓었고 분노가 치밀었지만 어찌되었든 녀석의 말이 틀린 건 아니었다. 우기고 땡깡을 부리며 모욕을 되갚아주는 것보다 일단은 굽히는 게 어른으로서의 체통을 지키는 일이리라.

그래, 주의하마.

네, 앞으론 그런 말 쓰시면 안 돼요 아저씨.

나이키가 말했다.

화장실로 가 찬물 세수를 했다. 나이키의 말을 듣는 동안 얼굴
이 붉게 달아오른 것을 아들도 눈치챘을 것 같았다. 싸가지 없는
놈. 참아보려 해도 울분이 쉬이 사그라지지 않았다. 삼십사 년간
우리말을 가르쳐온 시간이 녀석으로 인해 한순간 부정당하고 엉
터리로 매도된 것만 같았다. 왜 녀석을 참아줬을까. 찬물을 연거
푸 얼굴에 끼얹으며 곰곰이 생각했다.

학생 인권 조례니 뭐니 해도 동료 교사 중엔 여전히 애들에게
매를 드는 이들이 있었다. 폭력이나 폭언 없이는 훈육이 불가하다
고 믿는 작자들. 구태의연한 교육 방식을 꾸준히 고수하는 작자
들. 일평생 나는 그들과는 다른 부류였다. 그들보다 더 진보적이
고 참을성 있었으며 유연했다. 비이성을 비이성으로 갚는 게 얼마
나 보기 흉한 일인지 나는 누구보다 잘 알고 있었다. 굳이 적을 만
들 필요는 없었다. 거울 앞에서 되뇌듯 중얼댔다.

그래, 나는 베테랑이니까.

개운치는 않았지만, 그렇게 말하고 나니 기분이 한결 나아졌다.
축축하게 젖은 얼굴을 건스 앤 로지스 티셔츠에 문질러 닦고는 화
장실에서 나왔다.

아무 일도 없던 것처럼 입꼬리를 올리며 아들에게 향했다. 아들은 다른 애들과 한데 모여 녹화본을 확인하고 있었다. 아들의 표정이 좋지 않았다. 다른 애들도 모니터를 보며 얼굴을 일그러뜨리고 있었다. 뭔가 문제가 있는 것 같았다.

아빠, 드릴 말씀이 있는데요.

아들은 난처한 얼굴로 나를 부엌으로 끌고 갔다. 밴드 멤버들 쪽을 힐끗대며 그애는 조심스럽게 말을 이었다.

저희가 방금 촬영본을 확인해봤는데, 좀 걸리는 게 있어서요.

뭔데?

그게……

아들은 머뭇대다 책장에 가지런히 놓인 감사패를 가리켰다.

저건 빼야 될 것 같아요. 너무 튀고 화면에 예쁘게 잡히지 않아서……

애써 유지하고 있던 미소가 서서히 가셨다. 아들을 향해 나는 조용히 물었다.

누가 시키던?

네?

누가 빼라고 시켰냐고.

아들은 선뜻 입을 떼지 못했다. 누구 짓인지는 안 봐도 뻔했다. 책장 앞에 서 있는 나이키 앞으로 나는 성큼성큼 걸어갔다. 막 감사패를 집어든 녀석을 똑바로 응시했다. 녀석 역시 내 시선을 피하지 않았다. 침착하려 애쓰며 최대한 점잖게 말했다.

그거 내려놔라.

아들이 다급하게 다가와 내 팔을 잡았다.

아빠, 얘네가 이런 거 많이 찍어봐서 잘 알아요. 아빠도 아시잖아요, 미장센이 중요하다는 거.

다른 녀석들도 말을 보탰다.

빨리 찍고 그대로 제자리에 둘게요.

한 번만 봐주세요, 아저씨.

천천히 호흡을 가다듬었다. 자식뻘 되는 애들과 얼굴 붉히고 싶진 않았다. 아들 앞에서 추태를 부리는 것 같기도 했고.

그래, 나는 똘레랑스가 있는 사람이니까.

겨우 마음을 추스르고 합의점을 찾으려 하는데, 나이키가 또다시 툭, 손가락을 튕겼다. 존나 별것도 아닌 걸로. 감사패를 건드리며 그렇게 중얼거린 것 같기도 했다. 피가 얼굴로 확 몰렸다.

내려놔.

아들이 불안한 얼굴로 내 쪽을 보고 있었다. 아들 때문에라도 더 녀석에게 지고 싶지 않았다.

니들 마음대로 할 거면 당장 나가라.

녀석은 기죽지도 않은 채 나를 빤히 바라보았다. 조금 더 완고하게 일렀다.

여긴 내 집이야.

와, 진짜 대박이네.

녀석이 실소를 터뜨렸다. 얼떨떨한 얼굴로 상황을 관망하던 다른 녀석들도 한 명씩 따라 웃었다.

웃어? 녀석들은 뭐가 우스운지 계속 큭큭댔다. 큭큭. 나의 삼십사 년을 애물로 취급하는 녀석들. 버릇없고 무례한 그애들에게 진저리가 났다. 부끄럽다는 듯 내게 등을 돌린 아들에게도. 이젠…… 정말 못 참아.

야! 니들 정말……

단전에 힘을 잔뜩 주고 소리치려던 찰나, 기묘한 광경이 펼쳐졌다. 인스타그램 라이브 화면에 형형색색의 하트가 마구 쏟아지고 있었다. 이전과는 확연히 다른 기하급수적인 하트.

─????????

─??????

─?????????

솟구치는 댓글들, 그리고 순간.

픽.

끓는 냄비 안에서 부풀고 부풀다 터지는 만두처럼 픽, 단전에 힘이 빠져버렸다. 그애들은 여전히 폭소하고, 아들은 연신 바지를 추켜올리고. 저게 밀레니얼이구나. 나를 향해 쏟아지는 화면 속 무수하고 끊임없는 하트를 보며 들릴락 말락 한 목소리로 중얼거렸다.

그러는 거 아니다…… 니들 정말 그러는 거 아냐.

*

월요일에도 파주 시청 근처에서 오를 픽업했다. 차에 타자마자 오는 기다렸다는 듯 이틀 치 밀린 이야기를 쏟아냈다. 평소였다면 듣고 싶은 말은 듣고 거를 말은 거르며 적당히 맞장구를 쳤을 테지만, 도저히 기분이 나지 않았다. 말없이 운전만 하는 내게 오가 슬쩍 물었다.

샘은 주말 잘 보내셨어요?

네, 뭐 그냥……

말을 흐렸다. 잇몸이 욱신거렸다. 그애들이 떠나고 이틀 내내 먹은 고기 때문이었다. 애들이 촬영을 제대로 끝냈는지는 알 수 없었다. 그애들이 거실에 있는 동안 나는 방에 누워 맥없이 천장만 바라보다 집안이 완전히 고요해진 뒤에야 일층으로 내려왔다. 허기가 졌다. 널브러진 물건을 제자리에 정리하고 차게 굳은 피자를 쓰레기통에 욱여넣은 뒤, 벽지에 누린내가 뱀 때까지 양껏 고기를 구워먹었다. 소고기와 돼지고기, 닭고기, 냉동고 깊숙이 들어 있던, 언제 사놓았는지 모를 고기들까지도. 잇몸에 피가 맺히도록 양치를 했는데도 어금니에 낀 고기가 빠지질 않았다. 혀로 어금니를 건드리며 오에게 말했다.

주말에 아들이 왔었어요.

어머, 그 대학원 다닌다던 아드님? 좋으셨겠네.

오가 말했다. 문득, 오라면 내 입장을 이해해줄 수도 있겠다는 생각이 들었다. 그녀는 전교조 창립 멤버였고 대학 다니는 딸도 있었으니까. 지난 주말에 있었던 사건을 나는 그녀에게 찬찬히 털어놓았다. 채식 피자, 인스타그램 라이브, 루프스테이션, 감사패를 툭, 건드리던 녀석의 건방짐과 내가 겪은 치욕과 수모에 대해. 목소리가 커지고 쉰 소리가 나왔다. 실수로 클랙슨을 누르기도 했다. 오는 아무 반응 없이 내 이야기를 듣다 한참 만에 대꾸했다.

아…… 그래요?

짧은 정적. 휴대폰을 꺼내들고 메시지를 확인하며 오는 다시 말을 이었다.

제가 그 얘기 했던가요? 어제 곽샘이 나한테 기프티콘을 보냈다고? 아니 자기 말이 너무 셌던 것 같다고 그러데요.

잇몸에 이물감이 심하게 느껴졌다. 쯥쯥 쯥쯥 쯥쯥. 잇따라 쯥쯥대는 나를 오는 살짝 흘겼다. 그녀가 말했다.

사람이 의뭉스런 구석은 있어도 악하진 않은 것 같은데…… 그래도 성과급 나누겠단 말은 끝까지 안 하는 거 있죠.

휴대폰으로 연예 기사를 읽으며 그녀는 말을 보탰다.

뭐 어쩌겠어요, 요즘 애들이 다 그런걸.

쯥쯥, 혀를 굴리며 나는 요즘 애들에 대해 생각했다. 그애들의 불손한 언행과 내가 입은 피해를 머릿속으로 열거해보았다. 따지고 보면 심각한 일은 아니었다. 그애들이 정말 내게 피해를 줬나 싶기도 했다. 존나 별것도 아닌 걸로. 그 말을 확실하게 들은 것도 아니고. 내가 겪은 면면이 그애들의 전부가 아닐 수도 있었다. 그러나…… 그렇다면 내가 느낀 모멸의 정체는 무언가. 이게 누구의 잘못도 아니라고? 정체된 도로에서 슬금슬금 액셀을 밟으며 중얼댔다.

네. 요즘 애들이 다 그래요.

쯥, 어금니에 낀 고기가 빠질 듯 빠지지 않았다.

괸당

그 부부는 당숙의 먼 친척이었다. 촌수로 따지면 남이나 다름 없었으나, 아버지는 구태여 내게 그들을 재종숙이라 부르라 했다. 족보를 거슬러올라가다보면 그들도 여지없이 한 뿌리씩은 걸쳐 있을 테고, 그 정도면 괸당*이나 진배없다며. '숙부'와 '숙모'는 너무 친밀하게 여겨지고, '아저씨' '아주머니'는 예의에 어긋나는 듯해 고심하다 나는 그들을 '재종숙 부군'과 '부인', 그렇게 부르기로 했다. 아버지는 중앙아시아에서 나고 자랐다는, 이태 전 횡사한 당숙 외엔 한국에 마땅한 일가친척이 없다는 재종숙 부부의 사정에 대해 구구절절 설명했다.

---

* 친인척을 뜻하는 제주 방언으로 괸당(眷黨)에서 비롯된 말.

새 형수 말 들어보난 소련에서 산 사람인디도 한국말 제법 햄댄 햄서라. 육지드레 관광은 몇 번 해난 거 같은디 제주도는 이번에 처음이랜.

아버지는 제주도로 관광을 하러 온다는 부부를 반나절 동안 가이드하기로 했는데 아무래도 영 불안하다며, 괜찮다면 나도 동행해 통역을 도와달라고 청했다.

왜요? 그 사람들 한국말 할 줄 안다면서.

곧잘 하는 것뿐이지 능통하지는 못하다, 자신은 가방끈이 짧으니 아무래도 내가 함께 가는 게 좋지 않겠냐고 말한 뒤 아버지는 넌지시 덧붙였다.

울 박사 똘 안 데령가민 누게 데령갈 거라.

아직 논문이 통과되지 못했으니 박사는 아니었는데도 아버지는 나를 꼭 그렇게 불렀다. 박사 딸, 박사님, 우리 고씨 집안 엘리트.

박사. 그 말에 실린 무게를 가늠할 때면 온몸이 무지근해졌다. 석사에 박사까지 도합 칠 년 동안의 등록금을 대준 당숙이 불현듯 떠올랐기 때문이었다.

느 등록금 해주려고 성님이 조천읍 땅이영 과수원이영 다 폴아 분 거 잊어시냐? 니 박사까정 만들어준 게 다 성님 공이고 덕이라.

아버지 말마따나 당숙이 조천읍에 있는 종토宗土를 팔지 않았다면 석사는커녕 학사 학위도 받을 수 없었을 것이었다.

느영 나영 궨당 도움으로 여까지 와신디 받은 만이 갚으멍 살아야지.

아버지의 타박에 별수없이 나도 동행하겠다고 했다.

재종숙 부부는 아침 일곱시 반 비행기로 제주공항에 도착할 예정이었다. 늦으면 안 된다는 아버지의 재촉에 예정보다 한 시간 앞서 공항에 도착했다. 꼭두새벽인데도 공항은 관광객으로 붐볐다. 다들 잠도 없네. 제주에서 태어나 섬 밖에서 살아본 적 없는 나로서는 관광객들의 상기된 표정이며 달뜬 발길이 늘 이해되지 않았다. 쿠팡에서도 살 수 있는 감귤 크런치나 백년초 초콜릿을 몇 박스씩 사가는 것, 돌하르방이 있는 곳이면 무작정 달려가 사진을 찍는 것, 원주민인 내게 정말 궁금하다는 얼굴로 '너희 집에도 감귤밭 있어?' 묻는 것도. 제주가 뭐 그리 특별하다고. 화산섬일 뿐인데.

아버지는 공항에 도착한 이후로 내내 하품을 연발하고 있었다. 기지개까지 늘어지게 켜다 나와 눈이 마주치자 민망한 듯 웃기도 했다.

그러게, 정시에 출발하자고 했잖아요.

늦엉 허둥대는 것보담 기다리는 게 낫다게.

기지개 켰던 팔을 앞뒤로 크게 움직이며 아버지는 손뼉을 쳤다. 게이트 쪽에 앉아 있던 사람들이 우리 쪽을 힐끔댔다. 그들을 아랑곳 않고 열심히 맨손체조를 하며 아버지는 며칠 전 당숙모와 통화를 나눴다고 말을 이었다.

새 형수는 이제 나 삼춘이랜 부르지도 않더라.

어떻게 사시냐 물었더니 '잘산다'며 어물쩍 넘어가고, 재서랑 종서 안부 물었더니 '걔들도 잘산다'며 데면데면 말을 받더라고, 육지 가서 살더니 원 깍쟁이가 다 되었다고 아버지는 은근히 당숙모 흉을 보았다. 당숙의 장례를 치른 뒤 당숙모는 서울에서 사는 딸 종서네로 거처를 옮겼다. 이따금 종서의 인스타그램에 당숙모와 함께 찍은 사진이 업로드될 때가 있었다. 서촌에 있는 카페에서 브런치를 먹는 사진이나, 활짝 웃는 얼굴로 숲을 거니는 사진, 브이 자를 그리며 찍은 '인생 네 컷'. 인스타그램 속 당숙모는 내가 알던 그녀와는 사뭇 달랐다. 창호지를 입에 문 채 제주祭酒를 담그고, 아궁이 앞에 앉아 밤새 불을 지키던, 어딘지 모르게 화나 있고 말을 퉁명스럽게 뱉던 그녀와는.

이젠 한식구도 아니잖아요.

내 말에 아버지는 손을 내저으며 정색했다.

게도 한집이서 부대끼멍 이십 년 넘게 살아신디…… 경 말하면 되나.

그게 또 그렇게 되나, 생각하며 나는 별 대꾸 없이 전광판을 올려보았다. 하바롭스크발 국제선이 곧 도착한다는 알림이 표시되어 있었다.

게이트로 사람들이 하나둘 빠져나오는 동안, 아버지는 부부를 찾기 위해 온 사방을 기웃댔다. 시간이 지날수록 더 많은 인파가 게이트로 몰렸다. 내가 'Олег Ko' 'Елена Yoon'이라 적힌 피켓을 들고 게이트 앞에 서 있는 동안, 아버지는 당숙모에게 전화를 걸었다. 당숙모가 대강 일러준 인상착의―남자는 덩치가 크고 여자는 말랐다고 했는데―로는 도저히 사람들 사이에서 부부를 분간해낼 수 없었다. 신호가 몇 번 걸리더니 곧장 음성사서함으로 넘어갔다. 아버지가 몇 번 더 전화를 걸었지만 당숙모는 받지 않았다.

안 받아요?

기달려봐.

연신 신호음만 이어지는데도 아버지는 끈질기게 전화를 걸었다. 끊어지면 다시, 끊어지면 다시. 아버지가 당숙모에게 연달아 전화를 넣고 있을 때, 누군가 내 어깨를 톡톡 쳤다. 얇은 재질의 등산용 바람막이를 입은 여자가 뒤에 서 있었다. 그녀는 피켓과 자신을 번갈아 가리키며 말했다.

옐레나. 옐레나.

옐레나? 당신이 '옐레나 윤'이냐는 내 물음에 그녀는 고개를 주억였다. 재종숙 부인은 백육십오 센티인 나보다 한 뼘은 작았고, 〈세계테마기행〉에서 본 몽고인처럼 쌍꺼풀 없는 눈에 볼이 붉고 얼굴이 둥글해 좀처럼 나이를 가늠할 수 없었다. 멀뚱히 서 있는 나를 향해 그녀는 몇 마디 말을 더 걸었는데, 특유의 강한 억양과 발음 때문에 영어인지 노어인지조차 제대로 알아들을 수 없었다.

뒤늦게 상황을 파악한 아버지도 내 옆으로 다가와 부인에게 정중히 인사했다. 아버지는 목소리를 두 톤 정도 올리며 부인에게 말을 붙였다.

왔수꽈? 오멍 별일 어섰지예?

부인은 아버지 말을 전혀 알아듣지 못하는 것 같았다. 영문 모를 얼굴로 '치토? 치토?'만 반복하는 그녀를 보며 아버지는 '무신 거랜 고람댜?' 되물었다. 한국말을 할 수 있는지 영어로 묻자 부인은 고개를 내저었다.

한국말 못한대요.

무사?

아버지는 의아하다는 듯 물었다. 한국인추룩 생겨서 한국말 못하민 되나.

한마디도 못한다니?

못한다잖아요.

했던 말을 또 하며 사람을 지치게 만드는 것은 아버지의 오랜 버릇이었다. 말꼬리를 물고늘어지며 논의를 불가하게 만드는 습관. 안 그래도 피로한데 불필요한 논쟁으로 에너지를 허비하고 싶지 않았다. 난처한 표정으로 우리를 번갈아 보는 부인에게 괜찮다고, 이게 우리의 의사소통 방식이라고 전했다. 아버지도 옆에서 괜찮수다, 댓츠 오케이, 하며 어색하게 웃어 보였다. 부인의 표정은 여전히 좋지 않았다. 아버지는 입맛을 다시다 이맘때 제주는

바람이 적어 관광하기 좋다거나, 수국이 보기 좋게 피어 근사하다
는 말들을 마구 주워섬겼다.

야이, 통역 좀 해보라.

아버지가 빠르게 뱉은 말을 나는 서둘러 영어로 옮겼다. 부인은
내 말의 반은 알아듣고, 반은 알아듣지 못하는 것 같았다. 내가 통
역을 마치면 그녀는 노어를 섞어 답을 했고, 대화는 자주 끊겼다.

우리가 한국어에서 영어로, 다시 노어로 돌고 도는 이상한 대화
를 이어가고 있을 때, 긴 머리를 포니테일로 묶은 남자가 수하물
카트를 끌고 우리 앞에 다가와 섰다. 남자는 키가 크고 눈매가 깊
었고, 백인 혈통이 묘하게 섞인 듯한 모습이었다. 아버지보다 족
히 열 살은 어려 보이는 그 남자는 재종숙 부인과 노어로 재빠르
게 대화를 주고받더니 곧 아버지와 내게 손을 내밀었다.

안녕하십니까. 올레크 고입니다.

그는 연변 억양으로 한국어를 구사했는데, 약간 어눌하긴 했으
나 뜻을 헤아리는 데에는 전혀 문제가 없었다. 지난한 대화가 이
렇게 마무리되는구나, 안도하는 심정으로 부군의 손을 맞잡았다.
그의 손은 두툼했고, 약간 뜨뜻했다. 짧은 인사를 나눈 뒤 부군은
부인의 어깨에 팔을 두르며 말했다.

이 사람 한국말 전혀 못합니다. 기래 내 짐 찾을 때까지 꼼짝 말
고 기다리라 했는데 이 사람이 '씨먀' 보고 싶다며 저 혼자 온 거요.

씨먀가 뭐냐고 묻자 부군은 활짝 웃었다.

가족이요, 우리말로 가족.

기골이 장대한 남자 옆에 서 있으니 안 그래도 왜소한 부인이 더 작게만 보였다. 부군은 넉살 좋게 아버지를 형님이라고, 나를 플레먄니차라고 불렀다. '형제의 자식'을 노어로 그렇게 부른다고 했다. 한국에서는 '조카'라고 부른다고 하자 그는 조카, 조카, 되뇌며 미소 지었다. 부인에게도 그 뜻을 알려주고 싶은 모양인지 형님, 조카라는 말과 노어를 반복하며 무어라 속닥였다. 내내 불안한 얼굴로 일관하던 부인이 그제야 표정을 풀었다. 부군과 부인이 화기애애하게 이야기를 나누는 동안 아버지는 말없이 서 있었다. 부군의 기세 때문인지, 갑자기 지친 모양인지 아버지의 말수는 확 줄어 있었다. 표정도 딱딱하게 굳어 있었고.

어디 불편하세요?

아버지에게 물었다. 아버지는 부부를 바라보다 나지막이 말했다.

몽케지 말고 재기 가자고 허라.

공항에서 나오자마자 재종숙 부부는 돌하르방을 찾아 헤맸다. 고향 친구들이 제주에 가면 꼭 그 석상 앞에서 사진을 찍어야 한다고 당부했다며. 부군은 가방에서 접이식 셀카봉을 꺼내 아버지와 내게 자랑하듯 보여주었다. 부부가 공항 주차장에 있는 돌하르방 앞에서 사진을 찍는 동안 아버지와 나는 조금 떨어진 곳에서 그 광경을 지켜보았다. 부부 말고도 그렇게 셀카봉을 들고 사진을 찍는 외국인 관광객이 몇 더 있었다. 아버지가 말했다.

너도 봐시냐?

아버지의 시선은 내가 아닌 부부에게로 향해 있었다. 부부가 검지와 엄지를 맞대어 손가락 하트를 그리고, 쑥스러운 듯 웃으며 볼을 맞대는 모습을 그는 빤히 쳐다보았다.

눈이 파랗더라고, 파래.

네?

내가 가까이서 봐신디 눈이 파랗더라고. 너 우리집에서 저런 씨氏 나온 거 봐났나.

그제야 아버지의 표정이 어째서 좋지 않았는지 알 수 있었다. 차로 향하는 동안에도 아버지는 부군의 파란 눈과 장발에 대해, 거기서 느껴지는 이질감에 대해 언급하며 마뜩잖음을 숨기지 않았다. 우리 제주 고高씨는 '고을나'를 시조로 삼고 있는 순혈이라고, 변邊씨나 양楊씨처럼 중국 어디서 갈라져 나온 귀화 성씨가 아니라고 그는 강조했다.

건데 저이는 파란 눈이잖냐. 도대체 출생이 어떵 될 철인고, 출생이.

재종숙 부부가 우리 바로 뒤에서 걸어오고 있었다. 행여 부부에게 들리지는 않을까, 안절부절못하며 제발 목소리 좀 낮추라고 속삭였다. 아버지는 목소리를 낮출 생각은 않고,

뭐 어떵하냐, 둘 중 하나는 먼 말 하는지도 모를 건디.

통을 놓았다. 얼굴이 빨개진 채로 힐끗 뒤를 보았다. 부부가 손을 맞잡은 채 말없이 우리 뒤를 따르고 있었다.

*

해안도로를 빙 둘러 천천히 차를 몰았다. 날이 궂지도, 바람이 심하지도 않은 온화한 날이었다. 바다 위로 잔잔히 반짝이는 금파와 크고 작게 솟아 있는 오름, 바다를 끼고 펼쳐진 목장. 차창 밖으로 펼쳐지는 풍경에 재종숙 부부는 탄성을 터뜨렸다. 부군은 자신들의 고향은 내륙 안쪽에 있어 바다를 보려면 차를 타고 꼬박 하루는 가야 한다고 했다.

제주는 원처 이래 날씨가 좋소?

그렇지도 않아요. 두 분이 날을 잘 맞춰 오셨어요.

그렇습니까? 내 우리 형님이랑 조카 덕에 좋은 구경 합니다.

아버지는 묵묵부답이었다. 포구를 지나 애월에 접어들 때까지도 아버지는 입을 꾹 다문 채 휴대폰만 만지작대고 있었다. 묘한 침묵이 흘렀다. 서로를 향한 멋쩍음과 언짢음, 거북함이 차에 가득 고여 있는 것만 같아 나는 공연히 차창을 열었다 닫으며 환기를 했다. 아버지의 침묵에도 굴하지 않고 부군은 계속 서글서글하게 말을 붙였다.

월정리는 어딥니까?

아버지는 여전히 대꾸가 없었다. 안 그래도 침체된 분위기가 더 가라앉기 전에 내가 대신 답을 했다.

월정리는 이 반대편인데…… 왜요?

우리 아바이 고향이 월정리요.

월정리. 그 말에 내내 심드렁하던 아버지가 고개를 돌려 재종숙 부부 쪽을 쳐다보았다.

부군의 부친은 본래 월정리에서 감자 농사 짓던 사람이라고 했다. 부군이 제 부친에게 들었다는 이야기에 따르면, 일제 강점 당시 제주는 토양이 척박하고 부역과 진상이 가혹해 수많은 이들이 도망치듯 떠나는 섬이었고, 감자밭을 일구던 그의 아버지 역시 섬을 떠나 농지가 기름지다는 연해주로 향했다고 했다. 소문대로 연해주는 토지가 비옥했고 탐라에서, 한밭에서, 한성에서 올라온 이들이 이미 부락을 꾸려 적응도 어렵지 않았다.

봄에 감자 한 버그미 숨구면 가을에 열 가마시 수확할 마쿰 땅이 좋더랍니다.

그들은 코료 사람, 그러니까 고려인으로 불리며 그곳에 모여 살았다. 정월 초하루엔 곤밥에 마른 생선 놓고 제상을 차리고, 입동엔 온 동네 사람들이 모여 신나게 김장도 하며.

강제이주 전까지는 쭉 그랬지비.

1937년 스탈린에 의해 자행된 고려인 강제이주에 대해서는 나 역시 다큐멘터리를 통해 익히 알고 있었다. 육백 명이 넘는 사람들을 과밀하게 태운 채 한 달을 멈추지 않고 달리던 횡단열차, 비료와 석탄 싣는 칸에 실린 채 얼어죽고 굶어죽고 병들어 죽은 사람들, 달빛 환히 비치는 밤마다 열차 밖으로 내던져지던 죽은 아이와 노인들…… 부군의 부친은 그 지옥도를 수도 없이 겪어가며 북카자흐스탄에 도착했다.

우리 어마이가 소련 처녀였는데, 고레 아바이 만나 고생 엄체이 했습니다. 나도, 우리 브라트도 고생 세이 했고.

거기까지 얘기한 뒤 부군은 바다를 바라보며 말을 이었다. 물결이 반짝이고 있었다. 부군은 그 시절을 거쳐 여기까지 온 것도, 이 땅을 밟게 된 것도 모두 꿈같다고 했다. 그의 목소리엔 그 시절을 향한 슬픔과 애수가 묻어 있었다. 재종숙 부인 역시 노어와 영어를 섞어가며 무어라 중얼댔다. 그 이야기를 잠자코 듣던 아버지가 물었다.

거난 자네 아방은 이듸 사람이라는 거지?

부군이 고개를 끄덕이자 아버지는 기다렸다는 듯 되물었다.

부친 존함이 어떵 됩신고?

고 정 자 식 자요.

정식?

아버지는 반색하며, 식 자 돌림이민 우리 아방뻘인디, 내가 규자 돌림이난, 소리쳤다. 아버지는 항렬과 파에 대해 언급하며 열색을 감추지 못했다. 맥이 풀렸다. 또 시작이구나. 아버지는 평소에도 같은 성을 가진 사람과 만나면 본관이 어딘지 빼놓지 않고 캐물었고, 제주 고씨 성주공파의 경조사마다 따라가 축배를 나누고 화환을 돌렸다. 괸당의 일이라면 열 일 제치고 찾아가는 사람, 그게 아버지였다. 이런 상황에서까지 파를 따지고 항렬을 나누다니. 지긋지긋해하는 나와 달리 재종숙 부군은 항렬의 개념에 대해 세세히 물어가며 그것을 이해하려 애썼다. 부인에게도 그게 무슨 뜻인지 오래 설명한 뒤, 아버지에게 다시 질문했다.

그럼 항렬로는 우리 브라트입니까?

부라트가 뭐꽈?

부군은 휴대폰 번역기를 돌려 아버지 가까이 들이밀었다. 형제, 형제, 하는 기계음이 반복적으로 들려왔다.

형제. 아버지는 룸 미러로 부부를 힐끗 보았다.

뭐, 항렬은 같으난……

아버지는 말끝을 흐렸다. 목적지까지 오백 미터 남았다는 내비게이션 알림이 들려왔다.

*

부부와 도착한 곳은 고기국수를 파는 식당이었다. 머리가 하얗게 센 노부인 혼자 운영하는 가게였는데, 취급하는 메뉴도 하나뿐이고 입간판조차 없어 모르는 사람들에겐 가정집처럼 보일 수 있는 곳이었다. 터무니없이 허름한 외관, 은근하게 풍기는 누린내. 누군가를 대접하기에 그곳은 부적합해 보였다.

전날, 그곳에서 아침을 먹겠다는 아버지를 나는 여러 차례 만류했다.

해안도로 근처에 다른 좋은 식당도 많잖아요.

옥돔구이를 비롯해 열댓 가지 찬이 나온다는 한정식집, 새벽에 갓 잡은 활전복으로 끓인 죽이 메인이라는 해녀 식당 등 내가 블로그며 인스타그램을 뒤져 찾은 '애월 맛집'들을 아버지는 '엉덩이 가벼운 육지 것들이 우후죽순 지은 사업장'이라 단정지으며 꺼렸다.

허름해 뵈도 토박이 집이 제라한 맛집이라.

다른 집은 단가 맞추려 거세한 수돼지를 쓰는데 여긴 그보다 배는 비싼 암돼지를 취급한다고, 육수의 풍미도 다른 집과는 현저히 다르다고 아버지는 구구절절 설명했고 재종숙 부부도 그러냐며 그에 열심히 맞장구를 쳤다. 공항에서와 달리 아버지의 태도는 사뭇 나긋해져 있었다. 반찬으로 나온 톳무침이며 깍두기를 부부 앞으로 밀어주기도 하고, '찬이 입맛에 맞암시냐 물어보라' '짐기 맵지는 않댄 햄샤?' 하며 부인에게 하고 싶은 말을 나보고 전해달라 하기도 했다. 그때마다 나 대신 부군이 그 말들을 통역하며 '입에 딱 맞는답니다' '이 사람 짐치 잘 먹습니다' 했다. 부인은 김치를 물에 씻어 먹었다. 아버지는 그 모습을 유심히 지켜보다 쩝, 입맛을 다셨다. 멸치볶음을 집어먹는 부군에게 아버지가 물었다.

자네 아방이 몇 년도에 연해주로 건너갔다고?

아바이 열 살 안 되어서니 고저 일천구백삼십오년 정도 될 겝니다.

게믄 자네 아방은 4·3은 잘 모를 철이네이.

아버지의 말에 부부는 영문 모를 표정을 지었다. 부부의 표정을 살피다 아버지는 고개를 저었다.

아니여게, 모르민 됐어. 골아봐도 마음만 쓰리고, 좋은 일도 아닌디게.

아버지는 깍두기를 씹으며 화제를 돌렸다.

아방은 건강하시고?

아바이 오 년 전에 돌아가셨지비.

아이고…… 경 상심이 컸겠네.

아버지나 부군 둘 다 다른 방언을 쓰는데도 그 뜻이 통한다는 게 신기했다. 아버지는 부부에게 자식이 있냐고도 물었다. 딸만 셋 있다고 말하며 부군은 휴대폰을 꺼내 딸들의 사진을 보여주었다. 부인과 부군을 반씩 닮아 얼굴은 둥글고 눈은 파란 여자애 셋이 숲을 등진 채 웃고 있었다.

똘똘허게들 생겨신게.

큰아는 올해 졸업하고 선생질 합니다. 작은 것들도 지 언내 따라 공부 좀 하려 듭디다.

부군의 말에 아버지는 나를 가리키며 굳이 말을 보탰다.

야이는 박사라, 박사.

박사입니까?

부군은 추임새를 넣으며 아버지가 방금 한 이야기를 부인에게 통역해주었다. 부인이 나를 향해 엄지를 치켜세웠다. 아버지는 부부에게 내 자랑을 쉴새없이 늘어놓았다. 두 돌도 안 되어 애국가를 사 절까지 독창했다느니, 제주대를 차석으로 입학했다느니 하는 얘기를 구구절절. 입이 풀렸는지 내가 대학에 들어갈 때 우리 집 사정에 대해서도 모조리 이야기했다.

나가 하던 사업 망해서 야이 대학 보낸다 만다 해나신디, 그때 울 성님이 종토를 판 거라. 야이 대학 졸업시키고 대학원까지 보낼 수 있었던 게 다 우리 성님 덕이고 공이라.

자연스럽게 화제는 죽은 당숙의 이야기로 넘어갔다. 부군은 당숙에 대해 잘 알지 못하지만, 자기 부친으로부터 몇몇 이야기를 주워듣긴 했다고 전했다.

인사도 잘허고 웅변도 잘허고, 우리 아바이 말로는 '될성부를 놈'이었다 합디다.

그의 말대로 당숙은 생전 마을 사람들로부터 호평이 자자했던 사람이었다. 시제時祭 때 들어온 선물이며 남은 음식을 늘 지역 경로당에 보냈고, 선대의 묘뿐 아니라 무연고 분묘의 벌초까지 손수 했으며, 환갑이 지나서까지 마을 어른들에게 공수배를 드렸다. 마을 사람들의 신임을 얻은 것도, 육 년에 걸쳐 마을 이장을 연임한 것도 그 때문이었겠지.

하지만 내가 겪은 당숙은…… 뇌전증 발작을 일으키는 재서를 멀찍이서 지켜보기만 하던 사람이었고, 접빈을 제대로 하지 않았다는 이유로 종서의 뺨을 내리치던 사람이었으며, 침이 섞이면 부정 탄다며 제주를 빚을 때마다 당숙모에게 창호지를 입에 물게 하던 사람이었다. 큰할머니도, 큰할아버지도 꼼짝 못하던 제주 고씨 성주공파 삼십이 대손. 그의 엄혹함과 냉정함을 나는 똑똑히 기억하고 있었는데, 아버지가 기억하는 당숙은 그와는 정반대였다.

게, 울 성님이 그런 사람이었어. 사람 좋고 정 많으매 괸당들헌테도 잘허곡.

아버지의 입을 거쳐 당숙은 다정하고 가족에게 잘하는 사람으로 둔갑했다. 나는 기억하고 있었다. 나이도 적잖이 먹은 놈이 지방紙榜도 쓸 줄 모른다며 종친회 어른들 앞에서 아버지를 면박 주던 당숙을, 하는 사업마다 족족 망해먹는 아버지를 '두루뭉이'라 부르며 비꼬던 당숙을.

나는 다 기억하는데 아버지는 잊은 걸까. 재종숙 부부 앞에서 죽은 당숙을 그리워하고 기리는 아버지를 보며 나는 조금 의아해졌다. 종택宗宅에 얹혀살며 우리가 어떤 모욕을 당해왔는지를, 당숙이 천만원 남짓한 돈을 빌려주며 차용증이니 공정증서니 지불각서니 하나도 빠짐없이 작성하라며 쌍심지를 켜고 호통치던 것을, 아버지는 벌써 잊은 걸까.

식당 주인이 김이 무럭무럭 나는 국수 네 그릇을 상에 차려놓았다. 재종숙 부인이 고명으로 얹은 돔베 고기를 가리키며 이게 무엇이냐 물었다.

돔베, 그니까 도마를 제주도 말로 돔베랜 하메이. 경행 돼지고기 솖은 거 돔베에 올령 먹어난 걸 돔베 고기랜 헌다.

아버지의 말을 나는 'pork'라고 짧게 통역했다. 돼지 뼈를 고아 만든 육수에선 잡내가 많이 났다. 고기를 한 점 집어 올리자 비계에 붙은 털이 보였다. 털이 숭숭 박힌 돔베 고기를 집어먹으며 아버지는 시내에 있는 유명 국숫집과 이 집의 차이에 대해 열심히 설명했다. 텔레비전에 나온 곳들은 다 뜨내기장사하는 곳이고 근방에선 이 집이 원조라고, 그래서 자기는 이 집만 찾는다고.

이 집 삼춘이 제주서 손 야무지기로 유명해.

아버지가 원조의 중요성에 대해 이야기하는 동안 부부는 가장자리에 놓인 반찬만 겨우 집어먹었다.

무사? 입에 안 맞암시냐?

아버지가 묻자 부군은 국수가 식으면 먹겠다고 했다.

무사?

원동서는 본래 국시 차게 먹지비.

부군은 말했다. 자신들의 고향에서는 얼음을 간 육수에 양배추나 오이, 토마토 같은 고명을 얹어 시원하게 먹는다고, 뜨끈한 국수는 잘 먹지 않는다고. 부부는 국물에 찬물을 섞고, 면발을 후후 불며 열기를 식혔다. 부군은 그나마 몇 술 떴지만, 부인은 먹는 둥

마는 둥 물만 들이켰다. 통 먹지 않는 부인을 보며 아버지는 미간을 좁혔다.

야이는 꼭 한국인추룩 생경 짐기도 물에 시쳐 먹고 국시도 못 먹네이……

이 집 깍두기는 젓갈 대신 도루묵과 생태를 넣어 시원 담백하다고, 꼭 제맛을 봐야 한다며 아버지는 깍두기 국물을 부인의 그릇에 냅다 부었다. 순식간에 벌어진 일이었다. 부인도, 부군도 당황하는 기색을 감추지 못한 채 그릇을 멀거니 쳐다보았다. 고기 국물에 깍두기가 서서히 섞이고 있었다.

자자, 이서 먹어보라. 이듸 사람들 다 영 먹는다.

아버지의 말에 부군은 자신과 다른 환경에서 자란 부인의 사정에 대해 상세히 설명했다. 강제이주 후 노역에 시달리던 부모가 죽고 위탁 가정에 입양된 그녀의 사정과, 한식이나 한국말은 거의 접하지 못한 채 살아온 나날에 대해. 감정을 뺀 채 최대한 부드럽게 말하려는 게 느껴졌다. 그런 부군에게 아버지는 재차 말했다.

아니 게믄 이번 기회에 먹어보면 안 되나?

이 사람이 페레츠 잘 못 먹습니다.

고추나 매운 음식을 먹으면 소화불량에 시달린다는 부인의 사연까지 듣고 나서야 아버지는 겨우 수긍했다.

미리 골아주지…… 이거 아까왕 어떵하나.

남은 건 내가 먹겠습니다.

부군은 부인 몫의 국수를 제 그릇으로 옮겨 담았다. 깍두기 국물이 섞인 시큼한 국수를 부군은 천천히, 남김없이 먹었다.

식당에서 나오자마자 아버지는 화장실에 갔다 온다며 어딘가로 사라졌다. 나는 재종숙 부부와 식당 앞에 꼼짝없이 남겨진 채 아버지를 기다렸다. 여지없이 정적이 감돌았다. 식당 문에 기대어 서 있는 부부에게 나는 우리 아버지가 원래 저런 사람은 아니라고 말했다. 아마 두 분께 한국식 문화를 가르쳐주고 싶어 그런 행동을 한 것일 거라고, 평소엔 그렇게 무례하고 무신경한 사람은 아니라고, 보디랭귀지까지 섞어가며 변명하듯 덧붙였다. 재종숙 부인이 나를 보며 무어라 중얼댔다. 프…… 뭐라고 하는 것 같았는데 역시나 잘 알아들을 수 없었다. 부인에게 다시 한번 말해달라고 하자 부군이 대신 답했다.

과이찮답니다. 조카가 미안할 게 전혀 아니랩니다.

부인의 말처럼 내가 미안해해야 할 이유는 전혀 없었다. 괜한 변명을 할 필요도 없었다. 한데 나는 왜 아버지를 대신해 이렇게 쩔쩔매며 사과하고 있는 걸까, 수치를 느껴야 할 사람은 아버지인데 왜 내가 더 부끄러운 걸까.

멀리서 아버지가 걸어오는 게 보였다. 한참 만에 돌아온 아버지의 양손에는 노란 열매가 한가득 들려 있었다. 비파였다.

저긔에 지천으로 널려 있길래…… 밥도 하영 못 먹던데, 이거라도 먹어.

아버지는 부부의 손에 비파를 쥐여주었다. 부인 손에 한줌, 부군 손에도 한줌, 내 손에도 한줌.

이거 다른 디서는 보기 힘든 거라. 귀한 거라.

부드러운 껍질을 벗기자 주홍빛 과실이 드러났다. 우리는 식당 앞에 나란히 앉아 달달한 향이 풍기는 그것을 오물오물 먹었다. 씨앗을 투, 뱉으며 아버지는 재종숙 부군에게 어디 가고 싶은 곳이 있냐고 물었다. 그 말을 듣고 부군은 잠시 생각에 잠기다 자기 부친이 살던 곳에 가보고 싶다고 했다.

월정리에?

부군이 고개를 끄덕였다. 부인도 마찬가지로 그곳을 구경하고 싶다고 했다. 월정리는 종택이 있는 곳이었다. 당숙의 장례를 치른 이후 아버지와 나는 그곳에서 나와 시내에서 살고 있었다. 아버지는 한참 고민하더니 말했다.

경 하자. 보고 싶다는디 가. 가봐.

애월에서 월정리로 향하는 동안 부부는 서로 어깨를 기댄 채 잠을 잤다. 코까지 골며 곤히 자는 그들을 룸 미러로 곁눈질하며 아버지에게 물었다.

아버지가 짠 코스는요? 거긴 안 가봐도 돼요?

부부를 위해 아버지는 사흘 전부터 관광 코스를 부지런히 짰다.

제주민속촌을 들렀다가 해녀박물관을 거쳐 용담 기사식당에서 점심식사를 하는 조금은 빡빡한 코스를. 내 물음에 아버지는 됐다며 손을 내저었다.

바당물이 팥죽이라도 소까락 엇이민 못 먹지. 한국말도 못하는 디 민속촌은 무신…… 야이네 가고종 한 디 가야지.

차는 중산간도로를 따라 힘겹게 올라갔다. 전부 오르막길이었다. 부부가 깨지 않도록 조심스럽게 가속페달을 밟았다. 오아시스민박, 큰손상회, 폭낭슈퍼…… 익숙한 건물들이 차창 밖으로 하나둘 지나갔다. 풍경을 못으로 붙박아놓은 듯 모든 것이 삼십 년째 그대로인 지긋지긋한 동네. 종택을 나와 대학 기숙사에서 살 때는 버스가 마을 초입에 들어설 때마다 숨이 막히고 오금이 저렸다. 이 년 만에 왔는데도 그 갑갑한 기분은 여전했다.

당숙이 죽은 뒤에도 아버지는 넉 달에 한 번은 꼭 이곳에 들러 이제는 아무도 살지 않는 종택을 청소하고, 마을을 돌며 종친회 어른들의 안부를 살폈다. 보현이는 뭐하느라 얼굴도 안 비치느냐는 그들의 핀잔에 '가이는 박사 아니꽈, 박사가 시간이 어디 이수꽈' 하는 변명을 일삼으며.

거진 다 와신게.

아버지가 말했다. 멀리 '제주 고씨 군자 마을'이라는 표석이 보였다.

*

마을 어귀는 고요했다. 초입에 고씨 성을 가진 팔촌이 살았는데, 그 집 앞에 트랙터가 세워져 있는 것을 보고 아버지가 들어가 인사드리자는 것을 겨우 말렸다. 제주 고씨 군자 마을의 노인들은 대부분 '고씨 삼춘'으로 불렸다. 볼레낭 집 고씨 삼춘, 도세기 키우는 고씨 삼춘, 갈치 배 타는 고씨 삼춘, 교장 하시던 고씨 삼춘…… 우리 아버지는 박사 똘 둔 고씨 삼춘이었고, 당숙은 (마을 사람들끼리의 은어였지만) 재혼한 고씨 삼춘이었다.

재종숙 부부는 어귀에 서 있는 야자나무 밑에서 셀카봉을 이용해 사진을 찍고, 귤밭이며 돌담이며 보이는 것 하나하나 카메라에 담았다. 돌담을 끼고 걷는 중에 부군이 나와 아버지를 불러 세웠다. 부군은 현무암을 겹겹이 쌓아 만든 돌담과 그 안의 봉분을 가리키며 저게 뭐냐고 물었다. 산담이라고, 아버지가 답했다.

죽은 사람들 집이라, 저게.

제주 사람들은 망자를 영영 떠난 사람이 아닌 잠시 떠난 사람으로 여긴다고, 그래서 밭 옆에도 무덤이 있고 집 옆에도 무덤이 있다고 아버지는 설명했다.

저이들은 나고 자란 곳에 묻히었구나.

부군이 나지막이 중얼댔다. 그는 산담을 여러 각도에서 카메라에 담다 아버지에게 물었다.

기럼 저거이 누구 묘입니까?

누게 묘긴. 다 헛묘여, 헛묘.

헛묘……가 뭡니까?

게나네, 시체가 어성 임시로 맹긴 묘. 것이 헛묘.

시신 없이 지어진 묘. 이 마을엔 그런 묘들이 숱했다. 『순이 삼촌』이나 〈지슬〉에 나오는 사건을 이 마을 사람들은 고스란히 겪었다. 주민 중 반이 토벌대의 탄압을 피해 토굴과 숲에 숨어들다 총맞아 죽고, 고문당해 죽고, 수장되거나 행방불명되었다. 나룻배를 몰던 나의 조부모 역시 반공 세력으로 의심받아 토벌대에 끌려갔는데, 두 사람이 어찌되었는지는 누구도 알지 못했다. 아버지의 가까운 친척 중 유일하게 살아남은 이들은 관청에서 일하던 큰 조부네 식구, 그러니까 당숙네 부모뿐이었다. 그들은 갓 백일 된 아버지를 자기 막내아들이라 우기며 겨우 살려냈다.

조부모의 헛묘는 종택 뒤 선산에 있었다. 아버지는 제 부모의 기일을 몰랐고, 그것은 가족이며 친구를 잃은 다른 주민들도 마찬가지라 그들은 음력 8월 초하루에 '술도 벌초도 함께하자'고 합의를 보고, 합동으로 무덤에 떼를 입히고 풀을 다듬었다. 그러다보니 무덤은 사실상 구분되지 않았고, 마을 사람들은 다 제 괸당 묘다, 생각하며 서로의 묘를 깨끗이 관리했다.

묘 주위에 웃자란 잡초를 뜯으며 재종숙 부군은 말했다.

우리 고향에도 저런 묘 많습니다.

자네 고향에도?

아버지가 물었다.

예, 열차에서 돌아가신 분들 묘 다 우리가 시웠습니다.

강제이주 때 시신을 수습하지 못한 이들의 묘를 살아남은 이들
이 카자흐스탄에 손수 만들었다고, 그걸 '헛묘'라 부른다는 건 이
번에 처음 알았다고 부군은 말했다. 부군의 이야기에 아버지는 고
개를 끄덕였다.

게, 우리도 우리끼리 견뎠어. 미움도 괴롬도 다 우리끼리 나누
고 삭였어.

이 집의 마당에도, 저 집의 뒤뜰에도 널린 산담을 우리는 천천
히 돌아보았다. 부군이 물었다.

티시시나 해도 됩니까?

티…… 뭐?

부군이 휴대폰 번역기를 돌렸다. 침묵, 침묵, 하는 기계음이 흘
러나왔는데, 문맥을 곰곰이 따져보니 침묵이 아닌 묵념에 대해 말
한 것 같았다. 아버지도 나도 고개를 끄덕였다.

클라유 미라.

부인이 먼저 합장을 한 뒤 눈을 지그시 감았다. 부군도 같은 말
을 하며 눈을 감았고, 마지막에는 아버지도 '삼춘 나 와수다, 펜한
햄수꽈?' 하며 묵념을 올렸다. 손을 모은 채 나는 그들을 지켜보았
다. 헛묘를 앞에 두고 누군가의 평안을 비는 얼굴들은 어딘지 모

르게 닮아 있었다.

아버지는 부부에게 이곳저곳을 구경시켜주었다. 이듸는 우리
대부님 댁, 이듸는 우리 대고모 댁, 굳이 굳이 짚어가며.

제주 고씨 일가의 집성촌이라는 것 외에 이 마을에는 별다른 특
색이 없었다. 그래도 하나 꼽아야 한다면……

야이, 고야주酒라고 들어봤나?

종택 가까이 왔을 때 아버지가 부부에게 물었다. 부부는 고개를
저었다. 그럴 줄 알았다며 아버지는 그들을 종택 안 정주간 쪽으
로 데려갔다. 기가 막힌 것을 보여주겠다고 아버지는 부부에게 큰
소리를 쳤다.

이게 제라진 거라, 아무데서나 못 먹는 거.

아버지는 정주간의 빗장을 풀었다. 굳게 닫혀 있던 문을 열자
시큼한 악취가 훅 끼쳤다. 재종숙 부부가 서둘러 코를 싸쥐었다.
기세등등하던 아버지의 얼굴이 순식간에 굳었다. 무명천으로 입
구를 봉해놓은, 언제 제조했는지 모를 수십 개의 탁주 항아리가
정주간에서 지독한 냄새를 풍기고 있었다.

고야주는 조로 빚은 술이었다. 정조에게 진상까지 되었다는 귀
한 술. 고씨 집안 제사에는 꼭 이 고야주가 올라갔다. 빚는 과정도
까다로웠고—쉴 염려가 있으므로 서리가 내리기 전 빚기 시작해
야 하고, 술을 익힐 때는 일정한 온도를 유지해야 하며, 빚을 때나

익힐 때 부정 탈 만한 언행은 삼가야 하는 등—또한 아무나 빚을 수 없었다. 이 가양주의 비법은 대대로 가문의 종부에게만 전승되어왔다. 우리 대에서는 당숙모가 그 주인이었다.

당숙모가 종택을 떠난 뒤 술들은 발효를 넘어 썩어가고 있었다. 곰팡내와 쉰내가 섞여 이상야릇한 냄새가 떠돌았다.

이거 다 아까왕 어떵하나, 아이고……

아버지는 안타까움을 감추지 못하며 항아리 입구를 덮은 천을 자꾸만 들추었다. 과도하게 발효된 술은 탁한 빛을 띠었고, 표면엔 정체 모를 찌꺼기가 둥둥 떠다녔다.

내가 살짝 맛만 봐보꺼?

그러지 말라 만류하는데도 아버지는 미련을 거두지 못하고 자꾸만 물어왔다. 넉 달 전 종택을 방문했을 때까지는 괜찮았다며, 우리집 술은 마셔도 탈이 나지 않을 거라며 요지부동이었다.

아버지, 우리 나가요.

나는 한시도 그곳에 있고 싶지 않았다. 재종숙 부부 역시 그런 눈치였다. 아버지를 설득해 그곳에서 나가려 하는데, 누군가 정주간 문을 열어젖혔다.

들머리에 익숙한 차가 시워져 이시난 누겐가 해신디 우리 조카였네.

마을 초입에 사는 아버지의 팔촌, 선지왓집 고씨 삼촌이었다. 여기서 뭘 하고 있냐는 그에게 아버지는 가양주를 개봉하고 있다고 열없이 답했다.

고야주? 그 귀한 걸 지금 먹어부럼다고?

고씨 삼촌은 능글맞게 웃으며 아버지의 어깨를 툭 친 뒤, 호기심어린 눈으로 재종숙 부부를 훑어보았다.

경행 이듸는 누겐디마씨?

이듸는……

재종숙 부부를 힐끔대며 아버지는 잠시 주춤했다. 망설이다 아버지는 그들을 '당숙의 괸당'이라 설명했다.

으응, 괸당이여?

고씨 삼촌은 부부를 노골적으로 훑어보았다. 특히 부군을 유심히 관찰했다. 부군의 장발과 파란 눈동자를 빤히 들여다보다 삼촌은 말했다.

그거 지금 까젠 햄서?

예?

고야주 말여. 깔거민 이듸서 고치 마시자고.

삼촌은 항아리로 손을 가까이 가져간 뒤 휘휘 흔들며 냄새를 맡았다. 숨을 크게 들이마시며 향을 음미하다 그는 말했다.

폭 발효됐다마는, 이 정도민 마셔도 된다.

시큼한 냄새가 진동하는데도 삼촌은 괜찮다며 손을 내저었다. 아버지도 고개를 끄덕이며 그 말에 호응했다.

그래요, 삼춘. 저기 마루에 앉아서 좀만 기다리셔요. 내 금방 따라 올 테니까.

야, 드끈 따라 와라, 드끈.

삼촌은 제집인 양 천연덕스럽게 마루에 걸터앉은 다음, 정주간 앞에 서 있던 재종숙 부부를 향해 손짓했다.

거기도 가만히 서 있지 마랑 이듸 와, 와서 앉으라게.

부부는 눈치를 보다 쭈뼛쭈뼛 삼촌 옆에 가 앉았다. 그동안 아버지는 막걸리의 막을 건어내고 혼탁한 그것을 주전자에 조금씩 옮겼다. 나는 나지막이 속삭였다.

아버지, 이걸 어떻게 마셔요.

마루에 앉아 손부채질을 하는 삼촌과 그 옆에 멋쩍게 앉아 있는 재종숙 부부를 힐끗대며 아버지는 주술 외듯, 최면 걸듯 중얼댔다.

우리집 술은 괜찮다. 문제어서.

안주도 없는 술상을 앞에 두고 마루에 마주앉았다. 성인 다섯이 둘러앉으니 좁은 마루가 꽉 차서 가장자리에 앉은 재종숙 부부는 엉덩이가 마루 밖으로 반쯤 튀어나오게 되었다. 그들은 엉거주춤 불편한 자세로 앉아 종택 이곳저곳을 둘러보았다. 마루 벽에는 옛날 사진이 잔뜩 붙어 있었다. 관복을 입은 큰할아버지의 사진이며 큰할머니의 영정 사진, 아버지와 당숙의 어린 시절 사진, 그리고 당숙과 전 당숙모의 결혼식 사진.

사진 속 당숙모는 제주 사람이었지만, 내가 아는 당숙모는 서울 사람이었다. 사진 속 당숙모는 제주 양씨였고 집안 어른들의 혼담으로 당숙과 맺어졌지만, 내가 아는 당숙모는 이씨—무슨 이씨인지는 몰랐다—였고 지인의 소개로 당숙과 만났다고 들었다. 내가 아는 당숙모를 아버지는 '형수'가 아니라 늘 '새 형수'라고 불렀다. 재서, 종서를 데리고 서른여섯에 당숙과 재혼한 새 형수. 그녀가 육지로 올라가기 전 담근 마지막 가양주를 아버지와 고씨 삼촌은 홀짝홀짝 잘도 퍼마시고 있었다. 고약한 냄새가 나는 그것을.

삼촌이 내 잔에 술을 채우며 말했다.

보현이 너는 무사 안 마셤나?

저는 운전해야죠.

어이고. 야야, 한 잔은 아무 충도 안 한다.

가까이서 보니 얼굴이 불쾌한 것이 어디서 이미 한잔 걸치고 온 듯했다. 삼촌은 죽은 당숙 다음으로 마을 이장을 오래 맡은 사람이었다. 어느 집에 숟가락이 몇 개인지 줄줄 꿰고 있는 사람. 아버지처럼 4·3으로 부모를 잃고, 마을 어른들의 보살핌 속에 겨우 자라온 사람. 부모가 어떤 참변을 겪었는지 전혀 기억 못하는 아버지와는 달리 삼촌은 그 모든 것을 생생히 기억하고 있었다. 죽은 사람 시체가 밭이며 논이며 지천으로 널려 있던 것, 대여섯 명의 군인들이 단체로 제 아버지를 돌팔매질한 것, 임신한 어머니를 팽나무에 매달아 죽창으로 찔러 죽인 것…… 그 영향인지 그는 육지 사람들을 달가워하지 않았고, 배타적이기까지 했다. 제주를 배경으로 한 예능 프로그램을 보다가도 '저 빌어먹을 것들 때문에 뭍것들이 줄줄이 꼬영으네 이듸 어딜 가나 다 말라 죽일 뭍것들 집합소여' 소리치곤 했으니까.

삼촌은 고야주를 들이켜며 재종숙 부부의 잔을 살폈다. 술이 잔에 그대로 남아 있었다. 그는 부인에게 말했다.

야이 눈 꼭 감고 마셔봅서게. 이게 몸에 얼마나 좋은 건디.

부인은 삼촌의 말을 알아듣지 못한 채 멀뚱멀뚱 앉아 있었다.

이듸는 말을 못해?

삼촌이 부인을 가리키며 물었다. 아버지는 부군에게 들은 부인의 사정을 띄엄띄엄 삼촌에게 설명해주었다. 러시아 가정에서 자랐으며, 한국말은 못하고, 매운 음식도 먹지 못하고…… 하는 말들을 두서없이.

게믄 이듸는?

삼촌은 부군을 가리켰다. 아버지는 부군의 사정 역시 설명했다. 부친이 월정리 출신이며 모친은 소련 사람이고…… 그 말을 듣고 삼촌은 고개를 갸웃했다. 그는 나지막이―하지만 모두에게 분명히 들리도록―중얼댔다.

희한하네이. 우리 괸당에 외국 씨는 없는디.

그 말을 뱉으며 삼촌은 부군을 뚫어지게 쳐다보았다. 그는 부부의 기분 따윈 괘념치 않은 채 부인에게 술을 권하고, 부군의 신경을 거스르는 말들을 계속해 뇌까렸다. 외국 씨인데도 한국말을 그럭저럭 한다느니, 가만 보니 코는 백부님과 닮은 것 같기도 하다느니. 부군의 낯빛이 어두워졌다. 자칫 험악하게 흘러갈 수 있던 분위기를 애써 환기시킨 것은 아버지였다. 아버지는 당숙모 이야기로 슬쩍 화제를 돌렸다.

삼춘은 새 형수랑 연락하셔요?

새 형수, 그 말에 삼촌의 눈빛이 달라졌다.

너한티도 안 하는디 나한텐 참 잘도 허켜이.

당숙모의 이야기에 학을 떼면서도 삼촌은 그녀의 사정을 은근히 궁금해했다. 육지에서는 뭘 해먹으며 살고 있는지, 벌써 새서방 들이지는 않았는지.

안직 재혼 생각은 없나봐요.

가당치도 않지. 석규 뜬 지 이제 이 년 지나신디.

앞에 앉은 부부는 유념하지 않은 채 그는 기다렸다는 듯 당숙모를 헐뜯기 시작했다. 종부의 역할을 다하지도 않고 떠난 비정한 것이라는 둥, 석규 죽으니까 제 자식 싸매고 서울 가는 거 보라는 둥, 뭍것들은 다 그렇다는 둥.

보라게, 저 아꼬운 거 버령 획 가분 거.

정주간을 가리키며 삼촌은 열변을 토했다. 삼촌은 고야주 전통을 계승하지 못하고 자신의 대에서 저버려야 한다는 것에 무력감을 느끼는 듯했으나, 그 기저에 '돈'이 숨어 있다는 것을 나는 누구보다 잘 알고 있었다.

당숙이 죽기 전 고야주를 상품화시킬 요량으로 이곳저곳에 투자를 받으러 다녔다는 것은 알 만한 권당은 다 아는 공공연한 사실이었다. 당숙은 개인 사업자를 등록한 뒤, 한산소곡주나 아산연엽주처럼 고야주를 무형문화재로 올리고 당숙모를 대한민국식품 명인으로 지정하기 위해 애썼다. 쉬운 일은 아니었으나, 당숙의 갖은 노력—뒷돈을 찔러주고, 권당이란 명분을 앞세우는 등의—으로 사업 준비는 순조롭게 흘러갔다. 그러다 출시만을 남겨두고 난항을 겪었는데, 당숙모가 '가문의 이름을 걸고 내세우기에 적합한 인물이냐'는 종친회 어른들의 문제 제기 때문이었다. 어른들은 세 가지 이유를 들며 반기를 들었다.

첫째, 대대로 종부는 제주에 본관을 둔 이로 유지되어왔는데, 저이의 본은 우리와 다르지 않은가.

둘째, 다른 명문가의 뼈대 있는 종부들과 달리 홀아버지 밑에서 자란 저이의 출생은 너무 초라하지 않은가.

셋째, 본처도 아닌 소실을 종부로 앞세우는 것이 과연 옳은가.

그 말에 종서가 발끈했다.

우리 엄마가 소실이라고? 입은 삐뚤어졌어도 말은 바로 해야지. 우리 이 집 들어온 지 이십 년도 넘었어요. 종갓집으로 재혼해와서 고생만 한 우리 엄마가 왜 소실이야.

종서는 어른들을 향해 냅다 소리쳤다. 어른들이 그애를 드잡이하며 목소리를 높이고, 그릇이며 컵이 깨지는 가운데, 평소 뇌전증을 앓던 재서가 거품을 물고 발작을 일으켰다. 당숙모는 팔다리를 부르르 떨며 경련을 일으키는 재서의 입에 제 손가락을 물리며 당숙에게 재서 입에 물릴 것 좀 가져와달라고 외쳤다.

이러다 애 혀 깨물겠어요. 여보! 여보!

그녀의 간곡한 청에도 불구하고 당숙은 그 자리에 멀거니 서서 상황을 관망할 뿐이었다. 제 일이 아니라는 듯, 종친회 어른들과 종서 그리고 재서를 쓱 훑어보다 그는 안방으로 슬그머니 들어가버렸다.

재서가 턱을 앙다물 때마다 당숙모의 손가락에서 피가 줄줄 새어나왔다. 당숙을 대신해 아버지가 허겁지겁 찬장에서 무명천을 꺼내왔다. 당숙모는 그 천을 재서의 입에 물린 뒤, 반쯤 혼이 나간 얼굴로 이렇게 주절댔다. 생전 제주 방언을 쓰지 않던 사람이 뭐에 홀리기라도 한 듯 주절주절.

나 죽어불민 고씨 집안 귓것이 되어 느네 다 지옥에 빠뜨릴란다. 철퇴로 입을 찢곡, 펄펄 끓는 구리물 귓속에 부어불곡, 벌겋게 달군 쇠에다 올려……

종친회가 열릴 때마다 고씨 삼촌은 이 이야기를 빠짐없이 화두에 올렸다. 그날도 마찬가지였다. 재종숙 부부를 앞에 두고 그녀에 대한 험담을 멈추지 않았다.

석규가 무사 쓰러져신디? 다 고것들 때문 아니냐.

맞주게. 원체 건강하던 양반이어시난.

맞장구를 치며 아버지는 막걸리를 들이켰다. 아버지는 당숙모와 별 탈 없이 지내던 몇 안 되는 괸당이었다. 당숙 몰래 재서와 종서 용돈도 챙겨주고, 당숙모의 생일에는 그녀가 좋아하는 고구마케이크까지 사오며 살뜰히 그들을 챙겼다. 바쁜 당숙을 대신해 재서와 종서의 학교행사에 참관해온 것도 아버지였고. 그런 그였지만, 고씨 성을 가진 사촌들 앞에서나 곤란한 상황에서 화제를 돌리고 싶을 때는 여지없이 당숙모를 팔곤 했다. 이제는 종택을 떠난 당숙모의 흉을 보며 괸당은 더욱 공고해지고 애틋해졌다.

고씨 삼촌은 내게 보현이 너라도 가양주 사업을 이어가면 어떻겠냐고 물어왔다. 집안의 누구라도 그 전통을 이어가면 참 좋겠다고.

삼춘, 야이가 거 어떵 합니까. 야이는 박사 아니꽈, 박사.

그런가.

아버지의 첨언에 삼촌은 겸연쩍은 듯 머리를 긁었다.

어디 적임자 어신가.

중얼대며 삼촌은 재종숙 부부에게로 시선을 돌렸다.

이듸는 잔이 여태 그대로네.

삼촌은 한입만 마시면 술술 들어갈 것이라고, 제주에선 고야주가 앉은뱅이 술로 유명하다며 그들에게 자꾸 술을 권했다. 아버지는 억지로 가양주를 마시려는 부부를 만류하며 그들 몫의 술을 슬그머니 제 잔에 옮겨 담았다. 삼촌이 아버지 손등을 툭 쳤다.

태규 니가 그걸 무사 마시냐. 내가 이듸 마시라고 준 건디.

삼춘도 참…… 이듸는 내일 일정도 있고, 우리집 술이 좀 셉니까? 이듸는 힘들죠.

답하며 아버지는 두 사람 몫의 술을 힘겹게 넘겼다. 아버지 얼굴이 금세 불그죽죽해졌다.

아이고, 이 두루붕이.

삼촌이 핀잔을 놓았다. 삼촌은 빈 술잔을 가득 채운 뒤 부부 앞에 다시 내려놓았다.

경행 자네들은 제주에 무사 온 거라?

다른 곳도 아니고 왜 볼 것도 없는 월정리까지 놀러왔느냐고 삼촌은 의심스럽다는 듯 눈을 흘겼다. 삼촌은 중국인들이 애월이나 중문의 부동산을 매수한 것을 예로 들며 '혹시 딴 주머니 차래 온 거 아니냐'고 되물었다. 내가 듣기에도 선을 넘은 질문이었다. 부부를 대신해 아버지가 손을 내저으며 설명했다.

아이고, 삼춘. 그냥 관광하러 온 거래요. 이듸 아방이 여기 사람이래잖아요.

맞지? 하는 얼굴로 아버지는 부부를 쳐다보았다. 부부는 아무 말도 하지 않았다. 묘한 기류가 흘렀다. 재종숙 부군이 잔에 담긴 술을 단숨에 들이켰다. 술잔을 바닥에 내려놓으며 그는 말했다.

실은 우리…… 묻으러 왔습니다.

묻어? 뭘?

부군은 잠시 머뭇거리다 뼈, 하고 대답했다. 그리고 덧붙였다.

우리 아바이 뼈를 묻으러 왔습니다.

부군은 연거푸 술을 들이켠 뒤, 떠듬떠듬 사정을 설명했다.

우리 아바이 유언입니다. 고향땅에 뼈를 묻어달라는 것이.

그는 말했다. 북카자흐스탄에 아버지와 형제들의 유골이 매장되어 있다고. 일생 동안 고향을 그리워하던 그들을 위해 고심하다 시신을 본국으로 운구할 계획을 세웠고, 이곳저곳에 알아보다 종국엔 대사관에까지 연락을 취했다고.

한데 스포소프 없다고만 하는 겝니다. 방법이 없다고.

지금으로선 방법이 없다고 일관하는 주재원과 어언 두 달간 실랑이를 벌인 끝에 부군은 시신 운구를 하기 위해선 총 네 가지 서류를 준비해야 한다는 대답을 듣게 되었다.

사망 증명서, 방부 처리 확인서, 본국 이전 신청서, 신분 확인 서류.

어찌저찌 사망 증명서와 방부 처리 확인서는 준비되었고, 본국 이전 신청서까지 작성했으나 문제는 신분 확인 서류였다. 시신을 본국에 운구하기 위해서는 재외 동포 비자가 필요했다. 중앙아시아 출신 고려인이 재외 동포 비자를 받기 위해서는 일정 자격 요건이 필요했는데, 농사를 짓는 부부에게는 해당 사항이 없었다. 단기 비자인 방문 취업 비자로는 시신 운구가 불가했고.

게서 알아보았더니 하나 방법이 있긴 했는데……

한국에 방문 취업 비자를 신청하고 인구 이만 이상의 소도시에서 일 년 넘게 근무하는 것. 부부가 재외 동포 비자를 발급받을 수 있는 방법은 오직 그것뿐이었다. 평생 북카자흐스탄에서 살아온 그들로서는 결정을 내리기가 쉽지 않았으나, 재외 동포 비자를 받을 자격이 갖추어지면 자녀들까지도 비자를 발급받을 수 있다는 말에 고심하다 한국행을 결심하게 되었다고 했다. 기왕 간다면 아버지의 고향인 제주로 가는 게 좋지 않을까 생각하며.

그렇게 비행기 티켓을 예매하고 짐까지 다 싸놓았는데, 한국에 먼저 터를 잡은 고려인 친구로부터 전화가 걸려왔다. 그는 이렇게 전했다. 여기는 취업 질서 유지를 위해 고려인들의 단순 노무직 취업을 금하고 있어 공장에 들어가거나 막일을 해서는 결코 비자를 받을 수 없다. 재외 동포 비자를 발급받으려는 이들은 대개 대학에 입학하거나 지인의 사업장에서 일한다. 너 역시 그렇게 해야 할 것이다.

거기까지 이야기한 뒤 부군은 입을 다물었다. 삼촌이 잔을 탁 소리 나게 내려놓았다.

경행 뭐마씨?

삼촌은 말을 이었다.

경행 말하고종 헌 게 뭔데마씨?

삼촌의 말에 부군은 우물쭈물 답했다.

……우리가 하면 아이 됩니까?

뭘?

부군은 술잔을 가리켰다.

아까 술 사업 하신다고…… 그거 우리가 하면 아이 됩니까?

부군의 눈꺼풀이 파르르 떨렸다. 부인은 고개를 숙인 채 입술을 뜯고 있었다. 골이 지끈댔다. 이게 무슨 상황이지. 무슨 일인지 파악하기도 전에 삼촌이 먼저 나섰다.

이 사람 이거 드렁청한 소리 하네.

삼촌은 침을 튀겨가며 가양주 빚는 게 개나 소나 할 정도로 만만히 볼 일이 아니다, 그만한 자격이 되는 사람만 할 수 있는 일이다, 언성을 높였다. 평소라면 그보다는 유하게 상황이 흘러갔을 테지만, 모두가 취해 있었다. 삼촌은 금세 격앙되었다.

우리가 이모저모 얘기하니까 이게 맘만 먹으민 딱딱 되는 일이카부댄 생각하는 거 닮은디, 자격 갖추젠 허민 것도 쉬운 거시 아녀, 쉬운 거시.

자격. 그 말에 삼촌은 유달리 힘을 실었다. 내가 한 말도 아닌데 공연히 죄책감이 느껴졌다. 나는 부부를 곁눈질했다. 부군은 물론이고, 부인마저도 삼촌이 하는 말을 전부 알아들은 듯 표정이 굳어 있었다. 부부의 기분 따윈 헤아리지도 않은 채 삼촌은 계속해 말을 이었다.

그리고 우리가 자네들 무신 거 밍엉 도와주나? 신용도 어신 사람들을? 응?

그 말에 부군이 힘겹게 답했다.

씨먀 아입니까, 우리.

씨먀. 나는 그게 무슨 뜻인지 알고 있었다. 그건 우리 식구가, 더 나아가 이 마을 사람들이 가장 빈번히 사용하고 정답게 여기는 말이었다. 애정과 약간의 미움, 끈적끈적한 정이 뒤섞인 말. 그렇게 숱하게 쓰던 말인데도 왜인지 부군의 입에서 나온 그 말이 너무나 낯설게 느껴졌다. 해서는 안 될 말처럼 여겨졌다. 안절부절못하며 나는 삼촌과 아버지를 번갈아 보았다. 애초에 붉었던 삼촌의 얼굴은 점점 벌겋게 달아오르고, 아버지의 얼굴은 하얗게 질려 갔다. 부군은 부인을 가리키며 말했다. 이 사람도 술을 빚을 줄 안다고, 자격은 안 되지만 가르쳐주신다면 우리도 금방 따라 할 수 있을 거라고, 우리가 기댈 곳이라곤 씨먀뿐이라고.

그때까지도 나는 알지 못했다. 부군이 삼촌과 아버지를 향해 무릎까지 꿇을 줄, 부인이 그 곁에서 서툰 한국어로 형님, 조카 불러가며 빌게 될 줄, 삼촌이 노발대발하며 기어이 고야주가 든 잔을 엎는 순간, 아버지가 이때까지 마신 술을 전부 게워낼 줄을.

*

돌아가는 차 안에선 약속이라도 한 것처럼 누구도 입을 떼지 않았다. 아버지는 시트를 약간 뒤로 젖힌 채 누워 있었고, 부부는 대화 없이 창밖을 내다보고 있었다. 내비게이션의 종착지는 김녕해 수욕장 근처의 게스트 하우스였다. 십이 인 혼성 도미토리. 부부가 이틀 동안 묵을 곳이었다.

두 당 만원 합디다. 사진으로 보이 두 밤 자기엔 퍽 널널한 것 같고.

나도 그런 식으로 운영되는 게스트 하우스에 묵어본 적이 있었다. 내가 묵었던 곳은 육 인실이었다. 이층 침대가 한 뼘 간격으로 다닥다닥 붙은 좁은 방, 물때 낀 공용 욕실, 향신료와 나프탈렌 냄새. 여러모로 쾌적한 환경은 아니었다. 한데 십이 인 도미토리라니. 룸 미러로 뒷좌석을 힐끗댔다. 부부는 서로 다른 쪽으로 고개를 돌린 채 생각에 잠겨 있었다. 괜찮으시다면 우리집에서 지내시겠냐고 청하려다 도로 삼켰다. 선뜻 입이 떨어지지 않았다. 하룻밤이면 몰라도 이틀은…… 이틀은 어렵지 않을까. 나는 아버지 쪽을 힐끔 보았다. 아버지는 팔짱을 낀 채 눈을 꾹 감고 있었다. 나는 생각했다. 이틀이 사흘 되고, 일주일이 되고, 한 달이 될 수도 있다고. 그건 나뿐 아니라 아버지에게도 괴로운 일일 거라고. 그렇다고, 그럴 거라고.

목적지에 도착했다는 알림이 울리는데도 아버지는 좀처럼 일어나지 않았다. 흔들어 깨워도 마찬가지여서 작별인사는 나 혼자 하게 되었다.

짐을 숙소 안까지 옮겨주겠다는 내 청을 부부는 끝내 거절했다. 내가 들기에 무거울 거라고, 자신들의 팔뚝은 농사로 다져져 튼튼하다며 웃어 보였다. 짧은 작별인사를 하는 내내 그들은 조수석 쪽을 살폈다. 짙은 선팅 때문에 차 안이 잘 보이지 않았다. 등받이를 젖힌 채 누워 있는 아버지의 실루엣만 언뜻 보일 뿐이었다.

나는 부부에게 묵례를 했다. 그들을 지칭할 만한 호칭이 여전히 애매해 그것을 생략한 채 그저 남은 여행을 잘 즐기시라고, 정말 죄송하고 면목이 없다고 말했다. 부군은 별다른 말을 보태지도, 연락처를 물어보지도, 아버지나 고씨 삼촌에게 하듯 간곡한 부탁을 하지도 않았다. 그저 조카도 몸 잘 챙기라며 처음 만났을 때와 같이 내 손을 꼭 쥐었다. 뜨끈하고 조금은 축축한 손.

부인 역시 내 손을 쥐며 말했다.

프라샤이, 조카.

내가 시동을 걸고 차를 돌리는 동안에도 부부는 그 자리에 멀거니 서 있었다. 천천히 액셀을 밟으며 사이드미러에 비친 부부를 바라보았다. 그들은 작아지고 작아지다 결국엔 시야에서 멀어졌다. 포장이 안 된 비좁은 골목을 지나며 나는 그 '조카'라는 말을 곱씹었다. 부인이 이번 여행에서 익힌 유일한 한국말이, 부군이 흐뭇하게 되뇌던 단어가 하필 조카라는 것이, 그것을 가르쳐준 사람이 다름 아닌 나라는 것이 내내 신경 쓰였다. 차라리 다른 단어였다면 어땠을까. 소라나 메밀, 복사뼈나 투명하다 같은 무해하고 휘발되기 쉬운 단어였다면. 그랬다면.

차가 김녕해수욕장을 완전히 벗어나 대로에 접어들 무렵, 자는 줄 알았던 아버지가 말을 걸었다.

잘 보냈냐.

그렇다고 답하는 내게 아버지는 조용히 말했다.

보현아, 삼촌을 너무 야박하게는 생각 말아라. 본래 그런 양반이 아니시잖냐. 괸당 일이 얽혀서…… 괸당 일 땜에 그런 것 아니냐……

머릿속에서 이런저런 말들이 맴돌았지만 어떤 말도 함부로 꺼낼 수 없었다. 해안도로를 거슬러가며 나는 생각했다. 왜 부부를 재종숙부나 숙모가 아닌 재종숙 부군과 부인이라는 기묘한 호칭으로 일컬었는지, 고씨 삼촌과 아버지가 벌인 일들에 왜 내가 더 긴장하고 송구스러워했는지, 왜 우리는 누군가에겐 관대하면서도 누군가에겐 한없이 매정해질 수밖에 없는지를.

차창 밖을 내다보았다. 그렇게 많은 일이 있었는데도 여전히 한낮이었다.

소돔의 친밀한 혈육들

오수는 기록할 사람이 필요하다고 했다.

곧 조부님의 상수연이거든.

상수연이 뭔데?

백세를 경하하고 더 오래 살길 기원하는 잔치라고 오수는 설명했다. 졸수연까지는 들어봤어도 상수연이라니. 그 정도로 오래 산 사람이 있구나.

오수는 내게 홈비디오 촬영을 부탁했다. 당시 나는 코닥사의 캠코더를 가지고 있었다. 방학 동안 촬영 아르바이트라도 할 요량으로 이베이에서 삼십 달러에 구입한 골동품이었다.

페이는?

농담삼아 한 말이었는데, 오수의 태도가 사뭇 진지해졌다. 그는 종이에 숫자를 끄적이며 셈을 하더니 상당히 큰 액수를 불렀다. 캠코더를 다뤄본 적도 별로 없고 쓸 줄 아는 기능이래봐야 줌인뿐이었지만, 오수가 부른 페이에 마음이 끌렸다.

좋아.

얼떨떨한 심정을 숨기며 고개를 끄덕였다. 따로 준비해갈 건 없냐고 묻자 오수는 그냥 캠코더만 챙겨오면 된다고 답했다.

선물은 준비하지 않아도 돼. 조부님이 허식이라면 질색을 하셔서.

오수는 내게 연회가 열리는 날짜와 장소를 일러주었다. 가족들만 모이는 소규모의 홈 파티라고 오수는 덧붙였다.

그로써 나는 그에게 고용되었다.

*

상수연은 오수 조부의 자택에서 치러졌다. 종로에 있는 오래된 가옥으로 오수는 그곳을 북향집이라고 불렀다. 남향으로 설계된 집이라 햇빛이 사방에서 잘 들어오는데도 그렇게 칭했다. 서울에 그런 고택이 있는지 나는 그날 처음 알았다. 대문을 열고 들어서자 수형이 좋은 백송 사이로 일본식 목조 주택이 보였다. 짙은색 원목으로 지어진 집은 삼층으로 되어 있었고, 맨 위층에 넓고 깨끗한 테라스를 두고 있었다. 근사하다. 오석으로 만든 돌계단을 오르며 생각했다. 직선형 지붕엔 흑색 기와가 단정하게 쌓여 있었다. 처마끝에 붙은 도깨비 문양 막새가 유독 눈길을 끌었다. 날카로운 송곳니를 드러낸 채 눈을 부릅뜨고 있는 도깨비는 기이하고 섬뜩했다.

조부께서 악몽을 자주 꾸셔서 처마에 귀면와를 걸었어.

오수가 말했다. 그는 자신도 조부를 닮아 자주 악몽에 시달린다고 했다.

집안 내력이지.

오수는 그렇게 덧붙였고, 나는 캠코더를 들어 처마끝에 붙은 막새를 줌인했다. 레버를 누를 때마다 기괴한 기계음이 났다.

집 뒤엔 커다란 후정後庭이 있었다. 잘 가꾼 벚나무와 은빛을 띠는 크고 작은 암석들로 꾸며진 후정은 볕이 잘 들었고 아름다웠다. 오수와 나는 그늘을 끼고 정원 한가운데 있는 연못을 빙 둘러 걸었다. 못 안엔 오수의 조부가 일본과 중국에서 손수 들여온 관상어들이 종류별로 풀어져 있었다. 모두 색감이 화려했는데, 그중에서도 몸통이 붉고 다른 품종에 비해 지느러미가 긴 교잡종이 눈에 띄었다. 혈앵무. 오수가 그 종의 이름을 말해주었다. 혈앵무는 총 네 마리였고 한 마리당 한 자씩 몸통에 한자가 정교하게 문신되어 있었다.

작년에 정화 장치가 고장나서 연못에 살던 고기가 전부 죽었거든.

오수는 못 중앙을 누비는 혈앵무 무리를 가리켰다.

근데 저놈들만 유일하게 살아남았어.

어째서?

글쎄, 나도 모르지. 이상하게 종족 유지가 가장 잘돼.

해가 구름에 가릴 때마다 물빛이 어두워졌다. 혈앵무의 붉은 비늘과 그 위에 새겨진 문신이 검은 물 안에서 더 선명히 보였다.

조부님이 가장 아끼는 것도 저놈들이야. 아름답고 경제적이거든.

오수는 말했다. 나는 물속을 빤히 들여다보았다. 혈앵무가 다른 관상어와 뒤섞여 유영하는 동안 한자의 조합은 계속 달라졌다.

잘 가꿔진 정원만큼이나 집안 역시 깨끗이 꾸며져 있었다. 천장이 높았고, 곳곳에서 나무 냄새가 은은하게 풍겼다.

구한말에 지어진 집이야.

오수는 내게 집 이곳저곳을 구경시켜주었다. 일본식 외관에 한국식과 서양식 구조가 혼재된 기묘한 양식의 집이었다. 일층에만 네 개의 방이 있었는데, 긴 복도를 사이에 두고 왼편엔 다실과 다이닝룸이, 오른편에는 온돌을 깐 안방과 서양식 응접실이 나란히 붙어 있었다.

집이 정말 넓네.

저마다 다르게 꾸며놓은 방들을 캠코더에 담으며 나도 모르게 중얼거렸다.

그렇게 넓은 집은 아냐. 그냥 보통 정도지.

손을 내저어 겸손을 차리면서도 오수는 알게 모르게 보통이라는 단어에 힘을 실었다. 네가 생각하는 보통은 이 정도냐고 한마디하려다 그만두었다. 학과 동기로 알고 지낸 지 이 년이 넘었지만, 그와 취업이나 가정 형편을 화두로 진지하게 대화를 나눠본 적은 한 번도 없었다. 내세우지 않았어도 나는 오수가 타고 다니는 차만으로도 그의 배경에 대해 짐작할 수 있었고, 그에게 어떤 말을 하고 어떤 말은 하지 않아야 하는지 파악할 수 있었다. 학식을 먹거나 공강 때 함께 피시방에 가면서도 그와는 동기들과 심상하게 주고받는 학자금 대출이나 아르바이트 정보에 대한 이야기를 나눈 적이 없었다. 그런 것들은 오수에게 무용했다.

뭘 그렇게 생각해?

오수가 물었고,

아니야, 아무것도.

나는 웃으며 고개를 저었다.

상수연이 시작되기 전, 오수는 조부께 인사를 드리자고 했다. 그의 조부는 지하에 따로 작업실을 두고 있었고, 주로 그곳에서 여가를 보낸다고 했다. 지하로 내려가는 계단 앞에는 가정용 엘리베이터가 설치되어 있었다. 조부의 거동이 불편해진 탓에 이태 전 설치한 것이라고 오수는 설명했다.

타볼래?

오수가 버튼을 누르자 둔중한 소음을 내며 엘리베이터가 움직였다. 마흔 가구 넘게 사는 빌라에도 엘리베이터가 없는데. 그러지 않으려 해도 자연스럽게 내 처지와 비교하게 되었다. 오수에겐 당연한 것들이 내게는 그렇지 않았으니까. 어색하게 엘리베이터에 올라탔다. 엘리베이터는 천천히 지하로 내려갔다.

실내는 지하라는 말이 무색할 정도로 밝고 화려했다. 장작이 쌓여 있는 난로 오른편에 도검 세 자루가 전시되어 있었고, 벽을 따라 스피커와 앰프 따위가 나란히 세팅되어 있었다. 스피커에서 단조의 피아노 독주곡이 흘러나오고 있었다. 익숙한 곡이었는데 작곡가가 누군지 기억나지 않았다. 사테인가, 중얼거리자.

사테가 아니라 사티. 에릭 사티.

오수가 넌지시 말했다. 에릭 사티와 사라사테의 차이에 대해 오수는 설명했다. 그들의 음악적 견해차나 에릭 사티의 미니멀리즘과 사라사테의 폭넓은 비브라토에 대해.

웬만해선 헷갈릴 수 없을 텐데.

그가 웃으며 덧붙였다. 그 말에 얼굴이 확 달아올랐다. 오수는 섣불리 화를 내거나, 큰소리를 내는 타입이 아니었다. 늘 여유로운 태도로 상대를 대했고, 눈살 찌푸릴 만한 행동을 한 적도 없었다. 부드럽고 젠틀했지만, 가끔 별것 아닌 문제로 상대를 폄하하거나 조소할 때가 있었다. 나도 몇 번인가 그런 일을 당한 적이 있었고, 그때마다 그의 말을 못 들은 체하거나 대수롭지 않게 웃어 넘기며 싸늘해진 분위기를 무마하곤 했다.

오수는 얼굴이 붉어진 나를 그대로 지나쳐 조부에게 다가갔다. 그의 조부는 스피커 앞에 앉아 꾸벅꾸벅 졸고 있었다. 무릎엔 무게가 꽤 나가 보이는 도검 한 자루가 놓여 있었다. 오수가 가까이 다가가자 조부는 화들짝 놀라며 잠에서 깨어났다. 그 바람에 도검이 바닥으로 떨어질 뻔했다. 괜찮으시냐 묻는 오수를 향해 조부는 말했다.

괜찮다 괜찮아. 또 좋지 못한 꿈을 꿔서……

그는 목에 인공후두기를 달고 있었다. 그래서인지 말을 할 때마다 성대에서 묘한 기계음이 났다. 나도 모르게 뒷걸음질이 쳐졌다. 한 세기를 살아온 사람. 그때까지 나는 그렇게 오래 산 사람을 만나본 적이 없었다. 그런 사람과 마주하고 있다는 것이 그저 두려운 일처럼 여겨졌다.

그건 왜 꺼내오셨어요?

오수가 도검을 가리키며 물었다.

네 당숙이 오늘 도검 감별사를 데려오기로 했잖냐.

오수의 조부는 희고 깨끗한 천으로 검날을 윤기나게 닦았다. 검은 언뜻 보기에도 고풍스러웠다. 가죽으로 만든 칼집은 오래 무두질한 것처럼 부드러워 보였고, 칼날은 단단하고 매끈했다. 칼자루 끝엔 도깨비를 닮은 문양이 새겨져 있었는데, 오수의 조부는 그것을 애자睚眦라 불렀다.

살생을 즐기는 난폭한 놈이지.

무기에 애자를 새기면 그 위력이 높아진다는 속설이 있다고 그는 덧붙여 설명했다. 오수의 조부는 학식이 넓은 사람이었고, 정치에도 관심이 많았다. 한동안 도검에 대해 이야기하다 그는 국제 정세로 자연스레 화제를 전환했다. 푸틴과 두테르테, 남북 관계에 대한 이야기가 빠르게 오갔다. 지루한 대화였다. 우리집에선 누구도 정치 얘기를 꺼내지 않았다. 보험이나 주택 청약이라면 모를까. 열변을 토하는 그들 옆에서 나는 멋쩍게 캠코더 녹화 버튼만 만지작댔다. 대통령 탄핵으로 화제가 넘어가려던 차에 오수의 조부가 말을 멈추고 내 쪽을 빤히 바라보았다.

저건 뭐냐.

시선이 어디를 보는지 알 수 없는 곳에 머물러 있어서 그가 가리키는 대상이 나인지, 캠코더인지 잘 구분할 수 없었다. 오수는 상수연을 기록하기 위해 카메라를 잘 다루는 대학 동기를 초대했다고 답했다. 동기라는 말을 듣자 조부의 표정이 나긋하게 풀어졌다.

그럼 나랑도 동문이네.

그는 내게 악수를 청했다. 멀리서 볼 때는 몰랐는데, 가까이서 보니 오른손이 불에 녹였다 굳힌 것처럼 심하게 오그라들어 있었다. 망설이다 그가 내민 손을 잡았다. 운신이 편치 않은 노인임에도 아귀힘이 상당했다. 조부는 보성전문으로 불린 학교의 전신과 그 시절 자신이 얼마나 학문에 열성적이었는지를 회고하며 큰 소

리로 웃었다. 웃을 때마다 인공후두기에서 끄, 끄끄, 하는 기계음
이 들려왔다.

내가 입학한 그때가 가장 어려웠을 거야. 폐교 위기도 있었고,
갑자기 학도병으로 징집된 친구들도 있었고…… 그래도 우린 그
걸 다 견뎠어. 구속되기도 하고 퇴학당하기도 하면서. 그 시절엔
그래야 했지.

요즘 사람들은 상상도 할 수 없는 일이라며 그는 손을 거두었
다. 얼마 쥐고 있지 않았는데도 손등이 얼얼했다.

좀 별나시지?

엘리베이터를 타고 일층으로 올라가며 오수는 말했다. 대답 대
신 나는 손을 쥐었다 폈다. 여전히 우툴두툴하고 묘한 살의 감촉
이 느껴지는 것 같았다.

손은…… 어쩌다 그렇게 되신 거야?

아, 그거?

오수는 오래전 이 집에서 일어난 화재에 대해 설명했다. 주물 벽
난로의 과열에서 비롯된 화재로, 사십 년 전 벌어진 사고라고 했
다. 당시 중학생이었던 그의 아버지와 조모 정도만 대피하고 관리
인과 가정부는 끝내 빠져나오지 못했다고. 조부 또한 지하에서 시
작된 화마가 일층으로 번질 때까지 나오지 못하다 가스통이 폭발
하기 직전 가까스로 빠져나왔다고, 오수는 담담히 말을 이어갔다.

아까 봤지? 조부님이 닦던 도검. 그걸 찾으려고 그 불길을 헤매셨다고 하더라. 화상도 그때 입은 거고.

엘리베이터가 일층에 도착하자 오수는 앞장서 복도를 걸었다.

웃기지? 검이 뭐라고.

오수의 뒤를 따르며 나는 집안을 다시 둘러보았다. 큰불이 났던 곳이라고 생각지 못할 정도로 모든 게 정결하고 매끈했다. 화재로 소실된 흔적도, 사람이 죽은 흔적도 찾아볼 수 없었다. 깔끔하게 마감된 벽면을 눈으로 훑으며 나는 오수의 조부를 떠올렸다. 인공 후두기를 달고 있긴 했지만, 그는 병자처럼 보이지 않았다. 혈색이 좋았고 나이에 비해 몸도 탄탄해 보였으며, 무엇보다 눈빛이 일반적인 노인의 것과는 달랐다. 형형한 그 눈을 보고 있으면 어쩐지 서늘한 기분이 들었다.

다들 도착하셨나보네.

복도 끝, 빛이 들어오는 쪽에서 자동차 배기음과 함께 사람들의 말소리가 떠들썩하게 들려왔다. 오수는 빠른 걸음으로 거실로 향했다. 걸음을 뗄 때마다 원목 마루에서 찌걱, 찌걱, 나무 벌어지는 소리가 났다.

상수연에 초대받은 친척들과 오찬을 세팅하는 케이터러들로 집안은 금세 소란스러워졌다. 오수는 친척들에게 안부를 물은 뒤, 나를 소개했다. 한 손에 캠코더를 든 채로 나는 그들과 악수를 나

넜다. 그들은 내 주변의 어른들과는 상당히 달랐다. 부모의 직업이나 사는 동네에 대해 노골적으로 캐묻지 않았고, 자신의 부나 명예를 과시하려 들거나 감추려 하지도 않았다. 그저 가지고 있는 그대로를 적당히 드러내며 특유의 넉넉하고 우아한 태도로 나를 환대했다. 모두 친절하고 스스럼없는 사람들이었고, 소위 말하는 꼰대와는 거리가 멀었다. 농담을 할 때도 그들은 수위를 조절해가며 분위기를 화사하게 만들었다. 그들의 유머에 나는 누구보다 크게 반응했다. 서서히 낯을 익히고 마음을 틀 즈음 누군가가 미소를 지으며 내 옷을 가리켰다.

덥지 않아요?

그러게. 너무 더워 보이네.

옆에서 다른 친척들도 말을 보탰다. 그들은 전부 리넨 혹은 실크 재질의 옷을 입고 있었다. 베이지나 화이트로 맞춰 입은 사람들 틈에서 검은 정장을 입은 나는 촌스럽고 우중충해 보였다. 이런 자리에서 옷을 잘못 입고 왔다고 빈축을 사고 싶지 않아―비록 스파 브랜드 옷이긴 하지만―정장을 사 입었는데, 오히려 더 눈에 띄는 꼴이 된 듯했다. 친척들이 다른 이야기를 하는 틈을 타 오수에게 조용히 속삭였다.

괜히 양복을 입고 왔나봐.

내 말에 오수는 어깨를 으쓱했다.

뭐 어때.

말은 그렇게 했지만, 그 역시도 실크 원단의 아르마니 셔츠를 입고 있었다. 주위를 살피며 재킷을 벗은 뒤, 흰 와이셔츠 차림으로 그들 사이에 끼었다. 그제야 마음이 놓였다.

식사가 준비되려면 시간이 꽤 남아 있었기에 오수의 아버지는 무료해하는 남자들을 모아 응접실로 데려갔다. 그는 쿠바에서 공수해왔다는 구르카사社의 시가를 나눠주며 잘 숙성된 시가의 풍미에 대해 세세히 설명했다. 그가 곁을 지날 때마다 묵직한 시가 향과 시원한 향수 냄새가 섞여 났다. 친척들에게 시가를 한 대씩 돌린 뒤 그는 내게도 한 대 태워보라고 권했다. 궐련 비슷할 줄 알았는데, 피우는 법도 까다롭고 입에 머금고 있는 것만으로도 상당히 독해 오래지 않아 내려놓았다. 시가를 태우는 대신 나는 캠코더를 들어 연기로 자욱한 응접실에서 느긋이 대화를 나누는 오수의 아버지와 친척들을 찍었다. 시가 커터로 능숙하게 캡을 잘라내는 오수의 아버지를 나는 줌인했다. 이전에 일간지에서 그에 관한 기사를 읽은 적 있었다. '기업의 생존 토대는 사회', 회사 창립 이래 꾸준히 이어나가고 있는 공익사업과 재단 설립에 대해 논하는 인터뷰였다. 사진으로 보던 것보다 그는 훨씬 더 젊고 젠틀했다. 반듯하게 각진 턱, 주름 없이 매끈한 피부, 그리고 지나치게 흰 치아…… 오수도 늙으면 저런 모습이 되겠구나. 뷰파인더를 통해 그를 들여다보며 생각했다.

시가를 태우며 친척들은 이번 여름휴가 때 갈 휴양지에 대해 이야기했다. 토스카나와 몰디브부터 보홀, 타히티 같은 다소 생소한 여행지까지 호화스러운 휴가 계획을 늘어놓는 친척들 곁에서 오수의 아버지는 자신은 이번 여름에 업무 일정이 빡빡하게 짜여 있어 휴가는 어려울 거라 탄식했다.

그래도 기회가 된다면 작년에 갔던 사우스다코타에 다시 가고 싶어. 꿩 사냥이 아주 즐거웠거든.

그때의 기억을 되새기듯 그는 잠시 미간을 좁혔다가 12구경 엽총으로 꿩의 머리를 겨냥하고 명중시키던 기억을 아주 거침없이, 유쾌하게 늘어놓았다.

일곱 마리 중에 두 마리는 이 녀석이 맞혔어. 이제 제 몫을 하는 거지.

오수의 머리를 쓰다듬으며 그는 미소 지었다. 희고 가지런한 치아가 활짝 드러났다.

야생 꿩을 잡은 건가?

당숙이 물었다.

당연하지. 좀처럼 날지 않는 놈들이라 사냥하기 수월하던데. 멍청한 건지 게으른 건지 풀숲에 숨어 있는 놈들이 많더군.

오수 아버지의 말을 들으며 나도 모르게 중얼댔다. 사육된 꿩 같은데. 오수의 아버지가 나를 향해 고개를 돌렸다.

뭐?

친척들이 전부 내 쪽을 바라보았다. 정말 얼결에 뱉은 말이었다. 그걸 누군가 들을 거라곤 생각도 못한 채. 뜨거운 시선을 느끼며 그건 사육된 꿩인 것 같다고 더듬더듬 답했다.

사육된 꿩은 날지 않고 풀숲 사이로 몸을 숨기면서 걸어다니거든요.

자네도 꿩 사냥을 한 적이 있나?

아뇨…… 〈내셔널 지오그래픽〉에서 봤어요.

여기저기서 실소가 터져나왔다. 웃고 있는 친척들과 달리 오수 아버지의 얼굴은 잔뜩 굳어 있었다.

……그렇군. 내가 착각을 했나보네.

그는 시가 끝을 위스키에 살짝 적신 뒤, 한 모금 깊이 빨아들이고 뱉었다. 연기가 내 쪽을 향해 왔다. 자네는…… 그가 말했다.

자네는 이번 여름휴가 때 어딜 다녀올 예정이야?

여름휴가라니, 어떻게 대응해야 할지 알 수 없었다.

저는 해외여행을 그다지 즐기지 않아서……

즐기지 않는다는 말보다 많이 다녀보지 않았다고 하는 게 맞았지만, 그 상황에선 도무지 그렇게 말할 수 없었다. 타히티니 사우스다코타니 떠드는 이들에게 제주도도 몇 번 가본 적 없다고 어떻게 말할 수 있겠는가. 오수 아버지와 친척들 사이에 미묘한 시선이 오고갔다. 오수 역시 당황한 기색을 보였다. 무슨 말이라도 해야겠다 싶어 서둘러 말을 보탰다.

국내에도…… 좋은 여행지가 많으니까요.

굳이 안 해도 좋을 말이었다.

그래. 국내에도 좋은 여행지가 많지.

나를 보며 오수의 아버지는 환히 미소 지었다. 친척들은 내 시선을 피하며 웃음을 참고 있었다. 일부러 무안을 주려 했다기에 오수 아버지의 말투와 미소는 너무 부드러웠다. 무어라 대꾸하지도 못하고 어버버하는 사이, 화제는 다른 방향으로 넘어갔다. 오수의 아버지는 최근 진행되고 있는 건설사 인수 합병에 대해 이야기했다. 그가 지분 투자나 진행 과정에 대해 논하면 친척들은 저마다 그에 따른 의견을 보탰다. 대화 중간중간 그는 영어를 섞어 썼고, 그런 상황이 익숙한 듯 친척들도 영어로 말을 받았다. 빠르고 장황한 대화 중 내가 알아들을 수 있는 단어는 slaughter나 hog 정도였는데, 대화의 맥락에서 그게 무얼 의미하는지는 알 수 없었다. 도움을 청하듯 오수 쪽을 보았다. 그 역시 아버지 쪽으로 몸을 튼 채 열심히 말을 보태고 있었다. 그들이 능통하게 대화를 주고받을 동안 나는 점점 더 무안해졌다.

나 혼자만 그들 사이에 섞이지 못했던 것은 아니었다. 내 사선에서 말없이 몰트위스키를 들이켜던 남자, 오수 당숙의 동행인 도검 감별사 역시 그 자리에 쉽게 어울리지 못하는 듯했다. 그는 거기 있는 중년 남자들보다 적어도 열 살은 많아 보였고—희끗한 머리칼과 푸석한 피부가 그에 한몫했다—고집스런 인상에 체구가 작았다. 그도 이런 자리는 처음인지 투박한 양장 차림에, 시가를 태우는 자세나 연기를 내뱉는 방식이 어딘지 모르게 어설펐다. 오수 일가의 뜻 모를 대화를 들으며 억지웃음을 짓고 불안한 얼굴로 주위를 살피는 그에게 나는 묘한 동질감을 느꼈다. 연달아 위스키를 따라 마시던 그와 눈이 마주친 순간, 나는 그를 향해 미소지었다.

나도 당신과 비슷한 처지에 놓여 있다는 무언의 시그널. 너무 걱정 말라는 사려 깊은 위로.

화답 대신 남자는 싸늘히 표정을 굳히며 남은 위스키를 한꺼번에 들이켰다. 오수의 가족들이 시가를 다 태우고 다이닝룸으로 향할 때까지 남자는 내 쪽으로 고개 한 번 돌리지 않았다.

분주하게 다이닝룸을 오가던 케이터러들이 사라지고, 탐스러운 여름동백과 수국으로 꾸며진 화려한 오찬 장소가 캠코더 앞에 펼쳐졌다. 오수의 조부가 긴 원목 테이블의 정중앙에 착석하자 다른 친척들도 차차 자리를 잡았다. 오수의 아버지는 테이블 오른편에, 오수는 자신의 아버지 옆에 앉았고, 어머니를 비롯한 여자들은 자연스레 테이블 끝 쪽에 모여 앉았다. 마치 지정석이라도 있는 것처럼 누구도 허둥대지 않았다. 하나둘 자기 자리를 찾는 친척들 틈에서 눈치를 보다 나는 오수 옆에 자리잡았다. 응접실에서와 마찬가지로 도검 감별사는 내 사선에 앉아 있었다. 그와 눈이 마주칠 때마다 나는 전과 달리 싸늘한 표정을 지으며 캠코더로 눈을 돌렸다. 불친절하고 목석같은 남자에게 눈길을 주느니 주구장창 뷰파인더를 들여다보는 게 더 마음 편했다.

집사가 식전주를 따르는 동안 오수의 조부는 모두에게 감사를 표했다.

이 누추한 곳까지 오느라 다들 욕봤네.

그의 농담에 사방에서 웃음이 터졌다. 인공후두기의 기계음은 여전히 적응되지 않았지만, 나도 사람들을 따라 조금 웃었다. 선물을 준비하지 않아도 된다는 고지가 있었음에도 친척들은 무언가 하나씩 마련해온 것 같았다. 뭘 이런 걸 준비했냐고 핀잔을 주면서도 조부는 그들의 선물을 꼼꼼히 뜯어보고 살폈다. 크리스티 경매에서 구입했다는 유명 작가의 그림—그것이 지그마르 폴케의 작품이라는 건 후에야 알게 되었다—, 빈티지 와인, 골드문트사의 센터 스피커, 골드바. 아무것도 준비하지 않은 손님은 나와 감별사뿐이었다.

자리에 앉은 이들을 하나하나 짚으며 조부는 다정하고 애정어린 말을 건넸다.

너무 오래 산 게 아닌가 싶다가도 이렇게 좋은 날엔 자꾸 더 살고 싶단 욕심이 들어. 저놈한테 내 모든 걸 맡기고 가는 게 아직 못 미덥기도 하고.

그는 자신의 아들, 그러니까 오수의 아버지를 향해 말했다. 나

는 오수 아버지의 얼굴을 클로즈업했다. 오수 아버지는 흰 치아를
드러내며 웃고 있었다.

별문제 없이 회사를 끌어가고 있다곤 하지만 그런 말들은 다 듣
기 좋으라고 하는 입발림이고, 진짜 조언은 오직 혈육만 할 수 있
는 게 아니겠나. 자네들이 부족한 저놈 잘 거둬주게.

회장님도 참…… 안 해도 될 걱정을.

애틋한 잔소리를 늘어놓는 조부를 향해 오수의 당숙이 건배를
제안했다. 친척들이 하나둘씩 일어나 잔을 모았다. 오수도, 오수
의 아버지도 자리에서 일어났다.

회장님의 무병장수를 위하여.

잔들이 부딪치고, 모두가 와인을 마시며 웃고 떠드는 동안에도
나는 캠코더로 오수의 아버지를 클로즈업하고 있었다. 건배사 내
내 웃고 있던 그가 자신의 아버지를 보며 남모르게 표정을 구긴
건 나 혼자 본 듯했다.

본식이 테이블에 세팅되기 전, 셰프가 직접 나와 코스 메뉴에 대
해 설명했다. 음식은 하나같이 화려하고 먹음직스러웠다. 그중에
서도 송아지를 통째로 구워낸 바비큐 요리에 모두 찬사를 보냈다.

어미 배에서 꺼내자마자 제각한 송아지입니다.

원 형태 그대로 천천히 로스팅되고 있는 어린 소. 향긋하고 고
소한 냄새가 풍기고 있지만, 젖꼭지며 발굽까지 온전히 남아 있는

소를 보고 있자니 금세 식욕이 떨어졌다. 메스꺼움을 느끼며 머뭇대는 나와 달리 오수의 친척들은 익숙하게 만찬을 즐겼다. 소스를 듬뿍 찍어 먹기도 하고, 샌드위치처럼 빵에 끼워 먹기도 하고. 통통한 송아지 한 마리가 서서히 사라지는 광경을 지켜보다 정강이살을 덜어내 조심스레 입안에 넣어보았다. 노릇한 껍질이 부서지면서 그 안에서 담백한 육즙이 튀어나왔다. 이제껏 맛본 어떤 고기보다 부드럽고 촉촉했다. 턱밑으로 기름이 줄줄 흐르는 줄도 모르고 나는 정신없이 고기를 씹고 삼켰다.

뿔을 일찍 잘라낸 소일수록 더 연하고 맛이 좋죠.

셰프가 말했고, 동의한다는 듯 오수의 조부가 고개를 끄덕였다.

집사는 잔이 비는 것을 놓치지 않고 테이블을 돌아다니며 와인을 채웠다. 훌륭한 음식에 잘 숙성된 빈티지 와인까지 어우러지자 오찬의 분위기는 한껏 무르익었다. 와인의 깊고 풍부한 향미를 느끼며 친척들은 오수 대고모 소유의 와이너리에 대해 이야기하기 시작했다. 상수연을 위해 가장 좋은 등급의 와인을 가져왔다는 말에 오수의 조부는 기분좋게 웃었다.

그래. 아주 좋은 와인인 것 같네. 저기 저 친구는 벌써 혼자 두 병은 마시고 있지 않은가.

친척들의 시선이 감별사에게로 쏠렸다. 불콰해진 얼굴로 와인을 들이켜던 감별사가 황급히 잔을 내려놓았다. 당황한 기색이 역력한 그를 향해 조부는 웃으며 말했다.

감별사라더니, 와인도 제대로 감별하는구만.

조부의 말에 친척들은 웃음을 터뜨렸다. 감별사 역시 웃고 있었지만 그리 유쾌해 보이진 않았다.

이 사람 보게. 농담이야, 농담.

술 때문인지, 모멸감 때문인지 벌게진 감별사의 얼굴은 유난히도 더워 보였다. 나는 그런 그를 천천히 클로즈업했다. 그가 느낄 당혹과 굴욕감을 조금은 즐기는 마음으로.

우리 조카에게 듣기론 자네 전문분야가 도검 감별이라던데?

차가운 물을 마시며 열을 식히는 감별사에게 조부가 물었다. 감별사가 대답을 하기도 전에 오수의 당숙이 끼어들어 이 친구 감별 경력이 이십 년도 넘으며, 감별뿐 아니라 저술 활동과 도검 수집 역시 활발히 이어간다는 식의 설명을 보탰다. 조부는 고개를 끄덕였다.

자네에게 비할 바는 아니지만, 나도 도검을 몇 자루 가지고 있네. 사재로 산 검도 있고, 선물받은 것도 있네만…… 그런 것들은 진짜 귀물이 아니지.

집사를 불러 무언가 지시한 뒤, 조부는 말을 이었다.

선친께서 돌아가시기 전 남겨주신 도검이 있어. 선친 말씀으론 오래전 고종 황제께 하사받은 검이라고 하더군.

유능한 노야장의 손에서 버리어져 왕족의 손으로 넘어온 검의 역사에 대해 조부는 장황하게 술회했다. 그러는 동안 오수는 연신 손마디를 우두둑 꺾고, 소매끝의 커프스 링크를 만지작거리며 한숨을 쉬었다.

아까 우리한테 한 얘기를 여기서 또 하시네……

이런 날엔 빠지지 않는 레퍼토리라고 오수는 목소리를 낮추어 설명했다. 나는 캠코더로 테이블에 앉은 사람들을 줌인했다. 오수의 아버지 역시 하품을 참으며 지루함을 견디는 중이었고, 고개를 주억이며 경청하던 친척들도 이야기가 길어지자 따분함을 감추지 못했다.

멀리서 집사가 천으로 싼 도검을 가지고 다가왔다. 천을 벗기자 정밀하고 날카롭게 세공된 검이 드러났다. 지하 작업실에서 본 그 검이었다. 조부는 검집에서 검을 빼 감별사에게 선보였다.

누구는 이게 사인검 같다 하던데, 전문가 입장은 어떠신가?

글쎄요, 이렇게 봐서는……

한번 자세히 보게. 나보다는 자네가 이 검의 가치에 대해 더 잘 알지 않겠나.

듣고 싶은 말이 있는 사람처럼 오수의 조부는 도검을 꼼꼼히 살펴봐줄 것을 수차례 강구했다. 유서 있는 검처럼 보이지 않느냐는 말을 연신 덧붙이며. 그제야 감별사를 이 집에 초대한 이유가 명확해졌다. 그것을 눈치챈 건지 감별사는 전과 달리 완고한 태도를 보였다.

감별이란 게 한 번 쓱 훑어본다고 알 수 있는 것이 아닙니다. 어르신.

시종일관 미소를 짓던 조부의 표정이 싹 굳었다.

혹시 공으로 해달란 게 마땅찮은 건가?

조부가 말했고, 당황한 감별사보다 더 당황한 얼굴로 오수의 당숙이 급하게 말을 보탰다.

이 친구가 워낙 철저하고 빈틈없기도 하고…… 아무래도 육안감정으론 한계가 있지 않겠습니까, 회장님.

허, 내가 무슨 대단한 걸 바란다고. 난 그저 저 친구도 이 검의 가치를 알아봤으면 싶은 거지.

가치라는 단어를 힘주어 발음하며 조부는 화상흔이 심하게 남은 손등을 어루만졌다. 친척들의 협조를 구하듯 그는 주위를 둘러보았다.

자네들도 알겠지만 이건 내가 한국전쟁을 거치고…… 큰 화재를 겪는 동안에도 유실하지 않고 극진히 지켜온 가보잖나.

그는 이야기했다. 돈으론 차마 환산할 수 없는 어떤 것들에 대해, 돈보다 더 중요한 그것, 자신이 지켜온 가치에 대해. 그 말을 할 때 조부의 눈 밑이 살짝 떨렸다.

잠자코 조부의 이야기를 듣던 감별사가 답했다.

그 가치를 알아보는 과정에서 자칫 감정이 상할 수도 있습니다. 귀물이라 믿었던 것이 모조품으로 판명되거나 예상했던 것만큼의 값어치가 나오지 않을 수도 있는데, 그래도 괜찮으시겠습니까?

암, 자네가 전문가인데 믿고 맡겨야지. 그저 솔직하게만 말해주게.

조부는 선선히 답했다.

감별사가—거의 반강제로—도검을 살피는 동안 조부와 친척들은 와인을 한 병 더 나누어 마셨다. 와인은 감미로웠고 모두가 화기애애했지만, 그 뒤 어딘가에서는 팽팽한 긴장이 감돌고 있었다. 조부 때문이었다. 와인을 마시는 동안 조부는 감별사만을 주시하고 있었다. 도검의 가치를 환산하는 감별사의 손길과 눈빛을 유심히, 아주 집요하게. 그런 조부의 눈치를 보며 친척들은 애써 맥락 없는 말들을 주워섬기고 열심히 분위기를 띄웠다. 개미굴 속 개미 무리를 관찰하듯, 나는 시시각각 변하는 그들 사이의 기류와 질서를 캠코더에 담았다.

와인 한 병이 거의 비어갈 즈음, 감별사가 입을 뗐다.

이 검은……

캠코더의 줌을 당겼다. 감별사의 표정을 읽기 어려웠다. 왜인지 모를 불안감에 가만히 숨을 죽였다. 오수의 조부와 당숙, 그 자리에 있던 모든 이들이 그렇게 숨죽인 채 감별사의 다음 말을 기다리고 있었다.

어르신의 말씀대로 조선 황실에서 제작된 사인검이 맞습니다.

감별사는 칼날에 음각으로 새겨져 있는 한자어를 풀이하며 그

도검이 왕실과 국가의 안녕을 위해 십이 년에 한 번, 사인四寅이 겹치는 시간에 만들어졌던 귀한 검이라고 설명했다. 곳곳에서 안도의 한숨이 터져나왔다. 조부 역시 한시름 놓은 듯했다. 그런 조부의 표정을 살피며 감별사는 조심스레 말을 이었다.

다만 저는 이 검이 고종의 하사품은 아닐 거라 추측합니다.

감별사는 숨을 크게 몰아쉬더니 무언가 결심한 것처럼 조부의 눈을 똑바로 직시했다. 그는 칼날에 새겨진 제조 연도 병인丙寅을 가리켰다.

사료에 의하면 황실에서 보관하거나 종친이나 총신에게 하사한 사인검은 총 아홉 자루입니다. 그중 병인년에 만들어진 사인검은 단 한 자루고요. 고종 3년에 만들어진 검인데, 그 검은…… 유실되었죠.

그는 1902년에 황실에서 유실된 사인 참사검에 대해 이야기했다. 주칠 십이각상, 익선관과 함께 일제에 귀속되다 이후 총독부에서 중추원 참의를 지낸 몇몇 고위 관리에게 기념으로 내린 검.

저는 이 검이 그것…… 같다고 봅니다.

뭐?

어안이 벙벙한 얼굴로 오수의 조부가 되물었다. 감별사는 머뭇머뭇 답했다.

그러니까 이건 고종이 하사한 검이 아니라, 총독이…… 친일을 한 관리들에게 뇌사한 검이다, 이 말입니다.

친일, 이라는 말에 분위기가 차게 가라앉았다. 장내가 조금씩 술렁이기 시작했고, 친척들 사이에 알 수 없는 눈짓이 오갔다. 나는 오수의 조부를 바라보았다. 그는 애써 평정을 유지하고 있는 것 같았지만, 시간이 지날수록 얼굴이 달아올라 종국에는 귀까지 빨개졌다. 어느 누구도 섣불리 말을 꺼내지 못했다. 어떤 행동을 취해야 할지 나는 감도 잡히지 않았다. 조부의 목덜미에 핏대가 설 때마다 인공후두기에서 그르르르, 끓는 소리가 났다.

자네가 뭘 단단히 착각하고 있는 것 같은데…… 내 선친께선 왜정이 싫어 낙향까지 하신 분이야. 고흥 어딘가엔 그분을 애국자로 기리는 현판까지 붙어 있는데…… 그런 어른을 두고 매국노라니.

크게 숨을 들이쉬며 흥분을 가라앉힌 뒤, 조부는 말을 이었다.

자, 다시 한번 살펴보게. 자네가 잘못 감별한 것 같으니.

다시 봐도 마찬가지일 겁니다. 이 검이…… 친일의 잔재인 것은 확실합니다.

감별사는 아까 한 말을 힘겹게 반복했다. 당장 싸움이 벌어져도 이상하지 않을 분위기였다. 친척들은 조부의 눈치를 보며 말을 아끼고 있었다. 나는 앞으로 일어날 일들에 대해 조심스럽게 예측했다. 친척 중 누군가가 조부 편을 들며 이건 중상모략이라고, 우리 선조에게 어째서 반민족주의자라는 오명을 뒤집어씌우느냐고 의분을 토하지 않을까. 그러다 얽히고설켜 멱살잡이를 하지 않을까. 날것의 감정을 드러내지 않을까.

하지만 상황은 내 예상과는 전혀 다른 방향으로 흘러갔다.

그렇군요. 친일의 잔재라……

누군가 침묵을 깨고 조용히 말했다. 말문을 연 사람은 오수의 아버지였다. 그는 입 주변을 냅킨으로 닦은 뒤 감별사를 지그시 응시했다. 근데…… 그가 말했다.

그게 뭐 어쨌다는 거죠?

담담하고, 약간은 나른한 말투. 그의 행동과 말투가 너무 스스럼없어서 나는 혼란스러워졌다. 감별사 역시 어리둥절한 얼굴로 오수의 아버지를 바라보았다. 오수의 아버지가 말을 이었다.

그건 조상의 과오지, 우리의 과오는 아니라고 생각하는데. 혹시…… 단죄라도 하고 싶으신 겁니까?

그는 냉소에 차 있지도, 분개하지도 않았다. 차분했고 평온했다. 대화가 이어질수록 격앙되는 건 오히려 감별사 쪽이었다. 언성이 조금씩 높아졌고, 목소리가 이상하게 갈라졌다.

전 여기 계신 분들을 단죄하려고 역사를 들춘 게 아닙니다. 비난하는 것도 아닙니다. 그저 제 일을 한 것뿐이죠. 그치만……

감별사는 주변을 둘러보며 말했다.

여기 계신 분들이 사회적으로 성공하신 데에는 선친의 영향도 어느 정도 있지 않겠습니까? 그것과 전혀 관계없다곤 할 수 없는 것 아닙니까?

그 남자는 부끄러움에 대해 말하고 싶은 것 같았다. 시대가 지났어도 누군가는 반드시 져야 할 책임에 대해. 죄의식에 대해. 적어도 내게는 그렇게 들렸다.

조부가 변론을 하려는지 무어라 입을 떼려 할 때 오수의 아버지가 그 말을 끊고 외쳤다.

전혀. 우리가 이룩한 건 선대와는 무관합니다.

기세에 눌린 건지 조부는 입술을 달싹이다 끙, 앓는 소리를 내며 입을 다물었다. 공고했던 부자父子의 위치가 그 순간 미묘하게 달라진 것만 같아 나는 잠시 놀랐다. 오수의 아버지는 자신의 아버지가 자본금 삼만원으로 세운 상회를 자신과 사촌들이 탄탄한 기업으로 확장해나간 것, 교외에 있던 사옥을 각고의 노력 끝에 강남으로 이전시킨 것에 대해 당당히 이야기했다.

그건 온전히 우리의 성과입니다. 선조의 유산이라고 보긴 어렵죠. 이런 성과를 부정할 자격이 당신에게 있다고 생각합니까? 고작 도검 하나를 근거로 대면서?

그의 말에 친척들이 다시 술렁이기 시작했다. 웃음기 사라진 얼굴로 그들은 무언가 속닥였다. 낮고 은밀한 속삭임이 끊임없이 이어지는 와중에 당숙이 한마디했다.

자네에게 좀 실망인데.

나는 그게 오수 아버지를 향한 일침이라 생각했다. 하지만 당숙의 시선은 오수 아버지가 아닌 감별사를 향해 있었다.

사촌 말처럼 이건 우리와는 무관한 문제지 않나.

만찬 내내 조부의 비위를 맞추던 그가 이제는 오수 아버지의 편을 들고 있었다. 좀처럼 입을 열지 않던 친척들도 그제야 점잖게 한마디씩 거들기 시작했다. 우리는 선대로부터 조금의 후원도 받지 않았다, 우리에겐 한 치 부끄러움도 없다, 떳떳하다. 장내가 소란스러워졌다. 소란이 거세질수록 감별사의 얼굴은 점점 질려갔다.

상황을 넋 놓고 지켜보다 나는 실수로 캠코더를 툭 쳤다. 그때까지도 캠코더는 작동되고 있었는지, 요란한 기계음과 함께 줌이 당겨졌다. 허둥지둥 전원을 끄기 위해 캠코더를 들었다. 오수의 가족들이 침묵한 채, 일제히 렌즈를 쏘아보고 있었다.

열띤 기세가 한풀 꺾이고, 가정부가 차게 식어 얇은 기름 막이 형성된 송아지 구이며 빈 와인병을 내어갈 때, 오수가 나를 슬그머니 밖으로 불러냈다. 그를 따라 어두운 복도로 향했다. 괴괴한 복도에 찌걱찌걱, 나무판 벌어지는 소리가 퍼졌다. 복도 맨 끝에 다다라서야 그는 멈춰 섰고, 그곳에서 내게 무언가 비밀스럽게 속삭였다.

뭐라고?

나는 물었다.

아까 찍은 영상 지워줄 수 있냐고.

오수는 덧붙였다. 그 부분만 편집해주면 돼.

그거야 어렵지 않지만……

나는 묻고 싶었다. 왜? 무엇이 걸려서? 무엇이 부끄러워서?

그러나 그런 말은 한마디도 못하고 그저 고개만 끄덕였다. 어찌되었든 나는 그에게 고용되었고, 그가 맡긴 일만 하고 돌아가면 그만이었으니까. 용건을 끝내고 다이닝룸으로 돌아가며 오수는 나를 향해 웃어 보였다.

혹시 그런 헛소릴 믿는 건 아니지? 매국이니 뭐니 하는.

나 역시 그를 보며 억지로 미소 지었다.

아니지.

오수와 내가 자리를 비운 사이, 테이블 세팅은 완전히 달라져 있었다. 식사용 커트러리와 본식이 담겨 있던 그릇 대신 디저트 스푼과 플레이트가 자리마다 하나씩 놓여 있었다. 모두 제자리에 앉아 있었지만, 감별사만은 디저트를 먹는 내내 보이지 않았다. 그가 쓰던 식기도, 와인 잔도 그새 말끔히 사라져 있었다.

오찬의 대미는 케이크가 장식했다. 부드러운 초콜릿 크림과 금가루로 장식된 케이크였다. 부쉬 드 노엘. 예수가 태어난 마구간의 말구유를 형상화한 케이크라고 셰프가 설명했다. 케이크 위에 붉은 초 하나가 꽂혀 있었다. 여느 생일 초보다 더 굵고 붉었다.

앞으로도 오래오래 사셔야죠, 회장님.

초에 불을 붙이며 오수의 아버지는 말했다.

그래, 그래야지.

조부가 그에 화답했다.

초를 불고 케이크를 자르는 동안에도 감별사는 돌아오지 않았지만, 그의 행방에 대해 궁금해하는 사람은 없었다. 조금 전 일에 대해서도 누구 하나 언급하지 않았다. 그들에게 감별사는 원래부터 존재하지 않았던 사람 같았다.

멀리서 샴페인이 터졌다. 펑, 하는 소리에 놀란 오수가 딸꾹질을 했고, 가족들이 웃음을 터뜨렸다. 나는 그 모습을 캠코더에 담았다. 희고 가지런한 치아를 드러내며 웃는 오수의 가족들. 누구나 부러워할 법한 부유하고 화목한 가정의 초상. 오수의 가족이 한 조각씩 나눠 가진 뒤에야 내 몫의 케이크가 주어졌다. 말구유의 어느 부분인지 모를 조각을 한입 베어 물었다. 케이크는 황홀할 정도로 달고 달았다.

*

영상은 오수의 요청대로 깔끔히 편집했다. 크고 아름다운 조부의 자택, 응접실에서 여유롭게 시가를 피우는 남자들, 화려한 오찬 장소에서 음식을 즐기고 케이크를 나눠 먹는 가족들의 모습. 감별사가 등장하는 부분을 하나하나 덜어내고, 그 편집본을 오수의 메일로 보냈다. 오수는 애초 불렀던 것보다 더 큰 금액을 입금해주었다.

그날 이후로도 나는 오수와 간간이 인사를 나누긴 했지만, 더이상 전처럼 함께 학식을 먹거나 피시방에 가지는 않았다. 그는 새로 사귄 무리와, 나는 내 무리와 어울려 다녔다. 언젠가는 그럴 것 같았고, 그래서인지 서운함이 크지 않았다. 그렇게 자연스럽게 그와 멀어졌다. 졸업 후 그가 하버드였는지, 스탠퍼드였는지 어디 MBA에 들어갔다는 소식을 동기를 통해 얼핏 전해들었는데, 그때도 대수롭게 여기지는 않았던 것 같다. 갈 만한 사람이 갔다는 생각. 역시 부모를 잘 만나야 한다며 슬며시 열등감을 내비치는 동기도 있었지만, 그것도 순간일 뿐 우리는 오수와의 차이를 인정하며 언젠가부터 그와 관련된 이야기는 더이상 하지 않았다. 마치 금기처럼.

오수에 관한 기억을 들추게 된 건, 최근에 본 어떤 기사 때문이었다.

내가 인사 담당자로 있는 회사에 노사협의회가 열린 날이었고, 예상보다 합의가 진척되지 않아 중간에 머리도 식힐 겸 차장과 옥상에 올라가 담배를 태웠다. 노조측이 제시한 사항들을 짚으며 차장은 나지막이 토로했다.

이번에는 사측이 한발 물러서면 좋을 텐데. 노조에 우리 사람도 몇 끼어 있잖아. 김과장 동기들도 있고.

차장의 말에는 동감했으나 이런 망중한조차 일 얘기로 허비하기에 나는 너무 지쳐 있었다. 이어지는 말을 흘려들으며 모바일 앱으로 기사를 읽었다. 한 건설사의 오너가 회사 기물을 파손한 화물 기사를 면책해주었다는 기사가 눈에 띄었다. 어어…… 기사를 읽다 나도 모르게 중얼댔다. 오수잖아. 옷차림이나 인상이 미묘하게 달라지긴 했지만, 반듯하게 각진 턱, 주름 없이 매끈한 피부, 그리고 지나치게 흰 치아…… 오수가 분명했다. 옆에서 담배를 태우던 차장이 물었다.

뭐 보는 거야?

차장은 기사를 쓱 훑어보다 아는 사람이냐고 물었다.

대학 동기요.

건성으로 대답하며 기사에 집중했다. 화물 기사가 변상해야 할 삼억 정도의 피해액을 사측이 전부 책임지기로 했으며, 이 결정으로 인해 그룹 이미지 상승은 물론 재벌가 자제를 바라보는 부정적 시선도 누그러졌다고 누차 강조되어 있었다.

저런 재벌들한테 삼억은 뭐 껌값이겠지? 우리는 그 돈 때문에 싸우고 있는데. 대학 때는 어땠어? 친했어?

차장의 물음에 나는 열없이 미소를 지었다. 미적지근한 반응이 궁금증을 유발했는지 차장은 더 집요히 물어왔다.

노블레스 오블리주? 대학생 때도 그랬나?

그 말에 느닷없이 오수 조부의 상수연이 떠올랐다. 북향집, 도깨비 문양이 새겨진 도검, 감별사, 친일…… 내가 겪은 것들에 대해 이야기하려다 말을 삼켰다.

대학 때도 괜찮은 친구였어요. 누구에게나 친절하고 좋은 평가를 받는……

차장이 못 미덥기도 했지만, 그보다는 누가 그깟 도검 따위 관심이나 갖겠냐는 생각이 더 컸다. 차장 역시 별다른 대꾸 없이 그렇군, 하고 말았다.

옥상 아래를 내려다보자 회사 입구 앞에서 피켓을 들고 있는 노조 회원 몇이 희미하게 보였다. '사측의 불도저식 행보 중단하라' 확성기로 외치는 소리도 어렴풋이 전해져왔다. 그들을 보며 차장은 안타깝다는 듯 중얼댔다. 어제까지 같이 밥 먹고 일하던 사람들이었는데 이럴 땐 사측 입장에 서는 게 맞나 싶다고. 사측에서 합의한 사안은 희망퇴직뿐이었다. 외에는 전부 결렬로 밀고 나갈 것을 차장과 나는 알고 있었다. 차장의 말대로 저들 중에는 내 동기도 끼어 있었다. 입사 초부터 함께 어울려 다녔고 종종 술도 한잔씩 했으며 와이프들끼리도 안면이 있는. 그렇지만.

울상을 짓는 차장에게 나는 말했다.

어쩔 수 없죠. 규정대로 할 수밖에.

캔커피 통에 담뱃재를 턴 뒤, 차장을 등지고 계단을 천천히 내려갔다. 그편이 더 경제적이잖아요. 마지막에 하려던 말은 끝까지 침묵한 채로.

당춘

영식 삼촌에게서 카톡이 왔다.

—두루, 잘 사냐?

삼촌의 프로필 사진은 근 이 년째 그대로였다. 피사리를 마친 깨끗한 여름 논을 배경으로 대학생 농활단과 함께 찍은 사진. 장발에 수염까지 기른 영식 삼촌을 가운데 두고 오른편에는 나와 헌진이, 왼편에는 사강이 서 있다. 사진 속 우리는 모두 보기 좋게 그을려 있고, 장에서 단체로 맞춘 노란 물 장화를 신고 있으며, 아무도 마스크를 쓰고 있지 않았다. 삼촌은 농활이 시작되는 하지夏至마다 그해 찍은 단체사진으로 프로필을 바꾸어두곤 했는데, 코로나 이후로는 내내 그대로였다.

졸업 요건으로 걸려 있던 봉사 시간은 오래전에 채웠고, 대학을 졸업한 지도 꽤 되어 삼촌과 더이상 볼 일이 없을 거라 여겼는데, 느닷없이 잘 사냐는 연락이 온 것이다. 사강도 아닌 내게. 삼촌의 의중을 가늠하며 우물쭈물하는 사이, 카톡이 하나 더 왔다.

—유튜브 잘 보고 있다.

—유튜브요?

되묻자 삼촌은 너희 유튜브 하지 않냐? 하고 회답했다.

삼촌 말대로 우리가 함께 유튜브를 하던 시절이 있기는 했다. 대학 때 잠깐이었다. 틈만 나면 모여 작당을 모의하고 판을 벌이던 시기. 남아도는 혈기를 주체할 수 없어 여기저기 흘리고 다니던 시절. 그때 우리는 어디든 카메라를 들고 다니며 서로의 청춘을 기록하기 바빴다. 사 박 오 일의 농촌 근로 역시 전부 카메라에 담았다. 모내기, 벼에 섞여 자란 피 뽑기, 늦콩 심기, 고구마밭 비닐 멀칭하기, 태풍을 대비해 고추 지주대 세우기…… 사강이 찍고 헌진과 내가 영상을 편집한 뒤 '농촌 힐링 브이로그'라는 제목을 붙여 유튜브에 업로드했다(조회 수는 189회 정도 되었을 것이다). 패기 남발하며 찍은 그 영상들이 치기로 느껴진 뒤로 더는 찾아보지 않았다. 한데 기억 저편에 묻어둔 흑역사를 삼촌은 왜 들추는 걸까.

영식 삼촌은 나흘만 진천에 내려올 생각이 없냐 물었다. 나흘이 어렵다면 사흘이라도, 그도 안 된다면 이틀이라도.

—여기 할머니 할아버지들이랑 유튜브를 찍고 싶은데 부탁할

사람이 있어야지. 너희 못 본 지도 오래고.

사강은 작년 봄 시에서 주관한 청년 귀촌 프로그램에 참여해 이 주간 진천에 내려와 있었는데, 프로그램이 끝난 뒤론 연락이 닿지 않는다고 삼촌은 전했다. 사강과 헌진은 어떻게 지내냐 묻는 삼촌에게 나는 별다른 말을 할 수 없었다. 나 역시도 그들과 연락을 하지 않은 지 일 년 가까이 되었으니까. 약속이라도 잡을라치면 확진자가 급증하고, 거리 두기가 연장되고…… 집합 금지 풀리면 보자, 코로나 잠잠해지면 보자, 드문드문 대화를 이어가던 단체 채팅방엔 이제 어떤 말도 오가지 않게 되었다.

다들 바쁜 것 같다고 얼버무리자 삼촌은 답했다.

─그럼 두루 너라도 내려와라. 내려와서 삼촌 좀 도와줘.

일을 쉬고 있기는 했지만, 그래도 진천이라니. 더군다나 할머니, 할아버지와 유튜브라니. 가닥도 잡히지 않았다. 적당히 끊어낼 요량으로 답을 고심하는데, 삼촌이 덧붙였다.

─이틀에 사십이면 오케이냐?

*

난곡 우체국 앞이라 하니 헌진은 곧 나가겠다고 했다. 3월에 접어드는데도 입김이 나올 정도로 추웠다. 자동차 히터를 최대로 틀고 헌진을 기다렸다.

—진천 내려갈 사람. 영식 삼촌이 사십 준대.

　단체 채팅방에 올린 공지에 답을 단 건 헌진뿐이었다. 두당 사십
이냐 묻는 헌진에게 나는 그렇지 않을까, 했다. 헌진은 답이 없더
니 한 시간 뒤에야 갈게, 했다. 사강은 읽고도 답을 하지 않았고.

　헌진의 안부는 그의 유튜브 채널을 통해 간간이 확인하곤 했는
데, 근래에는 업로드가 뚝 끊겨 무얼 하고 지내는지 도통 알 수 없
었다. 내가 먼저 발을 빼고 뒤이어 사강이 물러나는 와중에도 헌
진은 꿋꿋이 채널에 영상을 업로드했다. 가장 최근 영상은 '만원
으로 일주일 살기'였는데, 그마저도 칠 개월 전이었다.

　차에 어느 정도 훈기가 돌 즈음 헌진에게서 전화가 걸려왔다.
창밖을 내다보니 뿌리 염색을 안 해 정수리만 지저분하게 검은 탈
색 머리에 롱 패딩을 입은 남자가 우체국 앞을 서성이고 있는 것
이 보였다. 클랙슨을 울리자 헌진이 차로 다가왔다. 조수석에 앉
자마자 헌진은 차 내부를 훑으며 출세했네, 중얼댔다.

　네 차야?

　내 차겠냐. 아빠 차지.

　그래도 면허는 땄네. 나는 이 나이에 면허도 없다.

　다정히 인사를 나누거나 안부를 묻는 대신 우리는 늘 그렇듯 독
설로 서로를 맞았다.

　바빴냐? 뿌염 좀 하지.

　너는 안 본 새 살이 더 붙은 것 같다? 프사랑 너무 다른데.

'셀기꾼'이라 빈정대는 헌진의 등짝을 나는 소리 나게 때렸다. 작년 봄에 찍은 프로필 사진을 바꾸지 않은 지 한참 되었다. 바꿔야지, 바꿔야지, 하면서도 늘 그만두곤 했다. 지금도 카톡을 켜면 언더웨어를 입은 채 과감한 포즈를 취하는, 체지방 십 퍼센트에 가까운 탄탄한 몸을 과시하는 내가 보인다. 갓 취업을 하고 보디 프로필을 찍었을 때였다.

☑ 취업

☑ 보디 프로필

버킷 리스트를 하나하나 지워가며 소소하게나마 성취감을 맛보던 때이기도 했고. 여름휴가 땐 괌에 가야지, 더위 좀 가시면 한강에서 치맥도 하고, 여의도에서 불꽃놀이도 보고…… 신년사를 들으며 버킷 리스트를 채우던 기억이 여전히 선명하다.

지금은 그때보다 팔 킬로그램이 더 쪘고, 평생직장이라 여겼던 여행사에서는 경영 악화를 이유로 권고사직 당했으며, 서른이 되기 전 전부 지우리라 마음먹었던 버킷 리스트는 하나도 지우지 못했다.

사람 속 살살 긁는 건 여전하네.

툭을 놓자 헌진은 사람이 쉽게 변하냐고 맞받아쳤다. 서로 못 잡아먹어 안달인 우리를 보며 사강은 꼭 〈심슨 가족〉의 리사와 바트 같다며 웃곤 했다. 헌진은 노어노문학과, 나와 사강은 문화관광학과로 과도 학번도 달랐지만 우리는 언젠가부터 스스럼없이 어울리게 되었다. 그게 사강이 소속되어 있던 봉사 동아리에 내가 들어가면서부터인지, 사강에게 줄곧 호감을 보이던 헌진이 그녀와 친구로 남기로 마음을 굳힌 시점부터인지는 확실치 않지만.

사강 없이 둘만 만나기는 처음이라 다소 어색하진 않을까 염려했지만, 남매라도 되는 양 티격태격하던 지난날의 잔상이 여태 남은 탓인지 우리 사이엔 긴장도, 사랑의 전조도 일절 흐르지 않았다.

진천까지는 두 시간 남짓 걸렸다. 강남순환도로를 벗어나자 헌진은 숨을 크게 몰아쉬었다. 서울 밖으로 나온 게 얼마 만인지 모르겠다고 했다. 마지막으로 연락했을 때만 해도 헌진은 워킹 홀리데이 비자를 준비하느라 집에 붙어 있을 새가 없었다. 어학원에 다니고, 만료된 여권을 새로 만들고, 아르바이트를 하며 자금을 모으고……

워홀 엎어지고 그 돈 다 야금야금 썼지, 뭐.

요즘 헌진은 간간이 배달 기사로 일하며 돈을 번다고 했다. 얼결에 시작한 일인데 생활에 꽤 보탬이 된다고, 최근엔 이름이 생소한 독일 음식까지 배달했다고.

너 슈바인스학세 먹어봤냐? 난 이번에 처음 알았다. 대한민국엔 정말 배달 안 되는 음식이 없더라.

기상 악화에도 불구하고 배달을 완료하면 일정의 프로모션이 지급되는데, 지난겨울에는 폭설이 잦아 들어오는 돈도 꽤나 쏠쏠했다는 헌진의 말에 웃어야 할지 울어야 할지 알 수 없었다. 나의 겨울과 헌진의 겨울이 크게 다르지 않은 것 같아서. 회사에서 잘린 뒤 나는 오픈 런 아르바이트를 뛰었다. 명품 매장 앞에 줄을 서시계나 가방을 구매 대행하는 일이었는데, 비나 눈이 오면 웃돈을 더 얹어주어 급전이 필요할 때는 짐짓 눈 예보를 기다리기도 했다. 이번 겨울은 지독히도 춥더라, 생전 안 신던 어그부츠까지 꺼내 신었다, 같은 말을 주고받다 헌진에게 문득 물었다.

요즘엔 유튜브 안 해?

안 하려고.

왜?

이미 레드오션이잖냐, 그 바닥이.

헌진이 시큰둥하게 대꾸했다. 하기야 구독자가 백 명도 안 되는 채널을 그만큼 끌고 온 것도 가상했다. 브이로그, 영화 리뷰, 심지어는 먹방까지. 딱 집어 카테고리를 규정할 수 없는 헌진의 채널은 변수가 많던 그의 삶과 여러모로 닮아 있었다. 학과가 통폐합된다는 소식에 학점은 뒷전으로 둔 채 일 년간 시위를 주도했던, 통폐합이 강행된 뒤 이도 저도 아닌 채 학교를 떠돌다 뜬금없이 한국을 떠나 호주에 터를 잡겠다며 워홀을 준비하던 그의 면면과 말이다.

돌이켜보면 자신은 아둔하고 무모한 짓을 하는 데 청춘을 다 허비해버린 것 같다고 헌진은 토로했다.

코인이나 할걸.

지금이라도 들어가.

이젠 늦었지. 그만한 돈도 없고.

누구는 비트코인의 물살을 유연하게 타 얼마를 벌었고, 누구는 테슬라 주식을 처분해 '머스크가 보내준 여름휴가'를 다녀왔다는 이야기를 헌진은 쉴새없이 떠들었다. 내가 알던 헌진은 자기 효능 감에 취해 살던 사람이었는데, 그때의 객기나 포부는 다 사라지고 지금은 오직 염세만이 남은 것 같았다. 사람 변하지 않는다는 말도 틀릴 때가 있구나, 싶었다. 누가 잘된 이야기, 안된 이야기를 넘나들다 그는 생각났다는 듯 물었다.

야, 근데 영식 삼촌이 정말 돈 준대?

그렇다고 답하는 내게 헌진은 제대로 합의 본 게 맞느냐고 재차 물었다. 불신이 가득한 얼굴로. 영식 삼촌과 나눈 카톡까지 보여주어도 그는 미심쩍음을 거두지 못했다. 무슨 문제라도 있냐 묻자 그는 슬그머니 사강 이야기를 꺼냈다.

걔 작년에 진천 내려갔던 거 알지?

헌진은 사강이 농촌으로의 이주移住를 진지하게 염두에 두고 청년 귀촌 프로그램에 참여했다고 했다. 사강이라면 그럴 만했다. 그녀는 '갈 사람만 가는' 농활에 매년 참석했고, 사정이 있다며 발을 빼는 동기와 후배들을 어르고 달래며 진천에 함께 내려가길 부드럽게 회유하곤 했다. 두루야, 우리가 하는 건 봉사가 아냐. 연대지. 나도 그 회유에 넘어간 후배 중 하나였고. 전공을 살려 언젠가는 한국형 지트Gite*를 만들겠다 선언할 만큼 농촌 커뮤니티에 긍정적이었던 그녀가 '이주'는커녕 '이 주'도 겨우 버티고 서울로 돌아왔다고 했다. 헌진에 의하면 그녀를 중도 포기하게 만든 결정적인 원인이 바로 영식 삼촌이라고 했다.

그러한 사연을 전해듣자 뜨악한 기분이 들었다. 사강은 삼촌과 허물없이 지내던 사이였다. 일손이 부족하다는 말에 학기중에도 진천에 내려가고, '삼촌 모솔이죠?' 따위의 조크도 무람없이 주고받던. 그런데 왜.

걔 말로는 삼촌이 좀…… 몽상가 같다더라.

몽상가?

사람이 이상만 꽉 차 있다고. 가까이서 겪어보니 그렇대.

영식 삼촌이 그런 사람이던가. 별달리 짚이는 것이 없었다. 떠오르는 거라곤 그저, 우리와 자신이 두 바퀴를 돈 띠동갑이라며—너희도 개띠냐? 나도 개띤데, 칠공년 개띠—놀라워하던 모습이나 금년엔 장마로 과일 당도도 떨어지고 고춧값도 헐하겠다며 속상해하던 모습뿐. 애당초 나는 사강만큼 삼촌과 가깝게 지내지 못했다. 말을 섞긴 했으나 심도 있는 대화를 나눈 적은 없었고, 싱겁거나 지나치게 매운 농담을 주고받을 만큼 살가운 사이도 아

---

* 프랑스의 농촌 민박 제도. 이농 현상을 막고 농촌의 문화유산을 보존하기 위해 마련된 지역 발전 사업.

니었다. 사 박 오 일간의 일정이 끝나면 한동안 마주칠 일 없는 그를 삼촌이라 친근히 부르는 것도 겸연쩍었던 것 같고. 헌진이 말을 이었다.

자세한 맥락은 모르는데, 삼촌이 같이 이거 하자 저거 하자 하는 게 좀 부담스러웠나보더라. 걔가 그럴 정도면 꺼림칙하긴 한데……

그래도 페이는 상당히 매력적이라고 헌진은 덧붙였고, 나도 그에 동의했다. 일의 강도나 목적은 아직 가늠할 수 없었지만.

어쩌다보니 사강의 소식으로 화제가 넘어갔다. 헌진은 문화재단에서 기간제로 근무하는 그녀의 근황을 요목조목 전했다. 허리급 팀장들과 계장들이 일찌감치 말뚝 박은 그곳에서 그녀만이 유일한 이십대인데, 처음 겪는 관료주의나 연공서열 관행에 회의를 느끼는 것 같다며 안쓰럽다고 했다.

야, 그것도 즐거운 투정이지. 그래도 걘 사대보험 되는 직장 다니잖아. 우리보다 낫지.

무심결에 말을 뱉어놓고 흠칫 놀랐다. 말 속에 담긴 날카로운 뼈를 헌진도 느꼈는지 뭐, 꼰대들 땜에 힘든가보더라고, 하고는 다시 삼촌에 대한 이야기로 말꼬리를 돌렸다.

근데 삼촌은 왜 갑자기 유튜브를 한대?

할머니 할아버지들이랑 콘텐츠 만든다나봐.

내 말에 헌진이 미간을 좁혔다.

이래서 그 바닥이 레드오션이라니까.

그는 일자리며 시장 권력도 모자라 이제는 유튜브까지 스멀스멀 점하려 드는 위 세대에 대한 비판을 터놓았다. 우리도 죽겠는데, 왜 남은 파이까지 가져가려 드는지 모르겠다며.

그 말 뒤에 헌진은 눈치를 보다 삼촌을 겨누고 한 얘긴 아니라고, 슬그머니 덧붙였다.

*

진천 읍내에서 차를 타고 삼십 분 정도 더 굽이굽이 들어가야 영식 삼촌이 사는 '권돌마을'이 나왔다. 내비게이션에도 안 찍히는 작은 마을. 삼촌은 고작 서른 가구 정도가 모여 사는 소읍에 귀농해 팔 년째 살고 있었다. 마을 입구에서 십 분 정도 들어가면 삼촌이 차린 무인 카페가 나왔다. 안길을 따라 도처에 그런 공간들이 널려 있었다. 무인 카페, 헌책방, 목공소…… 모두 삼촌이 하나하나 만들어간 주민 공동시설이었다. 순전히 한 사람의 의지와 인력으로 만들어진 공간들. 마을 초입까지는 길이 포장되어 있었으나, 그 뒤로는 쭉 비포장도로가 이어졌다. 노면이 울퉁불퉁해 차가 좌우로 크게 흔들렸다. 급경사에 폭이 좁은 길을 삼 킬로가량 가고 보니 보닛이 뜨끈뜨끈해져 있었다.

삼촌은 카페 앞에서 담배를 피우다 우리를 발견하곤 느긋하게 손을 흔들었다.

어어, 왔냐?

소매에 흙이 잔뜩 말라붙은 일복 대신 두툼한 겨울 스웨터를 입은 것을 빼면 삼촌은 달라진 게 없었다. 로션을 바르지 않아 거칠한 피부며 어깨까지 치렁한 장발, 다듬지 않은 수염까지도. 근 이 년 만에 만났는데도 삼촌은 꼭 어제 만난 사람에게 하듯 친밀히 인사를 하고 담배까지 권했다.

한 대 피우고 들어가자. 삼촌이 드립도 내려놨어, 맛있는 걸로다가.

주섬주섬 담배를 찾는 나와 달리 헌진은 좀전에 태우고 왔다며 삼촌의 청을 잘라 거절했다. 전에 없이 딱딱한 태도로 삼촌을 대하는 헌진에게 왜 그러냐 속삭였다. 헌진이 말했다.

야, 너 연緣 중에 연이 뭔지 아냐?

혈연?

흡연이다. 맞담 하면서 연을 다시 튼다고 좋을 게 뭐가 있겠냐. 우리 여기 봉사하러 온 거 아니잖아. 돈 벌러 온 거지.

헌진은 철저히 비즈니스 모드로 가자고 했다. 정 때문에 하지 않아도 될 일이나 능력 밖의 일까지 억지로 하고 싶지 않다고. 손해보기 싫다고.

카페 안 공기는 바깥보다 더 싸늘했다. 컨테이너 두 채를 붙여 지은 공간이라 통풍도 단열도 제대로 되지 않았다. 스토브를 틀어놓긴 했으나 연식이 오래되고 크기도 작아 온기가 골고루 퍼지기엔 시답잖았다.

전에도 몇 번 들른 적 있는 카페 곳곳엔 삼촌의 자취가 고스란히 배어 있었다. 고무나무를 세공해 만든 티 테이블, 삼촌이 사비를 들여 샀음이 분명한 로스터기와 각종 원두들, 노르웨이 밴드의 포크송이 흘러나오는 스피커. 다른 공간도 마찬가지였다. 삼촌은 자신이 읽던 잡지며 고서를 마을 헌책방에 들여두고, 안 쓰는 농기구 창고를 목공소로 개조해 틈날 때마다 주민들에게 무료로 목공 수업을 한다고 했다. 처음 그 말을 들었을 때 나는 고개를 갸웃했다. 주민의 다수는 노인이었다. 그들이 여기서 드립 커피를 내려 마시고, 킹스 오브 컨비니언스의 신보를 들으며 수다떠는 장면을 나는 잘 상상할 수 없었다. 그들에게 정말 이런 공간이 필요할까. 양로원이라면 또 몰라도.

헌진과 내가 스토브 앞에 쪼그려앉아 언 손을 녹이는 동안, 삼촌은 커피를 따르고 다과를 준비했다. 기분이 좋은지 콧노래까지 흥얼대며.

향 죽이지? 이거 삼촌이 직접 볶은 원두야. 마셔봐.

당장 마시고 싶지는 않으나 삼촌의 권유에 못 이겨 커피를 홀짝였다. 산미도 적당했고 뒷맛도 담백하니 고소했다. 헌진도 몇 모금 홀짝이긴 했으나 곧 잔을 내려놓았다. 다과로 내놓은 비스킷을 집어먹으며 어색하게 근황을 나누던 중 삼촌이 넌지시 운을 뗐다.

헌진이가 유튜브에 올린 영상 다 봤어. 삼촌이 구독도 했는데.

삼촌은 헌진의 깔끔한 편집 기술이며 적재적소에 배치한 자막, 센스 있는 비지엠 따위를 칭찬했다. 헌진에게 그런 재주가 있는지 몰랐다고, 요즘 청년들은 참 야무지고 다재다능한 것 같다고 주워 섬겼다.

그럼 뭐해요. 아무도 알아주질 않는데.

왜, 삼촌이 알아주잖아.

헌진의 퉁명스러운 태도에도 삼촌은 내내 싱글싱글 웃었다. 속 없는 사람처럼. 비스킷 봉지가 테이블에 소복이 쌓여갈 즈음 삼촌이 비로소 본론을 꺼냈다.

그는 이 마을엔 유독 공터가 많다고 했다. 소유주가 죽거나 노쇠해 놀고 있는 땅, 관리자가 없어 생산력을 잃은 황지荒地. 삼촌은 그런 땅을 싹 정비해 귀농 청년들이 터를 잡고 경작할 수 있는 토대로 삼을 거라고 했다. 나아가 올봄부터 차근차근 진행될 마을 살리기 과정을 촬영해 유튜브에 업로드할 예정이라고도 했다. 마을 홍보도 하고, 아카이빙도 할 겸.

촬영은 여기 할머니 할아버지들이 맡을 거야. 편집도 그렇고.

이름하여 '귄돌 프로젝트'. 삼촌은 직접 구상한 콘티까지 꺼내 놓으며 자신의 계획을 차례차례 설명했다. 그가 그리는 청사진은 장대하고 구체적이었지만, 한편으로는 허무맹랑하게 느껴졌다. 무엇보다도 할아버지 할머니들이 직접 촬영을 하고 편집을 한다는 게 나로서는 영 미덥지 못했다. 헌진이 '내 말 맞지?'란 얼굴로 나를 힐끗 보았다.

시니어 유튜버는 많아도 기획과 촬영까지 겸하는 이들은 흔치 않다며, '청년 출연자-노인 기획자 구도'가 신선할 것 같지 않냐는 삼촌의 의견에 나는 조심스레 반기를 들었다.

영상은 삼촌이 찍는 게 나을 것 같은데요. 편집도 삼촌이 하고요.

헌진도 비슷한 생각인지 그러니까, 하며 말을 보탰다. 우리의 우려에도 삼촌은 주저하는 기색이 없었다.

왜? 할머니 할아버지들이 못할 것 같아서?

그 말에 헌진이 난색을 표했다.

그게 아니라 그걸 이틀 만에 마스터하는 게 어려울 것 같아서 그러죠. 삼촌이 맡아도 힘들 텐데 어르신들이 그걸 어떻게 해요. 우리 여기 오래는 못 있어요, 삼촌.

이틀이면 충분해. 여기 할머니 할아버지들 손도 빠르고, 배우고 익히는 데에 별 거리낌이 없으셔. 목공 수업도 얼마나 열심히 참여하셨는데.

마을 어르신들의 적극성과 끈기에 대해 언급하며 삼촌은 액티브 시니어active senior가 괜한 말이 아니라고 했다.

그리고 나 혼자 다 하면 무슨 재미냐. 같이해야 더 재미있지.

아무리 설득해도 삼촌의 고집을 꺾긴 어려울 것 같았다. 잠깐의 정적 뒤, 헌진이 되물었다.

근데 왜 하필 우리예요? 전문가도 아닌데.

삼촌도 가까운 데서 대안을 구해보려 했으나 녹록지 않았다고 했다. 읍내에 있는 디지털 배움터는 코로나 이후 잠정 폐쇄되었고, 청주에도 미디어 센터가 몇 군데 있긴 한데 거리도 거리고, 무엇보다도 정원 서른 명을 채워야 대면 수업이 가능하다고 했단다.

이 마을 어르신들 다 불러모아도 서른 명이 안 되는데. 무리지.

뾰족한 수가 없었는데 마침 나와 헌진이 유튜브를 하던 게 떠올랐다고. 이런 쪽에 깜깜한 나보다야 너희가 훨씬 전문적이지 않겠냐고 삼촌은 우리를 은근히 치켜세웠다. 헌진은 별 대꾸 없이 오묘한 표정을 짓다 가장 중대하고도 민감한 이야길 꺼냈다.

페이는 인당 사십 맞죠?

인당이 아니라 총 사십인데……

삼촌은 적잖이 당황한 것 같았다.

내가 말을 헷갈리게 했나보다. 마음 같아선 너희 원하는 만큼 주고 싶은데, 이게 다 사비 들여 하는 일이라…… 앞으로 나갈 돈도 많고……

몸을 쓰는 일과 머리를 쓰는 일의 차이에 대해 미처 헤아리지 못했다고 염치없어하면서도 삼촌은 보수를 더 주겠다는 말은 끝내 아꼈다. 기나긴 눈치 싸움 끝에 헌진이 못을 박았다. 교육은 이틀, 하루 여섯 시간. 페이는 두당 이십에 거마비를 더해 총 사십오만원.

두당 이십으론 기름값도 안 나와요.

헌진의 볼멘소리에 삼촌은 마침 비료 사고 거슬러 받은 돈이 있다며 주머니에서 오만원권 한 장을 꺼냈다.

자, 거마비 겸 계약금.

꾸깃꾸깃한 지폐를 건네받으며 이제 빼도 박도 못하게 되었구나, 생각했다.

*

지낼 곳이 마땅찮아 마을 경로당에 묵기로 했다. 경로당까지 가는 동안 빈집을 세 채나 거쳤는데, 그중 파란 지붕 집에 살던 할머니는 손자 결혼식에 다녀왔다가 확진이 되어 요양 병원으로 옮겨졌다고 했다.

여기도 코로나 세게 앓았다.

지난겨울은 이 마을 노인들에게 공포였다고, 꿀 같은 농한기를 제대로 즐기지도 못한 채 모두 칩거해야 했다고 삼촌은 전했다. 쑥 뜯으러 갯가에 가거나 잠깐 마실 나갈 때도 마스크를 쓰고 손소독을 하고, 군청에서도 수시로 들러 방역을 했다고.

이젠 좀 나아지길 바라야지.

삼촌은 그런 의미에서 귄돌 프로젝트가 희보일 거라 확신했다. 겨우내 찌뿌듯해진 몸을 풀고 다들 조금이나마 활기를 되찾을 수 있을 거라고. 다 같이 합심하며 서로가 서로의 비빌 언덕이 될 수 있을 거라고.

나한테는 그 비빌 언덕이 여기 할머니 할아버지들이고 또 너희들이고, 너희한테는…… 나였으면 싶네.

삼촌도 우리의 처지를 어느 정도 짐작한 듯싶었다. 남들은 재직하며 한창 커리어를 쌓을 시기에 두당 이십짜리 아르바이트를 하러 촌에 내려온 것만으로도 패를 다 내보인 것이나 다름없었다. 삼촌은 뭔가 묻고 싶은 눈치였지만 어떤 것도 묻지 않았고 나 역시 굳이 말을 보태지 않았다. 농로 양옆으로 너른 밭이 펼쳐져 있었다. 지지난해 여름에 왔을 때는 눈 돌리는 곳마다 초록이었고 무언가 자라나고 깨어나는 소리들로 번잡했는데, 지금은 심겨 있는 작물도 없고 언 땅에 잔설만 남아 황량하기 그지없었다. 서릿발 앉은 땅에서 어르신 둘이 두렁을 태우고 있었다. 매캐한 연기 때문에 눈이 매웠다. 어르신들이 우릴 가리키며 '누구여?' 묻자 삼촌은 서슴없이 우리 조카들이요, 했다. 삼촌이 그들을 향해 외쳤다.

내일 오실 거죠?

못 가. 닭장에 왕겨 깔아야 돼.

잠깐이라도 오세요.

됐어. 우리가 가서 뭘 해.

그들이 목소리를 높일 때마다 주변에 메아리가 울렸다. 괸돌 프로젝트의 성공을 자신하는 삼촌의 기세 때문에 마을 어르신들과 입이라도 맞춘 줄 알았는데 그게 아니었나보다. 그럼 그렇지, 중얼대며 뒤를 돌아보았다. 헌진이 두 걸음 뒤에서 느릿느릿 따라오고 있었다. 입에는 담배를 물고 시선은 휴대폰에 둔 채. 뭘 그리 유심히 보는지 앞도 살피지 않아 저러다 발 빠지지 싶었는데, 정말 고랑에 흰 스니커즈가 빠져버렸다.

아, 씨발.

헌진의 목소리가 메아리쳤고, 삼촌과 어르신들이 토끼 눈으로 우리 쪽을 돌아보았다.

삼촌은 자신의 장화를 헌진에게 내주었다. 흙투성이가 된 스니커즈는 집에 가기 전까지 깨끗이 빨아 돌려주겠다고 덧붙이며. 장화는 헌진에게 꼭 맞았다.

키는 네가 삼촌보다 훨 큰데 발 사이즈는 똑같네. 신기하다야.

삼촌이 공연히 툭툭 치며 장난을 거는데도 헌진의 반응은 시들했다. 더러워진 스니커즈 때문인지, 터무니없는 페이 때문인지 좀체 가늠할 수 없었다. 괜히 오자고 했나. 경로당에 짐을 부리면서도 내내 켕겼다.

경로당은 거실 겸 부엌, 화장실, 방 한 칸의 구조로 되어 있는 기역자형 온돌방이었다. 처음 농활 왔을 때는 이 좁은 곳에서 열댓 명—해를 거듭하며 점점 줄어들다 끝에는 사강, 헌진, 나 셋만 남았지만—이 부대껴 잤다. 그땐 어떻게 그럴 수 있었을까. 덜덜거리는 선풍기의 미풍에 의지해 열대야를 나고, 수박씨를 서로의 얼굴에 투― 뱉는 게임을 하며 시시한 말에도 자지러지고. 그게 불과 몇 년 전 일이라는 게 잘 실감나지 않았다. 그때는 '활기'나 '낙관' 같은 말들이 그저 일상어처럼 느껴졌는데, 지금은 사어^{死語}처럼 생경했다.

가위바위보로 거실은 헌진이, 방은 내가 쓰기로 하고 각자의 공간을 정리했다. 여기저기 먼지가 소복했다. 삼촌은 지난겨울 코로나가 극심해지며 경로당을 폐쇄하고 겨우내 비워두었다고 했다. 온도를 올렸는데도 냉기가 가시지 않았다. 발이라도 녹일 겸 구석에 있던 모포를 들추자 그 안에서 화투패가 와르르 쏟아졌다.

어지간히 적적하셨나보네. 이게 할머니들 소일이고 용돈벌이거든. 어디 동전 떨어진 거 없는지 발밑 잘 살펴봐라.

패를 그러모으며 삼촌은 민망한 듯 웃었다. 냉장고엔 먹다 남은 열무김치며 물기 마른 곶감 따위가 들어 있고, 화장실 선반 위엔 모의 벌어짐도 색도 각기 다른 칫솔들이 한 컵에 꽂혀 있었다. 그렇게 구석구석 할머니 할아버지들이 밥을 지어 먹고 놀고 생활해온 흔적이 남아 있었다. 그것들을 보며 내일 만날 할아버지와 할머니들을 상상했다. 총학 단위로 떠들썩하게 진행되던 농활이 점차 단과대 단위로, 동아리 단위로 축소되고, '교양'도 '총화'도 전부 생략된 뒤로는 이곳 주민들과 낯을 익히거나 친해질 만한 기회가 잘 생기지 않았다. 마지막으로 여름 농활 왔을 때였던가. 느닷없이 핀잔을 들은 적은 있지만.

그해 날씨는 유독 변덕스러웠다. 땅이 갈라질 만큼 가문 날이 이어지다 느닷없이 호우주의보가 내리기도 하고, 태풍마저 잦았다. 일어나면 기상예보부터 확인한 뒤 그날그날의 일거리를 정했다. 해가 쨍하면 콩밭을 매고 비 오면 논에 들어가 피를 뽑는 식으로. 생전 모르고 살던 태풍의 이름을 그때 다 외웠다. 링링, 위파, 크로사……

크로사는 우리가 진천에 내려온 지 이틀째 되던 새벽 상륙했다. 전날 밤 지역 양조장에서 빚은 막걸리를 몇 되씩 마시고 다들 꿈도 생시도 구분 못한 채 달게 자고 있을 즈음이었다. 삼촌이 경로당 문을 다급히 두드렸다.

얘들아, 일났다. 채비하고 나와라.

갑작스러운 태풍경보에 집집마다 대비를 하느라 정신이 없었다. 비몽사몽 작업복으로 환복하자마자 헌진은 하우스에 피복을 고정하러 가고, 사강과 나는 각각 고추밭과 참깨밭에 투입되었다. 깨밭 주인과 그 집 식구들 전부 밭에 모여 지주에 참깨 줄기를 모아 튼튼히 세우고 있었다. 조용히 무리에 섞여 깨를 세우려는데, 깨밭 주인이 난데없이 다가와 쏘아붙였다.

너희지?

뜻 모를 말에 어안이 벙벙해진 내게 그는 모르는 척 말라고 날카롭게 말했다.

우리 대문 앞에 토해놓은 거, 너희지?

말투에 일말의 의심도, 주저도 묻어 있지 않았다. 그는 그간 영식이를 봐서 속으로만 삭였다는 우리의 만행을 줄줄이 늘어놓았다. 탄저병 걸린 고추를 더럽다고 만지지 않던 것, 뒤풀이를 한답시고 새벽까지 고성방가를 해 마을 사람들 밤잠 설치게 한 것, 다 피운 꽁초를 자기 밭에 함부로 버린 것…… 너무한 거 아니냐, 하여간에 도시 애들은 주인 의식이 없다, 나무라는 그의 옆에서 나는 말없이 깻대를 세웠다. 우리라고 거북스러운 게 아주 없던 건 아니었다. 효율보다는 일의 절차나 형식을 중시해 멀칭 하나 할 때도 이건 이렇게, 저건 저렇게 온갖 사족을 보태는 고집스러운 태도나 '안짱다리인 걸 보니 어릴 때부터 부모가 싸고돌았나보다' '엉덩이가 커 애는 순풍순풍 잘 낳겠다' 같은 투박한 언사, 구태의연한 사고방식. 차마 말로 못 꺼내고 고이 묵혀둔 불평들이 우리에게도 숱했다. 비스듬히 쓰러진 깻대를 어느 정도 세웠을 때, 깻밭 주인이 어디선가 술냄새가 난다며 코를 킁킁댔다. 한참 냄새를 맡던 그가 확증을 잡아냈다는 듯 표정을 굳힌 채 소리쳤다.

그럼 그렇지, 니들 내년부턴 오지 마라. 안 와도 돼.

노임을 대더라도 '캄보디' 애들 쓰는 게 백번 낫다는 그의 중얼거림은 태풍이 잦아들고, 진천을 떠날 때까지도 내내 마음을 헤집었다.

그런 일도 있었는데 어쩌자고 또 진천에 내려왔을까. 상표가 지워져 '쿠쿠'에서 '쿠'가 된 경로당의 전기밥솥이나 토분에 삽목한

다육, 벽 한 면을 차지한 치매 예방 포스터를 살피며 여기는 내가 있을 곳이 아니라 생각했다. 그리고 으레 이어지는 상념들. 내게 물적 여유가 있었다면, 여전히 여행사에 다니고 있었다면, 팬데믹이 지속되지 않았다면…… 꼬리에 꼬리를 문 상념이 비관의 면모를 띨 때쯤 삼촌이 외식을 가자며 손짓을 해왔다.

늦은 저녁을 먹은 뒤 삼촌은 떠나고, 잠자리를 펴고 불을 끄는 와중에도 헌진은 거실 한편에서 휴대폰으로 무언가를 검색하고 있었다. 아까부터 뭐에 그렇게 정신 팔려 있나 해서 흘깃 보니 구인 구직 앱이었다. 내 시선을 느꼈는지 헌진은 멋쩍게 휴대폰을 내려놓았다.

관성이다, 이것도.

자기 스펙으로 지원할 만한 회사가 없단 것을 뻔히 알면서도 습관적으로 구직 사이트를 뒤지게 된다고. 그래야 초조나 압박이 덜 해진다고 헌진은 이야기했다. 나라고 상황이 다르지는 않았다. 여행사에서는 죄 경력직만 구했다. 지원자는 차고 넘쳤고 소규모 여행사에서 고작 다섯 달 일한 내가 비집고 들어갈 틈은 없었지만, 그래도 계속 서치, 서치……

와이파이도 제대로 터지지 않는 시골의 밤은 더디게 흘러갔다. 먼 데서 꿱, 꿱 고라니가 울었다. 사람의 비명과 닮은 그것이 잦아들 기미도 보이지 않고 꿱, 꿱 지속되자 더더욱 심란해졌다. 헌진에게 물었다.

괜히 왔나?

이제 와서 뭘. 이틀만 버티고 가자.

어둠 속에서 헌진의 얼굴만 환했다. 나도 요에 누워 구직 앱을 훑었다. 한줌 될까 말까 한 구인 공고엔 '경력 우선' '경력자 채용' '경력자 찾습니다'뿐. 화면을 계속해 아래로, 아래로 내리는데 삼촌이 저녁을 먹으며 했던 말이 불쑥 떠올랐다. 양장피에 난자완스, 고량주까지 시켜두고 삼촌은 도원결의라도 하듯 술잔을 높이 쳐들었다.

너희 오니 참 넉넉하다. 아까 삼촌이 한 말 기억나지? 삼촌이 너희한테 기대듯이 너희도 삼촌한테 마음껏 비벼도 돼. 그래도 괜찮아.

나에게도, 헌진에게도 비빌 언덕이 필요하긴 했으나, 그건 삼촌도 괸돌마을도 아니었다. 극세사 이불에서 쿰쿰한 냄새가 풍겼다. 다른 요를 꺼내려 몸을 일으키려다 어차피 이도 저도 같은 냄새를 풍길 것 같아 그만두었다. 이불을 발 아래로 밀쳐둔 채 고라니 울음이 그치길, 이곳에서의 두 밤이 빠르게 지나가길 빌었다.

*

수업은 마을 초입에 있는 초등학교 컴퓨터실에서 열렸다.

운동장을 가로질러 학교 안으로 들어가며 삼촌은 이 학교가 올해로 팔십칠 기 졸업생을 내보냈으며, 학생 수가 줄어 분교로 격하되었다고 설명했다.

내년에 폐교될지도 몰라.

이태 전만 해도 전교생이 열 명은 됐는데 그 아이들이 졸업을 하거나 전학을 가며 이제 세 명밖에 남지 않았다고, 폐교 후에는 마을에서 십오 킬로 떨어진 읍내의 초교로 통학해야 하는데, 두 명은 2학년에, 한 명은 3학년에 올라가는 아이들이 한 시간에 한 대 오는 마을버스를 갈아타며 그 먼 곳까지 다닐 수 있을지 모르겠다고 삼촌은 걱정했다.

잘된 거죠. 세 명 때문에 학교 굴리면 그게 다 손실인데.

헌진이 옆에서 초 치는 소리를 했다. 고라니 때문에 새벽에야 잠들었다는 헌진은 어제보다 더 저기압이었다. 새집 지은 머리에 볼 캡을 눌러쓰고 삼촌이 준 장화를 질질 끌며 그는 내내 삐딱선을 탔다. 그런 태도에 한소리 할 법도 한데 삼촌은 오히려 너희들 기력이 쇠한 것 같으니 오늘 저녁엔 기름진 것을 먹자며 넉살 좋게 화제를 돌렸다.

부피가 큰 구형 데스크톱 몇 대뿐일 줄 알았던 컴퓨터실에는 의외로 고사양 피시가 놓여 있었다. 코딩 교육이 의무화된 해에 도에서 지원받아 산 것이라 했다. 외에도 전자칠판에, 촬영에 필요한 짐벌과 샷건 마이크까지 전부 구비되어 있었다.

재작년까지 애들이 스마트폰으로 영화 만들기 수업을 했거든.

이런 걸 왜 시키냐며 귀찮아하던 아이들이 후에는 러닝타임이 삼십 분도 넘는 영화까지 뚝딱 제작하는 것을 보며 삼촌은 '가능성'을 보았다고 했다.

애들도 두 번 수업받고 그걸 찍었다더라. 배우면 누구든 하는 거야, 그치?

삼촌은 몰라도 한참 모르는 것 같았다. 어떻게 같을까. 걔들은 스마트폰을 쥐고 태어난 애들이고, 전보 치던 세대와는 태생이 다른데. 배우면 누구든 한다는 말이 석연치 않았으나, 일단 그러려니 했다.

읍내 종묘사에 볼일이 있다며 삼촌이 자리를 뜨고 헌진과 나둘만 남아 어르신들을 기다렸다. 헌진은 어떨지 모르겠으나, 나는 좀 긴장하고 있었다. 족히 반백이 훌쩍 넘은 이들을 가르친다는 건 여간 부담스러운 일이 아니었다. 나보다 나이든 사람을 가르치는 것이 처음이기도 했고—언젠가 엄마에게 스마트 뱅킹 사용법을 일러준 적은 있으나, 그걸 티칭의 범주에 집어넣기에는 영 애매했다—헌진도 이런 경험은 처음이라고 했다. 그래도 돈 받고 하는 일인데 미리 수업 시연이라도 해볼 걸 그랬다고 하니 헌진은 별거 있겠냐고, 그저 두 가지만 유념하면 된다고 했다.

목소리는 크게, 말은 또박또박. 할머니 할아버지들은 그거면 돼.

상대적으로 영상 편집에 잔뼈가 굵은 헌진이 전담 마크하고, 내가 보조하는 식으로 수업을 진행하기로 했다. 21세기의 채영신과 박동혁은 이런 모습이려나, 생각해보았으나 우리에겐 그들만큼의 투지나 기백이 없었다. 눈만 마주쳐도 '전신에 자릿자릿하게 전파되는'* 연모의 감정은 더더욱.

바깥에서 오토바이 배기음이 들려 내다보니 감색 무스탕을 입은 할아버지가 운동장에 오토바이를 세워두고 교실로 슬금슬금 걸어오고 있었다.

할아버지는 교실을 쓱 둘러보더니 망설임 없이 맨 뒷자리로 가 앉았다. 그가 지난 자리마다 화한 올드 스파이스 향취가 남았다. 할아버지가 문을 열고 들어왔을 때 나는, 안녕하세요. 어어, 그려—이건 회답일까, 반사일까—외에 우리는 별다른 대화를 나누지 않았다. 어쩌다보니 통성명할 타이밍도 놓친 것 같았고. 히터 도는 소리만 잠잠히 퍼지는 가운데 할아버지가 주머니에서 알사탕을 꺼내 마스크를 내리곤 입에 쏙 넣었다.

하나 줘?

괜찮아요.

어차피 하나밖에 없었어.

받아치고 싶은데 마땅히 떠오르는 말이 없었다. 아무나 더 안

---

* 심훈, 『상록수』, 지식을만드는지식, 2012.

오시나 싶을 때, 뒷문이 벌컥 열렸다. 진한 아치형 눈썹, 반삭으로 민 머리, 목에 두른 여우 목도리—끝단에 안광이 형형한 여우 머리가 달려 있었다—까지. 한번 보면 결코 잊을 수 없는 비주얼의 할머니였다.

여기 맞지? 유투부인가 그거?

터프하게 들어서는 할머니를 보며 할아버지가 반색했다.

아줌마도 왔네.

염병. 소 밥 안 주고 왜 여기 있대?

두 사람은 친근하고도 살벌하게 안부를 주고받았다. 그 집 자식 순산했냐는 할머니의 물음에 할아버지는 기다렸다는 듯 휴대폰 앨범을 열었다. 할머니는 눈을 가늘게 뜨고 사진을 유심히 살폈다.

이쁘네.

그지? 눈동자가 맑은 게 까풀도 지고.

할아버지는 헌진과 내게도 사진을 보여주었다. 손주 사진이라도 보여주는 줄 알았더니 웬 송아지가 가는 다리로 엉거주춤 서 있었다.

신축년 종 치자마자 태어난 송아지여. 봐봐. 얼마 전에 제각도 하고 귀표도 단 거.

입을 꾹 다문 채 사탕만 굴리던 과묵한 양반이 지금은 수십 장도 더 되는 송아지 사진을 하나하나 넘겨가며 눈을 빛내고 있었다. '제각'이니 '귀표'니 하는 것들이 나나 헌진에겐 썩 흥미로운 주제가 아니라는 게 문제라면 문제였지만. 우리가 심드렁하게 송아지 자랑을 듣는 동안 할머니는 할아버지 옆이 아닌 히터 바로 아래 자리를 잡았다. 매고 온 여우 목도리를 돌돌 말아 옆에 놓아두며 그녀는 또 올 사람이 있으니 조금만 기다려달라고 했다.

그이가 얼마 전에 엉치를 다쳐서 여까지 오려면 시간 좀 걸려.

십 분 남짓 지났을까. 허리가 비스듬히 굽은 할머니가 보행기를 끌고 느릿느릿 교실로 들어섰다. 먼저 온 할머니가 빈자리를 가리키며 손짓했다.

여 앉아, 자리 맡아뒀어.

외양은 사뭇 달랐으나, 눈썹 문신을 같은 곳에서 했는지 두 사람 모두 눈썹산이 지나치게 높고 색이 진했다. 후에 온 할머니는 보행기를 교실 뒤에 세워둔 뒤 나와 헌진에게 늦어서 미안하다 재차 사과했다. 묻지도 않았는데 자정까지 트로트 경연 방송을 보다 늦게 잠들었다며 어제가 진짜 중요한 날이었다 덧붙이기도 했다. 옆에서 여우 목도리 할머니가 한마디 거들었다.

난 임영웅 무대만 보고 잤어.

그 말을 시초로 할머니들은 앞다투어 영웅과 동원에 대한 팬심을 내비쳤다. 영웅은 미혼자임에도 불구하고 육십대 노부부의 해로를 기가 막히게 녹여내더라. 보릿고개도 겪지 못한 동원이 초근목피로 연명하던 시절에 어찌 그리 몰입하는지 내가 다 울컥하더

라. 역시나 나도, 헌진도 관심 없는 주제였다.

할아버지와 할머니의 이름은 각각 규채와 길례, 해조였다. 여우 목도리를 두른 할머니가 길례, 보행기를 짚고 온 할머니가 해조. 아이들이 앉아 있어야 할 교실에 높은 도수의 돋보기를 쓴 만학도 셋이 모여 있는 것을 보니 기분이 묘했다.

본격적으로 수업에 들어가기 앞서 헌진이 큰 소리로 물었다.

프리미어 다뤄보신 분 계세요?

아무도 손을 들지 않았다. 헌진이 영상 편집 소프트웨어에 대해 간략히 설명을 했지만, 다들 모르는 눈치였다.

컴퓨터에 사진 옮기는 법은 아시죠?

이번에도 손을 드는 사람이 없었다. 내심 예상은 했지만 이렇게 심각할 줄은 몰랐는데. 헌진은 당황한 듯 뜸을 들이다 휴대폰으로 영상을 찍어본 경험은 있으시냐, 되물었다. 그나마 규채 할아버지는 카메라 조작법 정도는 익히 아는 것 같았으나, 문제는 두 할머니들이었다. 길례 할머니는 휴대폰을 전화와 시계 용도로만 쓰는 디지털 문맹이었고, 해조 할머니는…… 무려 이십사 핀 케이블로 충전되는 피처폰을 쓰고 있었다. 어디서부터 시작해야 할지 막막하기 그지없는데, 할아버지는 가르쳐주면 금방 하지, 하며 태평히 웃을 뿐이었다. 할머니들도 마찬가지였다.

알려만 줘. 우리 바지런히 배울게.

그 태연자약에 곤혹스러워졌다. 우리는 문자 보내는 법이나 벨소리 설정 따위를 알려주려 진천까지 내려온 것이 아니었다. 그들에게 무려 유튜브 편집을 가르쳐주어야 했다. 그것도 이틀 안에. 숙련된 편집자도 버거워하는 그것을 이들이 과연 해낼 수 있을까.

헌진이 휴대폰 화면을 미러링해 전자칠판에 띄우면 할머니 할아버지가 그걸 보고 따라 하는 방식으로 카메라의 기본적인 기능부터 화각까지 익혀가기로 했다.

규채 할아버지는 곧잘 따라오는 듯싶었으나, 할머니들은 '방금 뭐 누르라고 했어?' '이거 아녀?' 속닥이며 더디게 쫓아왔다. 그들이 뒤처질 때마다 부가 설명을 하는 건 내 몫이었는데, '픽셀'이나 '필터 효과' 같은 용어를 느슨하게 풀어 설명하다보면 자연히 말이 길어지고 수업도 지체될 수밖에 없었다.

이거 봐라, 이걸 이렇게 늘이면 자기 얼굴이 확대된다.

어마, 희한하네.

할머니들은 자신들만의 요지경에 빠져 있었다. 그들은 화면을 터치해 노출을 조정하고 초점을 맞추는 것 하나하나를 이채로워했고, 사소한 성취에도 손뼉을 치며 들떴다. 그러는 동안 할아버지는 화장실에 다녀온다거나 전화를 한다며 자주 자리를 떴고, 헌진은 짐짓 태연한 얼굴로—하지만 손가락으로는 칠판을 초조하게 톡톡톡 치며—할머니들을 기다렸다. 할머니들의 고요한 설레발을 관망하고 장단 맞추기에는 시간이 촉박했다.

저기, 다 하셨어요?

그제야 할머니들은 카메라에서 눈을 떼고 객쩍게 웃었다.

아이고, 선생님. 미안해요. 우리가 시간 다 잡아먹은 거 아닌가 모르겠네. 하다보니 재미져서……

할머니들의 감상을 끝까지 들을 새도 없이 헌진은 신속히 진도를 나갔다. 한창 '안정적인 화면비'에 대해 설명할 때, 해조 할머니가 손을 들었다.

선생님, 자꾸 성가시게 해 미안한데 나 이제 필기 좀 하려고. 천천히 말해주세요.

할머니는 격자로 된 깍두기 노트에 헌진의 말을 꼼꼼히 받아 적었다. 줌인은 '주민'으로, 슬로모션은 '슬로모시기'로. 소리 나는 대로 적거나 흘려 쓴 비문들이 눈에 띄었다. 그리 어려운 말이 아닌데도 그녀는 종종 필기를 멈추거나 난처해하며 내게 '해상도'가 무언지, '로 앵글'과 '하이 앵글'은 어떻게 다른지 질문했다.

별수없이 수업을 끊고 복도로 나가 헌진에게 상황을 설명하며 한마디했다.

야, 말 좀 쉽게 해.

여기서 뭘 더? 어떻게?

몰라. 노력이라도 하든가. 두 번 설명하게 하지 말고.

헌진은 끙끙대며 용어를 순화하다가도 후에는 슬머시 전문어를 섞거나 쉽게 풀리지 않는 표현들은 대강 얼버무렸다. 그럼에도

'목소리는 크게, 말은 또박또박'의 기조만은 꿋꿋이 유지했는데, 도레미파솔의 '솔' 높이로 설명을 이어가던 헌진이 '라'에서 '시'로 목소리를 높여, '영상은 세로 말고 가로로! 가로로 촬영하세요!' 핏대까지 올리자 길례 할머니가 기어이 한마디했다.

염병, 그렇게 크게 말 안 해도 돼. 우리 귀 안 먹었어.

야, 할머니들은 포기하자.

학교 뒤 소각로에서 담배를 태우는 동안 헌진은 할머니들 하는 것 보니 영 글렀다고, 이러다간 우리 영영 집에 못 간다며 한탄했다. 기초만 겨우 짚었는데도 벌써 두 시간이 지나 있었다. 헌진이 장화로 꽁초를 짓밟았다.

한 사람 한 사람 어떻게 다 끌고 가냐. 그거 과욕이야.

논의 끝에 헌진이 규채 할아버지를, 내가 할머니들을 전담하기로 했다.

부담스러운데……

그러니까 적당히 하라고. 괜한 데 힘 빼지 말고.

결국엔 촬영도 편집도 삼촌이 전담하게 될 것이며, 어찌저찌 완성한다 치더라도 조회 수는 끽해야 백 회 안팎일 거라고 헌진은 점쳤다.

각이 안 나오잖냐. 콘텐츠가 자극적인 것도 아니고, 뭔가 엉성하고.

그 말을 한 뒤 헌진은 자조하듯, 나중 가면 이게 다 무모한 짓이라는 것을 삼촌도 알게 될 거라 중얼거렸다.

촬영 수업은 실외에서 하기로 하고, 짐벌을 들고 학교 부근을 슬슬 거닐었다.

선생님, 뭐 찍어야 돼?

할머니들이 묻자 헌진은 아무거나 찍으라 짧게 대꾸했다. 초교 앞에 흔히 있을 법한 분식점이나 문구점은 찾아볼 수 없고 근방이 죄다 밭과 산뿐이었다. 날은 어느 정도 풀렸으나 잎갈이를 시작한 나무도, 상록수 한 그루도 없어 풍광이 삭막하니 음울했다. 마땅히 찍을 게 없는데도 할머니들은 짐벌을 끼운 휴대폰 한 대를 번갈아 사용하며 피사체를 찾고 그것을 영상으로 담았다. 우듬지 위로 무리 지어 날아가는 철새떼, 새끼줄을 두른 수살막이, 겨우내 잎과 줄기가 다 말라죽은 풀들…… 길례 할머니가 해조 할머니를 찍거나 그 반대가 될 때도 있었다.

이거 찍히고 있는 거 맞지?

길례 할머니가 화면을 가리켰다. 얼핏 봤을 땐 몰랐는데, 할머니는 KF94에 덴탈 마스크까지 겹쳐 쓰고 있었다. 불편하지 않으시냐 묻자 그녀는

코로롱 안 걸려야 되잖어.

하고는 당신 젊을 때는 괴질 같은 전염병으로 사람이 많이 죽었다고, 본인 남편도 그때 세상을 떴다고 이야기했다. 탈수가 심해

온몸이 흙빛이 되는데도 수액을 구할 수 없어 그저 앓는 것을 지켜보기만 했다. 젊어 그 참극을 겪었는데 노년도 별반 다를 게 없다니 얄궂다며 길례 할머니는 마스크를 거듭 매만졌다. 반면 해조 할머니는 여러 번 재사용한 듯 때가 탄 덴탈 마스크를 쓰고 있었다. 해조 할머니를 가리키며 길례 할머니는 사람 참 미련스럽다고 푸념했다.

이이는 마스크 사면 다 도시 사는 아들한테 보내. 저는 쓰던 거 쓰고, 또 쓰고.

뭘 그런 걸 말해. 주책맞게.

내 말 틀려? 다 늙어 누릴 생각을 해야지 죄 줄 생각만 하구. 그놈 새끼 이번 구정 때 내려오긴 했어?

코로롱 땜에 그러지.

염병.

출생 연도 끝자리가 '7'인 할머니들은 화요일마다 읍내 우체국에 줄을 서서 마스크를 사고 우편 업무를 본다고 했다. 괸돌엔 마스크 파는 곳도 없고, 우체국도 몇 년 전 사라졌다고.

우체국이 없어요?

적자 난다고 없앴어. 영식이가 한갓질 땐 태워다주기도 하는데, 원체 들를 데가 많아서 우리끼리 버스 타고 가는 게 맘 편해.

학교니 우체국이니 무슨 놈의 동네가 이렇게 없어지는 게 많냐. 어처구니가 없으면서도 한편으론 그럴 수밖에 없겠구나 싶었다. 빈집과 노인만 남은 마을. 그런 노인조차 죽거나 병들어 서른 명도 채 안 남은 마을. 이런 곳에 무얼 보수하고 구축한들 그건 또 얼마나 유효할 수 있을까. 이곳은 불모지다. 풀도 사람도 자라지 못하고 그대로 말라죽는 땅. 할머니가 카메라에 담고 있는, 잎사귀를 늘어뜨린 채 생장을 멈춘 풀들이 그것을 증명하는 듯했다.

길례 할머니가 짐벌을 들고 우중충한 풍경을 찍는 동안, 해조 할머니가 내게 살며시 다가와 속삭였다.

선생님, 우리 찍는 거 서울 사는 사람도 볼 수 있나?

네, 업로드만 하면요.

다 찍으면 유투부에서 우리가 찍은 거 보라고 선전 같은 것도 해주는 건가?

아뇨, 그런 건 아닌데……

그럼 서울 사는 이들이 어떻게 봐?

검색하면 되는데요. 링크 보내거나.

할머니는 여지없이 링크가 무엇인지 물었다. 접속 장치? 인터페이스? 고심해 말을 굴리다 결국에는 위키백과를 뒤져보고 '이쪽에서 저쪽으로 갈 수 있도록 이어주는 매개'라 적당히 뭉뚱그렸다. 할머니는 한참이나 링크, 링크, 되새겼다.

선생님, 담에 올 때는 나 링크 보내는 법도 알려줘. 우리 아들한테 내가 한 거 보내주고 싶어서.

길례 할머니가 짐벌을 해조 할머니에게로 넘겼다. 해조 할머니는 보행기에 의지하지 않고는 균형을 잘 잡지 못했다. 별수없이 한 손으론 보행기를 짚고 다른 손엔 짐벌을 들었는데, 힘이 들어가지 않아 조금만 움직여도 초점이 흔들렸다. 이래서는 도저히 아드님께 보라고 할 수 없어요. 목구멍까지 넘실대는 말을 억누르며 할머니 곁을 우물쭈물 맴돌았다. 그런 마음을 아는지 모르는지 할머니는 덜덜 떨리는 손으로도 계속해 짐벌을 잡았다. 평생 찍혀본 적만 있었지―그것도 손에 꼽는다고 했지만―찍어본 적은 없었다고, 잘 찍어서 엄마가 어떻게 사는지, 이곳에서 다들 얼마나 건강히 지내는지 아들에게 보여주고 싶다고 했다.

우리 애가 맘이 여려서 전화하면 맨 걱정만 해. 이번에도 나 엉치 다친 걸로 어찌나 속을 끓이던지. 미안쩍어가지고.

아이고, 미안할 것도 쎘다.

길례 할머니의 말을 못 들은 체하며 해조 할머니는 내 쪽으로 카메라를 고정했다.

선생님, 선생님도 여기 봐.

해맑게 다음을 기약하고, 후일을 도모하는 할머니가 나는 부담스러웠다. 모르는 척 슬그머니 고개를 돌렸다. 열 걸음쯤 떨어진 곳에서 헌진이 표정을 구긴 채 규채 할아버지에게 무어라 소리치는 게 보였다. 그쪽도 뭔가 제대로 안 풀리고 있기는 매한가지인 것 같았다.

영상 편집은 촬영보다도 더 난항이었다. 일부러 프리미어보다 가볍게 다룰 수 있는 편집 툴을 사용하는데도 그들은 내내 헤맸다. 어려움 없이 따라오던 규채 할아버지도 이젠 '모르겠다'는 말만 되풀이하고 있었고.

선생님, 이렇게 하는 거 맞아?

이 정도면 이해했지 싶은데도 돌아서면 '선생님' '선생님' 동시다발로 불러대는 통에 헌진은 규채 할아버지 곁에, 나는 할머니들 옆에 꼭 붙어 떠나지 못했다.

이제 한 시간도 안 남았는데 진도는 반도 빼지 못한 상태였다. 교실 뒤편의 상황도 다르지 않은지라 헌진은 조금 전부터 '빼세요' '자르세요'만 연발하고 있었다.

아니, 쓸 수 있는 부분만 쓰고 나머지는 다 잘라내야 된다니까요.

헌진의 코칭에도 규채 할아버지는 고집스럽게 모든 컷을 살리려 했다. 포커스가 맞지 않거나, 경운기나 비행기 소음이 섞이거나, 무얼 찍었는지 가늠조차 안 되는 불필요한 장면까지도.

할아버지 여기, 트림trim* 하세요.

지금? 밥 먹고 와서 냄새날 텐데.

아니, 그 트림이 아니라······

헌진의 한숨 소리가 나에게까지 전해졌다. 모니터를 가리키며

---

* 영상의 불필요한 부분을 잘라내어 다듬는 기능.

그는 또박또박 말을 이었다.

보세요, 여긴 쓸 수 있는 게 없잖아요. 자르셔야죠.

내 보기엔 다 쓸 수 있을 것 같은데…… 다 쓸 만한 것들인데……

마우스를 빼앗아 들고 대신 편집을 하는 헌진 옆에서 할아버지는 대꾸도 못한 채 끙, 소리 죽여 앓을 뿐이었다.

그사이 할머니들은 저마다 제 일에 몰두하고 있었다. 길례 할머니는 마우스를 힘주어 움켜쥔 채 모니터를 들여다보고 있었고, 해조 할머니는 필기해둔 것을 복습하고 거기에 또 뭔가를 덧붙여 적고 있었다. 이제 숨 좀 돌리나 싶었는데, 자막에 애니메이션 효과를 넣던 길례 할머니가 황급히 나를 불러 세웠다. 어찌된 영문인지 화면이 갑자기 무화되었다며.

통째로 날아갔네요, 프로젝트가.

Ctrl+Z를 눌러도 리셋된 편집물은 복구되지 않았다.

안 되는 거야?

네, 다 날아갔어요.

죄다?

네, 이거 원래 저장하면서 해야 돼요.

할머니는 제 가슴을 주먹으로 치며 맹추, 맹추, 소리쳤다. 아서라, 못하겠다 지레 겁을 먹고 포기하면 그나마 마음이라도 편할 텐데, 이 할머니들은 열심이어도 너무 열심이었다. 깍두기 노트에

'주민' '슬로모시기' 같은 말들을 부지런히 적는 해조 할머니와 진도를 따라가지 못할 때마다 맹추, 맹추, 자책하며 분통을 터뜨리는 길례 할머니. 간신히 한 발 뗐다 싶으면 이내 두 걸음 멀어지는 상황에 체력도 마음도 점차 소진되었다.

길례 할머니는 화면에 떠 있는 '새 프로젝트'를 골똘히 바라보다 조심스레 물었다.

선생님, 나 한 번만 다시 알려주면 안 될까?

늙으니 머리고 손끝이고 전부 굳었다고 골을 내면서도 할머니는 못하겠단 말은 결코 하지 않았다. 한숨이 나왔다. 이걸 또 언제 처음부터 다시…… 치밀어오르는 짜증을 누르고 누르다 나도 모르게 시니컬하게 대꾸했다.

그렇게 열심히 안 하셔도 돼요.

응? 왜?

할머니는 영문을 모르겠다는 얼굴로 나를 올려보았다. 문득 헌진의 말이 떠올랐다. 적당히 하라고. 괜한 데 힘 빼지 말고.

헌진의 말처럼, 나는 정말 애먼 데에 힘을 빼고 있는지도 몰랐다. 나는 늘 그랬으니까. 안 될 것을 알면서도 복직에 희망을 걸고, '여로가 평안하길 바란다'는 넉넉한 덕담을 건넬 수 있는 평범한 일상이 다시 도래하길 바라고, 희미해지는 우정이 미약하게나마 지속되길 고대하고…… 아둔하고 무모하게.

애써도 안 되는 건 안 되는 거니까요.

마스크를 쓰고 있어 다행이었다. 아니었다면 단호한 어투 뒤에 숨은, 울상이 된 입매가 고스란히 드러났을 테니까. 욕이라도 들을 줄 알았는데 할머니는 멍하니 화면만 주시할 뿐이었다. 한 칸 떨어진 자리에서 필기를 이어가던 해조 할머니가 무슨 일 있냐고 물어왔다. 침묵하는 길례 할머니와 어리둥절한 표정으로 우리 둘 사이의 미묘한 징후를 해석하려는 해조 할머니를 뒤로한 채 교실 뒤편으로 향했다. 헌진은 할아버지 자리에 앉아 휴대폰을 들여다보고 있었다. 화장실에 간다던 할아버지가 이십 분째 돌아오지 않는다고 했다. 헌진은 진작 포기했다는 얼굴로 휴대폰 자판을 빠르게 누르더니 화면을 내 쪽으로 들이밀었다.

　—진짜 노답이다 노답.

　앞자리에서 할머니들이 속닥이는 소리가 희미하게 들려왔다.

　자기 노트 좀 보여줘.

　아이고, 커닝하면 안 돼.

　애쓰지 말라고 했는데, 길례 할머니는 눈으론 해조 할머니의 필기를 훑고 손으론 화면에 떠 있는 메뉴 바를 일일이 눌러보며 무언가 계속했다.

*

　애초 약조했던 여섯 시간에서 십 분 정도를 넘기고서야 수업은 끝이 났다. 땅거미가 진 운동장에 영식 삼촌의 포터가 전조등을 밝힌 채 서 있었다.

어어, 같이들 나오시네. 수업은 잘 들으셨고?

다들 녹초였다. 길례 할머니는 퍼걸러 아래 앉아 숨을 고르고—겹쳐 쓴 마스크는 결코 내리지 않은 채—해조 할머니와 규채 할아버지는 축구 골대 앞에서 끽연을 했다. 삼촌도 어느 틈에 섞여 담배에 불을 붙이고 있었다.

얘들아, 한 대 피우고 출발하자.

삼촌은 하루이틀 일이 아닌 양 어르신들과 자연스레 맞담배를 태웠다. 손바닥을 오목하게 모아 그 안에 재를 털고, 연기를 뱉으며 두런두런 안부를 주고받고. 생소한 풍경이었다. 너희도 끼라며 삼촌이 눈짓을 해 보였지만 내키지 않았다. 선을 넘는 것 같기도 했고. 헌진이 먼저 차 안으로 들어가고, 나도 그를 뒤따랐다.

사람 만날 일이 많지 않던 지난 일 년간 비축해둔 말들을 오늘 다 한 것처럼 목이 칼칼했다. 헌진도 비슷한 모양인지 자꾸 기침을 뱉고 목을 풀었다. 삼촌과 어르신들이 한데 둘러서 잡담을 나누는 모습이 백미러에 비쳤다. 대화의 세세한 내용까지는 알 수 없었으나, 대략 짐작해볼 수는 있었다. 영식이 이거 꼭 해야 되나? 우린 그냥 안 할래, 우리가 쟤들하고 뭘 해.

그렇게 멀거니 백미러를 보고 있는데, 헌진이 '그거 아냐?' 물어왔다.

삼촌 서울대 나온 거.

구글을 조금만 뒤져봐도 삼촌이 발표한 논문이 다 나온다고, 오래전 박사과정도 수료했더라고 헌진은 부연했다.

흔한 성姓이 아니라 금방 나오더라.

삼촌이 쓴 논문이라니 구미가 동해 열람했는데 결국 서론에서 덮었다고, 거기에도 마을 공동체니 지역 살리기니 세대 교류 같은 순 뜬구름 잡는 소리뿐이었다고 헌진은 토로했다. 백미러를 힐끗댔다. 삼촌은 심각한 표정으로 길례 할머니와 대화를 나누고 있었다.

사람이 이상으로 꽉 차 있다는 말, 맞아. 여기서 이러는 게 다 소꿉놀이고 삽질이라는 거 삼촌만 모르잖아. 가망이 없는데, 애초에 망했는데.

삼촌이 차로 돌아오는 것을 보며 헌진은 말을 멈췄다. 달리 할 말이 없어 나도 침묵했다. 낮에 왔던 길을 거슬러 경로당으로 가는 동안에도 적막은 이어졌다.

할아버지가 송아지 얘기 안 하시던? 그분이 송아지 덕후야.

길례 할머니 스타일 완전 킹왕짱이지?

삼촌은 유행이 한참은 지난 조어를 섞어가며 대화의 물꼬를 트려 했지만, 누구도 답이 없자 이내 오디오를 켜 정적을 메웠다. 사랑은 창밖의 빗물 같다는, 삼촌이 대학생이었을 때에나 유행했을 법한 가요가 흘러나왔다. 차창 밖을 내다보았다. 아직 여덟시도 안 되었는데 마을의 가게란 가게는 모조리 문을 닫고 사람 그림자조차 보이지 않았다. 금세라도 고라니가 튀어나올 것 같은 어둡고 을씨년스러운 길을 삼촌은 요리조리 익숙하게 다녔다. 삼촌은 이 길을 몇 번이나 오갔을까. 눈이라도 오면 통행이 불가하고 여름엔 온갖 풀이 자라나 예초기로 밀지 않으면 길의 형체를 잃는 땅. 삼촌의 젊음이 담보 잡힌 이 땅은 너무 거칠고 울퉁불퉁했다.

노래 한 곡이 다 끝나기도 전에 트럭이 멈춰 섰다. 경로당이 아닌 목공소에.

우리 목에 기름칠 좀 하자. 여기가 고기 구워먹기 딱이거든.

삼촌과 어르신들이 작년 봄 함께 만들었다는 식탁에 셋이서 조촐히 모여 앉았다. 모서리가 없는 둥글고 큰 식탁에 의자가 여덟 개나 비치되어 있었다. 어디에 앉아도 서로의 얼굴이 마주 보여 조금 민망했다. 삼촌은 환풍기에 집진기까지 틀어둔 채 화로 위에 삼겹살을 굽고, 익는 족족 우리 접시에 옮겨놓느라 바빴다. 삼촌도 드시라고 권하자 그는 우릴 번갈아 보더니 난데없이 물었다.

너네 커플이냐?

당황해 고개를 젓는 우리에게 그는,

그럼 마늘 많이 먹어. 이거 길례 할머니 밭에서 캔 거야. 유기농.

말하곤 노릇하게 구워진 마늘을 접시 가득 덜어주었다. 길례 할머니 밭에서 캔 마늘이란 말에 얹힌 듯 속이 갑갑해졌다. 할머니들이 오늘 수업에 대해 어떤 평을 했는지 삼촌에게 물어보려다 말왔다. 그래, 혹평을 한들 어쩌겠나. 수업은 내일로 끝이고 우리는 더는 이곳에 오지 않을 텐데.

삼촌은 마늘을 듬뿍 넣은 쌈을 입에 넣고 우물거렸다.

간만에 사람냄새 나네.

마을 사람들과 회의도 하고 식사도 할 요량으로 상판도 큰 걸 쓰고, 의자도 여덟 개나 두었는데 정작 올해는 식탁이 꽉 찰 기회가 흔치 않았다고, 다 함께 둘러앉아 밥을 먹던 기억도 이젠 아득하다고 삼촌은 말했다.

그래도 여기서 할아버지 할머니들이랑 이것저것 많이도 먹었다. 구워도 먹고 삶아도 먹고 지져도 먹고.

수확기에는 각자 거두어들인 작물로 누구는 샐러드를, 누구는 파스타를 만들어 포틀럭 파티를 열었다는 말에 헌진이 토를 달았다.

그런 게 돼요?

그럼, 다들 환장하셔. 늙으면 새로 익히는 게 고역이라는 말은 순 낭설이더라. 기회가 없어 그렇지 막상 하면 다음에 또 하자고 어찌나 성화신지.

삼촌이 말을 잇는 동안 헌진은 턱을 괸 채 식은 삼겹살을 젓가락으로 쿡쿡 찔렀다. 눈이 마주칠 때마다 삼촌은 더 먹으라며 고기와 마늘을 앞접시에 채워주었다. 그게 부담스러워 열심히 눈 돌릴 데를 찾았다. 식탁 테두리가 우둘투둘하게 패어 있어 살펴보니 글자가 조르르 새겨져 있었다. 삼촌과 어르신들이 식탁을 만든 뒤

기념 삼아 조각도로 이름을 새겨넣었다고 했다. 정자로 반듯하게 새긴 '영식'을 비롯해 해조, 율주, 길례, 춘삼, 규채…… 서체도, 크기도 다른 이름들이 테두리에 삐뚤빼뚤 빼곡했다. 삼촌이 넌지시 물었다.

할머니 할아버지는 잘 따라오시던?

헌진이 대답 대신 푹 한숨을 쉬었다. 모바일이나 인터넷에 취약하시더라고 내가 에둘러 전하자 삼촌은 의기소침해졌다가 곧 표정을 풀고는 기운차게 말을 이었다.

그래도 내일은 잘하실 거야. 그분들 보통 분들이 아니거든. 어찌나 손이 빠르고……

'그래도' 뒤에 어김없이 따라붙는 긍정과 확언들. 삼촌은 무얼 믿고 저렇게 확신에 차 있을까. 어째서 그들에게 희망을 거는 걸까. 왜 여기는 보지 않고 저 너머만 보는 걸까. 시종일관 긍정 회로를 돌리는 삼촌에게 헌진이 더이상은 못 참겠다며 쏘아붙였다.

삼촌, 저 진짜 답답해서 묻는 건데 왜 여기서 봉사하며 사는 거예요? 삼촌 정도면 더 나은 곳에서 한자리 점하고 살 수도 있는데, 왜 이런 데서 되도 않는 일 벌이며 개고생하세요?

남은 말이 더 있는 듯했지만 헌진은 그쯤에서 멈췄다. 과했지만 틀린 소리는 아니었다. 우리뿐 아니라 열에 아홉 누구라도 여기서 하루만 살아보면 삼촌의 해맑은 낙관에 질색할 것이다. 긍정이나 희망, 미래 따윈 이곳에 어울리지 않으니까. 의표를 찔린 것 같은 얼굴로 삼촌은 헌진의 말을 맥없이 들었다. 화로 안에서 타오르던 숯이 탁탁 소리 내며 튀었다. 미간을 좁힌 채 생각에 잠겨 있던 삼촌이 한참 만에 입을 뗐다. 식탁 모서리를 매만지며 그는 말했다.

이 식탁 말이야, 만들 때 못을 하나도 안 썼어. 못을 박는 대신 나무에 홈을 파서 서로 연결시킨 거야.

갑자기 왜 이런 말을 하는 걸까, 말문이 막힌 우리를 두고 삼촌은 차분히 이야기를 이어갔다.

처음 목공소 지었을 때는 그저 목재 떼어와서 적당히 자르고 못만 박으면 된다고 생각했거든? 이렇게 나무끼리 맞물릴 수도 있다는 건 여기 어르신들한테 배운 거야. 느슨해 보여도 이렇게 하면 이 면과 저 면이 맞닿아서 더 단단히 지탱할 수 있거든. 시간이 지나도 나무가 뒤틀리지 않고, 녹도 슬지 않고. 신기하지.

지난 몇 년간 마을 사람들과 이뤄온 혁혁할 것도, 대단할 것도 없는 작당 모의를 삼촌은 하나하나 회고했다. 아이들이 찍은 단편영화 상영회를 열었던 것, 생전 악기 한 번 다뤄본 적 없는 주민들과 농한기에 우쿨렐레 연주회를 벌인 것, 노인정 아니면 집만 오가던 어르신들이 틈이 나면 카페에 들러 드립을 내려 마시고 모여 앉아 수다를 떨게 된 것, 어쭙잖은 솜씨로 만든 '마을지'와 목공소의 가구들, 괸돌 프로젝트까지. 이 모든 게 단순히 봉사에 그쳤다면 아무것도 나아지지 못했을 거라고. 더디고, 때때로 지칠 때도 있지만 그래도…… 같이하는 게 더 좋다고, 느리지만 하나하나

일궈가는 즐거움이 있다고.

삼촌은 여기가 좋아.

말하며 그는 손바닥으로 식탁의 음각을 부드럽게 쓸었다.

좋아서, 더 좋은 곳으로 만들고 싶어.

너희들도 후일에 머물다 가라고, 사흘, 어렵다면 이틀이라도, 그도 안 된다면 하루라도 너희들이 내킬 땐 언제든 머물다 가도 된다고, 산도 보고 밭도 보고 사는 얘기도 나누며 숨 돌리고 가도 된다고 삼촌은 말했다.

여긴 그래도 되는 곳이야.

고기도, 화제도 떨어져 이제 슬슬 일어날까 싶은데, 삼촌이 마도 뜨는 차에 그거나 봐야겠다며 헌진의 유튜브 채널에 들어가 영상 하나를 재생했다. 지지난해 여름에 찍은 '농촌 힐링 브이로그'였다.

삼촌은 이거 백 번도 더 봤다.

헌진이 열없어하며 이걸 왜 보냐, 보지 마라 손사래 쳤지만, 삼촌은 꿋꿋이 영상을 이어 봤다. '여름, 우리는 괸돌에 도착했습니다'라는 자막이 뜨자 헌진이 외마디 비명을 질렀다. 태풍을 대비해 고추 지주대 세우기, 고구마밭 비닐 멀칭하기, 늦콩 심기…… 어렴풋하게 기억나는 장면 사이사이 이런 장면도 있었나 싶은 부분이 숱했다. 그중 하나가 손 모내기 하는 장면이었다. 써레질을 해 곤죽처럼 질퍽한 땅에 주민이고 외지인이고 할 것 없이 일렬로

서 못줄에 맞춰 모를 심는 장면.

밀짚모자에 팔 토시, 물 장화까지 완벽히 갖춘 채 일하는 나와 헌진은 흡사 모내기 고수 같았으나, 실상 일재간은 누구보다 떨어졌다. 모잡이의 지휘에 따라 흐트러짐 없는 동작으로 모를 심는 마을 어른들과 달리 우리는 굼뜨고 어설펐다. 모를 성기게, 때로는 빽빽이 심는 바람에 그 자리를 어르신들이 다시 손보아주는 경우도, 못줄 넘길 타이밍이 되었는데도 일을 덜 마쳐 흐름을 깨는 경우도 있었다. 모를 낼 논은 반 마지기도 더 남았는데, 설상가상 요령 없이 던져 넣은 모들이 이앙되지 못한 채 논 위로 떠오르기 시작했다. 일의 지지부진에 참다못한 모잡이 아저씨가 볼멘소리를 했다.

사공 참 쓸데없이 많네.

그 장면은 '갑분싸' 같은 자막으로 어물어물 편집되긴 했으나, 화면 속 우리의 굳은 표정은 편집으로도 숨길 수 없었다. 급격히 냉랭해진 분위기 속에서 열의 맨 끝에서 모판을 나르던 마을 할머니가 대뜸 소리쳤다.

왜? 좋지 뭐. 사공이 많으면 배를 산으로도 끌고 간다잖어.

그게 그 뜻이 맞나, 싶은 와중에 화면은 전환되어 할머니가 들고 있던 모판을 마을 할아버지가 받고, 다시 삼촌이 받고 헌진과 내가 이어받는 장면이 나왔다. 할머니도 할아버지도 아저씨도 우리의 속도에 맞춰 천천히 못줄을 옮기고 허리를 굽혀 모를 심고 다시 못줄을 옮기고 허리 굽혀 모를 심고…… 그렇게 한 방향으로 나아가며 논을 빽빽이 채웠다.

그런 장면도 있었다.

*

우리를 경로당에 내려준 뒤에도 삼촌은 돌아가지 않고 헤드라이트를 밝힌 채 서 있었다. 들어가시라고 해도 현관 센서 등이 고장나 어두울 거라며 한참을 불 밝히고 있었다. 우리가 신발을 벗고 안으로 들어가려 할 때, 삼촌이 얘들아, 하고 소리쳤다.

할아버지 할머니들이 나한테 자랑하더라. 이제 휴대폰으로 동영상도 찍을 줄 알고 클로즈업도 배웠다고.

전조등을 등지고 선 삼촌이 어떤 표정을 짓고 있는지 잘 보이지 않았다. 무슨 말이라도 더 할 줄 알았는데, 삼촌은 내일 보자는 말만 남긴 채 싱겁게 떠났다.

헌진은 어제처럼 거실에 누워 휴대폰을 들여다보았다. 아니나 다를까, 또 구직 앱이었다. 구인란을 뒤지던 헌진이 내 쪽으로 몸을 돌리더니 느닷없이 물어왔다.

야, 내 말 그렇게 알아듣기 어렵냐?

답을 기다리지도 않고 헌진은 아니다 됐다, 자답하며 궁싯거렸다. 씻고 돌아와보니 고단했던 모양인지 헌진은 휴대폰을 손에 꼭 쥔 채로 잠들어 있었다. 헌진의 손에 들린 휴대폰에서 무언가 연속 재생되고 있었다. 아까 봤던 '농촌 힐링 브이로그'였다. 영상에서 드문드문 사강의 목소리도 섞여 들렸다. 헌진과 내가 카메라 앞에서 쫑고 까부는 동안 사강은 카메라 밖에서 수도 없이 웃음을 터뜨렸다.

우리 이름의 첫자를 딴 유튜브 채널을 처음으로 개설했을 때가 떠올랐다. 이게 되네, 탄성을 터뜨리고 매일같이 들어가 조회 수를 높이던, 무용하지만 함께라는 것으로 충분하던 그때가. 낮게 코를 골며 자는 헌진을 깨우려다 그만두고, 그가 깨지 않게 조심조심 요를 덮어주었다. 헌진은 요를 턱까지 끌어당긴 채 곤히 잤다.

거실 불을 끄고 방으로 돌아와 누웠다. 온도를 충분히 올렸는데도 공기가 서늘했다. 발치에 있던 요를 슬그머니 끌어와 덮었다. 온기가 돌자 몸이 나른해졌고, 도무지 익숙해질 것 같지 않던 냄새도 서서히 익숙해졌다.

*

—편한 옷 입고 나오니라.

일어나보니 삼촌에게서 카톡이 와 있었다. 주섬주섬 옷을 껴입고 밖으로 나가니 이미 채비를 마친 삼촌이 경로당 앞에 차를 대고 있었다.

잘 잤냐?

평퍼짐한 일복 차림에, 트럭 짐칸에는 짐이 한가득인 것이 또 무슨 일이 벌어지겠구나 싶었다. 삼촌은 목적지도 말해주지 않은 채 포터를 몰고 슬렁슬렁 마을 윗녘으로 향했다. 축사와 밭이 죽 이어진 길을 따라 오 분가량 걷다보니 할머니들과 할아버지가 짐 벌을 들고 밭둑길에 모여 있는 것이 보였다. 삼촌은 농로 한편에 포터를 세워두었다. 웃자란 잡초가 즐비한 백 평 규모의 밭이 눈앞에 펼쳐졌다.

1편은 여기서 찍자.

헌진이나 내가 어깃장 부릴 틈도 없이 삼촌이 먼저 선수를 쳤다. 그는 일전에 보여준 괸돌 프로젝트 콘티를 우리에게 들이밀었다. 단정한 필체로 적어나간 콘티 상단에 '인트로: 황지 개간' '경칩' 따위가 적혀 있었다.

오늘이 경칩이거든. 볕도 개운하고 땅도 깨어났으니 우리도 슬슬 기지개 켜야지.

삼촌은 어제 일은 다 잊은 모양으로 싱글벙글인데, 헌진 혼자 부루퉁해 있었다. 그는 삼촌과 눈도 마주치지 않은 채 장화 코로 흙바닥만 파댔다. 나도 나대로 어제 일이 걸려 자꾸 길례 할머니 눈치를 보게 되었다. 그렇게 곁눈질하는데, 할머니가 돌연 내 쪽으로 시선을 돌렸다. 석연치 않은 마음을 들킨 것 같아 나도 모르게 눈을 피했다. 그녀는 내 마음을 낱낱이 꿰뚫어볼 것처럼 눈을 게슴츠레하게 뜨곤 나를 보다 어느 순간 휙 고개를 돌렸다.

삼촌이 개간하려는 땅은 마을에서 가장 오래 방치된 밭이었다. 괸돌에서 평생 정주한 할머니들도 이 땅이 제 기능 하는 것을 본 지 제법 되었다고 했다. 땅주인이 죽고 무주지無主地로 남은 땅인데, 사람 손길이 닿은 지 오래라 차마 건드릴 생각도 못했다고. 폐농약 병, 라면 봉지, 담배꽁초, 망가진 가스버너…… 온갖 생활 쓰레기가 밭에 나뒹굴고, 솎아내지 못한 잡초가 농업용 비닐에 뒤엉켜 자라 처치 곤란이었다. 이 땅을 시초로 마을에 있는 묵은 땅들을 차례차례 개간해나간다는 게 삼촌과 어르신들의 계획이었다. 이런 땅에서 뭘 어쩌나 싶은데, 삼촌이 흙을 한줌 크게 푸더니 어르신들에게 반 줌, 나와 헌진에게도 반 줌 건네주었다. 덩이진 흙이 손에서 자르르 부서졌다.

지력이 약하진 않겠죠?

삼촌이 묻자 규채 할아버지가 넌지시 답했다.

오래 묵혀뒀다고 땅의 힘이 약해지지는 않아. 잘만 만지면 금세 살아나.

할아버지의 말에 안도하며 삼촌은 우리에게 백 리터들이 쓰레기봉투 한 장씩을 안겼다.

너희가 우리 유튜브 첫 게스트야.

그럼 그렇지. 예견했던 수에 고개를 젓는 나와 여전히 꽁한 헌진을 향해 삼촌은 늦어도 세 시간 안에는 끝날 거라며, 이것만 찍으면 곧장 서울로 올라가도 좋다는 조건을 달았다.

너희처럼 재능 있는 청년들이 출연하면 다들 이 마을 오겠다고 난리겠다.

됐어요, 오버하지 마세요.

헌진이 떫게 반응하자 삼촌은 거짓말이 아니라는 듯 눈을 크게 뜨고 손까지 내저었다.

오버 아니야. 니들이 얼마나 빛나는데. 삼촌 눈에는 너희가 캡인데.

삼촌의 끈기에 져 결국 봉투를 들고 밭에 널린 쓰레기를 주워나 갔다. 길례 할머니와 규채 할아버지가 카메라로 그 과정을 촬영했다. 허리 보조대를 차고 온 해조 할머니는 그들 옆에서 저쩍도 찍으라 훈수를 두고, 줌인을 해라, 로 앵글로 담아라, 어제 배운 용어들을 살뜰히 써먹었다.

그러는 동안 종량제 봉투 다섯 개를 목까지 꽉 채울 만큼의 쓰레기가 모였다. 이제 묵은 땅을 뒤엎을 차례였다.

트럭 짐칸엔 쇠스랑이 두 자루, 호미가 세 자루 실려 있었다. 고로 둘은 땅을 고르고, 하나는 잡초를 긁어내야 했는데…… 삼촌은 나와 헌진의 신발을 살피다 헌진에게 쇠스랑을 안겼다. 장화를 신은 자에게만 주어지는 특권이라며. 만만한 게 나냐고 부아를 내면서도 헌진은 삼촌이 하라는 대로 쇠스랑을 쥐고 굳은 땅을 꼈다. 흙을 뒤집어 섞을 때마다 고약한 냄새가 풍겼다. 장시간 묵힌 땅이라 냄새도 독하고, 토성도 퍽퍽했다. 한참 흙을 고르는데도 악취가 가시질 않자 삼촌은 트럭에서 묵직한 포대를 이고 왔다. 마을에서 모은 쌀뜨물과 식재료 부산물, 낙엽을 섞어 만든 거름이라 했다. 삼촌이 그것을 땅에 골고루 뿌리면 헌진이 흙을 뒤집었다. 거름이 섞이자 악취도 차츰 스러지고 흙빛도 진해졌다. 그렇게 악취는 희미해지는데, 문제는 잡초였다. 여러 해를 걸쳐 왕성히 자라나고 시들기를 반복한 그것이 밭 언저리에 숱했다. 노답이다, 노답. 밭가에 멀거니 서서 잡초를 바라보는데, 누군가 내 등을 툭 쳤다.

　가만 서 있으면 뭐 나와? 움직여야지.

　길례 할머니가 호미를 쥐고 땅바닥에 쪼그려앉았다. 할머니도, 규채 할아버지도 카메라를 호미로 바꿔 쥔 채 마른 잡초를 뽑아내고 큰 바위와 돌멩이를 치워 나르고 비닐에 섞여 자란 덩굴을 걷어냈다. 환삼덩굴, 바랭이, 명아주, 고마리, 그 사이사이 냉이, 달맞이꽃…… 그들은 뽑아야 할 풀과 그냥 두어야 할 풀을 세세히 짚었다. 내겐 다 거기서 거기였으나, 곁에서 얻어 보며 잡초를 서툴게 솎아냈다. 마을 곳곳에 보이던 죽은 풀들도 밭가에 드문드문 섞여 있었다. 상부가 시들어 한눈에 봐도 제구실 못할 그 풀들을 긁어내려 하자 길례 할머니가 황급히 손사래를 쳤다. 그녀는 손끝으로 땅을 살살 팠다.

봐봐.

할머니가 풀뿌리를 조심스레 들췄다. 잎사귀는 모조리 떨어지고 줄기도 시들었는데, 뿌리만은 땅 밑에서 생생히 월동하고 있었다. 잔뿌리를 사방으로 뻗치고 번지고 엉켜가며, 살아 있었다. 언 땅에 뿌리내린 그 풀들을 할머니는 '숙근'이라 불렀다. 누가 남은 씨를 밭가에 던져두고 간 모양인데 그게 저 혼자 뿌리내려 용케도 겨울을 버틴 모양이라고, 그녀는 갸륵해했다.

죽은 것처럼 뵈도 이렇게 다 살아 있잖아.

할머니는 흙을 잘 덮어 숙근을 제자리에 남겨두었다. 그녀에게 뭐라도 말해야 할 것 같았다. 어제 한 얘기는 실언이라든가, 홧김에 뱉은 소리라든가, 미안하다든가. 정정과 사과 사이에서 갈팡질팡하는데, 할머니가 픽 웃었다.

아이고, 됐네. 나 뒤끝 없어. 오늘 아침에 뭐 먹었는지도 까먹는데 무슨.

할머니가 턱짓으로 밭둑 쪽을 가리켰다.

저이한테나 가봐. 저기 아까부터 죽상으로 앉아 있는 거.

말대로 해조 할머니가 밭둑에 걸터앉아 표정을 구기고 있었다. 다들 밭일에 덤벼들다보니 촬영은 엉겁결에 해조 할머니 몫이 되어 있었다.

할머니는 보행기를 가져오지 않아 운신이 수월치 않다고 했다. 앉아서 찍자니 이곳저곳 폭넓게 담아낼 수가 없고, 일어나 찍자니 몸을 의탁할 만한 보조기가 없어 짐벌이 아래위로 요동친다고.

이러면 안 되는 거잖아, 그지?

그녀의 촬영물은 어제보다도 더 흔들림이 심했고, 영상의 일부
는 무얼 찍은 건지 알 수 없을 만큼 우왕좌왕 어지러웠다. 별수없
이 내가 대신 카메라를 건네받았다.

한창 밭가를 누비며 컷을 따다 고개를 돌려보니 할머니가 양손
의 엄지와 검지로 뷰파인더를 만들고는 이곳을 담고 있었다. 한쪽
눈을 감고 견습이라도 하듯 내 동작을 하나하나 따라 하는 할머
니. 모른 체 무시하고 넘기면 그만일 텐데 자꾸만 약해지는 마음,
이 '염병'할 마음이 문제였다. 할머니에게 다가갔다.

할머니가 찍으세요.

내가?

나는 짐벌 든 팔을 몸에 딱 붙이고 무릎을 굽힌 채 닌자처럼 걷
는 시범을 보였다.

모양은 빠져도 이렇게 하면 흔들림이 덜하거든요.

할머니는 내가 일러준 대로 짐벌을 들고 천천히 닌자 워킹을 했
다. 그렇게 참을성 있게 서너 걸음 가는가 싶더니 안 되겠다며 그
녀는 곧 그대로 주저앉았다.

엉치가 시원찮아서⋯⋯

할머니는 아무래도 안 되겠다며 내게 다시 카메라를 넘겼다. 헛
물켠 것 같다고, 선생님 시간을 빼앗아 미안하다고 할머니는 연신

애석해했다. 또 미안하다는 소리. 그 소리를 나는 더이상 듣고 싶지 않았다.

안 되겠어요.

응?

제가 뒤에서 받치고 있을 테니까 저한테 기대서 찍으세요.

할머니를 일으켜세운 뒤, 나는 그녀의 뒤에 서 몸과 손을 받쳤다. 할머니는 망설이다 내게 몸을 의지한 채 한 발 한 발 뗐다. 화면이 흔들리지 않도록 할머니의 손을 꼭 잡았다. 그녀가 카메라에 담는 풍경이 내게도 언뜻언뜻 비쳤다. 버려지고 썩어가던 것들이 부엽토가 되고, 기세 좋게 흙과 섞여 땅을 꿈틀거리게 하고, 그 땅 위에 모두가 한데 뭉쳐 거름을 내고 밭을 갈고 두둑을 짓는…… 바람이 불자 축축하고 신선한 흙냄새가 풍겨왔다. 밭이 제법 꼴을 갖춰가고 있었다.

*

밭둑에 둘러앉아 해조 할머니가 싸온 주먹밥과 영식 삼촌이 내린 드립 커피를 새참으로 먹었다. 해조 할머니는 자기 몫의 주먹밥까지 전부 내게 건넸다. 찬도 없고 소금 간 한 밥 한 덩이가 전부라 미안하다며 입에 넣어주려는 것을 한사코 마다하고 그대로 손에 쥐고 있었다. 길레 할머니가 옆에서 핀잔을 놓았다.

주거니 받거니 배가 불렀네, 아주.

안 먹을 거면 자기가 먹겠다며 할머니는 주먹밥을 채가더니, 미안했는지 곧 반절을 뚝 떼어 다시 내게 주었다.

주먹밥을 거의 다 먹어갈 때, 삼촌이 트럭에서 무언가 꺼내왔다. 얼룩 한 점 없이 깨끗이 빤 스니커즈였다. 신발끈이 낡아 어제 읍내에 있는 신발가게에서 새것을 사와 갈았다고 했다. 삼촌은 스니커즈를 헌진의 발 옆에 가지런히 놓아두고는 넌지시 일렀다.

밥 먹고 서둘러 올라가. 도착하면 저녁이겠다.

할아버지와 할머니들도 어두워지기 전에 어여 가라며 입을 모았다. 신발끈을 묶던 헌진이 퉁명스레 대꾸했다.

아직 두 시간 남았어요.

구두로 맺은 계약이라도 지킬 건 지켜야 한다며 헌진은 못다 한 편집 수업은 하고 올라가겠다 했다.

안 그러면 삼촌이 나중 가서 딴소리할 것 같아서요.

헌진이 사족을 달았고, 삼촌과 할머니, 할아버지도 조용히 웃음을 터뜨렸다.

두루도 괜찮냐?

삼촌이 물었다. 소금 간이 삼삼히 밴 주먹밥 반쪽을 베어 물며 나는 고개를 끄덕였다.

어제처럼 컴퓨터실에 모였다. 규채 할아버지와 길례 할머니가 찍은 초반부 영상, 해조 할머니가 찍은 후반부 영상을 합쳐보니 대략 세 시간 정도의 분량이 나왔다. 그것을 십오 분 분량으로 압축해야 했다. 속전속결로 반은 할아버지가, 나머지 반은 할머니들이 편집하기로 했다.

한번 해봤다는 자신감 때문인지, 참관하는 삼촌을 의식해서인지 할아버지와 할머니들은 질문도 아낀 채 이건 이렇게, 저건 저렇게 자기들끼리 토의하며 골몰했다. 잘하고 있나 힐끗 보니, 역시나 엉망이었다. 아마추어 티가 팍팍 나는 줌인, 두껍고 촌스러운 명조체 자막, 수제비 반죽 끊듯 뚝뚝 투박하게 끊은 편집점…… 어제까지 마우스 커서도 컨트롤 못하던 이들이 하루아침에 노련해지는 것은 애초에 불가했다. 그도 모르고 그들은 영상을 신중히 돌려보고, 각 클립의 불필요한 부분을 힘겹게 걷어내고, 잊지 않고 저장도 해가며 초안을 만들어나갔다. 이것저것 눌러보고 안 되면 성까지 내며 주먹구구식으로 편집을 이어가는 할머니들을 보며 헌진은 한숨을 쉬었다. 말없이 팔짱을 끼고 지켜보다 그는 할머니들에게로 성큼성큼 다가가더니,

그렇게 하는 것보다, 여기 면도날처럼 생긴 도구 보이시죠. 네, 그거요. 그걸로 필요한 부분만 싹둑싹둑 잘라내는 게 더 나아요. 잡초 솎듯이요.

의성어와 의태어를 남발하고 손동작까지 덧붙이며 설명을 이어갔다. 어색하고 투박하지만 열렬히.

그러는 동안 삼촌은 여기저기 기웃대며 자신이 나온 장면을 찾고, 특유의 넉살로 자기 얼굴이 클로즈업된 장면은 특별히 신경써달라 당부했다. 삼촌이 슬그머니 헌진의 어깨에 팔을 둘렀다.

헌진이 너 화면 잘 받는다.

됐어요. 딱 봐도 이상한데.

왜, 삼촌이 보기엔 기깔나는데.

교실 뒤편에서 영상을 돌려보던 규채 할아버지가 모니터를 가리키며 폭소했다. 이거 배꼽 잡네. 연이어 길례 할머니의 화통한 웃음소리도 들려왔다. 뭔데, 뭐가 그리 웃겨. 해조 할머니와 영식 삼촌, 관심 없는 척 무심하던 헌진까지도 슬그머니 그쪽으로 모여들었다. 데스크톱을 둘러싼 채 둥글게 모여 선 이들을 보며 점을 쳐보았다. 이 무모함이 언제까지 이어질 수 있을지. 우리가 여기서 더 나아질 수 있을지. 모르겠다.

모르겠지만 그래도……

*

서울에 도착해 막 짐을 풀었을 때, 입금 알림이 왔다. 영식 삼촌이 보낸 돈이었다. 넘치지도 모자라지도 않게 딱 이십만원. 이것으로 진천에서의 사흘은 갈무리되고, 삼촌과 괸돌 사람들과의 연도 매듭지어지겠구나, 생각할 즈음 삼촌이 카톡을 보내왔다.

—두루, 잘 들어갔냐?

　어떤 답을 보내야 하나, 아니 보내지 말아야 하나 고민할 때, 연달아 메시지 한 통이 더 왔다. 와줘서 고맙다는 식의 문자겠거니 했는데, 동영상 링크였다.

　—이거 삼촌이 아니라 해조 할머니가 보낸 거야. 꼭 본인 손으로 보내고 싶다고 하시더라.

　그새 삼촌의 프로필 사진이 바뀌어 있었다. 나는 사진을 눌러 확대했다.

　새참을 다 먹고 컴퓨터실로 향하기 전, 삼촌이 단체사진을 찍자고 청해왔다. 이런 대사大事 뒤에는 사진 한 장 박는 게 예사라며. 거절할 틈도 없이 삼촌은 농로에 삼각대를 세우고는 다들 앵글 안으로 들어오라 소리쳤다. 자신은 타이머를 맞추고 곧장 뛰어갈 테니 앞쪽에 자리를 남겨달라고 신신당부하며. 키가 작은 할머니들이 앞에 서고, 할아버지가 뒤에 서며 순식간에 삼각 대열을 이루었다. 그 틈에 끼는 게 멋쩍어 슬쩍 몸을 뺐다.

　저희가 찍어드릴게요.

　에이, 같이 찍자.

　삼촌이 말했고, 할머니 할아버지도 한마디씩 보탰다.

　그려, 같이 찍어.

　자리 비워둘게. 이리 와 서봐.

　괜찮다고 몇 번 더 거절하다 종국엔 나는 길례 할머니 옆에, 헌진은 규채 할아버지 옆에 어정쩡하게 서서 포즈를 취했다. 카메라 앞에서 포즈를 잡기도 오랜만이었다. 누군가와 함께 사진을 찍은 것도 한참은 된 것 같았고. 몸을 사선으로 틀기도 하고 허리춤에 손을 올리기도 하며 은근슬쩍 자세를 고쳤다. 삼촌이 카메라를 들여다보며 왼편으로 조금 더 오세요, 좀 웃으세요, 잇달아 외쳤다. 삼각대를 앞으로 옮겼다 다시 뒤로 빼며 최상의 각도를 찾던 삼촌이 '찍는다!' 소리치며 길례 할머니와 나 사이를 헐레벌떡 비집고 들어왔다.

키도 큰 사람이 왜 여기 서. 뒤로 가.

영식이 자네 머리가 내 얼굴 다 가리는데.

원래 주인공은 맨 앞에 서는 겁니다. 자, 웃으세요.

삼촌이 요란스럽게 자리를 잡고, 셔터음이 들리기를 기다리며 다들 우뚝 서 있었다. 그렇게 같은 자세로 한참.

찍힌 겨?

해조 할머니가 물었고, 삼촌이 찍힌 건가, 중얼대며 뚜벅뚜벅 삼각대로 걸어갔다. 삼촌은 이렇다저렇다 말도 없이 한참 사진을 들여다보았다. 기다리다못해 길례 할머니가 한마디했다.

잘 찍혔어?

사진을 확인하던 삼촌이 환히 웃으며 '굿'이라 회답했다.

삼촌의 말과 달리 우리의 사진은 '노 굿'이었다. 해조 할머니는 눈을 너무 치켜떴고 길례 할머니와 삼촌은 자리다툼을 하느라 정면을 바라보지 않았으며 규채 할아버지 얼굴은 삼촌의 두상에 반쯤 가려졌고 헌진은 고개를 틀었고 나는…… 눈을 감았다.

이게 뭐야.

누구 하나 제대로 찍히지 않은 사진이었다. 최상의 각도나 안정적인 화면비에 전혀 부합하지 않는 사진. 그대로 카톡 창을 닫으려다 다시 한번 사진을 확대해 천천히 살폈다. 야단법석이지만, 모두 앵글에 들어가 있기는 했다. 판판하게 고른 밭을 배경으로 규채 할아버지와 헌진이 뒤쪽에 나란히 서 있고, 그 앞에서 해조 할머니와 길례 할머니, 영식 삼촌, 그리고 내가 무릎을 굽힌 채 서 있다. 다들 마스크를 쓰고 있긴 하지만, 그 안에 숨겨진 표정은 왜인지 짐작되는, 그런 사진.

화면을 부드럽게 넘겨 삼촌이 보낸 메시지에 답을 했다. 그런 다음 조금의 텀을 두고 해조 할머니가 보낸 링크에 접속했다.

오즈

그해 여름, 나는 구에서 주관하는 주거 사업의 세입자로 참여하게 되었다. 독거노인의 남는 방을 청년들에게 주변 시세보다 저렴한 가격에 세주는 하우스 셰어링 사업이었다. 입주 희망 신청서에는 값싼 임대료를 지불하는 대신 노인의 말벗이 되어주거나, 스마트 기기 사용법을 가르쳐주어야 한다는 조건이 붙어 있었다.

혼자 오래 살았던 어르신들이라 성미가 까다로워요.

신청서를 작성하는 나를 보며 구청 직원은 넋두리하듯 중얼거렸다.

어르신들 성질에 질려서 계약을 중도 파기하는 학생들도 있는데, 그런 일이 있을 때 제일 곤란해지는 건 중간에서 실무 처리하는 우리거든.

직원은 계약을 파기하지 않을 자신이 있는지 몇 번이고 되물었다. 나는 고개를 끄덕였다. 내겐 주거환경이나 집주인의 성정을 따질 만한 여유가 없었다.

그해 봄에 나는 질식사한 사람을 보았다. 그렇게 죽은 사람을 본 건 그때가 두번째였다. 엄마가 반년간 기거했다던 정선의 모텔은 어두웠고, 퀴퀴한 냄새가 났다. 여섯 평 남짓한 방안을 천천히 둘러보았다. 스페이드 문양의 비키니 옷장이 한쪽 벽에 세워져 있었고, 녹아내린 장판에는 타다 만 번개탄이 네 개 놓여 있었다. 모텔 사장은 그 방에서 세 사람이 죽었다고 했다. 주민등록이 말소된 두 남자와 엄마.

김미지. 죽은 여자 이름이 정말 김미지 맞아요?

오염된 장판을 변상하라는 사장에게 나는 재차 물었다. 내가 알던 엄마는 그런 곳에서 하루도 견디지 못할 사람이었으니까. 라벨이 앞을 향하도록 각을 맞춰 매니큐어를 정리하고, 화장실 손잡이도 크리넥스 티슈로 여러 번 문질러 닦고 나서야 겨우 잠던 엄마가 토굴 같은 방안에서 생활하는 모습은 좀처럼 상상되지 않았다. 사장은 비키니 옷장에서 숄더백 하나를 꺼내 던졌다. 그 안엔 크리넥스 티슈와 색이 다른 립스틱 두 개, 그리고 전당포 상호가 새겨진 라이터가 한 움큼 들어 있었다.

외조모의 귀금속 가게를 담보로 잡은 것이 시작이었다. 카지노에 드나들기 시작하면서 엄마는 타고 다니던 세단을 팔고, 종신보험을 해약해 돈을 구하고, 그마저 떨어졌을 때는 휴대폰과 입고 있던 명품 바지까지 전당포에 맡기며 돈을 마련했다.

죽어서도 돈이 드는구나.

엄마의 장례비와 밀린 모텔비를 정산하며 중얼거렸다. 엄마와 남자들은 대부업체로부터 사채를 쓰고 있었다고 했다. 원금보다 이자가 더 큰 빚은 고스란히 내게 돌아왔다. 카드 회사에 전화를 돌려 신용 한도를 최대로 올리고, 친척에게 돈을 빌리고, 전셋집 의 보증금을 뺀 후에도 원금은 끝내 상환하지 못했다.

집을 내놓은 뒤, 나는 강북에 사는 이모 집에 들어갔다. 이태 전 재혼한 이모는 학원 강사인 남자와 그가 데려온 중학생 딸과 함께 살고 있었다.

이모부라고 불러요.

이모보다 두 살이 많다는 남자는 친절했고, 늘 조심스러운 태도 로 나를 대했다. 그의 딸 역시 마찬가지였다. 그들은 사이좋은 부 녀였고, 이모가 늦게 퇴근하는 밤이면 둘이서 심야영화를 보러 가 거나 야식을 시켜 먹곤 했는데, 그때마다 넉살 좋게 나를 챙겼다.

하라씨도 우리랑 같이 극장 갈래요?

하라씨도 이거 같이 먹을래요? 맛있는데.

내가 사양하면 그들은 더이상 권유하지 않았다. 다가가긴 어려 웠지만, 다정하고 사려 깊은 사람들이었다.

두 사람과 달리 이모는 자주 석연치 않고 불편한 기색을 내비치곤 했다. 그 집엔 방이 두 개뿐이었다. 안방은 이모 부부가 썼고, 화장실 옆 작은방은 남자의 딸이 썼다. 작은방을 내게 양보하자는 남자를 향해 이모는 단호하게 고개를 저었다.

됐어. 어차피 잠깐 있다 갈 텐데.

며칠 후, 남자는 실내용 텐트를 하나 사와 거실에 설치했다. 이모의 집에서 지내는 줄곧 나는 그 텐트 안에서 생활했다.

텐트에서 지낸 지 두 달이 지났을 때, 이모가 불쑥 텐트 안으로 들어와 말을 걸었다.

너 요한이 돌잡이 때 뭐 집었는지 기억나니?

이모의 시모가 갑작스럽게 방문했던 날이었다. 남해에서 올라온 남자의 어머니는 거실에 자리잡은 텐트와 그 안에 있는 나를 발견하곤 기겁하며 소리를 질렀다. 그녀가 한숨을 내쉬고, 혀 차는 소리를 나는 텐트 안에서 전부 들었다.

복주머니 집었잖아. 기억 안 나?

이모는 먼 데를 보며 말을 이었다.

그때 참 좋았는데. 집안사람들이 모두 모여서 요한이 복되게 살아가길 기원했어. 죽은 네 이모부도, 외할머니도, 너희 엄마도. 네가 동생 안고 찍은 사진도 있는데 기억나니? 그 사진 지금은 어디 있는지 모르겠다.

이모는 통장 하나를 내밀었다. 어렵게 마련한 돈이라고 이모는 말했다.

그렇게 좋았는데, 우리 왜 이렇게 된 걸까, 하라야.

대답 대신 나는 무릎을 가슴 쪽으로 구부렸다. 이모와 나 둘이 있기에 텐트는 비좁았다.

이모가 마련해준 보증금으로는 구할 수 있는 방이 없었다. 하우스 셰어링 공고를 보고 무작정 구청에 찾아간 것도 그런 연유에서였다. 걱정스럽게 나를 보는 구청 직원에게 신청서를 내밀었다.

구청에서 연락이 온 건 신청서를 제출하고 이 주가 지났을 무렵이었다.

내가 하우스 셰어링을 하게 된 집은 북아현동에 있는 연립주택이었다. 부엌을 겸한 거실을 끼고 두 개의 방이 나란히 붙어 있는 작은 평수의 투룸. 그 집에 할머니 혼자 살았다. 이복례. 구청 직원이 일러준 집주인의 이름은 그러했다.

그 할머니는 신청 안 할 줄 알았는데.

계약서를 넘겨주며 구청 직원은 묻지도 않은 이야기를 주워섬겼다.

원체 사람이랑 어울리길 성가셔하는 어른이거든. 복지과 직원들이 찾아가면 문도 안 열어줘요.

서류 마지막 장에는 할머니가 제출한 신청서가 첨부되어 있었다. 공란이 많은 신청서였다. 혼인 여부도, 부양가족 인적사항도 전부 빈칸으로 처리되어 있었다. 유일하게 채워져 있는 항목은 질병의 유무를 묻는 비고란이었다.

1982년 인공 심박동기 삽입술 받음.

가끔 호흡곤란이 올 때가 있나봐요.

직원은 비고란을 손가락으로 짚으며 물었다.

아가씨는 담배 안 피우죠?

나는 태연하게 고개를 끄덕였다.

그럼 됐네.

깔끔하고 깐깐한 노인이라 호흡 장애 외에는 신경쓸 만한 게 없을 거라고 직원은 덧붙였다.

이복례 할머니의 집은 무악산 아래 있었다. 한 손에는 타투 머신과 니들, 잉크를 넣은 가방을 들고 다른 손으로는 옷가지를 넣은 캐리어를 끌며 가파른 오르막길을 올라갔다. 노상의 과일 트럭에서 자두를 팔고 있었다. 빈손으로 가기 뭣해 자두 한 봉지를 샀다. 봉지 입구에 코를 대자 달고 향긋한 냄새가 훅 풍겼다. 벌써 여름이네. 폴로셔츠를 입은 사람들이 근린공원에서 배드민턴을 치고 있었다. 셔틀콕이 라켓에 부딪히는 소리를 들으며 나는 할머니의 집을 향해 천천히 걸어갔다.

*

움푹 들어간 초인종은 아무리 눌러도 소리가 나지 않았다. 계세요, 부르며 한참 문을 두드리자 누군가 문밖으로 고개를 내밀었다. 은발의 노인이었다.

이복례 할머니이신가요?

내 물음에 그녀는 대답 대신 현관문을 조금 더 열었다. 할머니의 외양은 내가 생각했던 것과는 사뭇 달랐다. 키가 크고 뼈대가 가는 체형에, 짙게 그린 눈썹과 날카로운 눈매 때문에 강한 인상을 풍겼다. 할머니는 목이 다 덮이는 반팔 터틀넥을 입고 있었다. 날이 무더웠는데도 그녀는 더운 기색 없이 연신 옷매무새를 가다듬었다.

짐은 그게 다냐?

할머니가 물었고, 나는 고개를 끄덕였다. 할머니는 팔짱을 낀 채 나를 훑어보았다. 위에서 아래로 천천히. 노골적이고 집요한 시선에 나도 모르게 움츠러들었다. 한참이 지난 뒤에야 그녀는 눈길을 거두고 들어오라는 손짓을 해 보였다.

집안에 들어서자 향내가 은은하게 풍겼다. 줄기를 떼어낸 꽃을 거실에 말리고 있었는데 거기서 나는 냄새였다. 분홍 보자기 위에 펼쳐놓은 꽃들은 색도 종류도 다양했다. 베란다 창틈으로 바람이 들어올 때마다 꽃들이 모양을 바꾸며 흩어졌다.

생각보다 좁구나, 생각하며 집안을 조용히 둘러보았다. 금성 냉장고와 브라운관, 흰 레이스 천을 씌운 비닐 소파…… 옛날 통속극에 나올 법한 가구들이 집안 이곳저곳에 정결하게 배치되어 있었다. 오래된 세간 사이에서 유독 튀었던 건 거실 중앙에 놓인 나비장이었다. 겉면에 모란 문양의 자개가 장식되어 있고, 세 칸의 서랍마다 나비 모양 손잡이가 달려 있는 커다란 장. 볕이 들 때마다 자개 장식이 은빛으로 반짝거렸다.

정신 사납게 돌아다니지 말고 앉아라.

이곳저곳 서성이는 나를 향해 할머니가 소리쳤다. 눈치를 보다 소파 왼편에 엉거주춤 걸터앉았다. 할머니는 여전히 팔짱을 끼고 있었다. 누군가와 어울리길 성가셔하는 사람. 구청 직원의 말이 문득 떠올랐다. 소파의 끝과 끝에 떨어져 앉아 할머니는 정면을, 나는 휴대폰을 응시했다. 무거운 침묵이 감돌았다.

저 꽃들은 왜 말려놓은 거예요?

침묵 끝에 내가 먼저 말문을 뗐다. 할머니는 나를 힐끗 보더니 무뚝뚝하게 대답했다.

압화 만들려고.

다시 정적이 흘렀다. 이 동네는 분리수거 배출일이 언제인지, 도울 만한 집안일은 없는지, 주방 기구나 세탁기를 함께 사용해도 괜찮은지…… 궁금하지도 않은 것들을 생각나는 대로 늘어놓았다. 할머니의 집에서 육 개월을 살기로 계약한 직후였다. 한집에 사는 동안 그럭저럭 잘 지내야 할 것 같아 살갑게 질문을 던지고 억지로 웃음을 지어 보였다. 계속되는 질문에도 할머니는 대답 없이 침묵만 유지했다. 나는 구청 직원에게 전해들은 할머니의 심장

질환에 대해 넌지시 이야기를 꺼냈다.

제가 도와드릴 건 없어요? 같이 병원에 가거나, 약을 챙겨드려야 하거나.

내내 말이 없던 할머니가 처음으로 입을 열었다.

적적하거나 사람 손이 필요해서 세입자를 들인 게 아니라 이걸하면 보조금이 나온대서, 그래서 하는 거다.

사나운 얼굴로 할머니는 못박듯 말했다. 그녀는 몇 가지 주의사항을 내게 분명히 말했다. 식사는 알아서 해결할 것, 허락 없이사람을 들이지 말 것, 벽체가 얇은 집이니 통화는 작은 소리로 할것. 그리고 무슨 일이 있어도 자기 방에는 들어오지 말 것. 할머니는 마지막 사항을 특히 강조했다.

너 혹시 담배도 피우냐?

나는 고개를 저었다. 할머니는 꺼림칙한 표정으로 나를 보다 나란히 붙은 두 개의 방 중 왼편에 있는 방을 가리켰다.

저기가 네 방.

방문을 열자 매캐한 냄새가 훅 밀려왔다. 오랫동안 창고로 썼다는 방안에는 말려놓은 고추며 둘둘 말아놓은 전기장판, 녹이 슨빨래 건조대가 그대로 놓여 있었다. 채반에 벌여놓은 고추를 거실로 옮기며 할머니는 크게 한숨을 쉬었다. 고추를 모조리 치우고, 창을 열어 환기를 시켜도 냄새는 빠지지 않았다.

보조금이 뭐라고. 괜한 일을 벌여서는……

중얼거리며 할머니는 코를 움켜쥐었다. 주변을 정리하자 한 사람이 겨우 누울 만한 공간이 만들어졌다. 할머니는 이불과 요를 꺼내와 내게 건넸다. 인견으로 짠 얇은 여름 이불이었다.

배기면 말해라. 매트리스 구해다 줄 테니.

무심하게 말한 뒤 할머니는 방문을 닫고 나갔다. 얼떨떨해진 채로 매캐한 냄새가 가시지 않은 방안에 서 있었다. 캐리어 손잡이에 트럭에서 산 자두 봉지가 걸려 있었다. 봉지 안에서는 여전히 달고 향긋한 냄새가 났다. 할머니와 함께 먹을까 하다 그만두었다. 괜한 일을 벌여서는…… 할머니가 웅얼거린 말이 속에서 맴돌았다. 말린 고추 냄새가 나는 방안에 앉아 자두를 하나씩 먹었다.

이젠 돌아갈 곳도 없으니까.

한입 크게 자두를 베어 물며 중얼거렸다. 덜 익은 자두는 시고 떫었다.

*

할머니의 요구대로 나는 그녀 눈에 띄지 않으려 부단히 노력했다. 집안에선 뒤꿈치를 들고 조심스럽게 걸어다녔고, 식사는 편의점이나 방안에서 조용히 해결했다. 욕실이나 주방을 쓴 뒤에는 휴지나 수건으로 물기를 깨끗이 훔쳐내곤 했는데, 잠결에 화장실에 갈 때도 무의식중에 물기 없는 세면대를 닦아내다 흠칫 놀랄 때가 있었다. 이모의 집에서 지낼 때 들어버린 습관은 그새 내 몸에 각인처럼 배어 있었다.

할머니는 말이 없었고, 수도승처럼 조용히 생활했다. 그녀와 나는 하루에 세 마디 이상 주고받지 않았는데, 그마저도 '문을 닫을 때는 소리 나지 않게 닫아라' '설거지한 그릇은 제자리에 두어라' 같이 다분히 형식적인 대화였다. 그 집에서 지낸 지 얼마 지나지 않아 할머니는 어디선가 매트리스 하나를 구해와 내 방에 힘겹게 옮겨주었다. 주워온 것이 분명한, 낡고 지저분한 매트리스였다.

그나마 멀쩡한 걸 골라왔는데…… 모양새는 이래도 쓸 만할 거다.

조금만 움직여도 삐걱거리는 매트리스에 가만 누워 있으면 할머니 방에서 나는 소리가 미약하게 들려왔다. 쌕, 쌕, 하고 가쁘게 숨을 뱉는 소리였다. 숨소리는 주로 새벽에 들렸고, 그때마다 나는 잠에서 깨어 한참을 뒤척여야 했다. 옆방으로 가 할머니의 상태를 살펴야 하나 고민하다가도 그녀가 내게 엄포했던 사항들을 떠올리면 쉽게 발을 뗄 수 없었다. 천명喘鳴은 시간이 갈수록 커졌다. 그럴 때 나는 캐리어 깊숙이 숨겨놓은 담배를 꺼내 조용히 집을 나와 어느 정도 시간이 지날 때까지 연립 앞 놀이터에서 천천히 담배를 태웠다. 서로의 생활에 발 담그지 않고, 집주인과 세입자라는 관계하에 한시적으로 동거하는 것. 그렇게 호의도 관심도 가지지 않은 채 할머니와 나는 한집에서 살아갔다.

에어컨이 없는 집은 한낮엔 견딜 수 없이 무더워 그 여름내 나는 하루에 세 번씩 샤워를 했다. 유독 습한 8월이었다. 찬물을 끼얹고 나와도 얼마 안 있으면 불쾌할 정도로 온몸이 끈적해졌다.

또 씻었냐.

화장실에서 나오는 나를 향해 할머니가 넌지시 물었다. 그녀는 나비장 위에 놓인 손거울을 보며 공들여 눈썹을 그리고, 정수리에 헤어피스를 붙여 머리를 풍성하게 만들고 있었다. 그녀는 점심을 먹고 나면 연립 뒤편에 있는 산책로로 산보를 나가곤 했다. 일주일에 한 번 정도 목욕 바구니를 들고 나갈 때도 있었는데, 돌아올 때면 그 바구니에 여름꽃이 한가득 담겨 있었다. 그렇게 모아온 생화를 말리고, 습자지 사이에 넣은 뒤 압축하는 게 할머니 일과의 전부였다.

더워서요.

할머니에게 변명하듯 말했다. 평소에도 그녀는 물을 너무 낭비하는 게 아니냐고 나를 다그치곤 했는데, 그날은 잔말 없이 고개만 끄덕였다.

어젯밤엔 어디 갔다 온 거냐? 문 열리는 소리가 들리던데.

할머니의 물음에 숨이 턱 막혀왔다.

편의점에 다녀오느라……

대답을 얼버무리며 빠르게 방으로 향했다.

애.

방으로 들어가려는 나를 할머니가 다시 불러 세웠다. 담배 피운 걸 들킨 걸까, 긴장하며 그녀 쪽으로 몸을 돌렸다.

그건 언제 새긴 거냐.

할머니가 내 허벅지를 가리키며 물었다. 예상과는 전혀 다른 말에 놀라 서둘러 바지를 끌어내렸다. 내 왼쪽 허벅지엔 검지 세 마디 길이의 작은 타투가 있었다. 대에 뾰족한 가시가 촘촘하게 달린 보랏빛 엉겅퀴. 허벅지에 길게 나 있는 흉터를 감추기 위해 처음으로 새긴 타투였다.

오래전에요.

그런 거 하려면 얼마나 드냐.

영문을 몰라 멀뚱히 서 있는 나를 향해 할머니는 되물었다.

돈, 얼마나 필요하냐고.

모르겠어요. 제가 직접 새긴 거라······

네가?

할머니는 당황한 얼굴로 내 허벅지를 자세히 살피다 이런 건 어디서 배웠냐고 물었다.

유튜브에서요.

그게 뭐냐?

영상을 공유하는 사이트라고, 그곳에서 타투 강습을 보고 따라 했다고 나는 답했다.

관심 있으세요?

할머니는 잠시 생각에 잠겨 있다 이내 고개를 저었다.

아니다, 아니야…… 내가 너한테 괜한 말을.

그녀는 여러 차례 고개를 가로젓다가 목욕 바구니를 들고 황급히 밖으로 나갔다. 문이 닫히고, 할머니가 문밖에서 신발을 꿰고 계단을 내려가는 소리를 들으며 나는 허벅지를 쓰다듬었다. 세로로 길게 난 우툴두툴한 흉터가 만져졌다. 오래전 생긴 상처였다.

젖은 머리를 말리지도 않고 딱딱한 매트리스에 누워 까무룩 잠이 들었다. 바람이 불 때마다 커튼 틈으로 빛이 새어 들어왔다. 눈앞에서 어른거리는 빛줄기 때문에 자다 깨다를 반복하는 와중에 방문 두드리는 소리가 들렸다. '누구세요?' 비몽사몽간에 묻자 나, 라고 할머니가 문밖에서 대답했다. 남아 있던 수마가 한꺼번에 달아났다. 한 달을 살았지만, 할머니가 내 방문을 두드린 건 그때가 처음이었다. 허겁지겁 일어나 문을 열었다. 할머니는 방안을 힐끗 둘러보며 말했다.

암것도 들여놓지 않고 사는구나.

플라스틱 도시락, 딱딱하게 마른 수건, 찌그러진 맥주 캔…… 칩거의 흔적들이 매트리스 주변에 너저분하게 널려 있었다. 들어오라고 말했지만 할머니는 한사코 마다하며 고집스럽게 문밖에 서 있었다.

다름이 아니라……

할머니는 팔짱을 끼고 서서 말을 고르더니 느닷없이 종이봉투 하나를 들이밀었다. 봉투 안에는 천원권, 오천원권, 만원권 지폐가 뒤섞여 들어 있었다. 족히 십만원은 넘어 보였다. 방을 비우라는 신호인가 싶어 할머니를 쳐다보았다. 할머니는 쭈뼛대며 말했다.

내 몸에도 그거 하나 새기고 싶은데.

할머니는 내 허벅지를 가리켰다. '타투요?' 묻자 그녀는 고개를 끄덕였다. 갑작스러운 제안에 선뜻 입이 떨어지지 않았다. 잠시 정적이 흘렀다.

돈이 부족해서 그러냐?

할머니가 조심스럽게 물었다.

그게 아니라……

나는 고개를 저었다.

타투는 왜요……?

내 물음에 할머니는 한참 뜸을 들이다 대답했다.

지우고 싶은 게 있어서.

그녀는 검지로 왼쪽 가슴을 지그시 눌러 보였다.

여기부터,

검지는 가슴을 지나 오른쪽 갈비뼈 위에서 멈추었다. 할머니의 터틀넥 위에 가는 선이 생겼다.

여기까지.

할머니는 손가락을 떼지 않고 그 자리에 오랫동안 대고 있었다.

나도 문신이 있다.

그녀는 들릴 듯 말 듯 한 목소리로 말을 이었다.

내가 원해서 한 건 아녔어.

평소와 다르게 자꾸만 주저하고 머뭇대는 할머니를 빤히 바라보았다. 나도 모르는 새에 할머니는 방안에 들어와 있었다.

*

가방을 열어 잉크와 일회용 니들을 꺼내고, 코일 머신에 라이너 니들을 끼운 뒤 고정했다. 머신을 작동시킬 때마다 날카로운 구동음이 들려왔다. 니들과 팁이 단단히 고정되었는지, 니플이 머신에 알맞게 결합되었는지 나는 몇 번이고 꼼꼼히 살폈다. 할머니는 거실 소파에 앉아 내 행동을 하나하나 유심히 지켜보고 있었다. 그녀는 기존에 있는 타투 위에 새로운 타투를 덧씌우는 커버업을 원했다.

그건 너무 어려운데요.

내 몸을 제외하고는 고무판에 몇 번 연습해본 게 전부라고 말해도 할머니는 고집을 쉽게 꺾지 않았다. 그녀의 피부는 살성이 좋지 않고, 잔주름도 짙었다. 바늘이 들어갔을 때 가해질 고통이 다른 사람들보다 클 게 분명했다. 할머니가 감내해야 할 고통도 염려되었지만, 그보다는 내가 저지를지 모를 실수 때문에 긴장되었다.

많이 아플 거예요.

같은 말을 반복하는 내게 할머니는 퉁명스럽게 답했다.

괜찮대도.

고집스러운 태도로 일관하는 할머니의 기세에 한풀 꺾여 결국엔 무엇을 새기고 싶냐 물었다.

보통은 무얼 새기냐.

좋아하는 문구나 그림 같은 걸 새기죠.

좋아하는 것…… 할머니는 고민하다 나비장 안에서 무언가 꺼내왔다. A3 사이즈의 두툼한 스크랩북이었다.

조심해서 봐라.

스크랩북을 건네며 그녀는 당부하듯 덧붙였다. 나는 조심스럽게 표지를 넘겼다. 페이지마다 화지로 감싸 보관한 압화와 마른 들풀들이 꽂혀 있었다. 꽃과 풀은 저마다 생생했고 그 색이 온전했다. 할머니는 그 꽃들을 몸에 새기고 싶다고 했다.

전사를 몸에 찍기 전, 나는 할머니에게 윗옷을 벗어달라고 부탁했다. 할머니는 옷을 벗지 못한 채 한참 머뭇댔다.

흉할 텐데.

기존의 타투가 마음에 차지 않을 때 사람들은 커버업을 하곤 했다. 할머니도 그런 경우일 거라 짐작했다.

괜찮아요.

주춤대는 할머니에게 나는 가볍게 말했다. 할머니는 오랫동안 망설이다 천천히 윗옷을 벗었다. 옷을 벗자마자 오른쪽 쇄골 아래 큼직하게 박힌 일본어가 먼저 눈에 띄었다.

くそ.

가슴부터 갈비뼈까지 이어지는 여러 개의 문신들은 누군가 장난삼아 한 낙서처럼 형태도 엉망이고, 심하게 번져 있었다. 의미를 알 수 없는 문신보다 더 눈길을 끈 건 심장 부근에 위치해 있는 인공 심박동기였다. 할머니의 얇은 피부 밑에서 박동기는 붉은 불빛을 내며 깜박이고 있었다.

흉하지?

할머니가 물었다. 그녀의 몸 여기저기에 엉터리로 새겨진 문신들에 적잖이 놀랐지만, 애써 담담한 표정을 지어 보였다.

바늘이 지나야 할 면적은 예상보다 넓었다. 숨을 고르며 전사액을 바르고, 압화를 본뜬 전사지를 쇄골과 가슴 아래 꼼꼼히 붙였다. 외곽 작업을 시작하기 전, 나는 바늘이 들어갈 자리를 손등으로 다시 한번 쓸어보았다. 할머니의 가슴팍에 소름이 돋았다. 문신 흉 때문에 오랫동안 곪고 굳은 피부가 피막처럼 얇아져 있었다. 바늘을 꽂은 코일 머신을 가슴에 가져다대자 할머니는 몸을 움찔댔다.

움직이면 안 돼요.

내 말에 할머니는 가만히 눈을 감았다. 살갗에 손상이 가지 않을 만큼 약한 세기로 코일 머신의 전압을 조절했다. 머신이 돌아가는 소리가 들리고, 바늘이 피부에 빠르게 박히는 느낌이 조금씩 전달되었다. 할머니는 참을성이 좋았다. 중간중간 어깨를 움츠리거나 입술을 깨물긴 했지만 방해가 되진 않았다. 쇄골부터 천천히 꽃의 윤곽을 새겨넣는 동안 그녀는 미동도 없이 꼿꼿이 누워 있었다. 사람의 피부는 고무판의 질감과는 달라 바늘이 들어갈 때마다 긴장이 되었다. 살의 감촉과 뼈의 단단함이 느껴질 때마다 손이 떨리고, 땀이 맺혔다. 입을 앙다물며 통증을 참는 할머니보다 더 긴장한 건 나였다. 땀을 뚝뚝 흘리는 할머니에게 조심스레 물었다.

아파요?

그녀는 고개를 젓더니 뜬금없는 말을 던졌다.

너 사과가 웃으면 뭔지 아나?

네?

사과가 웃으면…… 풋사과다.

그 말을 하며 할머니는 농담이 익숙지 않은 사람처럼 어색한 표정을 지었는데, 그 모습에 나도 모르게 웃음이 터져나왔다.

긴장 좀 풀어라.

그녀는 평소처럼 무뚝뚝하게 말했다. 사과가 웃으면 풋사과. 내가 들었던 농담 중 가장 싱거웠지만, 그 말에 긴장감이 서서히 풀어졌다. 숨을 크게 들이쉰 뒤, 테두리를 새겨나갔다. 험하게 새겨진 일본어 위에 작은 꽃이 새겨지고 있었다.

침착하게 고통을 참던 할머니가 숨을 헐떡이기 시작한 건, 쇄골 부근의 외곽 작업을 막 마쳤을 때였다. 고르게 이어지던 호흡이 한순간 거칠어지고 박동기가 기계음을 내며 깜박였다. '괜찮으세요?' 소리쳐도 할머니는 대답 없이 가쁜 숨만 내뱉을 뿐이었다. 그녀의 입술 사이로 맑은 침이 줄줄 새어나왔다. 나는 아무것도 할 수 없었다. 무력하게 괜찮냐고 되묻는 것이 내가 할 수 있는 전부였다.

괜찮으세요?

할머니가 몸을 뒤틀며 발작을 일으키던 그 순간, 잊었다고 생각했던 기억이 조금씩 되살아났다. 세탁기 안에 웅크리고 있던 요한, 그애의 창백한 얼굴과 세탁기 안을 들여다보며 비명을 지르던 엄마, 집안에 쳐진 폴리스 라인…… 눈앞에서 어른거리던 것들이 뒤엉키며 서서히 아득해졌다.

할머니 괜찮으세요? 괜찮냐고요?

할머니를 향해 지르던 고함이 점차 울부짖음으로 바뀌어갔다. 정신 좀 차려요, 소리치는 나를 붙잡으며 할머니는 정신을 차린 듯 다급하게 나비장을 가리켰다. 얼빠진 사람처럼 있다 허겁지겁 서랍을 뒤졌다. 서랍 가장 아래 칸에 소형 네뷸라이저가 들어 있었다. 내가 그것을 찾는 동안 할머니는 물 밖에 오래 놓아둔 고기처럼 몸을 축 늘어뜨린 채 떨고 있었다. 동공은 풀려 있었고, 입술 주위엔 푸른 기가 돌았다. 서둘러 네뷸라이저를 할머니 입에 물렸다. 무릎이 달달 떨렸다. 후우우. 잠수를 하다 뭍으로 나온 사람처럼 할머니는 가쁘게 숨을 몰아쉬었다. 하아아. 그렇게 긴 시간 크게 들이마시고 내쉬기를 반복하는 동안 거칠던 숨도 서서히 잦아들고, 박동기의 기계음도 희미해져갔다.

괜찮으세요?

할머니는 고개를 끄덕인 뒤, 익숙하고 자연스러운 동작으로 헝클어진 머리를 정돈하고 벗어놓은 터틀넥을 도로 입었다.

구식이라 그런다. 밧데리가 고장난 뒤론 늘 이래. 숨도 안 쉬어지고, 몸도 떨리고.

할머니가 숨을 고르며 말했다. 말끝에 호흡곤란의 잔류가 묻어 있었다. 쇄골 쪽 라인 작업을 겨우 마친 후였다. 호흡이 가빠질 때마다 오류를 일으키는 박동기, 얇고 회복 속도가 느린 피부 때문에 작업은 더디고 고통스럽게 진행될 것 같았다. 짧으면 한 달에서 길면 세 달까지도 걸릴 수 있는 커버업 작업을 할머니가 과연 버틸 수 있을까. 나는 장담할 수 없었다.

할머니, 힘들면 여기서 그만둘까요?

물티슈로 쇄골에 묻은 피를 닦아내던 할머니가 고개를 들었다.

왜, 돈까지 받았는데 물리려고?

그녀는 나를 살짝 흘긴 뒤, 손거울을 이리저리 돌리며 타투를 비추어 보았다. 외곽뿐인 꽃들은 아직 조악해 보였다.

그리고 그렇게 부르지 마라.

그녀는 거울을 내 쪽으로 돌리며 말했다. 작고 둥근 손거울에 내 얼굴이 비쳤다.

할머니, 그렇게 부르지 마.

그럼 뭐라고 불러요?

오즈.

할머니가 말했다. 오즈. 뜬금없는 말에 어떤 반응을 보여야 할지 가늠할 수 없었다. 당황한 나를 향해 할머니는 나직하게 덧붙였다.

할머니가 아니라 오즈. 그게 내 이름이야.

사위가 어두워져 창밖으로 산의 실루엣만 간신히 보였다. 방으로 들어가기 전, 할머니는 내 손에 무언가 들려주었다. 꽃모양 모나카였다.

고맙다.

뒤돌아서며 그렇게 말한 것도 같은데, 하도 작은 목소리로 웅얼거리는 바람에 제대로 듣지는 못했다. 딸기 향이 나는 모나카를 입에 넣었다. 달달한 찹쌀 피가 입천장에 끈적하게 들러붙었다. 혀로 살살 모나카를 녹여낼 때마다 자꾸 그 이름이 떠올랐다. 오즈.

할머니는 자신을 오즈라고 불러달라고 했다.

할머니의 고집스러운 얼굴과 받침 없는 부드러운 이름은 좀처럼 매치되지 않았다. 그렇게 오즈, 오즈, 되뇌고 있으려니 자연스럽게 할머니의 몸이 떠올랐다. 노인의 몸을 만진 건 그때가 처음이었다. 늙고 주름지고 굴곡진 몸. 그 몸을 덮고 있던 유추하기 힘든 과거의 흔적들. 나는 휴대폰으로 할머니의 쇄골 아래 새겨져 있던 일본어의 뜻을 검색해보았다.

〈そ〔糞〕 똥; 대변.

검색 결과를 한참 동안 넋 놓고 바라보다 잘못된 정보가 아닐까 싶어 다른 사이트에 들어가 뜻을 검색해보았지만 결과는 마찬가지였다.

그 존재를 저주하고 부정하는 뜻의 속어.

쿠소. 쿠소. 일어 발음이 반복적으로 들려왔다. 이런 것을 할머니 몸에 새긴 사람은 누굴까. 끔찍하고 불길한 생각이 머릿속을 맴돌았다. 흉한 것을 본 사람처럼 나는 서둘러 팝업 창을 닫았다. 모나카의 단맛이 여전히 입안을 감돌고 있었다.

*

이후에도 나는 할머니의 몸 상태를 살피며 간격을 두고 꽃을 새겨주었다. 두번째 작업을 하던 날은 처음보다 더 많은 준비를 했다. 방에 있던 매트리스를 끌어 거실에 가져다놓은 뒤, 그 위에 할머니를 눕혔다. 볕이 잘 드는 자리였다. 할머니는 지난번보다 편안해 보였다.

바람이 부네.

창밖을 보며 할머니가 말했다. 누워 있는 할머니 뒤로 숲이 울창했다. 바람이 불 때마다 나뭇잎이 맞부딪치며 쏴아아 하는 소리를 냈다. 청량한 하늘 아래 나무가 고요히 흔들리는 풍경을 할머니와 말없이 바라보았다.

할머니와 상의를 해 간단한 신호도 하나 만들었다.

숨이 안 쉬어지면 참지 말고 바닥을 치세요. 한 번 치면 괜찮다, 두 번 치면 멈춰라.

할머니는 대답 대신 바닥을 한 번 쳤다. 그녀가 윗옷을 벗는 동안 가방 안에서 코일 머신과 잉크, 그리고 메트로놈을 꺼냈다.

작업을 시작하기 전, 할머니의 가슴에 조심스럽게 귀를 가져다 댔다.

뭐하는 거냐?

할머니가 화들짝 놀라며 몸을 일으켰다. 그녀의 얼굴이 일그러졌다. 더듬더듬 할머니의 말을 받았다.

자기 심장박동이랑 비슷한 박자의 소리를 들으면 긴장이 풀어진다고 해서요.

할머니의 심박과 비슷한 속도로 메트로놈을 조정했다. 틱 탁 틱 탁. 느린 박자로 바늘이 움직였다.

할머니 심장박동은 오십 비피엠이에요.

좌우로 움직이는 추와 할머니의 가슴을 번갈아 가리켰다. 할머니는 미심쩍은 얼굴로 메트로놈을 쳐다보았다. 틱 탁 틱 탁. 박자에 맞춰 메트로놈이 움직이고 있었다. 할머니는 손을 가슴 위에 얹은 채, 추가 움직이는 것을 잠자코 지켜보았다. 심장박동 소리에 맞춰 그녀는 천천히 숨을 들이마시고 내쉬었다. 느리고 깊은 숨이었다. 메트로놈의 박자와 합을 맞추듯 박동기도 붉은 불빛을 내며 깜박였다.

괜찮아요?

걱정되어 묻자 할머니는 대답 대신 바닥을 한 번 쳤다.

오십 비피엠의 리듬 속에서 할머니는 고요히 숨을 쉬었다. 쇄골에 새겼던 꽃의 외곽을 따라 딱지가 얇게 앉아 있었다.

가렵지 않았어요?

참느라 혼났다.

할머니가 불평하듯 말했다. 긁거나 딱지를 떼어낸 흔적은 보이지 않았다. 꾸준히 보습 연고를 발라 반질반질해진 가슴팍을 나는 조심스럽게 쓸었다. 테두리뿐인 꽃 아래로 일본어가 비쳐 보였다. 똥;대변…… 포털 사이트에서 찾은 단어의 뜻이 자꾸만 아른댔다.

누가 이런 거예요?

갈비뼈까지 이어진 문신들을 보다 나도 모르게 말했다. 머리를 거치지 않고 튀어나온 말이었다.

왜, 궁금하냐?

할머니의 표정이 점차 굳어졌다. 적막한 집안에 틱 탁 틱 탁, 하는 추의 울림만이 맴돌았다.

한때 이걸 약점으로 잡은 사람도 있었다.

쇄골을 만지며 할머니는 말했다. 덤덤한 한마디였지만, 그녀의 얼굴에 떠오른 표정들은 전혀 그렇지 않았다. 내가 미루어 짐작할 수 없는 공포와 좌절의 순간들이 할머니의 얼굴에 전부 담겨 있는 듯했다.

그래서 난 사람을 잘 믿지 않아.

팔짱을 낀 채 할머니는 조그맣게 덧붙였는데, 그 말이 왜인지 거짓말처럼 느껴졌다.

나는 입고 있던 조거 팬츠를 내렸다. 드러난 맨살을 보며 할머니는 놀란 듯 눈을 크게 떴다.

몸에 상처를 낼 때만 나를 봐줬거든요.

수없이 자해를 하고 응급실에 실려간 흔적들이 치골부터 허벅지까지 고스란히 새겨져 있었다. 모두 엄마의 관심을 끌기 위해 낸 상처들이었다.

타투도 그래서 시작했어요. 이것도 상처를 내는 작업이잖아요.

왼쪽 허벅지의 엉겅퀴, 형형색색의 이레즈미 타투, 오른쪽 허벅지에 한자로 새긴 '치암중죄금일참회癡暗重罪今日懺悔' 레터링……

상처를 덮은 타투를 하나하나 짚으며 말했다.

이제 할머니도 나도 서로 약점 하나씩은 알고 있는 거예요.

나는 웃었다. 할머니의 얼굴이 점점 슬프게 일그러졌다.

양 가슴과 갈비뼈에 새겨진 문신들은 쇄골의 일본어보다 흐렸지만, 면적이 넓어 전사를 찍고 외곽 작업을 하는 데에 이전보다 더 많은 시간을 들여야 했다. 꽃을 새기는 내내 할머니는 나와 눈을 마주치지도, 전처럼 시시한 농담을 던지지도 않았다. 혹시 화가 났냐고 물어도 묵묵부답으로 일관하며 눈을 피할 뿐이었다. 약점이란 말은 사용하지 말걸. 알 수 없는 표정을 지은 채 침묵하는 할머니를 보며 생각했다.

왼쪽 가슴에 꽃을 다 새기고 오른쪽으로 옮겨갈 즈음 박동기에서 삐, 삐, 삐, 하는 신호음이 들려왔다. 신호음은 메트로놈보다 훨씬 더 빠른 박자로 이어졌다. 할머니가 다급하게 바닥을 두 번 쳤다. 네뷸라이저를 꺼내 서둘러 할머니의 입에 물렸다. 그녀는 침착하게 숨을 들이마셨다 내쉬었다. 오른쪽 가슴에 꽃 몇 송이를 새긴 채 작업은 맥없이 끝났다.

그날 밤에도 할머니의 방에선 숨죽이며 통증을 참는 소리가 들려왔다. 얇은 벽을 타고 넘어오는 신음소리를 들으며 나는 캐리어를 열었다. 캐리어 맨 밑바닥, 겨울옷 틈에 손바닥만한 액자가 숨겨져 있었다. 가압류 스티커가 붙은 집에서 나오며 내가 유일하게 챙긴 물건이었다. 액자 안에는 오래전 찍은 사진이 한 장 담겨 있었다. 손에 붉은 복주머니를 쥔 요한과 그애를 어정쩡하게 안고 있는 열네 살의 내가 담긴 사진. 쌍꺼풀 없는 눈매나 콧대가 낮은 코, 그런 부분이 엇비슷하게 닮은 사진 속 남매를 보며 나는 숨을 크게 들이마셨다.

요한을 떠올릴 때면 나는 늘 숨이 막혔다.

세탁기 안에 있던 요한을 발견한 건 엄마였다. 실종 신고를 한 지 일곱 시간이 지났을 무렵이었다. 사인은 질식사. 문밖에 설치된 잠금장치를 풀기 위해 몸부림친 흔적이 세탁기 안 여기저기에 남아 있었다고 담당 형사는 말했다. 요한은 또래보다 빨리 글을 익혔다. 벽에 붙은 한글 낱말 포스터를 또박또박 읽고, 디즈니 애니메이션을 보며 알파벳을 외는 요한은 한없이 기특하고 영민한 아이였다. 요한이 다섯 살이 되면서 엄마는 외조모의 귀금속 가게에서 일을 시작했다. 처음에 주 삼 일을 일하기로 했던 엄마는 가게가 점점 호황을 타면서 주 오 일, 손님이 많을 때는 주말까지도 출근을 하게 되었다. 그녀는 정신없이 바빴고, 요한의 육아는 자연스레 고등학생이던 내가 전담하게 되었다.

누나.

갓 한글을 깨친 아이들이 그렇듯 요한은 시도 때도 없이 나를 부르며 궁금한 것들을 물어보았다. '입꼬리랑 강아지 꼬리랑은 뭐가 달라?' '훗은 꼭 모자 쓴 사람처럼 생긴 거 알아?' 그애가 종일 조잘대는 말, 집요하게 던지는 질문들, 쉼없이 갈구하는 애정을 다 받아주기엔 나 역시 어리고 모자란다는 것을 그때는 알지 못했다. 요한을 어린이집에 등원시키고, 방과후엔 그애의 밥과 간식을 챙겨주고, 엄마를 대신해 학예회나 체육대회에 참가하고…… 서툴게 동생을 챙기고 돌보는 하루가 반복되는 동안 내 몸엔 전에 없던 이상 증세가 조금씩 나타나기 시작했다. 교실이나 화장실, 급식실 어디서든 쉽게 선잠에 빠져들었고, 느닷없이 생리가 끊기기도 했다. 수행평가로 뜀틀을 넘다 정신을 잃고 쓰러진 적도 있었는데, 그 상태 그대로 기절해 한동안 깨어나지 못했다.

과로인 것 같은데.

내 이마를 짚으며 보건교사는 고개를 갸웃했다. '공부를 너무 열심히 했나보다.' 가볍게 이야기하는 교사를 따라 나는 멋쩍게 웃었다. 그때까진 나도 모든 증세를 단순한 몸살의 일종으로 치부했으니까.

이게 뭐야?

양호실 침대에 모로 돌아누운 나를 보며 보건교사는 소리쳤다. 그녀는 소스라치게 놀라며 내 머리를 샅샅이 살폈다. 귀 뒤로 꽂은 머리칼을 들추자 두피에 듬성듬성 생겨난 동전 크기의 탈모반이 보였다. 정수리 근처와 뒤통수에도 탈모의 흔적이 퍼져 있었다.

너 혹시 학대받고 있니?

조심스럽게 묻는 보건교사를 향해 나는 고개를 저었다. 내게 일어난 증세가 육아 스트레스에서 비롯되었다는 사실은 후에야 알게 되었다.

할머니가 가쁘게 숨을 몰아쉬고, 주먹으로 바닥을 치는 소리가 점차 커졌다. 나는 어떤 조치도 취하지 못한 채 소리가 잦아들기를, 머릿속에서 뒤엉키는 과거의 잔상들이 사라지기를 기다렸다. 하지만 할머니의 호흡은 점점 가빠졌고 그럴수록 오래전의 기억은 선명해져만 갔다.

담당 형사는 내가 그날 친구들을 집에 불러 함께 술을 마신 점을 질책하며 매섭게 심문을 이어갔다. '술은 자주 마셨니?' '그런 애들이랑은 언제부터 어울렸어?' 취조 내내 나는 딸꾹질을 했고, 술을 마신 건 그날이 처음이며 동생이 조용해 낮잠을 자는 줄 알았다는 진술만 반복했다. 대부분은 진실이었지만, 아닌 것들도 있었다.

하얀 맥주 거품처럼 방안에 가득 차오르던 웃음소리, 쌉싸름한 비밀을 친구들과 공유하고 있다는 기쁨.

처음 술을 마시던 그날, 나는 애들 틈에 섞여 큰 소리로 웃고, 호들갑을 떨며 관심 있는 남자애 이야기를 하고 음담을 나누며 얼굴을 붉혔다. 오랜만에 느껴보는 즐거움이었다. 맥주 한 캔을 비울 때마다 터져나오던 간지러운 비밀과 환호성은 요한이 방문을 열고 나를 찾을 때, 뚝 끊겼다.

잠이 안 와.

거실의 불을 끄고, 배와 등을 쓸어주어도 요한은 쉽게 잠들지 못했다. 방안에서 친구들의 웃음소리가 들려올 때마다 고개가 자연히 그쪽으로 향했다.

나도 누나들이랑 놀면 안 돼?

칭얼거리는 요한을 매섭게 흘겨보았다. 웃음소리는 점점 높아졌고, 나는 '나도 누나들이랑 놀고 싶은데' 하며 자꾸만 보채는 요한을 내버려둔 채 방으로 들어가 서둘러 문을 잠갔다. 요한은 닫힌 문을 주먹으로 두드리며 소리쳤다.

누나, 누나.

열어줄까?

친구들이 문 쪽을 힐끔댔다. 나는 고개를 저었다.

신경쓰지 마.

문을 두드리는 소리는 한참을 이어지다 점차 잦아들었다. 문 쪽을 잠시 바라보다 나는 맥주를 들이켰다. 맥주는 시원했고 친구들은 웃고 있었고, 불행한 일은 어쩐지 생기지 않을 것만 같았다.

시간이 지나자 할머니의 호흡은 평소처럼 차분해졌다. 할머니가 방문을 열고 나와 물을 마시고, 다시 방으로 들어가는 발소리를 들으며 나는 숨을 죽였다. 그녀의 고통을 엿듣고 있다는 사실을 들키지 않도록 고요히 숨을 쉬었다. 일그러진 얼굴로 나를 보던 할머니와 세탁기 안에 웅크려 있었다는 요한이 머릿속에서 겹쳐졌다.

　나와는 무관한 일이야.

　어둠 속에서 속삭였다. 무슨 일이 있었냐는 듯 집안은 고요해졌다. 모든 건 나와 무관한 일이라고 되새기며 눈을 감았다.

*

　삼 주 차에는 할머니도 나도 꽤나 익숙해져서 특별한 지시나 합의 없이도 자리를 펴고, 필요한 것들을 미리 준비해둘 수 있게 되었다. 외곽 작업은 어느 정도 갈무리되었지만, 꽃에 색을 채워넣는 채색 작업은 시작조차 하지 않아 지난번보다 속도를 내기로 했다. 오른쪽 가슴부터 갈비뼈까지 꽃 테두리를 새겨넣는 동안 할머니와 나는 어떤 말도 나누지 않았다. 지난 작업 이후로 할머니와의 관계는 더 서먹해진 것 같았다. 가라앉은 공기 중으로 머신의 구동음과 할머니의 숨소리만이 떠돌았다. 할머니는 평소보다 더 힘겨워했다. 바닥을 한 번 치며 멀쩡하다고 말하긴 했지만, 안색이 창백해지는 건 숨길 수 없었다. 결국 도중에 잠시 쉬기로 했다.

　아직 화 안 풀렸어요?

　창밖을 보며 차가운 녹차를 마시는 할머니에게 나는 조심스럽게 물었다. 할머니는 무심한 얼굴로 나를 돌아보았다.

　나 화 안 났다.

얼굴에 다 표나요.

화난 게 아니라 자꾸 마음이 쓰여서……

할머니는 우물쭈물 망설이다 내 허벅지를 가리켰다. 상처와 타투로 덮인 허벅지.

만져볼래요?

나는 할머니에게 허벅지를 내밀었다. 그녀는 머뭇하다 내 허벅지를 조심스럽게 쓸었다. 피부에 닿는 감촉이 따뜻하고 부드러웠다.

아프지 않았냐.

지금은 괜찮아요.

허벅지를 쓸던 손을 멈추고 할머니는 조용히 말했다.

나는…… 아프더라.

그녀의 얼굴이 전처럼 슬프게 일그러졌다. 그 말을 하며 할머니는 자신의 가슴 위에 손을 얹었다. 잠자코 그녀의 다음 말을 기다렸다. 가슴에 낙서 비슷한 문신이 생긴 경위나, 그것을 새긴 사람들이 누구인지 말해줄 거라 생각했다. 하지만 그녀는 아무 말도 하지 않았다. 점점 일그러지는 할머니의 얼굴을 보며 빠르게 말을 돌렸다.

재미있는 얘기 없어요? 왜 있잖아요, 전에 했던 농담 같은 거요.

할머니는 말없이 녹차를 들이켰다. 잔을 기울일 때마다 각얼음이 잘랑였다. 잠시 고민하다 그녀는 사뭇 진지한 표정을 지으며 말했다.

영화 좋아하냐?

영화요?

할머니는 적적할 때마다 간다는 종로의 한 극장에 대해 이야기했다.

내일 거기 갈 생각인데 혼자 가기엔 먼 곳이기도 하고, 너도 할 일이 없는 것 같고…… 같이 갈 테냐.

무심하게 말하는 할머니를 보니 왠지 장난기가 발동했다.

데이트 신청이에요?

내 말에 그녀는 입을 꾹 다물었다. 무표정한 얼굴에 홍조가 떠올라 있었다.

가기 싫음 말고.

갈게요.

내일은 일찍 일어나야 한다.

당부하며 할머니는 다시 자리에 누웠다. 나도 작업을 재개했다. 기분 탓인지, 오른쪽 갈비뼈의 문신 위로 꽃을 조금씩 채워넣는 동안 할머니는 전에 없이 들뜬 표정을 짓고 있었다. 그 얼굴이 보기 좋았다.

*

알람을 맞추고 잤는데도 약속한 시간보다 한 시간이나 늦게 일어났다. 할머니는 집 어디에도 없었다. 혼자 가신 건가, 초조해하며 집안을 살피던 중 방문에 붙어 있는 메모를 발견했다.

ㅡ일어나면 주차장으로 나올 것.

허겁지겁 옷을 주워 입은 뒤 집밖으로 뛰쳐나갔다.

주차장 쪽에서 경적 소리가 들렸다. 시동이 걸린 차는 상향등 하나가 깨진 구형 프라이드가 유일했다. 버킷 해트를 쓴 할머니가 하얀색 프라이드의 운전석에서 경적을 울리고 있었다.

일찍 좀 일어나지.

차에 올라타자마자 할머니는 혀를 차며 핀잔부터 주었다. 능숙하게 후진 기어를 넣고 핸들을 돌리는 할머니를 보며 조그맣게 탄성을 뱉었다.

운전도 할 줄 아세요?

왜, 노인네가 운전하니까 꼴사나우냐?

퉁명스럽게 대꾸하며 할머니는 핸들을 빠르게 꺾었다. 오래된 차는 작은 흔들림에도 반동이 심하게 일어 할머니가 핸들을 꺾을 때마다 몸이 좌우로 움직였다. 할머니는 오래전 방문판매 일을 했을 때 이 차를 샀다고 설명했다.

짐 말고 사람을 태운 건 네가 처음이다.

할머니가 나지막이 덧붙였다. 차는 조금 힘겹게 주차장을 벗어나 북아현로를 따라 달렸다. 날이 좋았다. 잎을 늘어뜨린 플라타너스가 햇빛을 받아 푸르게 빛나고, 어두운 나무 그늘 밑으로 사람들이 나란히 앉아 쉬고 있는 모습이 보였다. 할머니는 신호를 철저히 지켜가며 꾸준히 시속 오십 킬로로 달렸다. 차창으로 들어오는 바람이 시원했다. 여름의 풍경이 적당한 속도로 지나가고 있었다.

극장은 낙원상가 안쪽에 있었다. 공용주차장에 차를 세워두고, 할머니와 나는 극장까지 조금 걷기로 했다. 주차장을 빠져나와 탑골공원까지 나란히 걷는 내내 할머니는 팔짱을 지르고 있었다. 생각해보면 처음 만났을 때도, 평소에도 그녀는 늘 화난 사람처럼 팔짱을 끼고 있었다.

팔짱 좀 풀면 안 돼요?

팔짱?

할머니가 의아한 얼굴로 나를 바라보았다.

할머니는 항상 팔짱을 끼잖아요. 처음 만났을 때도 그렇고, 지금도요.

그게 나쁜 거냐?

외로워 보이잖아요. 심술맞아 보이기도 하고.

할머니는 무슨 말을 하려는 듯 입술을 달싹거리더니 팔짱을 더 단단히 지르고 앞서 걸었다.

하여간 고집은.

빠르게 걷는 할머니를 나는 조용히 뒤따랐다.

극장 주변에서 참을 수 없을 만큼 고소한 냄새가 풍겼다. 유니폼을 입은 늙은 남자가 입구에서 매표를 하며 팝콘을 튀기고 있었다.

오즈 씨 오셨네.

극장 안으로 들어서는 할머니를 보며 그는 반갑게 인사했다.

오랜만에 오셨네.

할머니는 고개만 까딱 숙일 뿐 별다른 반응을 보이지 않았다. 극장 안은 사람 하나 없이 휑했다. 상영관이 딱 하나뿐인 작은 극장이었다. 내가 표를 끊는 동안 할머니는 소피가 급하다며 화장실로 향했다. 할머니가 자리를 비우자 매표원이 호기심어린 눈빛으로 나를 보았다.

꼭 닮았네, 눈매가.

그는 사람 좋게 웃으며 말했다.

오즈 씨 손녀인가보죠?

할머니와 나의 관계를 정의하기 어려워 그저 고개를 끄덕였다. 매표원은 할머니를 오즈 씨라고 불렀다. 그녀를 늘 그렇게 부르는 사람처럼 익숙하고 자연스럽게, 오즈 씨.

왜 할머니를 오즈 씨라고 부르세요?

내 질문에 매표원은 상영관 앞에 걸린 간판을 가리켰다. 유화로 그린 〈오즈의 마법사〉 포스터가 입구에 크게 붙어 있었다.

〈오즈의 마법사〉 상영하는 날엔 꼭 오셔요. 우리 극장 개관했을 적부터 매번. 최근엔 서부영화만 상영해서 통 못 봤는데 오늘은 이렇게 손녀랑 오셨네.

매표원은 포스터를 한 장 집은 뒤, 그걸 솜씨 좋게 감고 접어 고깔로 만들었다. 테이프로 틈새를 봉한 고깔 안에 그는 갓 튀긴 팝콘을 옮겨 담았다.

오즈 씨 손녀니까 특별 선물.

매표원은 내게 팝콘을 내밀었다. 갓 튀긴 팝콘에서 고소한 향이 퍼졌다.

상영관 안에도 관객은 나와 할머니 둘뿐이었다. 할머니는 스크린이 가장 잘 보이는 곳에 자리를 잡고 앉았다. 나도 그 옆에 따라 앉았다.

사람이 진짜 없네요.

극장 안이 너무 조용해 소곤소곤 말하자,

요즘엔 그렇지. 옛날에는 사람으로 꽉 차서 좌석 앞에 신문지 펼쳐놓고 쭈그려앉아서 보는 사람도 숱했다.

할머니도 따라서 목소리를 죽였다. 그 모습이 재미있어 입을 틀어막고 웃었다.

왜 웃냐.

할머니가 작은 목소리로 물었지만, 대답해주지 않았다.

영화가 시작되기 전, 흑백의 〈루니 툰〉이 몇 편 상영되었다. 아까 보았던 매표원이 영사실 안에서 부지런히 영사기를 돌리고 있었다. 검은 고양이 실베스터가 트위티를 쫓다 물에 빠지고 넘어지는 장면을 보며 나는 크게 웃었다. 객석이 어두워 잘 보이지 않았지만 할머니의 얼굴에도 웃음기가 어려 있을 것 같았다. 어둠 속에서 이따금 훗, 훗, 소리 죽여 웃는 소리가 들려왔으니까.

사자가 울부짖는 MGM의 로고가 지나가고 영화가 시작되자 할머니는 자세를 바꿔 또다시 팔짱을 질렀다. 내가 팝콘을 내밀어도 먹는 둥 마는 둥 온전히 영화에만 집중했다. 팔짱을 끼면 정 없는 사람처럼 보이는데. 흐트러짐 없이 꼿꼿이 앉아 있는 할머니를 보며 생각했다. 도로시가 〈Over The Rainbow〉를 부르고, 뒤이어 마블 교수를 만난 장면 이후로 잠이 쏟아졌다. 세피아 톤의 지루한 장면들이 내내 이어졌다. 꾸벅 졸며 정신을 못 차리는 나와 달리 할머니는 영화를 처음 본 사람처럼 시종일관 스크린에서 눈을 떼지 못했다. 개관했을 때부터 이 영화를 봤으면 도대체 몇 번이나 본 걸까. 열 번? 백 번? 허리케인이 불고, 집이 날아가고, 불규칙한 곡조의 관현악곡이 흘러나오는 동안 눈꺼풀이 서서히 감겨왔다.

잠에서 깬 건, 어깨에 무언가 닿는 감촉 때문이었다. 살짝 눈을 떴다. 할머니가 꼭 지르고 있던 팔짱을 풀고 내 어깨에 조심스럽게 팔을 얹고 있었다. 할머니에게서 자두 냄새가 났다. 달고 향긋한 냄새. 그 냄새를 맡으며 다시 잠든 척 눈을 감는데 할머니가 몸을 움찔했다. 놀라 눈을 떴다. 스크린 속 세피아 톤의 밋밋한 화면이 컬러로 서서히 전환되고 있었다. 물감이 번지듯 천천히. 연꽃이 떠 있는 호수와 장미 넝쿨이 만발한 정원이 색을 되찾고, 색채가 없던 도로시와 토토에게도 색이 입혀졌다. 토토, 여긴 캔자스 같지 않아. 무지개를 타고 온 게 확실해. 따뜻한 색으로 덧입혀진 오즈를 천천히 거니는 도로시를 보며 할머니는 환하게 웃었다. 웃을 때면 왼뺨에 보조개가 잡히는구나. 할머니의 웃는 얼굴을 몰래 훔쳐보며 나는 생각했다.

오즈 씨, 라는 부드러운 이름과 왼뺨의 보조개가 묘하게 어울렸다.

영화를 다 보고 나왔는데도 밖은 여전히 환했다. 산책을 겸해 할머니와 탑골공원에서 고궁까지 이어지는 산책로를 천천히 걷기로 했다. 고궁이 시작되는 지점부터 할머니는 자주 걸음을 멈췄다. 궁을 따라 죽 이어진 낮은 돌담 아래, 여름꽃이 수수하게 피어 있었다. 꽃들을 가리키며 할머니는 말했다.

다 여름 한철에만 피는 꽃들이다. 그래서 다들 꽃 이름을 몰라. 언제 피고 졌는지도.

그녀는 베이지색 버킷 해트를 벗은 다음, 담 아래 떨어진 꽃을 하나씩 주워 그 안에 넣었다. 지나가던 사람들이 흘깃대는데도 아랑곳 않고 열심히 꽃을 주웠다. 눈치를 보다 나도 그 옆에 쪼그려 앉았다.

줄기에 붙어 있는 꽃은 따면 안 된다. 바닥에 떨어진 것들만.

뿌리까지 꺾는 나를 향해 할머니는 손을 저었다. 그녀는 바닥에 떨어진 꽃 중 성한 것만을 골라 모자 안에 넣었다. 꽃은 돌담 아래와 벽돌 틈새까지 뿌리를 내리고 있었다. '이건 무슨 꽃이에요?' 물을 때마다 할머니는 귀찮은 기색 없이

이건 돌양지꽃, 이건 자주괭이밥, 이건 목백일홍.

하며 하나하나 설명해주었다. 그녀는 잎이 뭉개진 꽃이나 햇볕에 말라버린 꽃들을 모아 돌담 한편에 차곡차곡 쌓아두었다. 마치 꽃 무덤 같았다. 꽃을 다 줍고 자리를 뜨기 전, 할머니는 그 무덤에 대고 무어라 혼잣말을 했다.

뭐라고 한 거예요?

물어봐도 그녀는 대답해주지 않았다.

집에 돌아오자마자 할머니는 거실 책장에서 양장본으로 된 식물도감을 꺼냈다. 그녀는 도감을 펼쳐 한쪽에 고궁에서 주워온 꽃을 겹치지 않게 올려두었다. 내가 방으로 들어가지 않고 주변을 서성이자 그녀가 손짓했다.

구경하고 싶냐?

고개를 끄덕였다. 할머니는 꽃을 정렬한 다음 무늬가 없는 티슈를 꽃 위에 살포시 올려놓았다.

지금부터가 중요하다.

그녀는 바람이 일지 않도록 조심조심 책을 닫았다. 그다음 닫힌

책을 손바닥으로 힘주어 눌렀다.

이렇게 닷새를 기다리면 꽃 누르미가 되는 거다. 해볼 테냐?

할머니가 도감을 내밀었다. 나도 할머니와 비슷한 방식으로 도감 사이에 꽃을 올려두고 책을 덮은 뒤 손바닥으로 압을 가했다. 생각보다 단순하고 시시한 작업이었다. 시간이 지나자 손목도 저려왔다. 무료하게 압화를 만드는 나와 달리 할머니는 진지한 표정으로 묵묵히 꽃을 정렬하고 티슈를 올리고 적당한 압력으로 책을 눌렀다.

재미없지?

건성으로 꽃을 배열하는 나를 보며 할머니가 물었다. 속내를 들킨 것 같아 부끄러웠다. 할머니와 나는 어떤 말도 나누지 않은 채 반복적으로 압화만 만들었다. 할머니가 먼저 말문을 뗐다.

처음에는 가만히 있을 수가 없어서 시작했다.

혼자 있다보면 그때 일이 떠올라서 견딜 수가 없더라. 내 몸에 억지로 그런 걸 새기고 욕을 하고 또……

그녀는 돌연 말을 멈추더니 손목에 힘을 더 실어 꽃을 눌렀다.

그래서 시작한 일이다. 미움도, 분노도 여기 이렇게 꾹 눌러 넣다보면 좀 나아지니까.

담담한 말투였다. 할머니는 오래도록 생각에 잠겨 있었다. 그런 그녀에게 나는 아무 말도 할 수 없었다. 괜찮다는 말도, 할머니의 잘못이 아니란 말도 위로가 되지 않을 것 같았다. 우리는 그저 침묵한 채 서로 다른 곳을 보고 있었다. 말없는 나를 힐끔 보다 할머니는 소리쳤다.

계속 그러고 있을 거냐?

정신을 차리고 힘껏 꽃을 눌렀다. 모자 한가득 담겨 있던 여름 꽃이 점차 바닥을 드러내고 있었다.

그날 밤에는 악몽을 꾸었다.

세탁기 투입구를 청테이프로 친친 돌려 감고, 시도 때도 없이 비명을 지르고, 나와 눈이 마주칠 때마다 시선을 피하던 엄마가 꿈속에 내내 맴돌았다. 잠에서 깨자마자 캐리어를 뒤졌다. 담배를 꺼내 밖으로 나가려던 그때, 옆방에서 앓는 소리가 들려왔다. 숨을 잘게 뱉고 내쉬는 소리. 삐, 삐, 삐, 하는 기계음. 시간이 지나면 잠잠해질 테지만, 그 밤 나는 담배를 도로 캐리어에 집어넣고 할머니 방의 문을 열었다.

할머니는 침대에 몸을 기댄 채 숨을 몰아쉬고 있었다. 주변이 어두워 실루엣만 언뜻 보일 뿐 할머니의 얼굴은 잘 보이지 않았다.

삐, 삐, 삐.

느린 박동 소리에 귀를 기울이며 천천히 침대맡까지 걸어갔다. 힘이 모조리 빠진 것 같은 목소리로 할머니는 물었다.

안 잤냐.

소리 때문에 잘 수 있어야죠.

할머니가 그러듯 부러 무뚝뚝하게 대꾸했다. 홋, 홋. 어둠 속에서 희미하게 소리 죽여 웃는 소리가 들렸다. 그녀의 심장은 그 와중에도 곧 멈출 것처럼 여린 박동으로 뛰고 있었다.

병원 가보면 안 돼요?

나중에.

할머니는 고개를 저은 뒤, 손바닥으로 가슴부터 배꼽 위까지 쓸어내렸다.

이거 다 새기면 그때.

흉부에 있는 문신과 흉을 보여줬을 때 사람들이 어떤 반응을 보였는지, 한결같은 그 반응들이 자신을 얼마나 비참하고 아프게 만들었는지 할머니는 짧게 이야기했다. 그녀는 늘 자기 이야기를 길게 하지 않았다.

말주변이 없어 그렇지.

할머니는 그렇게 말했지만, 그게 사실이 아니란 걸 나는 알고 있었다. 그녀가 침묵 뒤에 감추어놓은 이야기를 짐작하며 고개를 끄덕였다. 어둠에 익숙해져 시야가 조금 환해졌을 즈음, 할머니가 말을 이었다.

너는 꿈이 뭐냐. 타투…… 그거냐?

없어요. 타투는 할머니까지만 하고 접으려구요. 어차피 재능도 없고.

잠시 생각하다 덧붙였다.

그리고 나는 꿈, 희망, 그런 말 싫어해요. 나한테 해준 게 없거든요 그게.

어둠 속에서 할머니는 나를 빤히 바라보았다.

너 꼭 겁쟁이 사자 같다.

그녀는 쉽게 겁을 내고 안주하는 〈오즈의 마법사〉 속 겁쟁이 사자에 대해 이야기했다. 용기를 가지기 위해 에메랄드 시티로 떠나는, 막막한 여정 속에서 자주 겁을 내고 움츠러드는 겁쟁이 사자에 대해. 그녀의 이야기를 들으며 나는 괜히 퉁을 놓았다.

겁내고 울고 짜고. 그런 건 하나도 멋지지 않아요. 찌질하지.

우툴두툴한 상처 위로 부드럽고 따뜻한 손이 지나갔다.

난 너 그거 계속했음 좋겠다. 타투인가 그거…… 도망치지 말고.

내 허벅지에 손을 얹은 채, 할머니는 말을 이었다.

그거 할 때 너 참 좋아 보이더라.

무슨 말을 해야 할지 몰라 멋쩍게 있다 할머니의 손 위에 내 손을 조심스럽게 포갰다. 할머니의 손이 상처를 더듬을 때마다 내 손도 같은 방향으로 천천히 움직였다. 오십 비피엠의 고요한 박동 속에서 우리는 손을 겹친 채 오랫동안 서로를 마주보았다.

*

외곽을 그려넣던 때는 한여름이었는데, 그새 밤낮으로 날이 서

늘하고 해가 이우는 시간이 조금 빨라져 있었다. 9월 초순부터 나는 미술 학원에 다니기 시작했다. 뭐든 해보라는 할머니의 부추김 때문이었다. 그림을 한 번도 배운 적 없는 내 실력은 다른 수강생들에 비해 한참 모자랐다. 밤낮없이 데생 연습을 하고 크로키를 익히는 동안 할머니 몸에 꽃을 새기는 작업은 유보되었다.

정신없이 진도를 따라잡느라 계절이 바뀌는 것도 눈치채지 못하다 자두를 팔던 트럭에서 귤을 파는 걸 봤을 때 비로소 길었던 여름이 지났다는 걸 실감했다. 막 9월 달력을 뜯고 10월을 맞이한 주에 할머니와 나는 거실에 모였다. 볕이 좋은 토요일이었다.

오늘은 안 나가도 되나?

할머니가 물어 오늘은 휴일이라고 답해주었다.

전엔 만날 쉬는 날이더니.

할머니가 옅게 웃음 지었다. 그녀의 왼뺨에 살짝 보조개가 졌다.

거실에 매트리스를 깔고 작업을 준비했다. 새로 산 니들과 타투 잉크도 차례차례 꺼내두었다. 타투 위에 내려앉았던 딱지는 말끔히 벗겨져 있었고, 그후에 생긴 각질과 투명한 피부막도 이제는 거의 남아 있지 않았다. 착색이 잘된 푸른 꽃이 햇볕에 반질반질하게 빛났다.

하얀 잉크로 꽃의 틈새와 테두리를 메웠다. 명암까지 주니 본래 다른 문신이 있던 자리라곤 생각할 수 없을 정도로 깔끔해졌다. 갈비뼈까지 꽃을 채우고 완성만을 남겨뒀을 즈음, 할머니가 바닥을 두 번 쳤다.

오늘은 이만하자.

그녀는 숨이 찬 듯 힘겨워 보였다. 오른쪽 쇄골 아래 있는 일본
어는 완전히 덮지 못한 상태였다. 화사한 꽃 아래로 일본어가 희
미하게 비쳐 보였다. 그게 아쉬워 쉬이 작업을 마칠 수 없었다. 할
머니는 여전히 숨을 들이쉬었다 내쉬며 호흡을 가다듬는 중이었
다. 낯빛이 전보다 더 창백했다.

잠을 설쳐서 그런지…… 몸이 따라주질 않네.

시간이 지나자 해쑥했던 얼굴색이 돌아오고, 거칠던 호흡도 점
차 잦아들었다. 할머니는 정신을 차린 뒤 나비장 속에서 무언가
꺼내왔다. 네뷸라이저를 꺼내는 줄로만 알았는데 손에 전혀 다른
것이 들려 있었다.

누구 주려고 뭘 사본 게 하도 오래전이라……

할머니는 그것을 내게 건넸다. 표지에 아무것도 적히지 않은 단
단한 재질의 책이었다.

마음에 안 차도 못 물린다. 영수증을 어디다 뒀는지 몰라서.

할머니가 말했다. 표지를 조심조심 넘겼다. 일반 책과는 달리
종이에 검은 코팅이 되어 있었고, 검은 바탕에 〈오즈의 마법사〉
캐릭터인 도로시, 양철나무꾼, 허수아비, 그리고 겁쟁이 사자의
테두리만 희미하게 새겨져 있었다. 내지를 이리저리 살펴보며 고
개를 갸웃했다.

이거 책 맞아요? 아무것도 안 적혀 있는데.

검게 코팅된 빳빳한 종이들을 넘기며 물었다.

숨어 있으니까.

뭐가 숨어 있는데요?

그걸 찾아내는 건 네 몫이지.

할머니는 조그맣게 웃었다. 영문 모를 말들에 의아해하며 책을
덮었다.

작업을 재개하기 위해 니들을 교체하고 머신을 정비했다. 오른
쪽 쇄골 아래 있는 문신들만 조금 덧칠하면 모든 작업이 끝날 것
이었다. 할머니 상태도 호전된 것 같아 금방 끝낼 수 있을 거라 생
각했다.

다음에 하면 안 되냐.

잉크를 준비하는 내게 할머니는 물었다. 나는 잠시 망설였다.
완성된 타투를 보고 흡족해하는 할머니의 얼굴도 보고 싶었지만,
그보다는 그동안 학원에 다니며 익힌 것들을 시험해보고 싶은 욕
심이 더 컸다.

금방 끝날 거예요.

내 채근에 할머니는 굳은 얼굴을 한 채 자리에 가만 누웠다.

*

다른 환자들은 길어야 오 분 지속하는 발작을 할머니는 이십 분
에 걸쳐 이어갔다.

중환자실 한편에서 몸을 뒤트는 할머니와 제세동기를 들고 심
폐 소생을 하는 의사를 초조하게 바라보았다. 가슴 압박을 다섯
차례나 하고, 약물을 주사한 뒤에야 할머니는 겨우 깨어났다. 의
사는 수술을 권했다.

신형 박동기를 삽입해야 하는데, 환자 상태가 좋지 않네요.

그는 엑스레이를 가리키며 할머니의 심낭에 물이 가득차 있다
고 했다. 교체 주기가 한참 지난 박동기를 떼어내지도 않고 그대
로 착용했던 게 화근이었다.

조금만 더 일찍 오시지…… 왜 이렇게 늦게 왔어요?

나는 대답 대신 말려 올라간 할머니의 옷을 끌어내렸다. 질책하
는 의사에게 어떤 말도 할 수 없었다.

할머니가 병원에 입원해 있는 두 달 동안 문안을 온 사람은 아
무도 없었다. 하우스 셰어링에 대한 공문을 전하기 위해 구청 직
원이 한차례 들렀을 뿐이었다.

할머니 가족들한테서는 연락 왔어요?

문안 선물로 들고 온 오렌지주스를 건네며 직원은 물었다.

없었어요.

그치? 그럴 줄 알았어. 조카가 하나 있긴 한데 서로 왕래가 없었나봐요. 할머니 위독하다고 전했더니 전화를 끊더라고.

속이 타 주스를 들이켰다. 오렌지주스의 시고 쓴 맛이 입안에서 잠시 고였다 사라졌다. 직원은 가져온 공문을 하나씩 펼쳤다. 계약 만료에 관한 서류들이었다. 애초 할머니 집에서 지내기로 한 육 개월도 거의 끝나가고 있었다.

아가씨도 슬슬 다른 거처를 찾아봐야지.

공문을 대강 훑는 나를 향해 직원은 타이르듯 말했다.

안쓰럽긴 해도 어쩔 수 없잖아. 아가씨가 가족도 아닌데.

대답 없이 병상에 누운 할머니를 바라보았다. 팔뚝에 링거를 꽂은 채 그녀는 잠들어 있었다.

어떻게 해야 할까.

천천히 떨어지는 링거액을 보며 생각했다. 가족으로 묶이지 않은 내가 그녀를 위해 할 수 있는 일은 거의 없었다. 입원 신청서를 작성하는 것부터 같은 병실 사람들에게 할머니와의 관계를 설명하는 것까지 보호자로 호명되기 힘든 나는 늘 망설이고 머뭇댈 뿐이었다. 그녀와 함께 생활하며 차츰차츰 쌓아온 감정의 지층은 가족이라는 명목 앞에서 쉽게 허물어지고, 아무것도 아닌 것이 되어 버렸다.

구청 직원은 병원에 그만 드나들라고 했지만, 이후에도 나는 학원과 병원을 오가며 할머니를 돌보았다. 이전보다 더 잦은 빈도로 호흡곤란이 일어나고, 약물치료와 심폐 소생으로 고비를 넘기는 날들이 이어졌다. 그 시간 동안 할머니는 먹는 음식마다 게워내길 반복했고, 점점 말라갔다. 후에는 물도 제대로 못 넘길 때가 허다했다.

한번은 병상에 누워 있던 할머니가 느닷없이 몸을 일으키더니 내게 팔을 뻗었다.

나한테 혹시 냄새나냐?

수술을 받더라도 깨어나지 못할 확률이 높다는 판정을 들은 날이었다. 나는 그녀의 몸에 코를 대고 숨을 깊이 들이마셨다. 독한 약 냄새가 풍겼지만, 모르는 척 고개를 저었다.

다행이네.

몸에서 역한 냄새가 풍긴다는 건, 죽음이 목전까지 다가온 증거라고 그녀는 설명했다.

너도 담배 이젠 그만 피워. 몸에 해롭다.

아셨어요?

그럼 알지, 모를까.

할머니는 쓸쓸하게 입꼬리를 올렸다. 그녀와 눈을 맞추는 대신 떨어지는 링거액을 빤히 바라보았다. 병원에 있는 동안 할머니의 얼굴은 지나치게 상해가고 있었다. 뼈밖에 남지 않은 얼굴을 나는 좀처럼 마주할 수 없었다. 잠시 정적이 흘렀다. 죽음에 관한 말은 하고 싶지도, 듣고 싶지도 않아 말을 돌렸다.

할머니가 준 책 말이에요. 거기 뭐가 숨겨져 있는지 전 잘 모르겠어요.

할머니는 조용히 웃었다. 입술 사이로 바람 새어나가는 소리가 났다. 그녀는 책을 가져와보라고 했다. 내가 책을 내밀자 그녀는 〈오즈의 마법사〉 캐릭터가 있는 페이지를 펼쳤다.

자, 봐라.

그녀는 손톱으로 양철나무꾼의 테두리를 천천히 긁어냈다. 검은 코팅지를 긁어낼 때마다 무채색의 양철나무꾼이 색을 찾아갔다. 양철로 만든 은빛 갑옷, 커다란 도끼, 오뚝한 코.

이제 네가 해봐.

할머니는 내게 책을 넘겨주었다. 나도 그녀처럼 코팅지를 조금씩 긁어냈다. 가슴 부분을 긁어내자 텅 비어 있던 양철나무꾼의 가슴에 심장이 생겨났다. 따뜻한 색감의 붉은 심장이었다. 병상에 앉아 우리는 계속 검은 테두리를 긁어냈다. 도로시도, 허수아비도, 겁쟁이 사자도 그렇게 전부 제 색을 되찾을 때까지.

*

병실에 있던 할머니의 짐은 간소했다. 여행용 세면 파우치와 작은 손거울, 헤어피스, 입원 전 입었던 옷가지, 집에서 가져온 압화

몇 점이 전부였다. 그것들을 종이 박스에 주섬주섬 챙겨들고 병원 지하로 내려갔다.

장례는 지하에 있는 추모관에서 치러졌다. 직계가족이 아니라는 이유로 나는 상주가 될 수 없었다. 키가 크고 어딘지 모르게 심통 난 표정을 한 할머니의 조카가 상복을 입고 조문객을 맞았다. 상이 치러지는 삼 일간 나는 그와 거의 말을 섞지 않았다. 할머니와 나의 관계에 대해 집요하게 캐묻는 그에게 아무 사이도 아니라고 얼버무린 게 전부였다.

하나씨는 어려서 이런 게 왜 중요한지 모를 수도 있겠네.

그는 내 이름을 틀리게 불렀다. 하나가 아니라 하라라고 고쳐주어도 다음에는 다시 하나라 불렀다.

몇 차례 변호사가 다녀갔고, 할머니의 재정 상태와 재산목록에 대해 변호사와 그는 진지하게 의논했다. 상속세는 언제쯤 신고해야 하고, 유품은 어떻게 처분할지 대화를 주고받으며 그들은 자꾸만 내 쪽을 힐긋댔다. 멋쩍어진 나는 그때마다 빈소를 나가 공터에서 담배를 태웠다.

한번은 그가 담배를 태우는 내 곁에 다가와 넌지시 물었다.

하나씨는 가족이 없어요?

이모를 떠올리다 오래전 가족을 잃었다고 답했다.

젊은 사람이 안됐네.

그는 중얼댔다. 멀거니 서 있는 그에게 나는 담배를 내밀었다.

금연중이라서.

은단을 입에 털어 넣으며 그는 말했다.

입주 계약을 육 개월로 잡았다고 들었는데……

네.

퇴거가 얼마 안 남았겠네요.

그의 입에서 맵고 화한 냄새가 훅 풍겼다.

혹시 입원 전에 고모님이 하나씨한테 남겨준 유품이나 서류는 없어요?

그런 건 없다고 거듭 말해도 그는 끈질기게 재산상속에 대해 아는 바가 없는지 묻고, 변호사와 나눈 특별 연고자 분여법에 대해 설명했다. 사망 전 생계를 함께한 연고자의 경우 상속재산의 일부를 분여받을 수 있다, 변호사에게 듣기론 연립이 고모 명의로 되어 있다는데 아무래도 그건 가족에게 상속되어야 온당하지 않느냐 같은 말들을 마구잡이로 쏟아냈다. 조카가 하나 있긴 한데 서로 왕래가 없었나봐요. 할머니 위독하다고 전했더니 전화를 끊더라고. 구청 직원의 말이 머릿속에서 맴돌았다. 할머니의 안부나 생전의 일들은 전혀 궁금해하지 않고 오로지 상속이니 분여니 하는 말만 뱉어대는 사람을 가족이라 부를 수 있을까. 화가 치밀어오르고 속이 끓다가도 짙은 눈썹이나 날카로운 눈매 같은 부분들이 할머니와 묘하게 닮은 그를 보면 내가 아니라 그가 할머니의 가족이라는 것을 절감할 수밖에 없었다.

연립에 대한 언질도 없었어요? 하나씨한테 넘겨주겠다거나 하는.

묻는 그에게 나는 나지막이 말했다.

하나가 아니라 하라예요.

네?

내 이름은 하나가 아닌 하라라고, 그러니 내키는 대로 아무렇게나 부르지 말라고 쏘아붙였다. 하고 싶은 말이 많았는데, 할 수 있는 말은 그뿐이었다. 어안이 벙벙해진 그를 내버려둔 채 장례식장 안으로 들어갔다.

할머니의 조카는 내게 장지에는 오지 말라고 부탁했다.

마음은 고맙지만 앞으로는 제가 처리할게요.

정중하고도 단호한 말투였다. 나는 어떤 말도 하지 못했다. 발인은 조용히 진행되었다. 우는 사람도, 기도를 하거나 작별인사를 하는 사람도 없었다. 애초에 조문객이 얼마 없는 조촐한 장례식이었다. 화장장 맨 끝에 서서 할머니의 관이 가마로 들어가는 광경을 지켜보았다.

또다시 끝이구나.

고요히 타오르는 가마 앞에서 중얼댔다. 요한의 죽음, 엄마의 자살. 일생 동안 내가 겪은 상실과 사별이 스쳐갔다. 누군가의 죽음을 접할 때마다 밀려오던 허무와 절망도 다시금 발화되었다. 유골은 작은 나무상자에 담겼다. 장지로 향하는 행렬을 지켜보다 머뭇머뭇 돌아섰다.

이제 어디로 가야 할지 알 수 없었다.

*

베란다에 가져다놓은 꽃잎들은 햇볕에 바싹 말라 있었다. 부서진 꽃잎들을 그대로 방치한 채 방으로 들어갔다. 다시 할머니의 연립으로 돌아왔지만, 무얼 해야 할지 막막했다. 돌아갈 곳도, 나를 받아줄 곳도 더는 없었다.

말소리 하나 들리지 않는 고적한 집에서 무기력하게 잠을 자고 끼니를 때웠다. 할머니 방에는 들어가보지 않았다. 할머니의 물건도, 냄새도 고스란히 남아 있는 방에 들어서면 물기 없이 건조한 가슴에 조금씩 물이 차오를 것 같았다. 천천히 차오르다 후에는 숨이 잘 쉬어지지 않을 정도로 가득, 깊이. 슬픔은 뒤늦게 밀려왔다.

할머니의 조카가 연립에 찾아온 날에도 나는 무력감에 빠진 채 방 한가운데 누워 있었다. 오늘이 며칠인지도, 지금이 몇시인지도 가물가물하던 나날 중 하루였다. 몇 차례 현관문 두드리는 소리가 들렸고, 누군가 무어라 외치는 소리도 잇달아 들려왔다. 그즈음에는 바깥에서 들리는 사람 소리에도 흠칫 놀라곤 했다. 숨을 죽인 채 외시경으로 바깥을 확인했다. 처음에는 누군지 알아보지 못하다 하라씨, 하라씨, 부르는 소리에 할머니의 조카인 것을 알아챘다. 저 사람이 왜…… 머릿속에서 온갖 생각이 뒤섞였다. 이제 정말 이 집을 나갈 때가 되었구나, 그런 생각도 들었다. 외시경에서 눈을 떼고 한참을 망설이다 문을 열었다.

이런 곳에서 사셨었구나.

열댓 평 남짓한 집안을 부산하게 돌아다니며 그는 누수를 확인하고, 하자를 살폈다. 최근 부동산 업자가 방문한 적 있는지 묻기도 했다. 그가 이곳저곳을 기웃대고 들추어볼 때마다 신경이 곤두서고 분노가 치밀어올랐다. 그에게 이 집은 살[住] 곳이 아닌 살[買] 곳 같았다.

마음이 갑갑해져 베란다로 나갔다. 꽃잎들은 이제 형체도 알아보기 어려울 정도로 부서져 있었다. 발바닥에 닿을 때마다 파삭, 하는 소리가 났다. 창문을 열고, 부서진 꽃들을 날렸다. 힘없이 흩날리는 꽃들은 하나도 아름답지 않았다.

떨어져 내리는 꽃잎을 보며 담배에 불을 붙였을 때, 그가 다가왔다. 흘깃 눈치를 살피는 그를 애써 모른 체했다. 그가 무슨 말을 할지는 듣지 않아도 뻔했다. 돈에 관한 이야기. 기껏해봐야 언제쯤 집을 비울 거냐는 독촉이겠지. 하지만 그의 입에서 나온 말은 예상과는 전혀 달랐다.

한 번도 뵌 적 없어요.

베란다에 몸을 기대며 그는 덧붙였다.

고모님 말이에요. 왜 가족 중에 그런 사람 있잖아요. 다들 쉬쉬하고, 묵인하는 사람. 있어도 없는 존재. 고모님이 그랬어요.

고모에 대한 궁금증을 가진 적은 있으나 그것도 자라오며 서서히 증발되다 종국에는 아예 잊게 되었다고, 구청에서 고모의 소식을 전해들었을 때도 잘못 걸려온 전화인 줄만 알았다고 그는 술회했다.

그분은 어떤 분이셨어요?

그가 물었다. 할머니는 어떤 사람이었나. 상기할수록 머릿속이 뿌예졌다. 한 사람을 온전히 알아가기에 두 계절은 너무 짧았던 걸까. 흐릿해지는 기억 속에서 나는 오직 한 단어만을 건져올렸다. 내가 정말 그녀에게 하고 싶었던 말.

……강한 사람.

내 말에 그는 고개를 주억였다. 멀리서 새 우는 소리가 들렸다. 이번에도 그에게 담배를 내밀었다. 그는 거절하지 않고 담배를 받아 천천히 태웠다. 금연중이지 않냐고 묻는 내게 그는 말했다.

오늘 하루만 피우죠.

비좁은 베란다에 그와 나란히 서서 숲을 내다보았다. 눈이 덮인 침엽수 사이에서 한 무리의 새떼가 날아올랐다.

환율이 또 올랐더라구요.

뜬금없는 말에 어리둥절해졌다. 조금의 텀을 두고 그는 말을 이었다.

보스턴으로 매달 돈을 부치거든요. 애들도, 애들 엄마도 다 거기 있어서.

그는 담배 연기를 길게 내뿜었다.

가끔은…… 가족이란 게 뭔가 싶어요. 달에 몇 번 스카이프로 전화하는 게 고작인데. 그것도 못할 때가 숱하고. 이제는 서로 쓰는 언어나 생활 습관도 너무 달라서…… 돈 때문에 겨우 지탱되는 관계가 과연 정상인가 그런 생각도 들고.

두서없이 속내를 늘어놓는 그에게 무슨 말을 해야 좋을지 알 수 없었다. 그와 나 사이에 이상한 침묵이 감돌았다. 정적 끝에 그가 먼저 입을 뗐다.

그때, 장례식에 왔던 변호사가 내 대학 동기예요. 그 친구가 이 연립은 최대한 빨리 처분하는 게 좋겠대요. 누구에게 세를 주거나, 아예 매각하거나. 나도 그게 좋을 것 같아요.

필터만 남은 담배를 창밖으로 내던지며 그는 중얼거렸다.

마지막 송금을 한 지 벌써 세 달이 다 되어가서……

멍하니 창밖만 내다보는 그에게 나는 빠른 시일 내로 짐을 빼겠다고 힘겹게 약조했다.

그와 집안 곳곳을 돌아다니며 할머니가 남기고 간 물건들을 정리하고, 나눌 수 있는 것들은 나누었다. 오래된 가전과 나비장은 그가 가져가기로 했고, 나비장에 차곡차곡 보관해온 할머니의 스크랩북은 내 소유가 되었다.

줄 게 있었는데.

떠나기 전, 그는 주머니를 뒤져 무언가 꺼냈다.

유골을 다 쓸어 담고 보니 이런 게 남아 있더라고요.

인공 심박동기였다. 나는 그것을 조심스럽게 받아들었다. 티타늄 재질의 인공심장은 겉만 조금 그슬렸을 뿐, 온전한 형체를 유지하고 있었다. 박동기를 살포시 귀에 갖다댔다. 고장난 박동기에서는 더이상 아무 소리도 들리지 않았지만, 나는 공연히 오십 비피엠의 느슨한 박동 소리를 떠올리며 눈을 감았다.

삐, 삐, 삐.

구식이라 그런다. 밧데리가 고장난 뒤론 늘 이래.

어디선가 할머니의 퉁명스러운 목소리가 들리는 것 같았다. 삐, 삐, 삐. 알레그로에서 안단테로, 다시 라르고로 느리게 뛰는 박동. 그 박자에 맞춰 희미하던 할머니의 윤곽이 서서히 되살아났다.

무표정한 얼굴로 팔짱을 낀 채 걷는 할머니. 웃으면 왼뺨에 보조개가 잡히는 할머니. 가슴에 푸른 꽃을 품은 할머니. 나의 오즈.

티타늄으로 만든 오즈의 심장을 가슴에 가져다댔다. 불기가 가신 심장은 따뜻했다.

*

새로 구한 집은 좁고 창도 하나뿐이었지만, 산책로와 마주해 있어 조용했고 무엇보다 볕이 잘 들었다. 남향으로 난 창으로 반듯하게 볕이 쏟아졌고, 그 빛 속에 누워 있으면 혼자라는 말이 더이상 쓸쓸하게 들리지 않았다.

오랫동안 방치해놓았던 타투 머신을 소독하고, 새 니들을 끼웠다. 바지를 걷어올린 뒤 왼쪽 복사뼈에 마취 크림을 얇게 발랐다. 상처 없이 깨끗한 살에 타투를 새기긴 처음이었다. 시간이 지날수록 근육이 점차 뻐근해져왔다. 자세를 잡고 니들을 가져다댔다.

정해놓은 도안은 없었다. 마음 가는 대로 니들을 움직여 문양을 새길 생각이었다. 바늘이 살갗을 뚫고 들어갈 때마다 따끔하고 아릿한 통증이 밀려왔다. 자꾸만 움츠러드는 몸을 곧추세웠다. 뼈와 접해 있어 작업이 쉽지 않은 부위였다. 머신의 전원을 내렸다. 행여 니들이 엇나갈까 겁이 나고 확신이 서지 않았다.

그만둘까.

중얼대며 오즈처럼 숨을 크게 들이쉬었다. 새 살에 타투를 하는 내게 오즈는 어떤 말을 해주었을까. 후우우. 숨을 뱉자 굳어 있던 몸에 다시 피가 도는 것 같았다. 머뭇하다 다시 머신을 작동시켰다.

구름이 지나갈 때마다 방은 어두워졌다 다시 밝아졌다. 어느새 가는 실선 하나가 복사뼈에 새겨졌다. 니들이 지나간 자리를 나는 손등으로 조심스럽게 쓸었다. 반듯하지도, 깔끔하지도 않은 실선. 선이 어떤 문양으로 이어질지 아직 알 수 없었다.

김일성이 죽던 해

엄마는 간혹 알다가도 모를 말을 한다.

일테면 '이 노래 좋더라' 하고 두아 리파의 신곡을 알은체하거나, 카페에서 드립 커피를, 그것도 파나마 게이샤를 콕 집어 주문할 때. 그럴 때 엄마는 내가 아는 그녀―음악에 관심이 없고, 커피라곤 맥심밖에 모르는―와 전혀 다른, 평행 우주의 또다른 그녀인 것만 같다.

신춘문예 당선 소식을 알렸을 때도 그랬다. 당선금이 얼마고 시상식은 언제라는 내 이야기를 다 듣기도 전에 테니스회 회원들과 친척들, 곁다리 걸친 지인에게까지 전화를 돌리며 '우리 딸이 황석영 선생의 길을 따라 걷고 있다'고 설레발을 치던 아버지와 달리 엄마는 내 시선을 피했다. '축하한다'거나 '자랑스럽다'는 말 대신 그녀는 한참 만에 다소 미묘한 어조로 운을 뗐다.

부럽다. 네가 참 부러워.

*

엄마의 의중 모를 말들은 나를 당혹게 만들었으나 그것이 불화로까지 번지지는 않았는데, 이번은 좀 예외다.

시작은 사과였다.

올해도 어김없이 문덕 이모가 햇사과를 보내왔다. 대구에서 과수원을 하는 이모는 매년 가을이면 첫 수확한 사과를 서울로 부쳤다. 엄마와 아버지 둘이 먹기에는 양이 많아 늘 반을 갈라 내게도 나누어주었다. 해서 가을엔 연례행사처럼 본가에 들러 사과도 받아가고 무른 과실로 만든 잼도 맛보았다. 올해는 또 언제 사과를 가지러 가야 하나, 되는 날짜를 꼽는데 엄마가 불쑥 본인이 가져다주겠다며 이사한 집의 주소를 부르라 이른다.

얼마나 잘해놓고 사나 구경도 할 겸 해가.

북아현동에서 신설동으로, 그 옆 신당동으로 이 년 주기로 집을 옮겼지만 엄마가 내 집에 오겠다고 한 건 이번이 처음이다. 어느 집 모녀는 이사철마다 함께 매물을 보러 다니고, 집 비밀번호까지 공유한다는데 우리 모녀에겐 그런 긴밀함이 없다. 엄마는 입주 청소를 도와준 적도, 갖은 잔소리를 쏟아내며 해묵은 세간을 정리해주거나 텅 빈 반찬통을 살뜰히 채워준 적도 없다. 나 역시도 엄마에게 그런 것을 먼저 바라거나 청하는 법이 없었으나 아마 반찬이 떨어졌다고 했더라도 엄마는,

요즘 반찬가게 찬 잘 나오더라.

하고 말았을 것이다. 무심하게, 아플 정도로 무심하게 말이다.

엄마의 무심함은 내가 작가가 된 후에도 이어졌다. 작품이 발표될 때마다 아버지는 자신의 페이스북이며 밴드에 소식을 전하고, 독려와 우려가 뒤섞인 평을 내게 보내오곤 했으나 엄마는 늘 묵묵부답이다.

때문에 엄마가 오기로 한 시간까지 나는 여덟 평 남짓한 원룸을 왔다갔다하며 일전에 작업했던 파일을 보란듯 열어두거나 내 소설이 실린 계간지나 단행본을 잘 보이는 곳에 빼두는 식으로 내 생활을 최대한 전시하기에 이른다. 본가에도 같은 책들이 꽂혀 있긴 하나 엄마가 그것을 펼쳐보기나 했을는지는 미지수다.

엄마는 홍옥을 들고 점심 즈음 도착한다.

받아라, 문덕이가 너 주라고 많이도 보냈더라.

민소매 옷을 입어도 무방할 정도로 더위가 여전한데, 엄마는 촘촘하게 짜인 연두색 카디건을 걸치고 있다. 추위를 심하게 타는 엄마는 남들보다 이르게 겉옷을 꺼내 입곤 한다. 그런 엄마가 지난해에는 계절이 바뀌기도 전부터 챙겨 입던 내의를 옷장에 그대로 넣어둔 채,

온난화인가 뭔가 오고 있는 것 같긴 하다. 올해는 날이 영 수상쩍네.

말하며 손부채질을 했다. 그때가 엄마의 갱년기였다는 것을 나는 반년도 더 지나서야 알게 되었고, 속이 상해 왜 그런 얘길 하지 않았느냐 쏘아붙였다. 그때 엄마가 뭐라고 했더라. 유야무야 넘어가 제대로 기억나지는 않지만, 아마 이런 말을 툭 뱉고 말았을 것이다.

별일도 아닌데 뭘, 남 신경 쓰이게.

얼마나 잘해놓고 사는지 구경하겠다는 말과 달리 엄마는 집을 건성으로 훑어본다. 눈에 띄는 곳에 비치해놓은 책들과 계간지, 랩톱 화면에도 시선이 닿았으나 별다른 말은 없다. 대신, 요즘에는 이렇게 조막만한 전기밥솥도 나오네, 동물 안 키우는 집이라 카펫도 깔 수 있네, 다소 직관적인 감상들만 늘어놓는다. 버터색으로 칠한 벽에 대해, 큰맘먹고 들여놓은 턴테이블에 대해, 보란 듯 전시해놓은 내 일상에 대해 엄마가 궁금해하길 바라지만, 그녀는 관심조차 갖지 않는다. 집 구경을 마친 뒤 엄마는 금방이라도 떠날 사람처럼 현관 쪽으로 향한다.

니 어떻게 사는지도 봤고, 이제 슬슬 가련다.

왜, 좀더 있다 가.

출출하니 초밥이라도 시켜 먹자는 내 제안을 그녀는 단박에 거절한다.

나는 되았다. 밥 먹고 왔다.

난 안 먹었는데. 두 개 시킬 테니까 맛만 봐.

아깝그로. 그냥 하나 시켜서 너 해라.

식사가 부담스러우면 사과라도 먹고 가라고, 갈 채비를 하는 엄마를 억지로 끌어 앉힌다.

조금만 움직여도 무릎이 닿을 것 같은 일인용 티 테이블에 엄마와 마주앉는다. 몇 년 전 노안이 온 엄마는 휴대폰을 멀찍이 떨어뜨린 채 화면을 터치하고 있다. 돋보기를 가져올 걸 그랬다는 말을 반복하며 그녀는 휴대폰에서 눈을 떼지 않는다. 본가에서 여기까지 얼마나 걸리더냐 물으니 엄마는,

버스로 열 정거장 정도 되데.

무심히 답한다. 이전에 내가 살던 집은 본가와 불과 다섯 정거장 거리였다는 걸 엄마는 알까. 이렇게 마주하는 것도 반년 만인데, 엄마는 내게 어떤 것도 묻지 않는다. 이 집에 대해, 요즈음 내 관심사에 대해, 쓰고 있는 작품에 대해서도. 엄마는 자신에 관한 이야기조차 아끼며 그저, 영기네는 업체 끼고 주방을 싹 갈아엎었던데 좋아 보이더라, 네 아빠는 테니스회에서 만난 한의사를 한참 따라다니더니 요즘엔 체질식까지 시작했다, 해도 그만 안 해도 그만인 말들만 두서없이 늘어놓는다. 이쪽으로 갔다가 난데없이 저쪽으로 새는 엄마의 이야기를 들으며 나는 자주 딴생각을 한다. 엄마도 그걸 느꼈는지 아버지가 태음인이더라는 말을 끝으로 입

을 닫는다.

돌이켜보면 엄마는 늘 그래왔다. 자신의 감정이며 사정은 감추고, 갈등이 생기면 입을 닫거나 회피했다. 그때마다 나는 울화가 치미는데, 아버지는 자신도 살다보니 익숙해졌다며 그게 엄마의 성향이니 이해하라고만 했다.

젊었을 때도 남한테 속 얘길 잘 못하는 사람이었어, 니 엄마가.

우리가 남이야?

내 말에 아버지는 시큰둥하게 대꾸했다.

가족도 뭐 결국에는 남 아니겠냐.

창가에 앉은 엄마의 얼굴 위로 옅은 볕이 떨어진다. 찬찬히 흐르던 빛이 얼굴의 주름을 따라 고인다. 나도 늙으면 저런 얼굴이 될까. 속을 알 수 없는 얼굴. 우리 사이에 긴 침묵이 감돌기 전에 서둘러 과도와 사과를 챙겨온다.

엄마는 기다렸다는 듯 과도를 쥔다. 그녀는 한 손으로 과실을 잡은 뒤 주의를 기울이며 표면을 다듬는다. 사과를 깎을 때 엄마는 껍질을 한 번도 끊지 않는다. 그것은 엄마의 장기이자 자랑이다. 토끼나 새 모양을 만드는 데엔 재주가 없으나 끊지 않고 깎는 것엔 누구보다 능하다. 사과를 다 깎은 뒤, 엄마는 과실은 내게 주고 본인은 껍질을 집어먹는다. 아무도 먹지 않는 그것을 아삭아삭아삭.

그걸 왜 먹어?

난 이게 더 좋다. 문덕이네 사과는 껍질도 달더라.

매해 문덕 이모가 보내오는 사과를 맛보지만 이모를 만난 적은 없다. 이모와 얽힌 사연이나 소식을 전해들은 적도 없다. 엄마와 이모는 계나 친목 모임으로 이어져 다달이 만나는 사이도, 마음이 허할 때마다 전화나 문자를 주고받는 사이도 아닌 것 같았다. 그렇다고 대소사만 겨우 챙길 정도로 데면데면한 관계도 아닌 게, 어릴 적 엄마는 일 년에 한 번씩은 이모를 만난다며 대구에 내려갔다가 밤늦게야 돌아오곤 했다. 고작 일 년에 한 번 만나는 게 뭐 그리 대수냐고 생각할 수 있지만, 그 만남이 내게 심상치 않게 여겨졌던 것은 이모를 만나고 돌아오는 엄마의 눈이 늘 발갛게 부어 있었기 때문이다. '왜 울어? 무슨 일 있어?' 놀라 다가가면 엄마는 얼굴을 감싼 채 곧장 방으로 들어가버리곤 했다. 그때마다 홀로 남겨진 나는 상황을 지레짐작하며 살을 덧대고 오해하다가 종내엔 왜 내게 곁을 내주지 않는지 원망하며 엄마가 떠난 자리를 한참 쏘아보았다.

　　근데 엄마랑 이모는 무슨 사이야?

　　내 물음에 엄마는 사과 껍질을 먹으며 짧게 대꾸한다.

　　고향 선후배.

　　동문이었어?

　　그건 아이고…… 공장 다닐 때 만났다.

　　엄마가 공장에 다녔어? 언제?

　　전에……

엄마는 슬그머니 말을 줄이며 내 물음을 흘려보낸다. 질문을 더 보태도 돌아올 게 침묵일 것을 알기에 나는 일찌감치 스무고개를 끝낸다. 내가 질문하면 엄마가 겨우 답을 하고, 그 답에서 의중을 파악해야 하는 이런 대화 패턴이 언제부터 굳어진 걸까. 기점을 찾는 것마저 아득하다. 확실한 건 그렇게 모이고 모인 의문들이 내 안에 결석처럼 굳어 이따금 아릿한 통증을 일으킨다는 것. 아플 것을 알면서도 나는 또다시 질문거리를 찾고, 묻는다.

엄마, 근데 이 시간에 나와 있어도 돼? 쉬는 날이야?

괜됐다.

응?

한 달 됐다. 일 관둔 지.

과도 끝으로 사과를 집어먹으며 엄마는 담담히 말한다. 쉽게 할 수 있는 말은 호도하면서 이런 말은 왜 이리도 편히 하는 걸까. 표정 하나 바꾸지 않고 사과를 씹는 엄마를 보며 나는 무력감을 느낀다.

엄마는 학습지 교사로 이십 년을 근속했다. 분철한 교재로 꽉 찬 에코백을 두 개씩 지고 이 집 저 집 오가느라 어깨의 회전 근개가 파열되었을 때도, 회원 집 화장실 쓰는 게 눈치 보여 소변을 참고 참다 방광염에 걸렸을 때도, 이쪽 일이 다 그렇다며 꿋꿋이 사무실에 나가던 엄마가 느닷없이 퇴사를 하다니. 나는 또 그것을 한참이 지난 뒤에야 알게 되다니. 뒤틀리는 감정을 애써 추스르며 엄마에게 차분히 묻는다. 일을 왜 그만두었냐고. 엄마는 대꾸 없이 생각에 잠겨 있다.

혹 이 일을 상의하기 위해 엄마가 우리집에 찾아온 것은 아닐까 짐작해본다. 침묵 뒤에 감춰진 답을 헤아려보기도 한다. 해고된 걸까. 사직서를 냈다면 언제부터 계획하고 있었던 걸까. 들어놓은 연금도 없으면서 왜 갑자기. 혹 무슨 병에 걸린 건 아닐까. 온갖 추측과 걱정을 이어가는 나를 두고 엄마는 또 사과를 깎기 시작한다.

엄마, 내 말 들었어?

응.

들었는데 왜 답이 없어?

엄마는 여전히 묵묵하다. 사각사각사각. 끊어질 듯 말 듯 위태롭게 껍질을 깎는 소리만 방안을 맴돈다. 결국 견디지 못하고 되묻는다.

엄마, 왜 아무 말도 안 해? 그리고 그걸 왜 이제야 말하는데?

말하려고 했다.

언제?

톤이 높아진다. 지금 내 표정은 안 봐도 알 것 같다. 엄마는 상황을 털어놓고 하나하나 풀어가는 대신, 기어이 맥빠지는 소리를 한다.

니가 물어보면 그때.

과도가 지나는 방향을 따라 길게 깎여나가던 사과 껍질이 툭 끊긴다. 나는 늘 그런 모녀가 부러웠다. 남편에 대한 험담에서부터 불운한 과거사까지 필터링 없이 털어놓는 엄마, 그런 엄마를 가련하게 여기며 해우소 역할을 자처하다 결국 부아를 내는 딸. 남들은 클리셰라고 부르는 모녀상이 내게는 생경하다. 엄마와 나 사이에는 그런 것들이 결핍되어 있다. 애절하고 끈적이는 것. 분노와 역정, 유치한 언쟁, 연민이며 사랑 따위.

엄마가 짐을 챙겨 현관을 나설 때까지 나는 그쪽으로 시선조차 돌리지 않는다. 엄마도 작별인사 없이 그대로 문을 닫아버린다. 마음 주는 일에 왜 이리도 인색할까. 남도 아닌 딸에게. 엄마와 나 사이엔 여러 겹의 허들이 놓여 있는 것 같다. 넘기도 어렵고, 넘어서도 계속해 생기는 낮은 허들. 엄마에게 내 속 이야기를 하지 않게 된 것이 언제부터였을까. 내가 무슨 말을 해도 미적지근하게 반응하거나 대립을 꺼리며 쉬이 입을 닫아버릴 것임을 예감하게 된 뒤로는 우리 사이에 쳐진 허들을 넘지 않게 됐다.

분을 삭이며 테이블을 정리한다. 엄마가 깎다 만 사과가 테이블 위에 덩그러니 놓여 있다. 정갈하게 깎인 과실이 내 편에만 놓여 있다. 이럴 때 마음은 참 쉽게도 뒤집힌다. 미워하다가도 불현듯 애틋해지고, 충분하다 여기면서도 한편으로 서운해지는, 모녀관계란 원래 이렇게 변덕스럽고 불완전한 것이 아닌가.

군데군데 갈변한 사과를 먹으며 엄마에게 전화를 걸어보기로 한다. 어떤 말로 포문을 열지 고민하며. 곰살궂은 말을 건네려 목

도 풀어본다. 엄마, 화났어? 미안해. 에이, 화 풀어라. 그렇게 너스
레를 떨면 엄마도 조금은 다르게 반응하지 않을까. 그래도 딸밖에
없네, 같은 말을 할 수도 있지 않을까.

전화를 걸자 가까운 곳에서 벨소리가 울린다. 엄마가 앉았던 테
이블 밑에 휴대폰이 떨어져 있다. 요란한 벨소리를 내며 울리는
휴대폰을 들여다본다.

해원.

딸내미도 딸도 아닌, '해원'. 엄마가 휴대폰에 저장해둔 내 연
락처를 보자 미약하게 남아 있던 죄책감도, 애틋함도 전부 휘발된
다. 그래, 이게 우리 모녀지. 수식조차 없는 밋밋한 관계. 전화를
끊는다. 내 휴대폰을 열어 '사랑하는 엄마'를 '엄마'로 바꾼 뒤에
도 분은 가시지 않는다. 엄마는 모를 것이다. 내가 당신을 어떻게
생각하는지, 얼마나 큰 품을 들여 당신을 이해해보려 하는지, 그
리고 그 과정들이 나를 얼마나 고독하게 만드는지. 이런 것도 모
르겠지. 요즈음의 나는 수면제를 복용하지 않고선 잠을 이루지 못
한다는 것을, 지난 반년간 생리가 끊겨 얼마 전 호르몬 검사를 했
다는 것을, 또 엄마는……

*

다음날, 점심 즈음 집에 들른 엄마는 겸연쩍음과 민망함이 뒤섞

인 표정으로 문밖에 서 있다. 어제와 달리 나는 문만 열어주고 서둘러 랩톱 앞에 앉는다. 블라우스를 차려입고 옅은 메이크업을 한 내게 엄마는 묻는다.

니 어디 가나?

블라우스 아래 미처 갈아입지 못한 파자마 바지를 그녀는 희한하다는 눈으로 본다.

일이 있어서. 엄마 휴대폰 신발장 위에 있으니까 가져가.

빠르게 줌Zoom을 켜고 수강생들의 메일로 초대 링크를 보낸다. 매주 목요일은 창작 아카데미 온라인 수업이 있는 날이다. 등단 후 처음 맡은 비대면 글쓰기 수업. 링크를 보내고 얼마 지나지 않아 화면 하단에 수강생들의 접속 창이 속속 뜬다. 영교 최, 유진 강, 진희 김, 정진 주…… '성옥 장'은 오늘도 없다. 당초 열다섯 명의 정원을 염두에 두고 수업을 개설했으나 신청자는 다섯 명뿐이었는데, 폐강 위기 속에서 겨우 맥을 이어가고 있는 마당에 늘 한 사람이 결석을 했다.

안녕하세요. 잘 들리시나요?

오디오 테스트를 하자 수강생들이 반박자 늦게 '네' '잘 들립니다' 같은 말들을 채팅 창에 적는다. 작은 바둑판처럼 보이는 화면들을 훑어본다. 오늘로 네번째 수업이지만, 첫 인사말은 언제나 같다.

성옥 선생님과 연락되는 분 있나요?

채팅 창이 고요해진다. 장성옥씨는 첫 수업에만 얼굴을 비치고 이후론 소식이 감감하다. 바둑판 속에 섞여 있던 그녀의 얼굴을 떠올려본다. 엄마와 같은 연배로 보이던 중년여성. 과거 문학소녀였다는 말로 자기소개를 시작했던 것, 광도가 낮은 조명 아래 앉아 얼굴에 그늘이 짙게 드리워져 있던 것이 그나마 기억난다. 아카데미 담당자는 수강 철회는 통상적인 일이라며 장성옥씨가 아직 환불을 요청하지 않았으니 조금만 기다려보라고 했다. 통상적이라지만 공석이 눈에 띌 때마다 마음은 좀처럼 범상해지지 않는다. 모 작가의 글쓰기 강의를 신청하지 못해 같은 시간대의 내 수업을 듣게 되었다고 수강생이 지나가듯 말했을 때도, 글 바깥의 것들─나이나 외모, 주로 외적인 부분들─에 대한 평가를 지속적으로 들었을 때도 나는 태연하지 못했다. '김해원 소설은 기성 문학의 아류에 불과하다'는 혹평을 들었던 날에도. 나도 언젠가 이런 평에 대범해질 수 있을까. 도대체 어떻게 써야 할까. 자문하길 반복하다 그만두기로 한다. 수업이 끝나면 장성옥씨에게 전화를 해봐야겠다고 생각한다.

수업을 시작한다. 인물과 서사의 상관관계에 대해. 이렇게 주워섬기는 것의 대부분은 작법서에서 읽고 익힌 것들이다. 내 관점을 적은 유인물을 밤새 준비해놓고도 나는 그것을 끝내 사용하지 못하고 덮어둔다.

인물을 잘 모르면 서사는 매끄럽게 나아갈 수 없습니다.

타인의 주장과 관념을 인용하며 나는 나의 글을 떠올린다. 내 문장, 내 이야기라고 여겨 발표했으나, 아류라고 치부받았던 소설을.

— 작가님 소리가 끊기네요.

누군가 그 말을 채팅 창에 띄운다. 와이파이를 체크하고 다시 수업을 재개하지만, 여전히 싱크가 맞지 않아 수업은 또 늘어진다. 당황하며 허둥지둥 웹서핑으로 해결 방안을 찾는다.

대면 수업이었으면 다들 제 유능한 모습만 보셨을 텐데, 제가 워낙 기계치라……

자조 섞인 농담을 던져보지만 아무도 웃지 않는다. 수강생들의 표정을 나는 좀처럼 읽어낼 수 없다. 무료한 것 같기도, 억지로 당혹스러움을 감추려 하는 것 같기도 하다. 즉각적으로 소통하기도, 사람의 온기나 감정을 제대로 느끼기도 어려운 불완전한 만남이 지속되는 동안 다들 더 냉담해지고 지쳐가는 것 같다.

십 분 남짓 지났을까. 수강생들의 분위기가 다시 묘하게 어수선해진다. 싱크도 맞고, 다른 것도 별 이상 없는데…… 혹시나 싶어 화면을 살펴본다. 내가 앉은 의자 뒤로 엄마의 얼굴이 비스듬히 걸려 있는 것이 보인다. 아직도 안 갔어? 웹캠을 조금만 돌리면 화장실이나 침대 프레임이 보이는 원룸에서 내 생활과 형편은 숨기려 해도 쉽게 드러나버리기 마련이다. 티나지 않게 카메라를 조정하고 수업을 이어가보지만, 엄마의 존재를 인지한 뒤로는 전처럼 집중하기가 어렵다. 혀가 꼬이고, 방금 한 말을 되풀이하고……

급히 수업을 시작하느라 엄마에게 사정을 설명하지 않은 것이 실수라면 실수일까. 무슨 말을 뱉는지도 모른 채 내내 엄마 쪽을 곁눈질한다. 엄마는 집으로 돌아갈 생각도 않고 카펫이 깔린 바닥에 동그마니 앉아 무언가 끄적이고 있다. 도대체 뭘 하는 걸까. 어제는 그렇게 돌아가려 안달이더니.

어영부영하는 사이 한 시간 반이 지난다. 강의 막바지에 수강생 중 하나가 좋은 소설이 무엇인지 묻는다. 나는 이 질문이 늘 어렵다.

주인공에 대해 이해하려 하지만, 결국은 실패하는 소설.

내 생각은 그렇지만, 이번에도 나의 입장 대신 앤 라모트의 문장을 인용한다.

인물 하나하나를 온전히 이해하고 연민하는 소설이죠. 설사 악당일지라도요.

엄마는 여전히 낙서하듯 무언가 끄적거리다 잠시 생각에 잠긴 뒤 다시 쓰기를 반복한다. 내 말에 귀기울이지 않는 것처럼 보이지만, 어쩌면 경청하고 있을 수도 있다. 그런 생각을 하니 조금 부끄러워진다.

공휴일이 낀 관계로 다음주는 휴강이라는 소식을 전하며 수강생들에게 과제를 하나 준다.

내 인생의 가장 큰 사건 쓰기.

모니터 너머에서 수강생들이 그것을 받아쓴다. 이 주 뒤에도 이들과 만날 수 있을까. 조심스럽게 어림해본다. 다들 내 결함과 미숙함에 질리진 않았을까. 나의 불안을 그들이 꿰뚫어보지는 않았을까.

수업이 끝나고, 구글 시트를 뒤져 장성옥씨의 번호를 찾는 동안에도 엄마는 돌아가지 않고 내 주변을 서성인다. 모니터에 엄마의 실루엣이 비친다. 엄마는 방안에 있는 물건들을 유심히 살피지만, 어떤 것에도 손대지 않는다. 냉장고나 부엌 선반을 열어 살림을 가늠하거나 참견하지도 않는다. 무엇이 저리 조심스러울까. 그녀가 무람없이 내 생활에 틈입하기를 나는 은밀히 바란다. 함부로 선반을 열어젖히고 그 안에 든 안정제를 찾아내 무슨 약이냐 묻고, 내 사정을 캐고 꾸짖고 염려하다, 함께 울어주었으면.

하지만 엄마는 선반을 열지 않는다.

냉장고에 붙은 그림엽서와 사진들을 훑어보다 말고 엄마는 내 쪽으로 다가온다.

하다 하다 휴대폰까지 두고 갈 줄은 몰랐네.

나이가 드니 자주 깜박한다며 그녀는 최근에 한 실수들을 늘어놓는다. 생전 안 밀리던 사우나 월비를 밀린 것, 아버지의 생일을 착각하고 한 달이나 일찍 미역국을 끓인 것…… 그런 그녀에게 짐짓 성가시다는 투로 묻는다.

안 가?

가야지. 곧 간다.

간다고 해놓고 그녀는 계속 내 뒤에서 서성인다.

니는 그거 참 요목조목 잘도 하데.

뭘?

그거. 얼굴 보며 회의하는 거.

엄마가 웹캠을 가리킨다.

만날 하나?

목요일만.

난 그거 암만 해도 모르겠더라. 누가 알려줘도 모르겠어.

엄마가 줌을 쓴 적이 있어?

내 질문에 엄마는 관성처럼 입을 닫아버린다. 또 시작이구나. 고개를 돌려 엄마를 본다. 엄마는 알 수 없는 표정을 짓고 있다. 침울한 것 같기도, 풀이 죽은 것 같기도 하다.

무슨 일 있어?

엄마의 표정이 미세하게 일그러진다. 재차 묻는다. '왜, 무슨 일인데?' '나한테 말해봐, 응?' '엄마, 엄마?' 계속된 물음에 지쳤는지 엄마는 그간의 일들을 토막토막 술회한다.

여름에 지국에서 지침이 내려왔다. 비대면 학습 서비스를 전 회원에게 적용시킨다는 것이었다. 당장 패드도 다뤄야 하고 학습법도 새로이 익혀야 하는데 젊은 사람들과 달리 나는 그것에 취약했다. 해서 그만두게 되었다.

엄마의 말은 언제나 행간이 넓다. 그 사이사이에 숨어 있는 감정을 짚어내는 건 내 몫이다.

그래서? 그래서 그냥 관둔 거야? 퇴직금은 제대로 받았어?

내 말에 엄마는 답한다.

이쪽 일은 원래 퇴직금이란 개념이 없다.

요즘에 퇴직금도 안 주는 회사가 어디 있어?

아무렇지 않은 듯 대답하는 엄마 때문에 나는 갑갑해진다. 항상 그런 식. 사 먹는 음식에서 터럭이 나와도, 거스름돈을 잘못 받아도 엄마는 문제를 제기하는 대신 함구를 택했다. 왜 그럴까. 왜 늘 감추고 도망치는 걸까.

엄마, 엄마 입장은 알겠는데 그래도 받을 건 받아야지. 못하겠으면 내가 대신 얘기해줘?

내도 그런 말 정도는 할 줄 안다.

그럼 왜 그냥 나왔어? 제대로 따져보긴 한 거야?

……니 글쓰는 사람 맞나?

뭐?

엄마의 느닷없는 말에 말문이 턱 막힌다. 이어지는 말은 나를 더 기막히게 한다.

따따부따 참견 마라, 남의 일에.

남의 일. 그 말에 눈시울이 빠르게 뜨거워진다.

엄마한테는 내가 남이야? 왜 항상 그렇게 말해?

……나 가야겠다.

벗어둔 겉옷을 챙겨 입고 엄마는 급히 떠난다. 문이 닫히고 발소리가 멀어지고. 니 글쓰는 사람 맞나? 엄마의 말이 날카로운 결석이 되어 마음을 훑고 지나간다. 말이 지나친 자리가 아릿하다.

전화가 온다. 엄마인가 싶어 확인하지만, 역시나 아니다. 눈물을 닦고 잔뜩 가라앉은 목을 푼 뒤 전화를 받는다.

여보세요.

작가님, 잘 지내시죠?

밝게 안부를 묻는 아카데미 담당자에게 잘 지내고 있다, 답한다. 담당자는 날씨가 좋다는 이야기와 월말에 입금될 강의료 이야기를 하며 우회하다 한참 만에 본론을 꺼낸다.

실은…… 오전에 장성옥님한테 연락이 왔는데요. 그분이 사정이 생겨서 수업을 더는 못 듣겠다고 하시더라고요.

예감했던 일이지만, 하필 타이밍이 이럴까. 평소라면 그러려니 넘어갔겠지만—물론 한동안 자책했겠으나—오늘은 도저히 넉넉한 마음이 들지 않는다. 결국,

무슨 사정인데요?

쏘아붙이고 만다. 담당자는 오래 뜸을 들이다 사정을 조곤조곤 설명하기 시작한다. 그분이 연세가 있어 화상회의 플랫폼을 다루는 데 어려움이 있으신가보더라. 수강신청도 그분 따님이 대신하고 첫 수업을 할 때도 곁에서 도와주셨는데 지금은 그럴 수 없는 상황이라고 하더라. 상황이 여의치 않다고만 해 나도 더는 묻지 않았다. 휴대폰 너머에서 전해오는 이야기를 우두커니 듣고 있다

겨우 한마디한다.

그랬군요, 저는 괜찮은데 그분이 참 힘드셨겠네요. 저는 그런 줄도 모르고……

괜찮아요, 참 힘드셨겠네요. 이렇게 달고 부드러운 말들이 왜 엄마 앞에선 나오지 않는 걸까. 담당자와의 통화를 끝내고 한동안 생각에 잠긴다. 엄마가 바라던 건 위로였던 걸까. 그래서 그렇게 성을 내고 돌아섰던 걸까. '남'이라는 말까지 해가며.

반추해보지만 그 무엇도 장담할 수가 없다.

*

주말 오후 느지막이 엄마에게서 전화가 온다. 망설이다 통화 버튼을 누른다.

왜?

지금 일어났나?

아니라고 해도 잠긴 목소리를 감추기는 어렵다. 엄마는 애정어린 설교도, 꾸중도 생략한 채 딱 용건만 전한다.

잼 만들었는데.

문득 이모가 사과를 보내오면 엄마는 그중 영글지 못했거나 무른 과실만 골라 잼으로 만들곤 했다. 숨을 몇 차례 고르다 그녀는 말을 잇는다.

갖다줄까?

아니, 우리집에도 누가 준 거 있어.

이것도 무봐라. 달달하니 맛나다. 내 갖다줄게.

괜찮다니까.

양이 많아가 니도 좀 도와줘야 된다.

계속되는 채근에 결국 한발 물러선다.

내가 받으러 갈게.

번거롭그로. 노는 사람이 가야지.

엄마는 무감히 답한다. 지난 일들을 벌써 잊은 걸까. 그녀와 나 사이에 생긴 갈등은 늘 이런 식으로 얼기설기 봉합되기 일쑤다. 미안하다, 괜찮냐는 말 대신 밥은 먹었냐, 누구에게 무슨 일이 생겼다더라 같은 시답잖은 안부로.

휴대폰 너머에서 엄마의 숨소리가 들려온다. 가늘고 길고 규칙적으로. 마음속에서 무언가 부르르 끓어오른다. 지겨워. 사람을 질식시키는 침묵이. 절절매는 동안 소진되는 마음도. 돌아오지도 못할 애정이 아까워.

마음대로 하라는 말을 끝으로 엄마의 전화를 끊어버린다.

오지 않을 줄 알았는데, 엄마는 잼이 든 에코백을 들고 다시 찾아온다.

이제는 방의 구조가 익숙해졌는지 엄마는 자연스럽게 볕이 가장 잘 드는 자리에 앉는다. 엄마의 시선은 창가에 걸린 선캐처에 닿아 있다. 빛이 모이고 흩어지길 반복하는 무료한 광경을 그녀는 이채롭다는 듯 바라본다. 한참 만에 엄마가 묻는다.

바쁘냐?

부러 자판을 시끄럽게 치며 물음을 일축한다. 엄마가 먼저 사과한다면, 서툴게나마 표현을 한다면 받아줄 요량은 있다고 생각한다. 하지만 엄마는……

그래, 바쁠 텐데 일봐라.

에코백을 통째로 놓아둔 채 조용히 집을 나선다. 아무것도 적혀 있지 않은 한글 창을 엄마도 봤을 텐데. 무응답 뒤에 숨긴 치기와 미움을, 애정에 대한 갈구를 읽었을 텐데. 왜 엄마는 아무 말도 하지 않는 걸까.

에코백 안에 잼 두 통과 함께 바인더형 다이어리가 들어 있다. 표지에 붙은 점착 라벨지에 엄마의 이름이 적혀 있다.

이순이.

색색의 컬러 포스트잇이 중간중간 붙어 있고, 종이가 일어난 탓인지 다이어리는 보다 두툼하다. 속지를 한 장 한 장 넘긴다. '지국 회의' '차월 학습 안내' '진단 테스트 준비'…… 1월부터 6월까지 빡빡하던 스케줄은 7월에 접어들며 뚝 끊긴다.

먼슬리 페이지가 끝나고 프리 노트가 이어진다. 과거의 업무 내용과 엄마가 담당했던 지국 회원들의 명단이 손글씨로 적혀 있다.

별다른 건 없네, 생각하며 주르륵 넘겨나가다 중간쯤에서 멈춘다.

'앵포느멜' '시뮬나르크' 같은 오자들, '오늘 저녁엔 또 뭘 해먹어야 하나' '입이 심심하다' 같은 귀퉁이에 시시콜콜하게 적어내려간 낙서. 그리고……

'내 인생의 가장 큰 사건'이라는 큰제목을 단, '김일성이 죽던 해'로 시작되는 긴 글.

엄마의 글은 내가 그녀의 뱃속에 자리잡은 1994년 여름으로부터 시작되었다.

*

김일성이 죽던 해, 그해 더위는 지금도 피부로 느껴질 만큼 선연하다. 더위를 타지 않는 나도 꽝꽝 얼린 사골 팩을 이마며 목에 대어야 겨우 잠들 정도였으니까. 징그러울 만큼 무더운 날에 북녘의 지도자가 죽었다기에 일사병으로 죽은 것 아니냐고 여공들이 속닥이던 것도 기억난다. 그날의 기묘한 망연함도. 김일성이 죽었다는 속보에 공장 사람들 죄다 밥도 못 넘기고 망부석마냥 앉아 있었다. 무엇이 우리를 두렵게 하는지 몰랐으나, 다들 겁에 질려 있었다. 김일성이 죽었대. 조용히 웅성거리는 이들 틈에서 오직 상희 언니만 묵묵히 짠지를 집어먹고 국을 후룩후룩 떠먹고 있었다.

안중정. 반장은 언니를 그렇게 불렀다. 자신보다 언니의 연력이 길어 앞에선 암말도 못했지만 언니 없는 곳에서는 그녀에 대한 소문을 무성히 퍼뜨렸다. 드세고 그악스럽다고, 속된 것에 빠져들며 불온한 사상을 지녔다고.

모난 돌 정 맞는다고, 그년한테 붙어봤자 좋을 거 하나 없다.

안중정이 눈엣가시와 같은 말이라는 건 시간이 지나서야 알았다. 반장은 사흘을 사 일이라 우길 정도의 무식자였는데, 그런 이가 어떻게 안중정이란 점잖은 멸칭까지 꿰고 있었는지 알다가도 모를 일이다. 사람이 사람을 미워하면 전에 없이 치열하게 마음을 쓰고 머리를 굴리는 모양이라고 가만히 짐작할 뿐이다.

상희 언니와 나는 소데우라를 손바느질하는 일을 했다. 옷감의 다른 부분은 전부 기계로 박음질해도 소데우라, 소매 안감만큼은 일일이 손으로 꿰어야 했다. 서른 벌 정도 꿰매면 십 분 쉴 수 있었는데, 손이 느린 나는 아무리 바늘땀을 넓게 꿰어도 다른 이들의 속도를 따라갈 수 없었다. 대소변은 용케 참았지만 멘스는 곤란했다. 패드가 눅눅함을 넘어 질척해지면 자세를 이리저리 바꿔도 순 낭패였다. 그럴 때 상희 언니는 자기가 끝마친 일감을 슬그머니 내 쪽으로 밀어놓곤 속삭이곤 했다.

화장실 비었더라. 천천히 다녀와.

90년대 들어 차차 동남아로 외주가 넘어가고 대신동에 즐비했던 봉제 공장도 하나둘 문을 닫는 실정이었으나, 그나마 규모가 컸던 우리 공장은 여기저기서 일을 받아 맥을 유지하고 있었고,

여공도 스무 명 가까이 남아 있었다. 여상 후문에 붙은 취업 광고 보고 들어온 여자들, 아이 입학 전 학비 벌러 온 여자들, 가진 재주가 이것뿐이라 별수없이 몸 붙이고 있는 여자들. 아가씨도 있었지만 가정을 이룬 이들이 다수였다. 나도 그랬고. 결혼하고 애를 낳았어도 다들 아직 이십대였다. 심은하 스타일로 뱅펌을 하고 벽돌색 루주를 바르며 멋을 내던 우리와 달리 상희 언니는 언제나 흰 티셔츠에 물 빠진 청바지 차림이었다. 서른 넘은 이도 언니 하나뿐이었고, 방언을 쓰지 않는 이도 언니뿐이었다. 자기 언어로 말할 수 있던 이도.

생리휴가 만들어주세요.

언니가 반장에게 요구했을 때, 놀란 직공보다 어리둥절해하던 이가 더 많았던 것이 기억난다. 생리휴가가…… 뭐고? 전태일 열사가 분신한 지 스무 해가 지났고, 87년 노동자 대투쟁의 물살을 타고 우리 공장에도 어찌저찌 노동조합이 생기긴 했으나, 그럼에도 권리란 여전히 무겁고 성가시고 까다로운 것이었다. 더 솔직히 말하면, 그때까지 나는 그런 언어를 배워본 적 없었다. 권리나 투쟁, 자의 같은.

만일 반장의 증오심이 언니에게 멸칭을 붙일 만큼은 아니었다면, 그가 홧김에 집어든 것이 묵직한 업소용 재떨이가 아니라 라이터나 담뱃갑이었다면, 그것이 언니의 갈비뼈에 맞지 않고 빗나갔다면 나는 그 단어를 더 늦게 배웠을 것이다.

생리휴가는 만들어지지 않았지만, 대신 공장 내에 작은 휴게실이 생겼다. 재고 쌓아두던 창고를 비우고 세운 공간이라 볕도 들지 않고 장마 때에는 곰팡이가 폈지만, 그래도 좋았다. 변소에서 옷을 갈아입지 않아도 된다는 것이, 자욱한 담배 연기와 가래 끓는 소리에서 벗어나 우리 공간에서 쉴 수 있다는 것이.

다들 제집에서 살림 하나씩 챙겨와 휴게실을 알뜰살뜰 꾸몄다. 커피메이커도 놓고 방향제도 두고, 간이의자, 책상, 선풍기, 이쑤시개…… 한 번도 쓴 적 없지만 훌라후프와 아령도.

사장 아들이 쓰던 알라딘 286도 어느샌가 그곳에 놓였다. 피시를 그때 처음 보았다. 호기심이 일면서도 혹 잘못 만져 고장이 나진 않을까, 사용법도 모르는데 그 앞에 앉아 무얼 할까 싶어 그림의 떡처럼 바라만 보았다. 다른 직공들도 나와 같은 입장이었는지 그것은 자연스레 무용지물이 되었다. 상희 언니가 퇴원하고 돌아온 뒤로는 달라졌지만.

언니는 입원한 지 이 주 만에 복대를 차고 돌아왔다. 갈비뼈에 손가락 한 마디 길이의 금이 갔다고 했다. 반장은 미안하다는 말은 아꼈으나, 언니가 갈비뼈 부근에 손을 가져다대면 마지못해 휴게 시간을 더 주곤 했다. 하루는 속이 거북해 점심을 생수로 때우고 휴게실에 가만 앉아 있는데, 상희 언니가 들어왔다. 언니의 손에 책과 사과 한 알이 들려 있었다. 사과를 베어 물려다 말고 언니는 그것을 갈라 반절을 내게 주었다.

순이 너 점심도 안 먹었지?

해원을 밴 지 얼마 되지 않았을 때였다. 티내지 않아도 종일 붙어 일하고 밥 먹고 철야까지 하다보면 옆 사람의 미세한 변화나 사정을 자연스레 눈치채게 되는 법이었다. 언니가 건네준 사과는 껍질이 유독 붉고, 안쪽에 꿀까지 박혀 있었다. 입덧이 심해 넘길 수 있는 게 몇 없었는데, 그나마 사과는 좀 나았다. 참 새콤하고 시원해서 심지만 빼고 말끔히 먹었다. 그런 나를 보며 언니는 웃음을 터뜨렸다.

순이 네가 몇 살이지?

스물일곱요.

벌써 그렇게 되었구나. 일 끝나고 집에 가면 주로 뭘 하니?

씻고 남편 밥 차려주고 살림하고…… 별거 없는데요?

돌이켜보면 언니는 언제나 질문이 많았다. 순이 넌 취미가 뭐니? 감명깊게 본 책이 있니? 요즘엔 어떤 고민을 하니? 생계와 가사 사이를 오가며 큰 자각 없이 살던 내게 그런 질문들은 너무 복잡하고 부담스러웠다. 예컨대 이런 질문도.

순이 너는 꿈이 뭐니?

한 번도 염두에 둬본 적 없는 질문이었다. 꿈이라면 뭔가 그럴싸한 걸 얘기해야 할 것 같은데 내게는 그런 게 없었다. 찾아지지 않는 답을 억지로 떠올려보려는 나를 향해 언니가 말했다.

나는 있어.

언니는 손에 쥐고 있던 책을 내게 건넸다.

읽어볼래?

두께가 얇은 잡지였다. 갱지로 된 지면을 넘길 때마다 사그락사그락 하는 소리가 났다. 수필, 콩트, 일기. 카테고리에 맞춰 한두 편의 글들이 게재되어 있었고, 그중 시 꼭지에 상희 언니의 시가 실려 있었다. 언니의 시는 시라고 하기엔 좀 길었고, 문학에 문외한이던 내겐 몹시 어려웠다. 잡지에 실린 글 중 유일하게 눈에 들어왔던 건 단 두 마디뿐이었다.

우리는 우리 얘기를 너무 숨기며 살아왔다.
그래서 세상엔 우리들 얘기가 없다.*

잡지를 앞뒤로 쓱쓱 넘기며 언니에게 물었다.

이런 데 글 싣는 건 작가나 할 수 있는 거 아입니까.

아니야. 여기 실린 글 다 우리 같은 노동자들 글이야. 노동자들이 투고한 글로 이뤄진 노동 무크지야.

언니는 참 바지런도 하네예. 내는 이런 게 있는 것도 몰랐심더.

근데 이번 호가 마지막이야. 당분간 폐간된대.

---

* 임순옥, 「일하는 사람들이 글을 쓰자」, 울산노동자글쓰기모임, 『이 따위 글은 나도 쓰겠다』, 1998.

그러냐며 짐짓 아쉬운 표정을 지어 보였다.

오래갔으면 좋았을 텐데요.

그래서 내가 만들어보려고.

언니의 말투가 사뭇 진지해졌다. 사과를 한입 크게 베어 물며 언니는 말을 이었다.

같이할래?

예? 뭘요?

노동자 글쓰기 모임.

퇴근 후 휴게실.

갈까 말까 근로시간 내내 고민하다 결국 휴게실 문을 열었다. 이래저래 모인 이가 총 둘이었다. 나, 그리고 문덕이.

문덕은 호적상으로는 나보다 한 살 많았지만, 꼬박꼬박 나를 언니라 불렀다. 아부지가 소주 자시고 출생신고를 잘못해가 나이가 세 살이나 늘었다 아입니까. 하도 잘 웃고 성정이 유순해 순이란 이름은 내가 아니라 그애에게 더 어울리겠다는 생각을 왕왕 했다. 눈이 마주칠 때마다 문덕이 수줍게 웃었다. 너도 거절을 못해 꼼짝없이 발이 묶인 게로구나. 천진하게 웃는 문덕을 보니 한숨이 나왔다. 상희 언니는 반장 눈에만 띈 것이 아니었다. 여공들 사이에서도 언니의 튀는 행동에 대해 말이 많았다. 공장에선 간혹 퇴근 한 시간 전 일감을 몰아주곤 했는데, 그러다보면 아무리 손이 잰 사람이라도 제시간에 일을 마무리할 수 없었다. 철야로 치기 애매한 잉여 야근은 수당으로 환산되지 않고 늘 눈 가리고 아웅 식으로 유야무야되기 일쑤였다. 그럴 때 언니는 두말없이 가방을 챙겨 밖으로 나갔다.

저는 수당 없인 야근 안 해요.

저거 저거 또. 골을 내면서도 반장은 언니를 억지로 붙잡지는 못했다. 언니의 행동이 상의 없는 독단은 아니었으니까.

부당하다고 생각하지 않니? 암묵이 이어지면 결국 불의로 굳어 지게 되는 거야.

나에게도 그런 이야기를 꺼낸 적 있었으니 다른 이들에게도 분 명 같은 이야길 했을 것이다. 하지만 언니가 가방을 챙겨 나갈 때 그 뒤를 선뜻 따르는 이는 한 명도 없었다. 움찔움찔 엉덩이만 들 썩일 뿐 다들 반장 눈치를 보며 자리에서 꼼짝도 못했다. 언니 몫 은 남은 직공들에게 자연히 떠넘겨졌다. 그리고……

지는 딸린 식구가 없으니까 저리 다 쉽지. 우리는 다르지 않나. 우리라고 입이 없느냐고.

원망은 저편이 아닌 이편으로 향했다. 애석하게도.

그런 와중에도 내가 글쓰기 모임에 참여했던 건 나를 남모르게 챙겨주던 언니의 배려가 걸려서였다. 받은 것은 갚아야 한다는 일 말의 부채감이 없었다면, 나 역시도 언니의 공명함이나 투지를 슬 그머니 무시하고 지겹게 여겼을 게 분명했다.

다들 먼저 와 있었구나. 고마워.

상희 언니는 복사해온 유인물을 우리에게 한 장씩 돌렸다.

일하는 사람들이 신명나게 글을 써야 한다면 과연 어떤 주제를 두고 쓸 것인가를 생각해야 할 것 같다. 우리들은 작가나 시인들이 아니다. 그렇다면 일하면서 보고 느꼈던 일 따위, 생활 글 중심이 될 수도 있고 느낌 글이 중심이 될 수도 있다. 막무가내로 써야 한다. 말하지 않고는 배길 수 없는, 답답해서 참지 못하는 이야기를 쓸 뿐이다.[*]

다른 지역에선 노동자 글쓰기 모임이 알음알음 이뤄져왔다고, 대구에는 마땅히 그런 모임이 없었지만 이제 우리가 시작해보자 며 언니는 펜과 종이를 내밀었다.

글을 마지막으로 써본 게 언제니?

언니의 물음에 문덕도 나도 고개를 갸웃했다. 남편과의 짧은 연애 시절에도 편지 한 장 써본 적이 없었다. 굳이 꼽자면 세월을 거슬러 국민학교 시절에 어거지로 썼던 반공 글쓰기가 마지막이었다. 그런 처지에 글쓰기 모임이 가당키나 할까.

백지를 앞에 두고 문덕이 물었다.

---

[*] 김진수, 「글을 왜 쓰는가?」, 같은 책.

주제는 없습니까?

우리 이야기를 써봐. 개의치 말고 맘껏 싸그리 다.

우리 이야기. 알쏭달쏭함과 막연함을 숨긴 채 겨우 몇 자 적었다.

우리는 하루 벌어 하루 사는 노동자다. 산다는 것은 힘겹지만, 세상살이를 한탄하지 않고 꿋꿋이 이겨나가야 한다. 내일은 내일 의 태양이 뜰 것이다.

어디서 주워들은 문장, 본심과는 어긋나지만 이렇게 써야 글처 럼 보일 것 같아 냅다 적은 문장. 나아가지 않는 글을 억지로 붙잡 으며 문덕의 글도 슬쩍 곁눈질했다. 그애도 나처럼 같은 말만 반 복해가며 반절을 겨우 채우고 있었다.

언니는 우리가 쓴 글을 거침없이 읽어나갔다. 글을 읽는 동안 언니의 표정은 점점 심각해지더니 문덕의 것을 다 읽고 내 것으로 넘어가자 딱딱하게 굳어졌다.

너희가 쓴 글은 너무 교조적이야.

교조적. 그 단어의 뜻을 나는 몰랐다. 좋은 뜻이 아니라는 것만 대략 짐작할 수 있었다. 문덕도 그 뜻을 모르는 눈치였다. 얼굴이 달아올랐다.

우리는 누구를 계몽하거나 사상을 고취하려는 게 아니잖아.

언니는 자꾸 뜻 모를 말만 쏟아냈다. 힘들여 쓴 글이 부정적으로 평가받자 삐딱한 마음만 들었다. 그럼 뭘 쓰라는 거야.

이런 이야기 말고 너희 이야기를 써봐. 너희가 할 수 있는 이야기.

빳빳한 새 종이를 내어주며 언니는 다시 써보라 했다.

언니는요? 언니는 안 씁니까?

문덕이 물었다.

난 오늘은 독자 할게. 너희들의 첫 독자.

쓰는 사람이 있으면 그것을 읽는 사람도 있어야 한다고, 그래야 계속 쓸 수 있는 힘이 생긴다고 언니는 말했다.

막상 내 이야기를 쓰려니 갑갑하기만 했다. 이게 맞는 표현이려나, 이 뒤에는 또 어떤 문장을 붙여야 하나, 연필 끝만 잘근잘근 씹는 나와 달리 문덕은 막힘없이 글을 써내려갔다. 시다 시절 받은 첫 월급을 시골에 보내는 대신 시장에서 삼천원짜리 카디건을 사고 밤새 심장이 뛰어 날밤을 꼬박 새웠다는 얘기, 미싱 바늘에 손톱이 빠져 하늘이 노래질 만큼 많은 피를 흘리고서도 빨간약으로 대충 소독했다는 얘기……

미싱사가 되려면 손톱이 세 번은 빠져야 한다던데 나는 아직 두 번이나 더 남았습니다.

그때 빠진 오른쪽 검지 손톱은 반달 모양으로 자라지 않고 깨지고 뒤틀린 채 흉측하게 자랐습니다. 영광의 상처라지만 나는 손톱을 들여다볼 때마다 적잖이 속이 상합니다.

문덕의 글은 투박하지만 솔직했다. 문덕이 자신의 글을 낭독하는 동안 언니는 고개를 여러 번 주억이며 깊이 몰입했다. 문덕은 종이 한 면을 빽빽이 채운 반면 내 글은 자간을 넓게 썼는데도 한 토막 될까 말까였다. 부끄러움에 차마 입도 못 뗀 채 내가 쓴 것을 빤히 보고만 있었다. 순이야, 언니가 나지막이 나를 불렀다.

한번 읽어봐. 썼다는 게 중요한 거야. 그거면 돼.

그제야 더듬더듬 내가 쓴 것을 읽어나갔다. 우리의 이야기를 쓴 문덕과 달리 나는 죄 내 감정만 늘어놓았다. 목소리가 떨리고 목이며 어깨가 둥글게 움츠러들었다.

내 짧은 낭독을 유심히 듣던 상희 언니는 조용히 말했다.

순이야, 네 시에는 공명이 있다. 잔잔하지만 마음을 울리는 힘이 있어.

이게 시라고? 내 글에는 운율도 메타포—이런 말들은 더 나중에야 알게 되었지만—도 없었다. 언어의 한계로, 조악하게 붙여넣은 말들도 숱했다.

그래서 더 좋아. 멋부리고 골치 아픈 게 없어서.

언니의 평은 긍정적이었지만, 문덕과 나는 그 말을 도통 신뢰할 수 없었다.

언니는 좋다 해도요, 내는 영 모르겠습니다. 이래 쓰는 게 맞는지도 모리겠고 잡히지도 않고.

우리의 글을 다시금 읽어나가다 언니는 불쑥 말했다.

이 글 피시에 올리면 어떨까.

요즘은 피시 통신으로 글도 주고받고 연재도 하더라고, 우리들
의 글도 거기 올려보자고 언니는 덧붙였다.

더 많은 사람이 읽으면 좋겠어, 우리 글을.

나우누리는 1994년 10월 상용화되었다. 가입을 하면 네 자로
된 아이디를 만들 수 있었고, 내 아이디는 '수니29'였다. 2929(이
그이그). 자주 쓰던 삐삐 용어에서 따온 것을 그렇게 이름 뒤에 붙
였다. 문덕은 '덕이80'(덕이바보), 상희 언니는 '3232'였다. '용기
를 잃지 마'라는 삐삐 용어. 언니의 작명에 문덕과 나는 야유했다.
이런 건 원래 유치해야 한다고, 어서 다시 만들라고.

그래도 난 이게 좋아. 이걸로 할래.

퇴근 후에 가정을 챙겨야 하는 나와 문덕의 여건상 우리의 글쓰
기 모임은 주로 넷상에서 이뤄졌다. 반장과 공장 사람들의 눈치를
살살 봐가며 우리는 번갈아 휴게실 문을 열었다. 알라딘 286에 전
화 모뎀을 연결하고, '01443'을 누르면 띠 라라— 치지직 하는 시
그널이 들렸다. 전화요금이 많이 나오지 않을까 시간을 계산하며
마음속으로 정리해둔 시를 서둘러 옮겼다. 행여 사라질까 온종일
곱씹고 곱씹었던 시구들을.

공장 일을 하면서 한 줄, 주말 연속극을 보면서 한 줄, 마늘을 까면서 한 줄, 콜드크림을 바를 때 한 줄, 미세한 태동이 느껴졌을 때 한 줄. 그렇게 한 줄, 두 줄, 세 줄…… 아이가 내 안에 자리를 잡고 천천히 몸집을 불리는 동안 시가 차지하는 부피도 그렇게 따라 커졌다.

상희 언니는 우리가 쓴 글에 늘 긴 평을 해주었다. 때로는 첨예하게, 때로는 온화하고도 부드럽게. 독자는 늘지도 줄지도 않고 항상 우리 셋뿐이었다. 호기심에 우리 동호회에 들어오는 이들이 간간이 있었지만, 노동자 글쓰기 모임이라고 하면 금세 흥미를 잃고 나갔다. 우리는 돌아가며 서로의 글에 첨언을 하고, 인상 깊은 부분들을 하나하나 짚었다. 나와 문덕은 낯간지러워 쓰지 않았지만, 언니는 우리 글 밑에 꼭 이런 답글을 달아주곤 했다.

—ID 3232: 잘 읽었습니다. 앞으로도 계속 써주세요.

우리가 작가도 아닌데 무슨 이런 간지러운 말을 쓰냐고 타박해도 언니는 빼놓지 않고 답글을 달았다. 문덕도 나도 겉으로는 민망해했지만 그 말에 화답하듯 글을 썼다. 독수리 타법으로 타닥타닥, 파란 모니터 창이 흰 글씨로 채워질 때까지.

모임이 언제나 넷상에서만 이뤄진 건 아니었다. 망중한에 종종 공장 밖에서 모이기도 했다. 공장 휴게실에서는 두 번 정도 모이다 말았다. 그곳에서 글을 쓰다 당직을 서던 반장에게 들킬 뻔한 적도 있었고, 언젠가부터 여공들의 발길이 뜸해져 점차 자유로이

드나들기 불편해져서였다. 언니에 대한 반발심 때문인지, 반장의 은근한 견제 때문인지 언젠가부터 다들 옷도 휴게실이 아닌 변소에서 갈아입고, 휴식도 전처럼 공장 안에서 취했다. 글쓰기 모임은 줄곧 이어가고 있었으나, 나도 다른 이들 앞에선 그 사실을 숨겼다.

우리는 상인동에 있는 즉석 떡볶이집을 즐겨 찾았다. 셋 다 입맛이 비슷하다는 것을 그렇게 어울리며 알게 되었다. 상희 언니도, 문덕도 떡과 쫄면이 푹 퍼져 흐물거릴 때까지 끓이는 것을 좋아했고 끝에는 꼭 밥을 볶았다. 함께 분식을 먹을 때마다 언니는 먹는 둥 마는 둥 우리 그릇을 채워주느라 분주했다. 떡을 좋아하는 문덕의 그릇엔 간이 잘 밴 떡을, 어묵을 선호하는 내 그릇엔 부드러운 어묵을 잔뜩 덜어주었다. 입가에 떡볶이 국물을 잔뜩 묻힌 채 문덕은 낄낄댔다.

언니는 시집도 안 간 사람이 어째 그리 살뜰합니까.

내 밑으로 동생들이 많거든.

동상요? 혼자 아니었습니까?

누가 그러니? 내가 맏이야, 오 남매 중 맏이.

진짜요?

응. 이 집도 동생들 데리고 자주 오는 곳인데.

문덕의 입가를 휴지로 닦아주며 언니는 넌지시 물었다.

그나저나 어때, 지금은?

뭐가요?

글쓰는 게 여전히 어렵고 잡히지 않니?

문덕은 입을 오물거리며 골똘히 무언가 생각하다 한참 만에 답했다.

안직도 어렵고 깝깝스러운 건 매한가진데요. 이게 꿈이 될 맨치로 좋아지긴 했습니더.

아무도 관심 가지지 않는 우리 이야기를 어딘가에 옮겨 적는 것만으로도 겁이 사라지고, 몸에 열이 오른다는 문덕의 말에 언니는 환히 웃으며 기뻐했다.

순이 너는?

나는……

쓰는 것이 꿈이 되었다고 말하는 문덕과는 달리 나는 아무 말도 할 수 없었다. 글은 나날이 쌓여갔지만, 시 같은 글이 그나마 시에 가까워졌다고 단언하기는 어려웠다. 알 것 같으면서도 알 수 없고, 잘하고 있는 것 같으면서도 아닌 것 같기도 했다. 우리 이야기를 쓰고 있는 건지는 더더욱 알 수 없었고.

떡이며 양배추가 눌어붙은 냄비를 옆으로 치워두고 우리는 각자 써온 글을 합평했다. 넷상에 올릴 때에는 그렇지 않았지만, 내가 쓴 글을 또박또박 소리 내어 읽어볼 때에는 빈틈이나 흠결이 여과 없이 느껴졌다. 문덕과 상희 언니의 반응도 더 뾰족하게 와닿았고.

내가 낭독을 마치고 난 뒤에도 두 사람은 말을 잇길 주저했다. 눈을 바쁘게 굴리며 주저하던 문덕이 머뭇머뭇 자기 소감을 말했다.

순이 언니야 글에는 우리가…… 빠져 있는 것 같아요.

내가 쓰는 글은 여전히 내 감정에 머물러 있었다. 상희 언니와 문덕이 쓰는 글이나, 언니가 종종 발췌해오는 다른 노동자들의 글과는 거리가 멀었다. 그런 글을 쓸 수 없어서 자꾸만 단어를 생략하고 공백으로 남기는 것은 아닐까, 생각한 적도 있었다. 내가 쓰는 것을 시라고 하는 언니 때문에 글이 될 수 없는 것을 억지로 시라 우기고 있지는 않은가, 하는 책망도. 나는 우리의 권익이나 현실을 있는 그대로 적어내는 것이 버거웠다. 일부러 놓치거나 잊은 일들이 숱했고, 직시하려다가도 어김없이 눈을 돌려버리기 일쑤였으니까.

집으로 돌아가는 버스에서 우리 셋은 나란히 뒷자리에 앉았다. 석양이 지고 있었다. 아스라한 빛이 차창을 넘어와 무릎을 따뜻하게 덮었다.

잘 잔다, 그치?

자신의 어깨에 기대어 잠든 문덕을 보며 언니는 조용히 속삭였다. 좋은 꿈을 꾸는지 문덕은 자면서도 웃었다. 문덕이 깨지 않게 가만가만 몸을 추스른 뒤, 언니는 내 배를 가리켰다.

만져봐도 되니?

고개를 끄덕였다. 언뜻 보면 모르지만 잘 보면 표가 날 정도로 볼록해져 있었다. 언니는 배 위에 조심스럽게 손을 올렸다.

지금은 잠잠해. 뭔가 느껴질 때도 있어?

가아끔 거품 터지듯이 안에서 뭐가 퐁 터질 때도 있고, 물결이 쳤다 사라지는 느낌도 들고, 그래요.

궁금하다 그 느낌. 나는 잘은 모르지만, 아이를 품으면 두 배로 살아 있는 기분이 들 것 같아. 든든하고 신기하고.

언니의 생각처럼 든든하고 신비롭고 안정적인 기분이 전부였다면 좋았겠지만, 배가 불러오고 산달이 다가올수록 고양감은 멀어지고 두려움이 앞섰다. 무엇이 그리 두려웠던 걸까. 모름에서 오는 아득함이었을까. 책임에 대한 불안감이었을까. 정체도 형체도 짚어낼 수 없는 두려움을 가득 품은 채 부른 배를 가만 바라보았다.

가까이서 지켜보면 말이야. 순이는 늘 움츠리고 사는 것 같아.

언니가 말했다.

근데 나도 그래.

언니가요?

응. 내 별명이 뭐였는데. 겁보였어, 겁보.

언니의 농담 같은 말에 나는 따라 웃지 못했다. 그것이 나를 위로하기 위한 겉치레처럼만 여겨졌다. 다음 말을 듣기 전까지는.

있잖아. 우리 둘째가 문덕이 나이였을 때 공장서 일하다 오른손 검지랑 중지가 잘렸어, 프레스에 눌려서. 그때 손가락을 찾을 수 없어서 접합도 못했는데, 나중에 시간이 지나서 걔가 그걸 자기 주머니에서 꺼내더라. 내가 속이 상해서 왜 숨겼냐고 화를 내니까 걔가 그래. 누나, 무서워서 그랬어. 수술하면 그 돈 다 우리가 내야 하는데, 그게 무서워서 그랬어.

언니는 말했다. 그래서 자신은 글을 쓰기로 했다고. 잘려나가고 감추어야만 했던 우리의 이야기를 기억하기 위해. 기록하기 위해.

그래도 혼자가 아니라 셋이라 다행이야. 내 문장에 확신도 안 서고 불안할 때가 더 많지만…… 그래도 계속 쓰다보면 생기지 않을까. 미약한 용기라도.

버스가 덜컹, 약하게 흔들렸다. 어, 언니가 외쳤다.

느껴졌어.

언니는 내 손을 덥석 집어 배에 올렸다. 부드럽지만 강한 일렁임이 손바닥을 통해 전해져왔다. 언니가 나를 보며 웃었고 그녀와 마주보며 나도 조금 웃었다.

여름 더위가 기록에 남을 정도로 독해 겨울은 그나마 안온하지 않을까 예감했으나, 예상은 완전히 어긋나 그해 겨울엔 평년보다 일찍 한파주의보가 내렸다. 여공들에게는 여름보다도 겨울이 더 혹독했다. 공장의 방한용품이라곤 이십 년도 더 된 석유난로 두 대가 전부였다. 탈탈거리는 난로의 미온한 열기조차 문가에 앉은 이에겐 통 닿지 않아 발이 얼고 손이 굳기 일쑤였고.

니 또 나오시 냈나? 아이고마 돌겠다.

손이 여문 이들도 겨울에는 빈번히 불량을 내고 실수를 저질렀다. 무자비한 힐난과 빈축. 지쳐 있거나 개운치 못한 시선들. 살얼음판이라는 말이 피부로 체감될 만큼 겨울날의 공장은 위태롭고 날 서 있었다.

하루는 상희 언니와 난로에 넣을 등유를 가지고 돌아오는데, 문 앞에서부터 반장의 신경질 섞인 목소리가 들려왔다. 또 나오시가 나왔구나, 지레짐작하며 작업장 문을 열었다. 평상시와는 기류가 달랐다. 냉담하고 불길한 공기, 원망 어린 눈빛들. 반장은 우리 쪽을 똑바로 보며 큰 소리로 말했다.

마침 왔네. 다 모였으니 이제 까자. 오늘 휴게실 쓴 사람 누고?

반장이 손에 쥐고 있던 종이를 여공들 쪽으로 들이댔다.

바른대로 고해라. 내가 다아 봤다. 느그들이 콤퓨타에 씨불여논 거.

상희 언니도 나도 굳어서 그 자리에 엉거주춤 멈춰 섰다. 문덕 쪽을 힐긋 보니 그애도 겁에 질린 채 몸을 떨고 있었다. 나였을까. 피시를 쓸 때마다 피시 통신 창을 닫았는지, 전원을 껐는지 몇 번씩 점검하곤 했는데 그날따라 기억이 희미했다. 나 때문에 이 사달이 난 것은 아닐까. 반장의 윽박이 심해질수록 두려움도 커졌다.

반장은 자신이 적록해온 것을 한 줄도 빠뜨리지 않고 읽었다.

다 우리가 피시에 쓰고 올린 문장들이었다. 공장의 노동과 글을 쓰는 낮과 밤, 부당과 폭력, 그리고 희망에 관한 문장들.

잘 읽었습니다. 앞으로도 계속 써주세요? 이건 뭐고. 장난하나?

반장의 빈정거림에 얼굴이 붉어졌다. 수치스럽거나 부끄러운 말이 아니었는데도 그 말이 다른 누구의 입에서 튀어나오니 수모가 되고 치욕이 되었다. 상희 언니는 입술을 꽉 문 채 반장을 노려보았다. 언니의 입술에 피가 맺혀 있었다.

뒤에서 씨불이면 내가 모를 줄 알았나? 이게 다 반동이고 공모다. 아나?

반장은 종이를 펄럭이며 누구의 주도인지 안다고, 자신이 색출할 수도 있지만 자백하는 편이 모양새가 좋을 거라 엄포했다. 한글 아이디만으로도 나와 문덕이 주도자라는 것을 빤히 짐작할 수 있을 것이었다. 그런데도 음침하게…… 뻔뻔하게. 분노와 두려움이 앞서거니 뒤서거니 하는 가운데, 언니가 손을 들었다.

제가 했어요.

여공들의 시선이 언니에게로 모였다. 반장은 그럴 줄 알았다는 얼굴로 언니에게 물었다.

이거 다 니 혼자 했다는 거지?

네. 저 혼자 했어요.

하기야 이중에 그럴 분자가 니밖에 더 있겠나.

다들 고개를 숙인 채 반장의 비난을 묵묵히 듣고만 있었다. 거기 모여 있던 이들 모두 알고 있었을 것이다. 언니 혼자 도모한 일이 아니라는 것을, 그것이 반동이나 공모가 아니라는 것을. 스무평 남짓한 작업장에서 종일 붙어 일하고 밥 먹고 철야를 하다보면 숨기려 해도 서로 간의 관계나 우정, 상황까지 짐작할 수 있었으니까. 하지만 그날 상희 언니가 반장에 의해 끌려나가 영영 돌아오지 않았음에도, 뒤늦게나마 언니를 비호하거나 두둔하는 이는 없었다. 나나 문덕마저도.

구경났나, 하던 일 마저 해라.

묵직한 적막이 감도는 와중에 누군가 소리쳤다. 얼마 지나지 않아 미싱 바늘이 옷감에 박히는 소리가 작업장 안을 수선하게 감쌌다.

언니가 반강제로 공장을 떠나고, 두 달 뒤 나도 공장을 그만두었다.

와? 애 밴 거 땜에?

시시콜콜 캐묻는 반장에게 남편이 서울에 있는 친척의 사업장에서 일하게 되었다 짧게 답했다.

애 때문은 아이고?

아입니다.

막달까지 일하다 얼라 낳는 직원들도 썼는데. 배가 불렀다, 불렀어.

집요하고도 지독한 작별. 그때 반장에게 악담을 퍼부었다면, 욕이라도 뇌까렸다면 좀 마음이 편했을까. 언니에 대한 미안함을 덜 수 있었을까. 하지만 나는 아무 말도 하지 못했다. 늘 그랬듯.

해원은 그해 4월에 태어났다. 해원을 낳을 때 나는 만 하루 동안 진통을 앓았다. 일어나자마자 의사에게 손발이 있나 물어보고 기절했다가 한밤에 겨우 깨어나 아이를 안았다. 2.85킬로그램의 작은 아이. 내가 품고 있던 것이 잠시 존재하다 스러지는 거품이나 물결이 아니라, 솜털 같은 머리칼이 난 건강한 아이라는 게 믿기지 않았다. 하루에도 몇 번 신생아실로 가 아이를 들여다보았다. 방실방실 잘 웃는 다른 아기들과 달리 해원은 웃음에 박했다. 딸랑이를 흔들어보기도, 어색하게 표정을 구기거나 우습게 만들어보기도 하며 아이의 웃음을 기다렸다. 나의 두려움과 불안이 저 아이에게 옮아간 것은 아닌지 염려하고 자책하며.

퇴원을 하루 앞둔 날이었다. 여느 때처럼 아이를 보고 산모 병실로 돌아왔는데 평소와는 다르게 병실 안이 뒤숭숭했다. 무슨 일 있냐 묻자 산모 하나가 하얗게 질린 얼굴로 답했다.

우리 남편한테 전화가 왔는데…… 대구에서 가스폭발 사고가 크게 났대요.

사람이 수십은 죽었다고, 아직 구출되지 못한 사람들이 수백이라고. 그런데 방송국에서는 아무 소식도 전하지 않는다고.

사고가 나고 다섯 시간이 지나서야 겨우 특보가 나왔다. 백화점 신축 과정 중 인부의 실수로 가스관이 파손되었고, 누출된 가스가 하수구를 통해 공사중이던 지하철역으로 유입되었다. 가스폭발로 복공판이 튀어오르고 불기둥이 솟았다. 시민 백한 명이 사망하고, 이백이 명이 부상을 입었다. 복공판에 맞아 우그러진 차량들, 함부로 솟은 빌딩의 철근, 불에 탄 책가방과 교과서, 석면 가루를 뒤집어쓴 채 건물에서 구출되는 이들…… 병원 로비 텔레비전 앞에 서서 멍하니 참사 현장을 지켜보았다. 눈에 익은 길과 가게들. 상희 언니, 문덕과 즐겨 찾던 떡볶이집이 있는 그 골목이었다.

공중전화 앞에 서서 수화기를 들었다 놓았다 반복했다. 다리가 후들거리고 손이 떨렸다. 아니라는 걸 알지만 확인해보고 싶어서, 아니었으면 좋겠지만 혹시나 싶어서. 언니의 삐삐 번호로 메시지를 보내려다 수화기를 놓고, 다시 눌렀다 전화를 끊었다.

피시 통신에 접속하지 않은 지도 석 달이 다 되어갔다. 그나마 문덕과는 간간이 안부를 주고받았으나 언니와는 연락이 두절된 지 오래였다. 아니, 두절되었다기보다는 내 쪽에서 선뜻 나서지 못하고 차단한 것이 옳았다.

아이를 낳기 얼마 전, 문덕이 먼저 연락을 해온 적이 있었다.

언니야, 잘 지내나?

문덕의 목소리는 전처럼 밝지만은 않았다. 기운이 다 빠진 소리로 그애는 내 안부를 묻고 자기 이야기도 조금 했다. 자신도 공장을 곧 그만둘 예정이라고, 과수원을 하는 시부모를 따라 남편과 농사를 지으려 한다고. 이런저런 이야기 뒤에 문덕은 조심스레 물었다.

언니야, 그뒤로 나우누리에 들어간 적 있나?

……아니.

문덕은 그럴 마음이 생긴다면 한 번쯤 접속해보라고 했다. 그곳에 상희 언니가 남긴 글이 있다고. 요즘도 글을 쓰냐는 내 물음에 문덕은 오래 침묵하다 답했다.

안 쓴다. 아니, 못 쓰겠다. 언니야.

나는 공중전화 부스에 한참을 기대서 있었다. 연둣빛 이파리가 돋은 벚나무가 바람에 찬찬히 흔들리고 있었다.

7272. 호출을 부탁한다는 메시지를 나는 언니에게 끝내 전송하지 못했다.

두류공원 야구장에서 폭발 사고 희생자들을 위한 위령제가 치러진 날에 해원이 옹알이를 했다. 유골 봉송을 지켜보다 텔레비전을 껐다.

아이는 금세 살이 오르고 머리칼이 굵어졌다. 아이를 낳고 집안에만 머무르는 내가 안쓰러워 보였는지 어느 날은 남편이 회사에서 구형 피시를 가져왔다.

요즘엔 이걸로 채팅도 하고 모임도 한다대. 니도 해봐라, 전화비 걱정 말고.

남편의 권유에도 불구하고 나는 피시 통신에 접속하지 않았다. 대신 아이를 돌보는 데에 더 치중하고 열을 냈다. 기저귀를 갈고 젖병을 소독하고 분유를 먹이고……

하루는 육아 서적에서 본 대로 아이의 귀 청소를 해주는데 문득 그런 생각이 들었다. 이게 맞는 걸까. 책에는 분명 '청결을 위해 육안으로 확인 가능한 귀지는 제거하는 것이 좋다'고 적혀 있었는데, 무슨 이유인지 해원이 자지러지게 울어댔고 종국엔 경기까지 일으켜 귀를 크게 다칠 뻔했다. 다리가 길어지라고 아이의 종아리를 쭉쭉 늘여줄 때도, 뒤통수에 수건을 받칠 때도 의문이 앞섰다. 이게 맞는 걸까. 나 잘하고 있는 걸까. 친정 엄마라도 살아 계셨다면 좋았을 텐데. 그때 내게는 조언을 구할 만한 상대가 없었다.

피시 통신에 다시 접속하게 된 건 그 때문이었다. 혹 누군가에게 도움을 받을 수 있지 않을까 싶어서. 나처럼 서툴고 부족한 엄마에게 자신의 노하우를 전해줄 이가, 마음을 나눌 이가 하나쯤 있지 않을까 싶어서.

익숙한 파란 창. 일 년이 지났는데도 그곳은 여전히 온갖 소식과 말들로 복작대고 있었다. 새로 생긴 동호회도 보이고, '외계어 교신 모임' '68년 잔나비띠 삼재를 이겨내자' 같은 다소 엉뚱한 동호회도 눈에 띄었다. 그리고 그 사이에 '상인동 가스폭발 희생자 추모회'가 있었다.

희생자들을 향한 애도의 메시지, 한 사람을 기억하고 떠나보내는 무구한 마음들.

그곳에 적힌 글들을 하나하나 훑어보다 상희 언니가 만든 동호

회에 접속했다. 피시 통신에 왜 접속하게 되었는지, 본래의 목적
은 잊은 지 오래였다.

대구 노동자 글쓰기 모임.

그새 회원이 늘어 있었다. 스크롤을 죽 올렸다. 그곳은 우리만
이 글을 올리고 평을 주고받던 공간이 아닌, 전혀 다른 공간이 되
어 있었다. 어디서 퍼온 깔깔 유머나 기사를 올리는 이들도 있었
으나, 대다수는 그곳에 자신들의 이야기를 적고 있었다.

일주일 낮 일주일 밤/어느 것이 먼저인지도 모를 정도로/뒤섞여
있고/기계 소리가 머리를/핥고 지나면 머리는/웅웅대는 서리로 가
득차/몸은 서서히/기계를 닮아간다*

스크롤을 올리고 또 올렸다.

허연 입김은/보이지 않게 스며 있는 바람의 움직임을 알려준다/
모두들 말을 잃고, 어둠 속에서 더 웅크려 들 뿐,/스르르 감겨오는
졸음을 도리질쳐/떨쳐버려도 잠시, 카세트에서 울려 나오는/노래
는 더이상 아름답지 않은 소음./변함없이 견고한 것은 기계들뿐,**

---

* 이상순, 「야간작업」, 울산노동자문학회, 『우리글』, 1995.
** 노현호, 「내게 아름다운 밤은 없었다」, 전국노동자문학회 대표자회의, 『신선한
사람 4』, 1996.

그렇게 올리고 올리다 순간 멈추었다. 중간쯤에 상희 언니가 남긴 글이 있었다.

문덕 그리고 순이에게, 로 시작되는 글.

담담한 글이었지만, 읽다 그만두고 다시 읽어보다 넘기길 반복하며 겨우 끝까지 읽었다. 언니의 글을 다 읽고서도 나는 오랫동안 피시 앞에 앉아 있었다. 시간도, 기억도 모조리 깎아내고 소거하며. 상희 언니는 글의 말미에 이런 말을 남겼다.

문덕아, 그리고 순이야. 너희들은 계속 글을 써. 우리의 이야기를 끝까지 써줘.

언니의 당부와는 달리 나는 펜을 잡지 않은 지 오래였다. 용기도 믿음도 모조리 소진되어버린 것 같았다. 다시 글을 쓸 수 있을까. 여기서 무슨 얘기를 더 할 수 있을까. 이렇게나 비겁한 내가 쓴 글은 얼마나 보잘것없을까. 그렇게 앉아 있길 한참. 정신을 차리니 아이 우는 소리가 들렸다. 황급히 뒤를 돌았다. 열도 나지 않고 몸에 이상도 없는데, 아이는 울음을 그치지 않았다. 안아주어도 젖병을 물려도 칭얼대며 밀어낼 뿐이었다.

왜 그러냐, 또 왜……

힘없이 아이를 어르고 달래던 중 얼핏 무언가 눈에 들어왔다. 아이의 입을 조심스레 벌려보았다. 안쪽으로 젖니가 한 쌍 자라 있었다. 여린 살을 뚫고 올라온 작고 흰 이. 그것을 가만히 들여다보다 피시 앞에 앉았다. 느린 타법으로 마음 깊숙이 가라앉던 것들을 한 줄 한 줄 옮겨 적었다.

아름다운 날이 있었으나
오늘은 소리 없이 지고 있구나
물결 따라 흐르는 꽃잎
아이 속살 같은 부드러운 밭고랑에
잠시 옹알이하고 있는 꽃잎
소리 없이 잘 놀다
바라보는 사이 사라지는 꽃잎

때로는 길에서 울었다
꽃을 자꾸 돌아보았다
알면서도 모르면서도 가는
길 위에서

흰 글씨가 빼곡한 파란 창 위에 나와 해원의 얼굴이 겹쳤다. 해원이 나를 보며 웃었다. 아이의 작고 흰 젖니를 보며 나는 시에 제목을 붙였다.

그때 우리에게.

＊

나우누리는 2013년 1월 31일 서비스를 종료했다. '나우누리 살리기' 카페를 개설해가며 서비스 종료를 만류하는 이용자들도 있었으나, 수익성 악화 등의 문제로 결국 피시 통신은 사양길에 접어들었다. 인터넷 모뎀 선보다 와이파이에 익숙하고, 나우콤보다 지메일이 친숙한 나로서는 그것이 사라졌다는 사실조차 생소하다.

요 며칠 웹을 서핑해봤지만 대구 노동자 글쓰기 모임도, 엄마의 댓글이나 상희 이모가 남긴 글도 찾아볼 수 없었다.

한참 웹사이트를 유영하다 검색창에 내 이름을 쳐본다. 관성처럼. 그 소설이 실린 웹페이지가 뜬다. '김해원 소설은 기성 문학의 아류에 불과하다'는 평이 보인다. 페이지를 나가려다 돌연 멈춘다. 글의 맨 밑에 못 보던 댓글이 있다.

─작가란 무엇인가 생각하게 하는 글이었습니다. 작가님의 다른 글도 찾아 읽고 싶습니다. 앞으로도 계속 써주세요.

아버지의 댓글이리라, 추측하며 전화를 건다. 아버지는 기다렸다는 듯 금세 전화를 받는다. 묻지도 않았는데, 그는 엄마 이야기로 운을 뗀다.

너희 집에 뭐 있냐? 니 엄마는 왜 자꾸 그 집에 드나든다냐.

엄마가 또 온다고?

받을 거 있다고 아까 나가더라.

다이어리겠지, 짐작하며 아버지에게 오늘 본 댓글에 대해 말한
다. 고맙다고, 한마디 덧붙이는 내게 그는 심상히 답한다.

그거? 그거 니 엄마가 단 거야. 눈도 안 좋은 사람이 돋보기까지
끼고 뭘 그렇게 들여다보나 했는데 니 소설이더라. 저번에는……

얼마 지나지 않아 초인종이 울린다. 겸연쩍은 표정으로 엄마는
문 앞에 우두커니 서 있다.

엄마에게 다이어리를 건네준다. 엄마는 그 안에 적힌 것들에 대
해 설명하지 않고, 나도 구태여 묻지 않는다. 용건을 다 봤으니 돌
아간다는 엄마를 향해 소리친다.

밥 먹고 가.

되었다. 밥때도 아이고 니 방해하기 싫다.

그럼 사과라도 먹고 가. 많아서 혼자 다 먹지도 못해.

엄마와 티 테이블에 마주앉는다. 턴테이블에서 〈그대 떠난 뒤〉
가 흘러나온다. 엄마는 내게 이 노래를 아냐고 묻는다.

내가 전에 듣던 노래랑은 좀 다른 거 같네.

리메이크된 곡이라고 하자 엄마는 그러냐며 고개를 주억인다.
노래를 듣다 그녀는 문득 생각났다는 듯 말한다.

나 그거 받았다.

뭘?

퇴직금.

묵묵한 얼굴로 말하지만, 테이블 밑에서 천천히 발 박자를 타는 엄마. 엄마는 언제쯤 내게 자신의 속을 내보일까. 한 손으로 사과를 잡은 뒤, 주의를 기울이며 껍질을 깎는 엄마에게 한 번도 묻지 않았던 질문을 넌지시 던진다.

엄마, 엄마는 꿈이 뭐였어.

알 듯 말 듯 한 표정을 지으며 엄마는 내 앞에 사과를 한 조각 올려준다.

햇사과라 달더라.

사과를 먹는 대신 나는 껍질을 집는다. 한 번도 끊지 않고 깎아 길고 긴 껍질을.

그걸 왜 먹냐?

나도 이게 더 맛있더라.

니도 참 별종이다.

웃는 엄마에게 나는 머뭇대다 말한다.

엄마 딸이잖아.

단단한 어금니로 길게 이어진 사과 껍질을 씹는다. 누구도 먹지 않는 그것을 아삭아삭아삭.

* 제목은 천용성의 노래 〈김일성이 죽던 해〉에서 가져왔다.
* 소설 말미에 삽입된 시는 나의 어머니, 이순이씨가 직접 지었다.

낙차의 기록

1. 이해하고 오해하기

「김일성이 죽던 해」의 한 장면으로부터 시작해보자. 글쓰기 수업중 수강생 하나가 작가이자 강사인 '나'에게 묻는다. 좋은 소설이란 무엇인가요? 문학을 읽고 그것에 대해 쓰는 일을 업으로 삼고 있는 나조차도 쉽게 대답할 수 없는 질문이다. 이 질문에 대한 '나'의 생각은 이렇다. "주인공에 대해 이해하려 하지만, 결국은 실패하는 소설."(355쪽) 그러나 '나'는 자신의 생각을 밝히지 못하고 앤 라모트의 문장으로 답변을 대신한다. "인물 하나하나를 온전히 이해하고 연민하는 소설이죠. 설사 악당일지라도요."(같은 쪽)

수강생들에게 전하지 못한 '나'의 입장은 이번 소설집 『빛을 건으면 빛』에 수록된 작품들과 공명한다. 대부분의 작품이 이해의 시도로부터 비롯되는 오해를 첨예하게 그리고 있기 때문이다. 이해는 어떻게 오해가 되는가? 나 아닌 다른 이, 내가 알지 못하는 무언가에 대한 이해가 필요한 근본적인 이유는 우리 사이의 차이에 있다. 그것은 연인 관계에서도, 세대 간에서도 나타날 수 있다. 한 핏줄도 예외는 아니다. 가족 안에서 발견되는 차이는 친밀한 관계일수록 섣부른 이해의 시도가 금세 오해로 변질되고 마는 비극을 더욱 선명하게 한다.

그렇다면 이해하려는 시도는 결국 실패로 귀결될 수밖에 없는 것일까. 이 물음에 대한 답은 좋은 소설에 대한 '나'의 생각을 다시금 환기해봄으로써 찾을 수 있다. 이해에의 실패는 단순히 실패에서 그치는 것이 아니라, 또 실패에 이른 이들을 절망케 하는 것이 아니라, 실패 이전과 이후의 낙차를 가늠해보게 한다는 점에서 유의미하다. 이해가 아닌 오해일 수밖에 없던, 미처 발견하지 못했던 차이의 폭을 비로소 실감할 수 있는 것도 이 지점에서다. 실패가 있기에 우리는 다음으로 갈 수 있다. 만약 그렇지 않다면, "인물 하나하나를 온전히 이해하고 연민"한다면, 한 걸음도 떼지 못한 채 거기에 발이 묶여 있을 테니까. 그러한 소설은 좋은 소설이 아니라 고통스러운 소설에 가깝다.

이 책에 그려진 여러 실패 중 가장 먼저 「언두」를 살펴보기로 한

398

다. 「언두」는 데이팅 앱으로 시작된 인스턴트식 만남에서 연인으로 발전한 이들의 이야기다. '유수'와 '도호'는 첫 만남(이자 마지막이 될 뻔한 만남)에서 십년지기 친구에게도 못한 이야기를 서로에게 털어놓는다. 유수는 "십 년째 두 집 살림을 하는 아빠에 대해, 그런 아빠를 묵인하고 때때로 용인까지 하는 엄마에 대해"(11쪽) 이야기하고, 도호는 부모님이 돌아가신 후 고아가 된 자신을 맡아준 농인 할머니에 대해 말한다. 이들이 하룻밤에 지나지 않을 관계의 틀을 깨고 만남을 지속할 수 있게 된 건 이날 서로의 이야기에 "'난 다 이해해' '괜찮아' 따위의 무책임한 말"(13쪽)로 "함부로 동정하지 않으려"(같은 쪽) 했기 때문일 것이다. 그런데 도호와의 관계가 깊어질수록 유수가 이해하지 않아도 괜찮았던 것들은 "감수해야"(27쪽) 하는 것으로 바뀐다. 가령 농인인 할머니를 혼자 둘 수 없기에 외박을 하지 못하는 것, 잠을 자더라도 모텔이나 호텔이 아니라 반드시 도호네 집에서 자야 한다는 것, 취업 후 바쁜 도호를 대신해 할머니를 보살피고 집안의 이런저런 일들을 신경써야 한다는 것 등이 그렇다. 이 모든 일은 도호가 종종 가볍게 내뱉는 '너도 내가 돼봐' 같은 말로 '나'에게 자연스레 인계된다. 유수가 온전히 이해할 수 없는 것들은 짐이 되어 조금씩 그 무게를 더해간다. 도호의 할머니가 사회적 약자인 동시에 교인들이 보는 앞에서 목사에게 밀린 월세를 독촉하는 사층 건물의 소유주임을 알게 되었을 때, 아무도 없는 집에서 "거들과 슬립만 걸친 할머니"(49쪽)가 "몸부림에 가까운 동작"(50쪽)으로 춤을 추는 모습을 보았을 때, 유수는 도호와 할머니가 자신이 이해 가능한 범주를 벗어나 있음을, 그리고 사랑과 이해가 동의어는 아님을 뒤늦게 깨닫는다. "무거워. 다 너무 무거워."(같은 쪽) 집으로 돌아가는 길, 끝없이 중얼거리는 이 말은 사랑이라는 이름으로 불렸던 모든 것들을 향해 있다. 유수는 "비겁할 수 있는 사람과 그럴 수 없는 사람"(51쪽)이 있다는 엄마의 말을 다시금 떠올린다. 일 년 중 반을 밖으로 나도는데도 나머지 반은 자신의 곁에 있다며 아빠를 떠나지 못하는 엄마, 도망치려고 했으나 그러지 못한 도호는 '비겁해질 수 없는 사람'일 것이다. 그렇다면 유수는, "도호야, 난 네가 될 수 없어"(52쪽)라는 보내지 못한 메시지를 속으로 되뇌며 비겁해지려는 사람, 악취가 나는 아빠 옆에서 "이제 곧 익숙해질 그 냄새를 맡으며"(53쪽) 함께 웃는, '비겁할 수 있는 사람'과 별수없이 닮아 있는 사람이다. 비겁할지언정 비난할 수 없는 유수의 선택은 이 소설의 제목이 갖고 있는 또하나의 의미를 상기시킨다. 도호와의 이별 이후 유수의 생활은 도호를 만나기 이전으로 돌아간다. 언두undo, 실행 이전으로. 하지만 그전으로 되돌린다고 한들 아예 없었던 일이 될 수는 없는 것처럼, 도호와의 시간은 유수에게 입버릇처럼 붙어버린 흥얼거림으로 남는다. 도호 할머니의 "몸부림에 가까운 동작"에 배경음악으로 깔렸던, 기괴하게 늘어지던 노래와 같이.

2. 친밀하게, 무정하게

이처럼 끝내 이해할 수 없는 서로의 차이는 성해나의 소설에서 매우 다층적이고 전범위적으로 그려진다. 「언두」에서 유수와 도호가 "비겁할 수 있는 사람과 그럴 수 없는 사람"의 차이를 극복할 수 없었다면, 나아가 할머니와 유수가 손의 언어와 말의 언어의 차이를 좁힐 수 없었다면, 「소돔의 친밀한 혈육들」과 「궨당」에서 차이는 보다 가족적이며 역사적인 차원으로 드러난다. 시대가 여러 번 바뀌는 동안 변화한 그 시간만큼이나 후손에게 대물림되어온 것들의 격차는 뚜렷하다. 가령 "기업의 생존 토대는 사회"(186쪽)임을 표방하는 한 집안에서 가보의 진위를 밝히려던 중 그들이 사실은 친일파의 후손이라는 사실이 밝혀진다면 어떨까. 「소돔의 친밀한 혈육들」에서 그려지는 이 현장은 우리의 예상과 달리 쉽게 파국으로 치닫지 않는다. 조상이 친일파였다는 사실은 그저 "조상의 과오"(200쪽)이며 후손인 자신들과는 무관한 일인 것이다. "우리가 이룩한 건 선대와는 무관"(201쪽)하다는 당당한 태도에 "시대가 지났어도 누군가는 반드시 져야 할 책임"(200~201쪽)이나 "죄의식"(201쪽)은 갈 곳을 잃고, 도리어 그들을 향한 비판이 시대착오적인 책임전가로 치부되고 만다. 그렇기에 비판의 근거도, 비판을 하려는 자 역시도 지금까지 그래왔던 것처럼 흔적도 없이 사라지게 된다. 현장을 녹화한 영상에서 이 장면은 깔끔한 편집으로 삭제되고, 책임을 묻던 이는 "원래부터 존재하지 않았던"(204쪽) 것처럼 어느 순간 사라진다.

흥미로운 점은 이 집의 이방인이었던 두 사람('나'와 도검 감별사) 중 한 사람(도검 감별사)은 사라졌지만, '나'는 끝까지 남아 음식을 함께 나누어 먹음으로써 그들의 편에 서게 된다는 것이다. 문제의 장면을 영상에 담고 있었다는 점에서 '나'는 지워져서는 안 될 역사의 한 장면을 기록하는 사관史官이었으나, 그것을 "깔끔히 편집"(같은 쪽)하는 것으로 사관史觀을 다시 쓰는 셈이 된다. 이 경험은 과거의 식민지배 관점이 그러했던 것처럼, '나'에게 하나의 견고한 관점으로 자리한다. 이는 '나'가 인사 담당자로 있는 회사에서 "어제까지 같이 밥 먹고 일하던 사람들"(207쪽)의 편이 아닌 사측의 입장을 완고하게 밀어붙이는 태도에서 엿볼 수 있다. "규정대로 할 수밖에" 없으며 "그편이 더 경제적"(같은 쪽)이라는 '나'의 생각은 "아름답고 경제적"(178쪽)이라는 이유로 혈앵무를 키운다는 그 집안의 태도와 겹쳐진다. 동족 번식이 불가한 종인데도 "이상하게 종족 유지가 가장 잘"(같은 쪽)된다는 혈앵무는 스스로 세력을 키울 수는 없지만, 거대 세력에 충성하며 기생하는 이들을 가리키는 것일 테다. 그리고 그것이 그때나 지금의 '나'와 결코 다르지 않다는 것을, 작가는 또 한 명의 사관史官이 되어 밝히고 있다.

한편 「권당」은 가족 안에서도 선택과 인정에 의한 차이가 존재함을 보여주는 작품이다. 제주에 사는 '나'는 아버지의 요청으로 북카자흐스탄에서 온 고려인 재종숙 부부를 반나절 동안 가이드하기로 한다. 그런데 공항에서 만난 재종숙 부군은 "키가 크고 눈매가 깊었고, 백인 혈통이 묘하게 섞인 듯한 모습"(135쪽)으로 "'고을나'를 시조로 삼고 있는 순혈"(137쪽) '제주 고씨'라기엔 상당히 낯설다. 이는 "괸당의 일이라면 열 일 제치고 찾아가는 사람"(141쪽)인 아버지마저도 주춤하게 만드는 차이이다. 하지만 부군의 요청으로 그의 부친이 살았다는 월정리로 향하는 길, 아버지와 부군은 비슷한 역사적 경험을 공유하며 한 집안 사람이라는 유대를 쌓아간다. 제주에 있던 아버지는 4·3사건을, 연해주에 있던 부군의 부친은 고려인 강제이주를 겪은 적이 있으므로, 서로가 고통과 핍박의 시간을 견뎌왔으며, 그들은 제주에서나 북카자흐스탄에서나 "시신을 수습하지 못한 이들의 묘"(153쪽)를 지어 넋을 기려온 것이다. 그런 그들을 보며 '나'는 "누군가의 평안을 비는 얼굴들은 어딘지 모르게 닮아 있"(153~154쪽)다고 느낀다. 그러나 재종숙 부부가 자신들이 제주에 온 까닭은 단지 관광이 아닌 죽은 아버지의 뼈를 고향에 묻기 위함이며, 그러기 위해서는 재외 동포 비자가 필요하기 때문에 현재 방치되어 있는 가업인 고야주 사업을 맡겠다고 할 때, 미약하게나마 연결되어 있던 가족의 끈은 가차없이 끊어진다. "자격이 되는 사람만 할 수 있는 일"(167쪽)이라는 기준에서 '자격'은 제주 본을 가진 고씨 집안의 사람만 해당되는 것이므로 사실상 무용한 잣대였으나 부군에게만은 그것이 본의 여부가 아닌 집안 사람들의 인정과 선택으로 둔갑하는 것이다.

2018년 제주 예멘 난민 사건을 떠올리게도 하는 이 작품은 소속될 수 있는 집단이 있음에도 그 결속이 얼마나 허술하며 선택적으로 범주화될 수 있는지를 보여준다. 조금의 손해도 보지 않으려는 이기심 앞에서 재종숙 부부는 "파란 눈과 장발"(137쪽)을 가진 "외국 씨"(159쪽)로 철저히 타자화된다. 또한 이러한 배척은 단지 재종숙 부부에게만 적용되는 것이 아니다. 친족인 당숙은 "엄혹함과 냉정함"을 지닌 사람이었음에도 아버지의 입을 통해 "가족에게 잘하는 사람으로 둔갑"(145쪽)하는 반면, 당숙이 죽은 후 제주를 떠난 당숙모는 일평생 집안을 위해 일해왔음에도 "종부의 역할을 다하지도 않고 떠난 비정한" "물것"(160쪽)이 된다. 그렇다면 이 모든 선택과 평가를 바라보는 '나'는 어떤가. 재종숙 부부를 이방인으로 여기는 아버지와 삼촌의 입장과 '나'의 입장은 무관한가. "십이 인 혼성 도미토리"(169쪽)에서 묵을 거라는 재종숙 부부에게 선뜻 '우리집에서 지내시겠냐'고 묻지 못하는 것으로 '나'는 자신이 아버지와 삼촌의 입장과 다르지 않음을 인정하는 셈이다. 집으로 돌아오는 길, '나'에게 끊임없이 '왜'라는 물음이 따르는 것 또한 이 때문이다. "왜 부부를 재종숙부나 숙모가 아닌 재종숙 부군과 부인이라는 기묘한 호칭으로 일컬었는지, 고씨 삼촌과 아버지가 벌인 일들에 왜 내가 더 긴장하고 송구스러워했는지, 왜 우리는 누군가에겐 관대하면서도 누군가에겐 한없이 매정해질 수밖에 없는지"(171쪽), 그리고 그랬던 것은 자신이 방관하고 묵인하는 것으로 그것에 동조했기 때문이라는 것을 '나'는 이미 알고 있다.

「OK, Boomer」는 가족 안의 갈등을 세대론의 차원으로 확장시킨다. 이 소설의 중년남성 화자인 '나'는 동년배와 자신을 비교하며 '나는 다르다'는 식으로 자신이 시대에 발맞춰가는 사람이라고 긍정한다. 하지만 이 같은 판단의 근거는 사실 초라하다. "애플 워치"(102쪽)를 사용하며 "모바일 앱으로 신문을 읽었고 유튜브와 페이스북 계정도 있"(113쪽)다는 것만이 시대를 따라가는 '나'의 방식이기 때문이다. 말하자면 시대와 긴밀하게 연결되는 수단의 사용만을 근거로 삼고 있는 셈이나 이는 '나'로 하여금 집을 뮤직비디오 촬영 장소로 쓰게 해달라는 아들의 부탁을 너그럽게 들어주며 "건스 앤 로지스 티셔츠"(106쪽)를 입고 아들과 그의 동료를 맞이할 수 있는 열린 사람이라는 자의식을 갖게 하는 데에 충분하다. 이 자의식의 기저에 "부당한 일에 목소리를 높이고 교육 환경을 개선하기 위해 힘써왔으"며 진보 그 자체로 표상되는 "조합의 지부장"(111쪽)으로 활동했다는 사실이 자리하고 있음은 물론이다.

호기롭게 "중요한 건 언제나 속도가 아니라 수용"(113~114쪽)임을 강조하는 '나'의 말과 행동에는 명백한 아이러니가 존재한다. "뭐든 빠른 게 좋은 거라는 인식"(115쪽)으로 아이를 일 년 일찍 학교에 보냈던 것은 과거의 일이라지만, 채식을 한다는 아이들에게 '말뿐인 존중'의 의사를 표하고, '아이패드와 루프스테이션'으로 연주를 하는 아이들을 떨떠름한 시선으로 바라보는 '나'의 모습은 시대의 변화를 수용했다고 보기 어려우니 말이다. 그리고 '나' 역시 그 사실을 여실히 실감하게 된다. "음악이라기보다는 기술에 가까"(116쪽)운 음악 속에서 '진짜 악기'로 연주하는 "아들의 기타 솔로"가 "그 밴드의 옥의 티"(같은 쪽)로 여겨지는 것이다. 진정 이질적인 건 그들의 것이 아니라 '나'에게 익숙한 구시대적인 것이라는 걸 알아차렸을 때, 그리고 그 발각의 화살이 '나'에게로 향할 때, '나는 다르다'는 믿음은 산산조각난다. 밑천 없는 자부심의 정체를 알아챈 듯 Z세대가 가볍게 날리는 훅hook은 '나'에게 상당한 데미지를 입힌다. "잔존해 있는 일본말"(118쪽) 사용을 지적받는 것으로 한 방, 지금까지 '나'의 "아이덴티티"(111쪽)라고 할 수 있던 감사패를 치워달라고 요구받는 것으로 또 한 방. 애지중지했던 감사패가 "존나 별것도 아닌 걸로"(121쪽) 치부되며 이 시대에서 더이상 어떤 "미장센"(같은 쪽)으로도 기능하지 못한다는 것을 알게 되었을 때, '나'를 지탱해오던 "똘레랑스"(같은 쪽)는 더는 남지 않게 된다. 그저 '꼰대스럽다'고밖에 할 수 없는 말들("니들 마음대로 할 거면 당장 나가라" "여긴 내 집이야"(같은 쪽))을 뱉으며 권위에 호소하는 순간, 'OK, Boomer' 하고 '나'를 조소하는 것은 눈앞의 아이들이 아니다. "기하급수적"으로 쏟아지는 "형형색색의 하트"(122쪽)들, "고요하면서도 시끄럽고 무심하면서도 관심으로 들끓는"(113쪽) 화면 속의 보이지 않는 존재들이야말로 '나'가 진정으로 수용해야 할 이 시대의 중심에 있는 이들이다.

3. 어색하고 투박하지만 열렬히

젊은 신입 교사를 욕하는 동료 '오'의 말에 입을 닫고 있던 '나'마저도 "요즘 애들"(125쪽)이라는 말로 자신의 이해 불능 상태를 세대론적으로 구조화할 때, 이 격차는 쉬이 좁혀지지 않은 채 갈등의 수렁으로 점점 더 깊이 빠져들 것처럼 느껴진다. 하지만 실패하면서도 계속해서 이해의 시도를 그만두지 않는 인물들이 있어 성해나의 소설은 일말의 가능성을 타진할 수 있는 방향으로 나아간다.

예시로 「당춘」은 농촌을 배경으로 하고 있어 청년세대와 기성세대의 생활양식이나 입장의 차이 등이 더욱 분명히 나타나지만 그렇기에 오히려 차이의 면면을 연결할 수 있는 지점 또한 선명하다. 어른들로서는 농촌에 방문한 청년들과 함께 마을을 살리는 활동을 하는 것으로, 청년들로서는 "무용하지만 함께라는 것으로 충분"(261쪽)했던 시간을 되새기는 것으로 서로에게 "비빌 언덕"(227쪽)이 되어줄 수 있다. 이는 '두루'와 '헌진'이 "해맑은 낙관"(256쪽)을 가진 '영식 삼촌'을 못마땅해하는 것처럼 이상에 지나지 않는 그림일 수 있으나, 이상에 기대고 싶을 만큼 팍팍한 현실은 이 이야기에 설득력을 불어넣는다. 팬데믹의 영향으로 평생 직장이라 여겼던 회사에서 해고당하고 아르바이트를 하며 생계를 유지하는 두루와 배달기사로 일을 하는 헌진이, 남는 장사가 아니라는 걸 알면서도 "이틀에 사십"(213쪽)이라는 말에 솔깃해 진천까지 왔으니 말이다. "우리도 죽겠는데, 왜 남은 파이까지"(221쪽) 뺏으려 하냐며 위 세대를 비난하는 심술궂은 마음, 절대 손해보지 않겠다는 마음으로 왔건만 그 마음은 약속한 이틀을 보내는 사이 슬그머니 약해진다. 그리고 종내에는 "여기가 (……) 좋아서, 더 좋은 곳으로 만들고 싶"(258쪽)다는 영식 삼촌의 말에 도움의 손길을 보태듯 제법 열심히 하는 모습으로 변모하기까지 하는 것이다. 어쩌면 그들에게 정말로 필요했던 건 수중에 쥐여지는 단돈 몇 푼이 아니라 "너희들이 내킬 땐 언제든 머물다 가도 된다"는, "산도 보고 밭도 보고 사는 얘기도 나누며 숨 돌리고 가도 된다"(같은 쪽)는 말이었는지도 모른다.

그렇다고 두 세대의 격차가 단번에 부드럽고 매끄럽게 좁혀지는 것은 아니다. 그들은 "어색하고 투박하지만 열렬히"(270쪽), 그래서 더 좋을 만큼 서서히 궤를 맞춰나간다. 누구 하나 제대로 찍히지 않은 단체사진 속, 마스크 너머로 조용히 그러나 일제히 환한 웃음을 짓고 있음을 알아차릴 수 있을 정도로. 지금은 그 정도로도 충분하다.

이러한 소통과 연대의 가능성은 여성 인물 간의 관계에서 특히 구체화된다. 이는 등단작 「오즈」에서부터 주목할 만한 것이었다. '나'는 주거 사업의 일환으로 한 할머니의 집에 세입자로 들어가게 된다. "식사는 알아서 해결할 것, 허락 없이 사람을 들이지 말 것, 벽체가 얇은 집이니 통화는 작은 소리로 할 것. 그리고 무슨 일이 있어도 자기 방에는 들어오지 말 것"(285쪽) 같은 규칙을 정해두고 할머니와 '나'는 한집에서 각자 살아간다. 이들이 집주인과 세입자의 관계를 벗어나기 시작하는 것은 할머니가 '나'에게 커버업 타투를 요청하면서다. "가슴부터 갈비뼈까지 이어지는 여러 개의 문신들"과 붉은 빛으로 깜빡이는 "인공 심박동기"(294쪽)는 할머니가 어떤 시간을 지나온 것인지 쉬이 가늠할 수 없을 정도로 온몸 깊게 새겨진 한 여성의 역사 그 자체다. 고통의 시간을 몸에 새겨온 사람은 할머니만이 아니다. '나' 또한 스스로 몸에 상처를 내는 것으로 견디는 삶을 살아왔으므로. 이들은 자신의 가장 약한 부분을, 달리 말하면 삶의 흔적을 내보이는 것으로 서로를 보듬는다. 이 지점에서 집주인과 세입자, 노년과 청년이라는 관계의 벽은 이미 사라진 지 오래다. 가만히 있을 수가 없어 꾹꾹 눌러 담는 마음으로 압화를 만들기 시작한 사람과 상처를 감추기 위해 타투를 시작한 사람, 그러지 않고서는 견딜 수 없던 시간을 마음으로 나누는,

더는 '할머니'가 아닌 '오즈'와 '나', 그저 두 사람이 있을 뿐이다. 이 시간들이 있어 오즈가 죽은 후 '나'는 엄마와 동생의 죽음으로 겪어야 했던 허무와 절망을 되풀이하지 않을 수 있게 된다. 그렇게 '나'는 처음으로 상처 없이 깨끗한 살에 "어떤 문양으로 이어질지 아직 알 수 없"는 가능성과 같은, "반듯하지도, 깔끔하지도 않은 실선"(338쪽) 하나를 새기기 시작한다.

「화양극장」 역시 노년 여성과 청년 여성을 중심으로 한다는 점에서 「오즈」와 맥락을 같이한다. '경'은 임용 고사에 여덟 번 낙방한 후 삶의 의욕을 모두 상실한 것처럼 보인다. 번번이 시험에 떨어져서이기도 하지만, "남들만큼은 살아야 한다"(72쪽)는 압박과 "숨소리가 너무 크다"(61쪽)며 눈치를 주는 가족들로 인해 자존감은 이미 바닥이 난 상태다. 자기 효능감은 어디서도 찾을 수 없으며 스스로의 무능함을 하루하루 실감하는 날들 속에서 화양극장은 경에게 일종의 대피소이다. 그곳에 앉아 영화를 보고 있으면 아무것도 하지 않았다는 기분이 들지 않으며, 가족들의 압박에서도 잠시 벗어날 수 있으니까. 경이 노년 여성인 '이목'을 만난 것도 화양극장에서다. 그와 나란히 앉아 영화를 본 뒤 영화에 대한 이야기를 잠시 나누는 것으로 경은 "전에는 안 보이던 것들이 그제야 조금씩 보이기 시작"(70쪽)하는 것을 느끼며 서서히 회복해 나간다. 이목과의 만남을 지속하며 경은 이목에 대해 하나둘 알게 된다. 그가 과거 스턴트 배우로 활동했으며, 뤼미에르라는 이름을 가진 고양이와 함께 살고 있다는 것, 그리고 오랫동안 한 여자를 사랑해왔다는 사실까지. 스크린 속에서는 아름답게 그려지지만 그 바깥에서는 "바지씨"(84쪽)로 불리며 "'러브'가 되고 '그거'가 되고 마는"(79쪽) 동성 간의 사랑에 대해 경은 한참을 생각한다. 온전히 이해할 수는 없지만, 경은 영화의 한 장면을 떠올리듯 이목의 삶과 사랑을 짐작해본다. 그리고 그 장면 안에 자신을 놓으며 이목과 '연수'의 사랑을 그저 바라보는 것이 아닌 함께하는 것으로 여긴다.

이목씨의 삶과 사랑을 경은 온전히 이해할 수 없었으나, 그래도 짐작해보려 애썼다. 이목씨가 기꺼이 그래주었듯, 자신도 그의 편이 되고 싶다고. 영사막을 투과한 무수한 빛들이 숏이 되어 사라지는 동안 경은 상상했다. 이목씨와 연수씨가 한 식탁에 앉아 둥글게 새알심을 빚는 장면, 그들 사이에 끼어 함께 그릇을 세팅하고 수저를 놓는 장면, 뭉근한 불에 팥죽은 끓어가고 은근한 온기가 흐르고, 달고 부드러운 죽을 먹으며 세 사람이 농담을 나누고 같은 지점에서 웃는 장면을.(79~80쪽)

함께 팥죽을 먹는 일은 결국 실현되지 못했지만, 이목이 자신을 "동등한 존재"(69쪽)로 대해주었듯 경 역시 이목과 연수의 사랑을 다른 사랑과 동등한 것으로 여긴다는 점에서 이 장면은 유효하다.

이후 화양극장이 문을 닫고 경이 다시 서울살이를 하게 되면서 두 사람은 더이상 만나지 못한다. 그러던 어느 날, 과거 이목이 해피엔딩으로 설명해주었던 영화를 홀로 보게 되었을 때, 그것이 사실은 지독하게 비극적이며 참담한 결말로 끝난다는 걸 알게 된 경은 뻔하지 않은 결말로 자신을 데려다주고 싶어했던 이목의 배려를 뒤늦게 깨닫는다. "살아내지 않고" 살아갈 수 있기를, "견디지 않고 받아들이면서"(92쪽) 살 수 있기를 바라는 마음이 지금의 어둠을 잠시 거두어낼 수 있다는 것을, 그 마음 덕에 극장 안 캄캄한 어둠 속으로 숨어든 이들이 더이상 막이 내린 후의 빛을 두려워하지 않을 수 있다는 것을 읽는 이 역시 이 소설을 통해 체득한다.

아버지의 말들이 자신의 영혼을 갈기갈기 찢고 있다는 경의 말은 어느 영화 속 대사의 일부이다. "비록 지금은 영화 속 대사를 차용하지만, 언젠가는 자신의 대사만으로 충분할 날도 올 거라 여기며" 그는 "초연을 올리는 배우처럼 서툴지만, 담대하게"(85쪽) 자신이 받은 상처를 처음으로 토로한다. 「김일성이 죽던 해」의 화자 '나' 역시 타인의 말을 빌려 자신의 입장을 드러내는 인물이다. '나'는 자신의 글을 쓰는 소설가임에도 불구하고, 독자적인 관점에 대해서는 끝내 말하지 못한다. 그것은 "내 문장, 내 이야기라고 여겨 발표했으나" "아류"(354쪽)라는 평가를 받았던 적이 있기 때문이다. 그렇기에 자꾸만 타인의 주장과 관점을 인용하는 방식으로 '나'는 자신의 자리를 채우고자 한다. 그런데 '나'가 느끼는 자기 자신에 대한 공허함은 소설가라는 정체성을 공고히 하지 못하는 데에서 오는 것인 한편, 근본적으로는 엄마와의 관계에서 비롯된 것이기도 하다. 「언두」도 그러하듯, 성해나의 소설에는 엄마와의 관계에서 결핍을 느끼는 인물들이 자주 등장한다. "모녀만이 나눌 수 있는 소상한 연대, 다정하고 친밀한 위로"(32쪽)와는 거리가 먼 이들 모녀에게는 관계의 성립이 곧 무조건적인 연대를 뜻하지는 않는 것이다. 탄생과 동시에 육체적인 분리가 이루어진다는 점에서 모녀는 가장 가까우면서 먼, 어쩌면 가장 이해할 수 없는 존재일 수도 있다. '나' 역시 엄마를 이해할 수 없으나 자신은 이해받길 원하는 일방적인 마음 탓에 엄마와의 관계가 조금씩 더 엇나가던 중, 우연찮게 '김일성이 죽던 해'로 시작되는 엄마의 글을 읽고 엄마에 대해 몰랐던 사실들을 하나씩 알아가게 된다. 엄마가 공장에 다니며 노동자 글쓰기 모임을 했었다는 것, 고작 셋뿐이었던 구성원 중에서도 가장 적극적이지 않았다는 것, 꾸역꾸역 써간 글에는 '우리'가 없다는 말이 따랐다는 것, 사실은 그것을 알고 있음에도 현실을 똑바로 직시하는 것이 어려워 부러 모른 척했었다는 것을. 그랬던 엄마가 비로소 '우리'에 대한 이야기를 쓸 수 있었던 건 '나'를 출산한 이후 울음을 그치지 않는 아이를 달래다 아이의 입안에서 "작고 흰 젖니"(391쪽)를 발견한 순간이었다는 것 또한. 전에 없던 '우리'가 스며 있는 엄마의 시를 읽고, '나'는 더이상 엄마를 피하지 않을 뿐만 아니라 "엄마 딸이잖아"(394쪽) 하고 말할 수 있게 된다. 새로 생겨난 아기의 작은 이에서 엄마가 지난날의 '우리'를 불러왔듯, '나' 역시 엄마의 지난 기억이 담긴 글을 통해 엄마와 '나', 그리고 '우리'를 말할 수 있을 것이다. '나'의 글을 쓸 수 있으리란 기대도 물론이다.

　긴 이야기를 갈무리하며 「오즈」의 한 장면을 되새겨본다. 표지에 아무것도 적혀 있지 않은데다 〈오즈의 마법사〉 속 캐릭터들이 테두리만 희미하게 그려져 있을 뿐 안은 검게만 칠해져 있는 책. 오즈는 그 안에 무언가 숨어 있다며 '나'에게 "그걸 찾아내는 건 네 몫"(324쪽)이라 말한다. 책 안에 숨어 있는 건 캐릭터들 각자가 가진 고유한 색이었다. 검은 바탕을 살살 긁어내야만 만날 수 있는 따뜻한 색감을 마음속에 그려보며 나는 이 장면이 작가가 독자에게 건네는 작은 속삭임이라 여겼다. 말하고 싶은 것들을 알아채주었으면 하는 마음, 소설로써 전하고 싶은 것들이 읽는 이에게 온전히 닿았으면 하는 마음. 한편으로는 작가 스스로를 향한 중얼거림처럼 느껴지기도 했다. 말해야만 하는 것들을 찾는 것은 자신의 몫이라는 겹겹의 다짐. 어느 쪽이라도 좋을 만큼 성해나의 소설은 부단히 성실하게 따뜻한 마음을 품어왔다. 온전히 이해할 수 없으리라는 걸 알면서도 이해하려는 시도를 멈추지 않고 반복되는 실패 속에서 그 낙차를 기록하며, 짙은 오해 속에 숨겨진 진심을 세심하게 그려내었으니 말이다. 그러니 어둠을 거둔 이곳에서 맞이한 환하고 따뜻한 빛을 열렬히 사랑해도 좋을 것이다. 혹시나 들이닥칠지 모를 또다른 어둠에 대해서라면 이른 고민은 하지 않는 것이 좋겠다. 빛을 걷으면 빛, 이 소설집의 제목이 그렇게 말하고 있으므로. 더 밝은 쪽으로 나아가리란 낙관과 믿음, 이 단어들을 사어死語로 두지 않을 힘이 이 안에 있기에 지금의 빛은 더욱이 찬란하다.

작가의 말

디깅하는 삶—문학(My digging)

소설가가 되면 내가 잘 아는 것들에 대해 쓰겠거니 했으나, 세상이나 사람의 마음은 알면 알수록 어려워 결국에는 잘 모르는 것들에 대해 쓰고 있는 것 같다.

*

「김일성이 죽던 해」는 2020년 가을 즈음 탈고했다. 그해 내 나이는 엄마가 나를 낳았을 때의 나이와 같았다. 엄마를 주인공으로 삼은 소설을 쓰고 싶었고, 그 과정을 통해 그간 얕게 의식하고 신중히 살피지 못했던 그녀의 마음을 깊이 들여다볼 수 있길 바랐다.

소설을 쓰기 한참 전, 전을 부치다 엄마와 말다툼을 한 적이 있다. 동태에 계란물을 입히며 서로 쏘아붙이고 반박하길 한참. 몰아붙인 건 주로 내 쪽이었다. 그때 나는 엄마의 무심함과 그로 인한 나의 결핍에 대해 꽤 긴 시간 토로했던 것 같다. 엄마는 그 말을 묵묵히 듣고 있다 힘겹게 한마디했다.

내가 너한테 보냈던 메일들 기억 안 나니?

엄마는 말이 아닌 글을 통해서만 겨우 사랑을 표현할 수 있었던 자신의 무뚝뚝함에 대해 더듬더듬 털어놓았다. 집으로 가 메일들을 오래전 것부터 하나씩 열어보았다. 내가 처음 메일 계정을 만들었던 여덟 살부터 스무 살이 되던 해까지 엄마가 꾸준히 보낸 메일들이 고이 저장되어 있었다. 내 회답이 짧거나 없어도 엄마는 매년 편지를 보냈다. 해나에게, 로 시작되는 길고 긴 편지들을. 「김일성이 죽던 해」는 답하지 않았던 그 편지들에 대한 아주 늦은 답장이라고, 나는 생각한다.

90년대생에 대한 논의가 치열하던 해에 「OK, Boomer」를 썼다. 본래는 세대 간 연대에 대해 그리고 싶었고, 특히나 90년대생에 대한 시대적 견해를 나의 입장에서 정리하는 소설을 쓰고 싶었다. 물론 원하는 대로 되지는 않았지만.

내가 아는 90년대생은 〈달빛천사〉를 수면 위로 다시 끄집어올릴 만큼 어린 시절의 추억을 가슴속에 오래 간직하고 소중히 여기며, 피시PC하다는 인식이 있기는 하지만 그만큼 사회문제에 예민하며 관심이 있고, 취업난과 경쟁 속에서도 해학과 웃음을 잃지 않는 이들인데, 그런 이들을 너무 모난 시선으로 그려내진 않았나 싶어 괴로웠다. 여러모로 미안함이 남았고, 더 오래 생각하고 깊이 쓰자는 다짐을 아로새겼다.

「당춘」을 쓸 때는 몇몇 지인의 도움을 받았다. 확진자 수가 연일 증가하던 봄, 지인의 소개로 충남 홍성군 홍동면에 있는 협업 농장에 찾아가 그곳의 농부들을 인터뷰했다. 코로나 이후의 농촌은 다소 울적하고 침체되어 있을 거라 막연히 짐작했는데, 의외로 낙관의 정서가 흘렀고 때문에 당초 예상했던 것과 다른 방향으로 소설을 구상하게 되었다.

서로를 돌봄이나 가르침의 대상이 아닌 '비빌 언덕'으로 여기며 함께 어우러지는 곳. 농촌의 미래가 그렇게 될 수 있기를 바라는 마음으로 소설을 썼다. 유토피아적 발상이라 볼 수도 있겠으나, 세상이 더 나은 쪽으로 조금씩 변해감을 느끼기에 겨울이 지나 봄이 오는 광경을 그려낼 수 있었던 것 같다.

「괸당」은 제주 예멘 난민 사태가 있었을 때 스케치해둔 작품이다. '이방에서'라는 제목으로 초고를 썼고, 그것을 고치고 고쳐 지금의 「괸당」이 되었다. 퇴고하며 염두에 둔 것이 두 가지 있는데 하나는 방언, 다른 하나는 고증이다.

이 소설을 쓰기 전까지 제주 방언이라면 '혼저 옵서'같이 귀에 익은 인사말 정도만 겨우 알고 있었다. 고려어도 자주 접하지는 못했다. 제주 방언과 고려어를 적확히 구현해내기 위해 사전을 뒤적이고 영상을 찾아보던 것이 아직도 선연하다. 소설에 가장 빈번히 등장하는 것이 제주 방언인지라 종국에는 물어물어 제주 토박이인 지인분께 검수를 부탁했는데, 구어와 문어의 차이가 상당하다는 것을 그제야 깨닫게 되었다. 그러한 도움이 없었다면 다소 엉성한 작품이 되었을 것 같다.

강의도 듣고 책도 읽으며 제주 4·3사건과 고려인 강제이주에 대해 공부했으나 그럼에도 허점이 보인다. 이 부분은 앞으로도 중대한 과제로 남을 것 같다.

역사를 다룬 또다른 작품인 「소돔의 친밀한 혈육들」과 「오즈」는 오래전에 쓴 작품들이다. 결은 다르지만 비슷한 시기에 쓰인 소설이어서 그런지 다시 읽어보니 공통분모가 보였다. 이 작품들을 쓸 때 나는 '문학이 내가 몸을 편히 누일 수 있는 곳이 될 수 있을까'라는 고민을 자주 했다. 쓰는 것이 고통스러웠고, 내 역량의 부족함과 한계에 절망할 때가 많았다. 그래도 쓰다보면, 계속해 무언가 쓰다보면 조금 편해지고 가벼워지는 순간과 조우할 수 있지 않을까, 하는 한줌의 열망을 품고 두 편의 소설을 썼다. 쓸 때는 참 허술하다 여겼는데, 몇 차례 저자교를 보며 다시 읽어보니 그렇게 못난 소설들은 아니구나, 라는 나름의 애정을 가지게 된 것 같다.

「언두」를 발표한 이후 어떤 야구팀을 응원하냐는 질문을 몇 번 받았다. 한화 이글스라고 얼버무리듯 답을 했지만, 실상 나는 야구에 대해선 문외한이다. 소설을 쓰기 전까지는 규칙도 제대로 알지 못했다(내게 야구에 대해 질문한 이들에겐 송구스러운 마음뿐이다).

수어에 대해서도 깊이 알지는 못했다. 언어와 이해를 엮은 소설을 쓰고 싶다는 생각은 이전부터 해왔지만, 그것이 「언두」로 발전할 거란 생각은 하지 못했다. 내 글이 누군가에게 상처가 되지 않길 바라며, 더 신중히 알아보고 쓰기 위해 노력했다.

「화양극장」은 영화와 밀접히 닿아 있는 소설이지만, 정작 이 소설을 쓸 때에는 영화를 거의 보지 않았다. 대신 영화음악, 특히 조니 그린우드의 곡들을 즐겨 들었다. 그가 작업한 사운드트랙 중에서도 〈팬텀 스레드〉의 음악들을 줄곧 틀어두고 글을 썼다. 「화양극장」을 쓰기 전, 나는 누군가에게 완강히 살아낼 용기를 줄 수 있는 그런 소설을 쓰자 다짐했다. '당신의 옷을 입으면 용기가 생겨요'라는 〈팬텀 스레드〉의 대사처럼. 하지만 마음만 앞서서인지 인물을 얄팍하고 거칠게 담아낸 것 같아 발표한 뒤 후회를 많이 했다. 책으로 묶이기까지 여러 번 고쳐 그나마 부채감을 덜 수 있었지만, 어떤 문장, 어느 표현에 있어서는 여전히 부끄럽고 죄스러운 마음이 남아 있다.

내가 겪어보지 못한—어쩌면 영영 겪지 못할—사랑과 생애를 상상과 짐작만으로 이해하고 받아들인다는 것은 어려운 일이지만, 오래간 품을 들여 그것을 해나가고 싶다는 염원을 갖는다.

*

별수없이 디깅한다. 파고 파다보면 언젠가는 긴밀해지지 않을까, 더 다가갈 수 있지 않을까, 싶은 마음으로 공부하고 인물을 그리고 이야기를 짓는다.

스물넷부터 스물아홉까지, 나의 불안하고 조급했던 이십대가 이 소설집에 오롯이 담겨 있다. 얼기설기 구상했던 이야기들이 물성을 가지기까지 많은 분들이 곁에서 북돋아주고 보탬을 주셨다.

투고한 글을 진지하게 살펴보고 책으로 엮게 도와주신 문학동네 편집자분들과, 애정어린 시선으로 책임편집을 맡아주신 오윤 편집자님께 더없이 감사하다. 세밀하고 정교하게 소설을 살펴봐주신 소유정 평론가님과 따뜻한 추천사를 써주신 조해진 작가님께도 감사의 마음을 전한다.

나의 결함까지도 감당하고 사랑해주는 부모님과 나의 자랑 동생 연우에게도, 섬약한 내가 글을 계속 쓸 수 있도록 아낌없이 독려해주는 나의 오랜 연인 용진에게도, 늘 힘이 되어주는 소중한 친구들과 이웃의 선생님들께도 이 지면을 빌려 고마움을 전한다.

무엇보다 꾸준히 따라 읽고 관심을 가져주는 독자분들께 감사의 말씀을 전하고 싶다. 내 휴대폰 사진첩에는 '나를 살게 해주는 것'이라는 이름의 폴더가 있다. 독자들의 다정한 평과 메시지가 그 안을 채우고 있다. 계속 쓸 수 있는 힘, 더 살 수 있는 힘을 나는 당신에게서 얻는다.

작품 활동을 시작하기 전까지는 막연히 작가로서의 삶과 생활인으로서의 삶을 잘 분리할 수 있을 거라 여겼는데, 막상 살아보니 자로 가른 듯 양분하기란 쉽지 않았고 해서 삶과 문학을 마구 버무리며 살아온 것 같다.

삶은 영속될 수 없고 두 번 살아볼 수도 없으니, 아마 이 생에서 나는 글을 쓰며 살게 될 것 같다. 쓰다보면 기쁨도 있겠지만, 슬픔과 아픔이 더 빈번하다는 사실을 이제 안다. 힘겹지만 이렇게 살아가는 것은 그것대로 좋은 일이겠지, 지금의 나는 그렇게 믿는다.

이 생에서 건강히 살아가고, 사랑하고, 쓰고 싶다.

2022년 5월
성해나

| 수록 작품 발표 지면 |

언두 ······ 문장 웹진 2020년 6월호

화양극장 ······ 『에픽』 2021년 7/8/9월호

OK, Boomer ······ 웹진 비유 2020년 2월호

귄당 ······ 『문학들』 2020년 겨울호

소돔의 친밀한 혈육들 ······ 문장 웹진 2019년 8월호

당춘 ······ 『문학동네』 2021년 겨울호

오즈 ······ 2019년 동아일보 신춘문예 당선작

김일성이 죽던 해 ······ 미발표작

문학동네 소설집
빛을 걷으면 빛
ⓒ성해나 2022

1판 1쇄 2022년 5월 31일
1판 5쇄 2024년 8월 23일

지은이 성해나
책임편집 오윤 | 편집 김도영 서유선 김내리
디자인 엄자영 유현아 | 저작권 박지영 형소진 최은진 오서영
마케팅 정민호 서지화 한민아 이민경 안남영 왕지경 정경주 김수인 김혜원 김하연 김예진
브랜딩 함유지 함근아 박민재 김희숙 이송이 박다솔 조다현 정승민 배진성
제작 강신은 김동욱 이순호 | 제작처 영신사

펴낸곳 (주)문학동네 | 펴낸이 김소영
출판등록 1993년 10월 22일 제2003-000045호
주소 10881 경기도 파주시 회동길 210
전자우편 editor@munhak.com | 대표전화 031) 955-8888 | 팩스 031) 955-8855
문의전화 031) 955-2696(마케팅) 031) 955-8864(편집)
문학동네카페 http://cafe.naver.com/mhdn
인스타그램 @munhakdongne | 트위터 @munhakdongne
북클럽문학동네 http://bookclubmunhak.com

ISBN 978-89-546-9361-5 03810

잘못된 책은 구입하신 서점에서 교환해드립니다.
기타 교환 문의: 031) 955-2661, 3580

www.munhak.com